W0383385

DISPARUE À CETTE ADRESSE

DU MÊME AUTEUR

Cette nuit-là, Belfond, 2009 ; J'ai Lu, 2011
Les Voisins d'à côté, Belfond, 2010 ; J'ai Lu, 2012
Ne la quitte pas des yeux, Belfond, 2011 ; J'ai Lu, 2012
Crains le pire, Belfond, 2012 ; J'ai Lu, 2013
Mauvais pas, Belfond, 2012 ; J'ai Lu, 2013
Contre toute attente, Belfond, 2013 ; J'ai Lu, 2014
Mauvais garçons, Belfond, 2013 ; J'ai Lu, 2014
Fenêtre sur crime, Belfond, 2014 ; J'ai Lu, 2015
Mauvaise compagnie, Belfond, 2014 ; J'ai Lu, 2015
Celle qui en savait trop, Belfond, 2015 ; J'ai Lu, 2016
Mauvaise influence, Belfond, 2015 ; J'ai Lu, 2016
La Fille dans le rétroviseur, Belfond, 2016 ; J'ai Lu, 2017
En lieux sûrs, Belfond, 2017 ; J'ai Lu, 2018
Faux amis, Belfond, 2018 ; J'ai Lu, 2020
Vraie folie, Belfond, 2019 ; J'ai Lu, 2020
Champ de tir, Belfond, 2020 ; J'ai Lu, 2021
Du bruit dans la nuit, Belfond, 2021 ; J'ai Lu, 2022
Le Vertige de la peur, Belfond, 2022 ; J'ai Lu, 2023
D'origine inconnue, Belfond, 2023 ; J'ai Lu, 2024

Vous pouvez consulter le site de l'auteur à l'adresse suivante :
www.linwoodbarclay.com

LINWOOD BARCLAY

DISPARUE À CETTE ADRESSE

Traduit de l'anglais (Canada)
par Renaud Morin

belfond

Titre original :
TAKE YOUR BREATH AWAY
publié par HQ, une marque de HarperCollins*Publishers* Ltd, Londres

Ce livre est une œuvre de fiction. Les personnages, les faits et les dialogues sont issus de l'imagination de l'auteur. Toute ressemblance avec des événements, des lieux ou des personnes réelles, vivantes ou mortes, serait purement fortuite.

Retrouvez-nous sur www.belfond.fr
ou www.facebook.com/belfond

Éditions Belfond,
92, avenue de France, 75013 Paris.
Pour le Canada,
Interforum Canada, Inc.,
1055, bd René-Lévesque-Est,
Bureau 1100,
Montréal, Québec, H2L 4S5

ISBN : 978-2-7144-0303-2
Dépôt légal : janvier 2024

© NJSB Entertainment Inc. 2022. Tous droits réservés.
© Belfond, 2024, pour la traduction française.

Belfond | un département **place des éditeurs**

place
des
éditeurs

Pour Neetha

Prologue

— On peut se contenter de les tuer, mais il existe d'autres options.

— Si tant est qu'on en ait, dit Brie Mason. Il n'y en a peut-être qu'une seule.

— Oh, fit l'homme qui avait son prénom, CHARLIE, cousu sur sa salopette grise. Il n'y en a jamais qu'une seule.

Brie sentit son cœur se serrer.

— Vous plaisantez.

Charlie était à genoux devant l'évier de la cuisine, inspectant l'intérieur du placard du bas avec une lampe torche.

— C'est que les souris ne sont pas vraiment des solitaires, si vous voyez ce que je veux dire. Ce sont de petites créatures sociables qui aiment bien traîner avec leurs congénères. (Il plissa les yeux.) Je vois ce qui ressemble à deux chiures dans le fond, sous le siphon.

— Sous le quoi ?

— Le siphon de vidange, sous l'évier.

— Ah oui, bien sûr, dit Brie en pensant qu'avec un mari dans le bâtiment, elle aurait dû savoir ce genre de chose.

Elle s'adossa à l'îlot de la cuisine, les bras croisés sur la poitrine, faisant mine de surveiller les opérations.

— Et par *chiures*, vous voulez dire des crottes ?

— Ça y ressemble. Vous avez déjà eu des souris ?

— Pas que je sache. Nous ne sommes pas ici depuis très longtemps. Vous êtes capable de dire de quand datent ces crottes ?

Charlie gloussa.

— Eh bien, je ne saurais pas les dater au carbone 14 ou quoi. Si vous n'êtes pas certaine d'être infestée, qu'est-ce qui vous a poussée à appeler ?

— J'ai cru entendre quelque chose hier soir. Comme un bruissement. J'étais assise là dans la cuisine et tout était très silencieux. Mon mari est absent et...

Brie s'interrompit. Ça lui avait échappé. Vous ne dites pas que votre mari est absent quand il y a un inconnu chez vous, même si Charlie n'avait rien d'inquiétant. C'était un dératiseur agréé, après tout. Elle devait pourtant reconnaître qu'il avait un côté excentrique. Immense, avec une moustache grisonnante en guidon de vélo aux pointes cirées, comme s'il débarquait à l'instant d'un tournage de western. Avec un chapeau haut de forme, il aurait ressemblé au type qui attache la fille sur les rails de la voie ferrée. Avant d'entrer dans la maison, il était resté sur le seuil pour fumer sa cigarette jusqu'au filtre, aspirant avidement les deux dernières bouffées comme s'il en avait besoin pour affronter ce qui l'attendait.

Quand il était entré, Brie avait manqué tourner de l'œil à cause de l'odeur de tabac qui semblait émaner de tout son corps. Et ce bleu de travail, pensa-t-elle, n'était pas passé au pressing depuis l'époque où Will Smith jouait dans une sitcom.

Odeur mise à part, il avait l'air plutôt compétent, mais n'empêche, vous ne laissiez pas échapper que vous étiez seule. Elle attribua son imprudence au fait qu'elle était déjà sur les nerfs. Elle avait de plus gros soucis que la présence de quelques souris chez elle.

— Absent pour affaires ? demanda Charlie qui éteignit sa torche et se releva en s'appuyant sur le bord du plan de travail. Les genoux, ce n'est plus ce que c'était.

— Je l'attends d'un instant à l'autre, répondit Brie en tripotant nerveusement son collier ras-de-cou en argent.

En réalité, Andrew n'était pas censé rentrer de leur chalet sur le lac avant le lendemain dimanche, probablement en fin d'après-midi. Bien entendu, cela pouvait changer, si les choses tournaient comme Brie l'imaginait. Son ami et associé, Greg Raymus, était là-bas aussi, dans son propre chalet, à un jet de pierre du leur. Ils étaient partis tous les deux vendredi, et Brie avait eu le sentiment que leur week-end entre hommes ne se passerait peut-être pas aussi bien que prévu.

— Il fait quoi comme genre de travail ? demanda Charlie.

— Entrepreneur dans le bâtiment. Il travaille sur des projets de petite et moyenne envergure. Des centres commerciaux, des maisons de ville, des fast-foods, ce genre de choses.

Charlie fit la grimace en balayant la cuisine du regard pendant une demi-seconde, comme s'il exprimait un jugement.

— Je vois, dit-il.

Brie rit nerveusement.

— Laissez-moi deviner. Vous vous dites que, pour un type qui travaille dans le bâtiment, sa maison ne ressemble pas à grand-chose.

— Je n'ai pas dit ça.

— C'est encore dans son jus. Il y a beaucoup de travaux à prévoir. On en est au stade où on doit décider si ça vaut le coup de faire des travaux puis de la revendre, ou s'il ne serait pas plus sensé de mettre tout par terre et reconstruire. C'est une des plus anciennes maisons de Mulberry. En attendant, dit-elle avec un haussement d'épaules, j'aimerais autant ne pas cohabiter avec des petits rongeurs à fourrure.

Il sourit, découvrant deux rangées de dents brunes tachées par le tabac.

— J'ai deux solutions à vous proposer. (Il renifla, passa son index sous son nez en veillant à ne pas altérer la parfaite symétrie de sa moustache.) Je peux poser des pièges ici et là, genre pièges à glu ou les traditionnelles tapettes à souris, en les appâtant au beurre de cacahuètes. J'en place dans le placard ici, sous la cuisinière, dans le garage. Ou bien je peux mettre du poison aux mêmes endroits. Des produits puissants. Vous avez des animaux de compagnie ?

— Non.

— Tant mieux. Vous ne voudriez pas qu'ils se rendent malades en grignotant ces machins. L'inconvénient du poison, c'est que les souris vont se réfugier quelque part à l'intérieur de vos cloisons pour y crever et que ça va puer pendant quelques jours avant qu'elles se déshydratent et tombent plus ou moins en poussière. Si vous commencez un jour à trouer les murs, vous trouverez peut-être de minuscules squelettes couverts de poils.

Cette perspective fit frissonner Brie.

Charlie marqua une pause, l'air songeur, puis il dit :

— Il y aurait bien une autre façon de faire...

Brie attendit tandis que le dératiseur ouvrait une volumineuse caisse à outils qui ressemblait à celle que son mari emportait quand il partait à la pêche, et où il mettait tout son matériel, des leurres à sa trousse de secours. La caisse de Charlie était néanmoins plus grosse. Il en sortit un récipient rectangulaire en plastique gris d'une dizaine de centimètres, ayant à peu près la forme et la taille d'une plaquette de beurre.

— Vous voyez, il y a une petite trappe au bout, expliqua-t-il. Vous mettez un appât à l'intérieur en laissant la trappe ouverte, et quand la souris entre ça déclenche la fermeture du piège.

Il fit la démonstration.

— Donc, quand vous voyez que la trappe est fermée, vous savez que vous l'avez attrapée. Après, vous pouvez l'emporter dehors, ouvrir la trappe et la libérer.

— Oh ! dit Brie. Un piège respectueux des animaux.

Charlie approuva d'un hochement de tête.

— Mais elle ne va pas revenir à l'intérieur ?

— Pour éviter ça, vous faites le tour de la maison et vous repérez les accès qu'elle et ses copines sont susceptibles d'emprunter. Colmatez les fissures, bouchez les trous. Inspectez les aérations du sèche-linge et de la cuisinière, au cas où. Je sais que ce n'est pas aussi efficace que de les tuer, mais c'est une solution à envisager.

L'expression de Charlie se fit grave.

— Ce que les gens oublient, c'est que les animaux ont une âme, eux aussi. Que ce soit nous, un chien, un chat, et même une modeste souris, nous sommes tous des créatures de Dieu.

— C'est... une philosophie intéressante venant de quelqu'un qui exerce votre métier.

— Vous savez, lorsqu'il m'arrive de trouver un animal dans la maison de quelqu'un et de l'emmener, je ne le tue pas. Et je ne le relâche pas non plus, dans les bois ou ailleurs. Je le garde et j'en prends soin.

— Quoi, dans une cage ?

Charlie confirma d'un hochement de tête.

— Je m'occupe de tout un tas de bestioles. Je les nourris, je les soigne.

— Eh bien, dit Brie sans trop savoir quoi en penser.

— Bon, bref, revenons à nos moutons. Je ne suis pas certain que vous soyez infestée, alors permettez-moi de vous demander : vous faites de la pâtisserie ?

— Je vous demande pardon ?

— Des muffins, des cupcakes... Vous en faites ?

— Euh, pas trop. Je ne suis pas exactement la plus grande cuisinière du monde. Andrew, lui, cuisine un peu, dit-elle en souriant. Nous achetons beaucoup de plats à emporter.

Charlie avait l'air déçu.

— Vous avez de la farine ?

— De la farine pour la cuisine ?

— Ouais.

Elle alla ouvrir un des placards et pointa du doigt une boîte sur l'étagère du bas. Elle la prit et ôta le couvercle.

— Ça ?

— Ce soir, avant d'aller vous coucher, dit Charlie, saupoudrez-en par terre devant l'évier. Si vous avez des souris, vous verrez l'empreinte de leurs toutes petites pattes demain matin. Si vous ne voyez rien, c'est probablement que vous n'en avez pas.

Brie hocha la tête, impressionnée.

— Et après, je passe l'aspirateur.

— Tout à fait. (Il posa deux petites cages sur le plan de travail.) Je vais vous laisser ces deux-là, et je repasserai demain pour voir si vous avez repéré des traces, à ce moment-là vous déciderez comment vous voulez gérer ça.

Elle lui demanda combien elle lui devait, et il lui répondit qu'ils verraient ça le lendemain, une fois qu'ils auraient déterminé si elle avait vraiment des rongeurs. Elle pourrait alors opter pour d'autres pièges inoffensifs, ou des pièges à glu, voire des appâts empoisonnés.

Elle l'accompagna jusqu'à sa camionnette et elle se rendit compte qu'elle n'était plus sensible aux relents de tabac qu'il dégageait. Elle en conclut qu'on pouvait s'habituer à presque n'importe quelle odeur.

Pendant qu'il sortait de l'allée en marche arrière, Brie remarqua un véhicule familier garé de l'autre côté de la rue, trois maisons plus loin. Un monospace bleu. Il y avait un homme assis au volant, qui regardait dans sa direction.

Bon sang, pensa-t-elle, qu'est-ce que Norman fiche ici ?

Si d'aventure il venait sonner à sa porte, elle lui dirait poliment de partir, qu'il lui avait fait ses excuses, qu'elle les avait acceptées, et qu'il devait rentrer chez lui.

Ce soir-là, elle mangea seule dans la cuisine en guettant le moindre bruissement en provenance du dessous des placards ou de l'intérieur des cloisons. En vain.

Peu avant 22 heures, elle prit son téléphone, sélectionna le numéro de son mari dans sa liste de contacts et cliqua sur l'option FaceTime. Quelques secondes plus tard, le visage d'Andrew apparut, souriant chaleureusement.

— Hé, dit-il gaiement. Comment ça va ?

Il a l'air heureux.

— Ça va. Je ne te dérange pas ?

— Non. Greg est déjà reparti chez lui. Je vais me coucher tôt. On a passé presque quatre heures sur l'eau. On a pris beaucoup de soleil. Ça nous a lessivés.

— Tu as l'air crevé. Tu as attrapé quelque chose ?

— À part un coup de soleil sur la nuque, rien.

— Comment va sa jambe ?

— Il boite encore un peu, mais il est plus ou moins remis. Il a trébuché une fois en montant dans le bateau. Quel idiot de croire qu'il pouvait sauter d'aussi haut !

Il y a vingt ans, peut-être, mais il est trop vieux pour ces conneries. Nous le sommes tous les deux.

— Alors, de quoi avez-vous parlé pendant tout ce temps ?

— Je ne sais pas. Comme d'habitude, répondit Andrew avec un haussement d'épaules.

— Des trucs de boulot ?

— Entre autres. Mais on a surtout évoqué des souvenirs, on s'est repassé nos glorieuses années. Je n'avais pas très envie de parler boulot, vu comment ça se passe en ce moment... Et je lui ai dit que j'en avais fini de t'infliger rénovation après rénovation. Que si tu te plaisais là où on est, on resterait, ou qu'on ferait en sorte de trouver la maison de tes rêves.

Brie sourit, comme s'il était vraiment sincère cette fois.

— J'ai fait venir quelqu'un aujourd'hui, un dératiseur, pour voir si on a des souris. J'ai cru entendre quelque chose dans les murs. Un drôle de numéro, ce type. Il préfère ne pas les tuer s'il n'y est pas obligé. Un exterminateur sensible.

— Ce ne serait pas étonnant qu'on ait des souris. C'est une vieille baraque, elles ont des dizaines d'accès possibles.

Elle inclina brièvement le téléphone de façon à ce qu'il puisse voir le sol.

— Tu vois ?

— Tu as renversé quelque chose ?

— C'est de la farine. Une idée du dératiseur. Si je vois des empreintes demain matin, je saurai qu'on a de la compagnie.

— Hé, dit Andrew en se touchant le cou. Ça fait plaisir de te voir porter ça.

Elle effleura son collier et sourit.

— Je l'adore. Il ne me quitte pas.

— Rien d'autre à part ça ?

Est-ce qu'elle devait lui parler de la visite de Norman ? Non, ce n'était pas une bonne idée.

— Non, rien. Écoute, je vais te laisser. À quelle heure tu rentres ? Je te prépare à déjeuner ?

— Ne t'en fais pas pour moi. Probablement en milieu d'après-midi.

— D'accord.

— Je t'aime.

— À plus, dit Brie avant de raccrocher.

Elle éteignit la cuisine et monta à l'étage. Quand Andrew découchait, que ce soit pour le travail ou le plaisir, elle n'arrivait pas à s'endormir tout de suite. Elle lisait, regardait les *late-night show* de Kimmel ou Colbert, ou se mettait au lit avec un ordinateur portable et le genre de comédie romantique qu'Andrew serait incapable de supporter jusqu'au bout.

On était samedi, il n'y avait donc ni Kimmel, ni Colbert, ni Fallon. Elle se saisit du livre sur sa table de nuit. C'était le dernier James Lee Burke et, comme souvent, Robicheaux avait bien du mal à empêcher son ami Cletus d'arracher la tête de quelqu'un. Peu après minuit, après avoir lu et relu quelques pages sans vraiment réussir à se concentrer, elle sentit ses paupières se fermer d'un coup.

Elle éteignit et s'endormit.

Elle se réveilla peu avant 5 heures et ne parvint pas à retrouver le sommeil, se demandant s'il y avait de petites empreintes de pattes dans la farine devant l'évier. Sa curiosité étant plus forte que son désir de rester sous la couette, elle sortit du lit, alluma quelques lampes, comme il faisait encore nuit dehors, et descendit l'escalier.

Au moment d'atteindre le rez-de-chaussée, elle sentit un frisson d'excitation mêlée d'appréhension. Il y avait un certain suspense à l'idée de découvrir si des créatures étaient passées dans la cuisine, mais en même temps, elle s'inquiétait des conséquences. Une fois l'infestation confirmée, elle savait qu'elle serait prise d'une frénésie ménagère, viderait les placards et les tiroirs de tous les couteaux, poêles, casseroles, fourchettes et spatules qu'une souris aurait pu toucher et les passerait à la machine.

Brie pénétra dans la cuisine en retenant son souffle, actionna l'interrupteur et baissa les yeux sur le sol.

Il y avait bien des empreintes. Mais ce n'était pas des souris qui les avaient laissées. Ou alors des souris qui chaussaient du 45.

Elle eut un hoquet de surprise.

À cet instant, elle crut entendre quelque chose derrière elle. Et se retourna brusquement.

Elle n'eut même pas le temps de crier.

SIX ANS PLUS TARD

SAMEDI

- 1 -

Cela paraissait surréaliste.

Et d'autant plus dingue que c'était l'activité la plus banale qui soit : faire ses courses dans un supermarché. Pousser son chariot dans les allées. S'arrêter pour examiner les produits frais. Inspecter un chou-fleur. Chercher des bananes encore vertes. Jeter un coup d'œil aux dizaines de paquets de céréales différentes. Bourrées de sucre et délicieuses et mauvaises pour la santé, ou riches en fibres et dégoûtantes et bonnes pour la santé. Il y avait une centaine de sortes de cafés. Avait-elle déjà remarqué le nombre de marques disponibles ? C'était peut-être pour cela qu'une activité aussi ordinaire lui apparaissait soudainement étrange et insolite. Comme si elle s'y livrait pour la première fois.

Ou du moins la première fois depuis une éternité.

Elle avait fait ses courses au supermarché un millier de fois – et ce n'était pas du tout une exagération. Un millier de fois, facilement. Mettons que vous sortiez faire des provisions deux fois par semaine, on arrivait à plus de cent fois par an. Et vu qu'elle avait dans les trente-cinq ans et qu'elle faisait elle-même ses courses depuis qu'elle avait quitté la maison de ses parents à l'âge de vingt ans, eh bien, voilà. Faites le calcul.

Cela représentait beaucoup d'allers-retours au Stop & Shop, au Whole Foods ou au Walmart du coin.

Mais ce jour-là, c'était différent parce qu'elle ne savait vraiment pas quoi acheter. Ce qu'elle balançait dans son chariot avait-il une quelconque importance ? Elle décida de s'en tenir aux articles de base. Du lait, des œufs, des fruits. Un pack de bières. Faire une liste aurait peut-être été une bonne idée. Ça l'aurait aidée à choisir des choses qu'Andrew aimait.

Si cette visite au supermarché lui paraissait aussi étrange, c'était peut-être parce qu'elle ne voulait pas être repérée. Tomber sur quelqu'un qui la connaissait. Pas à ce stade. Elle parcourait donc les allées en gardant la tête baissée. En essayant de se replier sur elle-même. Elle se disait que, la prochaine fois qu'elle irait faire ses courses, elle choisirait un endroit qu'elle n'avait pas l'habitude de fréquenter.

À un moment donné, elle crut qu'elle avait été repérée, reconnue, malgré les précautions qu'elle avait prises. Alors qu'elle passait devant le comptoir de la boucherie, un homme, qui faisait ses courses seul, tenta d'engager la conversation. Il avait probablement la cinquantaine, les cheveux gris, un veston en tweed, une chemise blanche à col boutonné. Séduisant et, à coup sûr, divorcé ou veuf, parce qu'il la draguait manifestement.

Ils étaient pratiquement épaule contre épaule quand il prit un rôti enveloppé de cellophane et demanda :

— D'après vous, c'est quoi, le temps de cuisson ?

— Aucune idée. Je ne mange pas de viande.

Ce n'était pas la meilleure des reparties, vu qu'elle avait déjà déposé un petit paquet de steak haché dans son chariot. L'ayant remarqué, l'homme dit :

— Alors, vous voudrez peut-être reposer ça ?

Elle l'ignora et poussa rapidement le chariot plus loin dans l'allée, presque sûre de l'entendre marmonner un « salope » dans sa barbe.

Alors qu'elle longeait le rayon rempli de multiples variétés de chips et autres biscuits apéritifs, elle eut l'impression qu'une femme la dévisageait, mais elle se persuada qu'elle était parano. Ce n'était pas comme si on l'avait arrêtée en lui lançant : « Hé, c'est bien toi ?! »

Elle commençait à se demander si cette excursion au supermarché, qu'elle avait pourtant crue nécessaire, était une si bonne idée. De toute façon, elle estima avoir suffisamment rempli son chariot et se dirigea vers la sortie. Elle avait pris une demi-douzaine d'articles en trop pour pouvoir passer par la caisse rapide et envisagea de renoncer à quelques-uns. Mais il lui faudrait autant de temps pour les remettre en rayon que pour passer par une caisse normale.

— Il vous faut des sacs ? demanda la femme de forte corpulence assise derrière la caisse.

Elle fit oui de la tête.

— Vous avez une carte de fidélité ?

— Pardon ?

— Une carte de fidélité.

— Non, je n'ai pas ça.

Une fois qu'elle eut emballé les provisions et déposé les sacs dans son chariot, la caissière annonça un total de cinquante-cinq dollars et vingt-neuf *cents*.

— Vous payez comment ?

Elle sortit trois billets de vingt de son sac à main.

— En espèces.

— Très bien.

Elle manœuvrait le chariot pour le pointer vers les portes quand la caissière la rappela :

— Madame, votre monnaie !

Elle avait été tellement distraite qu'elle n'avait pas pensé à la récupérer. Elle tendit la main, prit l'argent et le jeta dans son sac.

Elle poussa le chariot sur le parking et souleva le hayon d'un break Volvo noir datant du milieu des années 2000. Elle déposa les sacs à l'intérieur, referma le hayon. Une plaque d'immatriculation y était fixée, dont les lettres et les chiffres étaient recouverts d'assez de terre et de saletés pour les rendre illisibles.

Elle s'assit au volant et laissa passer d'autres voitures pendant presque une minute avant de sortir de sa place en marche arrière. Le parking était très fréquenté, comme tous les samedis matin.

Surtout pas d'accrochage, se dit-elle. C'était vraiment la chose à éviter.

Une fois sortie du parking, elle traversa la ville pour rejoindre un des quartiers ouest de Milford.

Elle mit son clignotant quand elle aperçut le panneau de Mulberry Street et s'y engagea. Le quartier était très animé ce jour-là. On était le 2 avril – trop tard pour les poissons d'avril, pensa-t-elle avec tristesse – et beaucoup de propriétaires étaient occupés à nettoyer leur jardin. Ils ratissaient les derniers débris de l'hiver, qu'ils fourraient dans des sacs en papier à recycler. Des hommes maniaient des souffleurs à feuilles qui faisaient autant de raffut qu'un avion à réaction volant à basse altitude. Une femme courait à côté d'une petite fille d'à peine cinq ans qui apprenait à faire de la bicyclette. Deux autres femmes se tenaient à l'extrémité d'une allée privée, l'une d'elles toujours en pyjama et en robe de chambre, et elles papotaient, une tasse à la main.

Quel quartier agréable, songea la femme dans la Volvo. On se serait cru dans une de ces séries télévisées des années 1950. Non qu'elle soit suffisamment âgée pour les avoir vues lors de leur première diffusion, mais n'était-ce pas June Cleaver là-bas, qui apportait un grand verre de citronnade à Ward ? Et le jeune Opie[1] qui passait en courant, un lance-pierre glissé dans sa poche arrière ?

Et dire qu'une chose aussi horrible pouvait arriver dans une rue comme celle-ci...

Oh, voilà, elle était quasiment arrivée à destination.

Elle remit son clignotant, laissa passer un gamin sur un skateboard à moteur, puis engagea la Volvo dans une allée privée. Elle remarqua qu'un homme balayait les marches de son porche à l'entrée de la maison d'à côté. Elle enclencha la position Parking, descendit et alla ouvrir le hayon. Elle se saisit de deux sacs, longea la voiture en laissant le hayon ouvert, et ce fut à ce moment-là qu'elle leva les yeux vers la maison.

C'était manifestement une construction récente, à en juger par le style architectural. Des angles durs, d'immenses surfaces vitrées. Des panneaux solaires encastrés dans la toiture. Un design résolument contemporain.

La femme s'arrêta net, comme si elle venait de heurter un mur invisible.

— Qu'est-ce que...

L'homme qui balayait son porche jeta un coup d'œil dans sa direction.

Elle tourna la tête pour regarder la maison de gauche, puis celle de droite, comme pour s'assurer qu'elle était à la bonne adresse. Elle finit par concentrer son attention sur le numéro fixé à la porte devant laquelle elle se trouvait.

36.

1. June Evelyn Bronson Cleaver, Ward et Opie sont les personnages de la sitcom américaine à succès *Leave It to Beaver*, diffusée entre 1957 et 1963. *(Toutes les notes sont du traducteur.)*

— Où...

Elle laissa tomber ses provisions par terre. Une boîte d'œufs s'échappa d'un des sacs, le couvercle s'ouvrit et un œuf se brisa sur l'allée.

— Où est ma maison ? demanda-t-elle tout haut. Où est passée ma maison ?

La porte d'entrée s'ouvrit, et une adolescente en survêtement avec des mèches roses dans les cheveux passa la tête dans l'embrasure.

— Je peux vous renseigner ?

— Où est ma maison ? s'écria-t-elle avec effroi. Une maison ancienne. En briques rouges. Une véranda, une balustrade. Où est-elle, bon sang ?!

L'homme de la maison d'à côté fit quelques pas vers elle.

— Euh, je pense que vous avez dû vous tromper d'adresse, dit la jeune fille.

— C'est bien le 36.

— Ouais, c'est ça. Mais peut-être que vous vous êtes trompée de *rue* ?

— Trente-six Mulberry, insista la femme. C'est le 36 Mulberry.

— Ouais, dit lentement l'adolescente.

— Ça ne va pas du tout. *Cette maison n'a rien à faire ici.* C'est une maison ancienne qui est censée être ici. Avec... avec de la brique rouge et une véranda, qui s'affaisse un peu. Ma maison. Elle était juste là. *Juste là !* Comment une maison peut disparaître comme ça ?

— La maison dont vous parlez, ils l'ont rasée, genre, il y a trois ans et mes parents ont fait construire celle-là. Vous avez dit que c'était *votre* maison ?

— Ce n'est pas normal, dit la femme.

L'adolescente haussa les épaules et retourna à l'intérieur, laissant l'inconnue plantée là, à fixer bouche bée la maison sortie de terre trois ans plus tôt.

— C'est impossible, dit-elle.

L'homme au balai se tenait à présent à la limite entre les deux terrains. Il dévisagea la femme en plissant les yeux, comme s'il ne croyait pas ce qu'il voyait et voulait en avoir le cœur net.

— Brie ? demanda-t-il.

La femme lui jeta un coup d'œil, le visage dénué d'expression.

— Mon Dieu, Brie, c'est toi ?

Subitement, la femme retourna à sa voiture, mit le contact et sortit de l'allée en marche arrière, écrasant les œufs qui restaient quand elle braqua les roues avant, le hayon encore relevé. La voiture déboucha dans la rue en faisant vrombir sa transmission et manqua renverser le gamin qui s'en revenait sur son skateboard à moteur.

La Volvo stoppa brutalement dans un grincement de freins. Elle resta à l'arrêt une demi-seconde, le temps que la femme enclenche la position Drive, puis s'éloigna à toute vitesse sous le regard de l'homme au balai.

- 2 -

Andrew

J'ai roulé sur le côté, ouvert les yeux et regardé le réveil sur la table de nuit. Quasiment 8 heures. Purée. Je ne dormais presque jamais aussi tard. J'ai été pris de panique en pensant que j'allais être en retard à un rendez-vous avec un client potentiel, puis je me suis rappelé que non seulement nous étions samedi, mais que mon rendez-vous avait déjà eu lieu la veille.

Quand je me suis retourné pour voir si Jayne était réveillée, je l'ai trouvée qui me fixait d'un œil, la tête à moitié enfouie dans l'oreiller, ses cheveux châtains étalés dessus. Elle a esquissé un sourire.

— Bonjour, Andrew, a-t-elle dit avec une formalité feinte.

— Il est presque 8 heures. Tu es réveillée depuis longtemps ?

— Cinq minutes, peut-être. Je te regardais. Je t'ai réveillé par télépathie.

J'ai souri, puis j'ai passé un bras autour d'elle sous les couvertures et l'ai attirée contre moi.

— Tu as de grands pouvoirs.

— En effet, a-t-elle dit avant de me donner un baiser léger comme une plume. Je peux aussi lire dans les pensées.

— D'accord, je pense à quoi, là ?

J'imagine qu'elle a levé les deux yeux au ciel, mais je n'en ai vu qu'un.

— Trop facile. Faut que ce soit dur.

J'ai souri.

— Incroyable. Tu as trouvé du premier coup.

Il lui a fallu une seconde pour comprendre, puis elle a souri à son tour.

— En fait, j'allais dire « pain perdu ». Ta requête habituelle du samedi matin.

— D'accord, peut-être ça aussi. Un peu plus tard.

Jayne a changé de position pour se rapprocher de moi, pressant son corps contre le mien. J'ai vu que la porte de la chambre était ouverte.

— On devrait peut-être fermer ça, ai-je dit.

Elle s'est retournée brusquement, a rejeté les couvertures et elle est sortie du lit. Son tee-shirt XXL lui arrivait presque aux genoux. Alors qu'elle s'approchait de la porte à petits pas, elle s'est arrêtée à mi-chemin et s'est retournée pour demander :

— Tu l'as entendu rentrer hier soir ?

J'ai essayé de me souvenir.

— Non.

Le fait est que j'étais moins attentif qu'elle aux allées et venues de Tyler Keeling. C'était son frère après tout, donc, si on s'en tient à la biologie, plus son souci que le mien, même si je n'étais pas indifférent à son bien-être.

— Moi non plus, je crois, a dit Jayne.

Tyler lui avait envoyé aux alentours de 22 h 30 un message promettant qu'il serait rentré avant 23 heures, ou un peu après, car il était sur le point de partir de chez son copain. Jayne avait proposé d'aller le chercher, où qu'il soit, mais il avait répondu que ce n'était pas la peine, qu'un de ses autres copains, qui était en âge de conduire et disposait de la Hyundai de sa mère, allait le ramener. Il avait laissé son vélo à la maison, ne voulant pas le prendre la nuit au cas où on le lui faucherait devant la maison de son copain. Les antivols n'étaient pas vraiment dissuasifs quand le voleur était suffisamment déterminé.

Jayne avait répondu par un « OK » et était allée se coucher avec l'assurance qu'il serait rentré peu après qu'elle se serait endormie.

Mais à présent, alors qu'elle se tenait entre le lit et la porte, j'ai vu une expression de doute passer sur son visage.

— Je vais aller vérifier, a-t-elle dit.

Elle s'est glissée hors de la chambre et a longé le couloir. Je me suis assis dans le lit en attendant. Elle est revenue moins de dix secondes plus tard.

— Il n'a pas couché dans son lit, a-t-elle dit.

— Il est peut-être déjà debout.

Mais je savais en le disant que c'était très peu probable. Tyler ne se serait pas levé d'aussi bonne heure un samedi matin et, même s'il avait été matinal, il n'était pas du genre à faire son lit de sa propre initiative.

— Ça m'étonnerait.

— Merde, ai-je dit, et j'ai repoussé les couvertures. J'étais en boxer, une tenue suffisamment décente pour entreprendre une fouille de la maison.

Je me suis glissé devant Jayne dans le couloir et j'ai jeté un coup d'œil dans la chambre de Tyler. Le lit était fait.

— Tu ne me crois pas ? a demandé Jayne.

J'ai descendu l'escalier et suis entré dans la cuisine. Aucune trace ici non plus. Pas de bol dans l'évier, pas de banane à moitié mangée sur la table. Jayne, téléphone en main, s'apprêtait à lui envoyer un message ou peut-être à l'appeler, quand j'ai jeté un coup d'œil par la baie vitrée coulissante qui ouvrait sur la terrasse en bois du jardin.

— Jayne.

Elle était déjà en train de pianoter.

— Quoi ?

— Dehors.

Elle est venue se mettre à côté de moi et a découvert la scène : Tyler était affalé sur une des chaises longues, les bras serrés autour de lui pour se tenir chaud, son sweat à capuche bleu n'y suffisant pas. J'ai remarqué ce qui ressemblait à une coulure de vomi sur sa manche, observation confirmée par la flaque sur la terrasse, un mètre plus loin.

— Bon sang, a dit Jayne qui a déverrouillé et fait coulisser la baie vitrée sur son rail.

Elle est sortie sur la terrasse, et je l'ai suivie, à un pas de distance. Sous mes pieds, les lames étaient froides et trempées par la rosée que le soleil du matin n'avait pas encore séchée. J'ai laissé Jayne prendre la direction des opérations.

— Tyler, a-t-elle appelé, penchée au-dessus de lui, puis, sur un ton plus sec : Tyler !

Il s'est agité un peu, a ouvert un œil.

— Oh. Salut.

— À quelle heure es-tu rentré ? lui a demandé sa sœur.

— Euh, je sais pas trop, a-t-il dit en se contorsionnant pour se redresser.

— Rentre te débarbouiller, a-t-elle dit, attendant qu'il réussisse à se mettre debout.

Quand il est passé devant moi, j'ai senti l'odeur d'alcool, et de vomi, qui émanait de lui. Je l'ai retenu doucement par le bras et j'ai pointé du doigt les saletés qu'il avait laissées sur la terrasse.

— Le tuyau est là-bas, mon pote.

— Je suis pas ton pote, a-t-il marmonné en évitant de croiser mon regard.

À sa décharge, il a fini par nettoyer la terrasse avant d'entrer dans la maison, mais au lieu d'enrouler le tuyau autour du robinet, il l'a laissé en vrac sur la pelouse. Dans la cuisine, il est passé devant nous en traînant les pieds, non sans que Jayne lui ait rappelé qu'il prenait son poste au Whistler's Market, un des supermarchés indépendants de l'ouest de Milford, à midi.

Jayne et moi sommes remontés à l'étage. Nous avons pris notre douche l'un après l'autre, et nous nous sommes retrouvés dans la cuisine environ une demi-heure plus tard, silencieux. Je savais qu'elle était embarrassée par le comportement de son frère, et qu'elle attendait peut-être que je dise quelque chose, mais je n'avais pas envie d'intervenir, du moins pas encore.

J'ai mis le café en route, et Jayne a quand même préparé du pain perdu, mais elle ne s'est pas donné la peine de mettre un couvert pour Tyler qui, nous le savions, ne referait surface qu'au tout dernier moment. Il n'avait pas encore son permis de conduire, mais il pilotait son vélo à dix vitesses comme un champion, et il était donc très peu probable qu'il arrive en retard au travail. Tyler était ainsi fait qu'il se foutait d'à peu près tout, mais était ponctuel au travail. Il ne crachait pas sur l'argent, et cela lui coûtait énormément de refiler vingt dollars par semaine à sa sœur pour contribuer, symboliquement, aux dépenses du foyer. Ce n'était pas moi qui réclamais cet argent. L'initiative venait de Jayne.

Quand nous nous sommes assis l'un en face de l'autre, elle a à peine touché à sa tranche de pain et a fini par dire :

— Je suis désolée.

— Ne t'en fais pas pour ça. J'ai eu dix-sept ans, moi aussi, et...

— Seize. Il aura dix-sept ans le mois prochain.

— D'accord, seize. Des tas de gamins prennent des cuites plus jeunes que ça. Ça ne fait pas de lui un alcoolique. Il va avoir la tête dans le cul toute la journée. Peut-être que ça lui servira de leçon.

— Pas sûr.

— Quand j'avais son âge, j'ai fait bien pire. C'est une période difficile, et il en a bavé. Il va rester pénible un certain temps.

— Tu ne devrais pas avoir à le supporter, Andy.

Nous avions déjà retourné le sujet dans tous les sens. J'avais beau lui répéter que ça ne me dérangeait pas que son frère habite avec nous, elle ne se laissait pas convaincre.

Cela faisait presque deux mois que Tyler était là. Il avait vécu avec son père, Bertrand Keeling, dans la maison familiale à Providence. La mère de Jayne et de Tyler, Alice, était morte environ cinq ans plus tôt. Jayne, qui avait maintenant vingt-neuf ans, ne vivait plus au domicile familial depuis que Tyler avait dix ans. Il avait été un de ces « bébés surprise ». Leurs parents pensaient en avoir terminé avec les enfants – Bertrand avait toujours dit que Jayne était déjà suffisamment pénible comme ça –, mais Alice s'était retrouvée enceinte à l'âge de quarante ans. Treize ans de différence d'âge, c'était comme un siècle. Difficile d'être une « grande sœur », avec tout ce que cela impliquait, quand vous étiez déjà au lycée et que votre frère portait des couches.

Bert avait succombé à une crise cardiaque foudroyante au mois de janvier, en déblayant l'allée à la pelle après une forte chute de neige. En plus du chagrin d'avoir perdu son père, Tyler vivait aussi avec un fort sentiment de culpabilité. C'était à lui de déneiger l'allée, mais il avait dormi tard et son père avait préféré ne pas le réveiller. Si Tyler était sorti du lit, son père aurait peut-être encore été en vie.

Il était parti habiter en ville, chez sa tante – la sœur de sa mère – qui vivait seule, mais celle-ci s'était vite rendu compte qu'elle n'était pas en mesure de s'occuper d'un adolescent. C'est à ce moment-là que Jayne avait commencé à se demander ce qu'elle devait faire. Elle avait le sentiment de n'avoir jamais vraiment été là pour son petit frère, et que le moment était peut-être venu.

Elle comptait mettre un terme à notre cohabitation et retourner à Providence. Tyler et elle habiteraient dans la maison familiale, qui n'avait pas encore été vendue. Elle s'y était rendue en voiture pour creuser l'idée, voir si elle pouvait retirer la maison du marché.

« Je suis désolée, m'avait-elle dit un soir au téléphone. Je t'aime... mais c'est mon frère. »

Après notre conversation, j'avais passé une heure ou deux à réfléchir à sa situation, puis j'avais fini par prendre mon téléphone et lui envoyer un message :

TYLER PEUT VIVRE AVEC NOUS.

Le téléphone avait sonné dans ma main presque immédiatement.

« Non, avait dit Jayne. Je ne t'imposerai jamais ça.

— Ce n'est pas un problème. Franchement. Il peut venir. Il y a une chambre supplémentaire. Nous avons la place.

— Ce n'est pas ma maison. Je n'ai pas le droit de te demander ça.

— C'est ta maison. C'est chez nous. Et ce n'est pas toi qui demandes, c'est moi qui propose. Tu oublies par quoi je suis passé. »

Je lui avais rappelé que mes propres parents étaient morts tous les deux à un an d'intervalle. Quand mon père avait succombé à un cancer du poumon, je venais d'avoir douze ans. Dix mois plus tard, comme si Dieu lui-même voulait montrer qu'il possédait un humour noir de dimension cosmique, je perdais ma mère, tuée à Stamford par un chauffard ivre qui avait brûlé un feu rouge et embouti sa Toyota par le côté. Comme je n'avais aucune autre famille pour m'accueillir, j'avais été ballotté de famille d'accueil en famille d'accueil jusqu'à l'âge de dix-huit ans, quand j'avais pu voler de mes propres ailes.

« Je sais ce que c'est de n'avoir nulle part où aller. J'aurais rêvé d'avoir eu de la famille qui se propose de m'héberger. »

Il en fut décidé ainsi. Mais Tyler s'était montré moins enthousiaste que je l'aurais sans doute été dans des circonstances similaires. Il devait laisser derrière lui son école, son cercle d'amis. Quitter Providence pour venir à Stratford voulait dire repartir de zéro. Et il n'était pas ravi de voir sa sœur endosser un rôle pseudo-parental. Le gamin était à la dérive, et Jayne et moi croyions faire de notre mieux pour lui fournir un environnement stable.

Certains jours, nous avions l'impression de ne pas y arriver.

Plus tard, ce matin-là, je suis allé dans le garage pour essayer de mettre un peu d'ordre dans le bazar qui s'y trouvait. La maison des Keeling avait fini par se vendre et, bien que la plus grande partie du mobilier soit partie au garde-meubles ou ait été donnée, il y avait là plusieurs dizaines de cartons remplis de souvenirs et de reliques de famille que Jayne comptait trier. « Photos », « Impôts » et « Affaires Tyler » étaient griffonnés au feutre sur les cartons. Je pensais au moins les ranger en piles plus nettes le long des murs du garage de façon à pouvoir y caser à la fois la petite voiture de Jayne et ma Ford Explorer vieillissante.

Quelques secondes après avoir commandé l'ouverture de la double porte, j'ai entendu grincer les gonds de la porte de communication. Jayne tenait une bière dans chaque main.

— Il est pas un peu tôt pour ça ? ai-je fait remarquer en prenant néanmoins la bouteille de Sam Adams qu'elle me tendait.

— On s'en fout, a-t-elle dit en avançant la lèvre inférieure pour souffler sur une mèche de cheveux qui lui tombait sur les yeux. C'est samedi.

Nous avons trinqué avec nos bouteilles. Elle ne buvait pas la même chose que moi, l'étiquette de sa bouteille était en partie masquée par sa main.

Elle m'a regardé avaler une gorgée et a froncé les sourcils.

— On ne donne peut-être pas le bon exemple en buvant avant midi.

— Au moins, on ne vomit pas sur la terrasse, ai-je dit en souriant.

— J'ai des trucs à faire, a dit Jayne, et elle est retournée dans la maison.

J'allais prendre une autre gorgée quand mon portable a sonné. Je l'ai extirpé de ma poche arrière, ai vu

MAX sur l'écran. C'était une surprise de voir le nom de mon ancien voisin. On ne s'était pas parlé depuis longtemps.

— Allô ?

— Andy ?

— Hé, Max, ça fait un bail.

— Eh bien, heureusement que j'avais gardé ton numéro dans mon téléphone. Parce que je ne sais pas trop si je t'aurais retrouvé autrement. J'ai entendu dire que tu avais changé de nom et je ne connais pas le nouveau. Tu es toujours à Milford ?

— Non, ai-je répondu.

C'était gênant pour moi de parler de mon changement de nom, et je ne divulguais pas spontanément ma nouvelle identité.

— Je suis à Stratford maintenant. On traverse le Housatonic et on a l'impression d'être dans un autre État.

— Alors, tu vas trouver ça dingue, et je ne savais pas si je devais t'appeler ou pas, mais je me suis dit que tu voudrais savoir.

— De quoi s'agit-il, Max ?

— Alors, j'étais devant chez moi ce matin, et une voiture se gare dans ton allée. Enfin, ton ancienne allée. Pas devant ton ancienne maison, vu qu'ils ont reconstruit sur le terrain, mais...

— Je suis au courant, Max.

— Enfin bref, la voiture s'arrête et une femme en descend, et elle regarde la maison et là, elle devient comme folle, elle demande ce qui est arrivé à sa maison, où est-ce qu'elle est passée...

J'ai senti les poils de ma nuque commencer à se hérisser.

— Tu es toujours là ? a demandé Max.

— Je suis là.

— La petite voisine, celle qui habite dans la maison où se trouvait la tienne, elle est sortie et elle a dit à cette dame que c'était une maison neuve, que l'ancienne avait été démolie. La femme a paniqué, elle est remontée dans sa voiture et elle a filé. Elle n'a même pas refermé le hayon. On aurait dit qu'elle avait vu un fantôme. Ou que, je sais pas, c'était *elle*, le fantôme.

Max a marqué un temps d'arrêt, comme s'il se préparait pour la suite.

— Je sais que ça fait six ans que Brie a disparu, Andy, et que tout le monde s'imagine qu'il lui est arrivé malheur. Je ne voudrais pas te donner de faux espoirs et tout, mais…

Un autre silence, puis :

— Mais je pense que c'était elle.

J'avais besoin d'être certain d'avoir bien entendu.

— Tu peux répéter ?

— Brie, dit-il. Je pense que c'était Brie.

- 3 -

Audition de Charles Underwood, le 7 juin 2016, 12 h 30. Par l'inspectrice Marissa Hardy.

INSPECTRICE HARDY : Monsieur Underwood, quel est le nom de l'entreprise qui vous emploie ?

CHARLES : Triple-A-Pest Control. On est dans l'annuaire sous le nom AAA Pest Control, ce qui fait que c'est sur nous que vous tomberez en premier si vous avez un problème.

INSPECTRICE HARDY : Quand avez-vous reçu l'appel de Brie Mason ?

CHARLES : Samedi matin. Elle croyait avoir entendu quelque chose dans les murs pendant la nuit et elle était passablement affolée. Elle a laissé un message sur le répondeur vu qu'on ne répond pas au téléphone le week-end. Mais j'ai écouté le message et, comme elle avait l'air toute chamboulée, j'ai dit que je pourrais passer dans l'après-midi.

INSPECTRICE HARDY : Et quand êtes-vous arrivé à son domicile au... laissez-moi vérifier... 36 Mulberry ?

CHARLES : J'imagine qu'il était 14 heures, 14 h 30, ouais.

INSPECTRICE HARDY : C'est elle qui vous a ouvert ?

CHARLES : C'est exact.

INSPECTRICE HARDY : Il n'y avait personne d'autre dans la maison ?

CHARLES : Juste elle. Elle a dit que son mari était en déplacement, mais qu'il allait rentrer d'une minute à l'autre.

INSPECTRICE HARDY : Il est rentré ?

CHARLES : Pas pendant que j'étais là, non. J'ai eu l'impression... Parfois, quand vous êtes dans une maison avec une femme seule, ça la rend un peu nerveuse. Alors elle a peut-être dit ça pour que je ne tente rien.

INSPECTRICE HARDY : Pour que vous ne tentiez rien ?

CHARLES : Vous savez bien. Lui faire des avances ou quoi.

INSPECTRICE HARDY : Cela vous arrive parfois ? De faire des avances à vos clientes ?

CHARLES : Oh ça non ! Des fois, ce sont les clientes qui finissent par me draguer.

INSPECTRICE HARDY : Vraiment ?

CHARLES : C'est déjà arrivé. Un jour, une femme m'a appelé alors qu'elle n'avait même pas une araignée dans sa maison, mais elle voulait que je vérifie. Il y a des personnes qui se sentent seules, vous comprenez. Je ne suis pas un cadeau, je sais bien, mais certaines femmes peuvent être désespérées, si vous voyez ce que je veux dire.

INSPECTRICE HARDY : Vous êtes resté combien de temps ?

CHARLES : Une heure environ. Je n'ai vu aucun signe d'infestation d'aucune sorte, encore que, dans ce genre de vieille baraque, ça n'aurait pas été surprenant de trouver quelque chose. Des termites, à défaut de souris. Qui sait ? Les petits rongeurs peuvent facilement entrer dans une vieille maison. Vous saviez que les souris pouvaient grimper aux murs ? J'en ai vu qui étaient entrées par la grille d'évacuation d'une hotte de cuisine. Il a fallu qu'elles grimpent un mur de brique de deux mètres cinquante pour arriver jusqu'au conduit. Saviez-vous que...

INSPECTRICE HARDY : Et quand êtes-vous retourné à son domicile ?

CHARLES : Le lendemain matin.

INSPECTRICE HARDY : À quelle heure ?

CHARLES : Juste avant 11 heures, si je me souviens bien.

INSPECTRICE HARDY : C'est elle qui vous avait demandé de revenir ? Elle vous a appelé ?

CHARLES : Non, mais je me souviens lui avoir dit que je repasserais le lendemain pour voir si elle avait attrapé quelque chose. Je lui avais donné deux pièges. Du genre qui permettent de relâcher les souris à l'extérieur sans les tuer.

INSPECTRICE HARDY : C'est ce type de pièges que vous préconisez ?

CHARLES : Nous sommes tous des créatures de Dieu. Je n'ai pas toujours la conscience tranquille avec ce que je fais, pour être honnête. Piéger et empoisonner des bestioles. Mais faut bien payer les factures, pas vrai ?

INSPECTRICE HARDY : Comment Mme Mason vous a-t-elle paru ?

CHARLES : Le dimanche, vous voulez dire ? Parce qu'elle n'était pas là le dimanche. Et son mari non plus.

INSPECTRICE HARDY : Je parle du samedi. Elle était de quelle humeur ? Anxieuse ? Inquiète ?

CHARLES : Elle avait l'air un peu tendue, pour être honnête. Mais comme j'ai dit, avoir un homme dans la maison, ça l'avait peut-être rendue un poil mal à l'aise. Même si je ne pense pas avoir l'air menaçant. Vous trouvez, vous ?

INSPECTRICE HARDY : Vous avez l'air tout à fait charmant, monsieur Underwood. A-t-elle parlé de son mari, à part pour dire qu'il allait bientôt rentrer ?

CHARLES : Non, c'est à peu près tout ce qu'elle a dit.

INSPECTRICE HARDY : Bon, revenons au dimanche. Que s'est-il passé quand vous êtes revenu ?

CHARLES : J'ai frappé à la porte, mais personne ne m'a répondu. J'ai pensé qu'elle était chez elle parce que la voiture était dans l'allée.

INSPECTRICE HARDY : Une seule. Celle qui était là la veille ?

CHARLES : Ouais. Une petite Volkswagen. Une Golf.

INSPECTRICE HARDY : Et donc, le mari n'était pas présent.

CHARLES : Non. Mais je peux pas vous dire s'il est rentré chez lui entre le moment où je suis parti la veille et le lendemain matin.

INSPECTRICE HARDY : Très bien, continuez.

CHARLES : J'ai pensé qu'elle était peut-être aux toilettes, ou qu'elle était sortie faire un tour, ou qu'elle était dans le jardin. Alors j'ai frappé de nouveau et j'ai attendu, puis j'ai longé le côté de la maison jusqu'au jardin, mais elle n'y était pas non plus.

INSPECTRICE HARDY : Et c'est à ce moment-là que vous êtes parti ?

CHARLES : Non, non. Je me suis approché de la porte. Quand vous entrez de ce côté, vous vous retrouvez dans la cuisine, qui donne sur l'arrière. J'ai appelé au lieu de frapper. J'ai fait : « Hé, madame Mason, vous êtes là ? » Et je n'ai entendu aucune réponse. C'est à ce moment que j'ai remarqué que la porte n'était pas bien fermée.

INSPECTRICE HARDY : Elle était ouverte ?

CHARLES : Pas ouverte, mais quand vous laissez une porte se rabattre toute seule, il faut parfois la pousser un peu pour qu'elle se ferme correctement. Ça n'avait pas été fait. Ça va me valoir des ennuis ?

INSPECTRICE HARDY : Pourquoi auriez-vous des ennuis ?

CHARLES : Eh bien, ça pourrait être considéré comme une effraction, non ?

INSPECTRICE HARDY : Ne vous en faites pas pour ça. Continuez.

CHARLES : Le fait est que je voulais voir ce que ça avait donné avec la farine.

INSPECTRICE HARDY : La farine ?

CHARLES : Pour vérifier si vous avez des souris qui trottinent chez vous pendant la nuit, vous saupoudrez de la farine par terre pour voir s'il y a des empreintes.

INSPECTRICE HARDY : C'est ce que vous avez fait ?

CHARLES : Non, mais je lui ai dit d'en mettre avant d'aller se coucher. Elle avait l'air décidée à le faire. Je voulais jeter un coup d'œil pour voir s'il y avait des traces. Dans ce cas, on aurait pu traiter l'infestation avec des moyens plus agressifs.

INSPECTRICE HARDY : Où était-elle censée saupoudrer la farine ?

CHARLES : Par terre, devant l'évier. J'avais cru voir des crottes de souris sous l'évier et je m'étais dit que si elles se baladaient dans le coin, c'était là qu'il fallait répandre de la farine.

INSPECTRICE HARDY : Et vous aviez donc l'impression qu'elle était décidée à suivre ce conseil ?

CHARLES : Oui, j'étais pratiquement sûr qu'elle le ferait.

INSPECTRICE HARDY : Nous n'avons remarqué aucune trace de farine quand nous avons fouillé la maison.

CHARLES : Eh bien, peut-être qu'elle ne l'a pas fait ou...

INSPECTRICE HARDY : Ou quoi ?

CHARLES : Ou qu'elle a vu des traces le matin et qu'elle les a fait disparaître en passant l'aspirateur.

INSPECTRICE HARDY : Elle, ou quelqu'un d'autre.

- 4 -

Andrew

J'ai dit à Jayne que je faisais un saut à Home Depot pour acheter quelques sacs d'engrais et de désherbant pour le gazon. La pelouse devant la maison avait clairement besoin d'une petite cure de jouvence printanière.

Une fois au volant de l'Explorer, j'ai quitté mon quartier de Stratford, franchi le pont qui enjambe le Housatonic et me suis dirigé vers l'est de Milford, où je vivais autrefois avec ma femme, Brie. J'évitais non seulement cette partie de Milford, mais la ville tout entière, autant que faire se peut. Non pas tant parce que des endroits familiers risquaient de réveiller des souvenirs désagréables. Je n'avais pas besoin d'endroits familiers pour ça.

Je ne voulais simplement pas tomber sur des gens que je connaissais.

Comme j'habitais Stratford, toute proche, il y avait évidemment toujours un risque. Mais en allant dans d'autres magasins, en fréquentant d'autres restaurants, ce risque était au moins réduit. Si je n'avais pas déménagé, je serais toujours un visage connu de Mulberry Street et je devrais subir les inévitables questions et remarques, même six ans après la disparition de Brie.

« Vous n'avez aucune nouvelle, vraiment aucune ? »

« C'est de ne pas savoir qui doit être le pire, non ? »

« J'imagine à quel point vous devez vouloir faire votre deuil. »

On pouvait lire dans les pensées de ceux qui préféraient ne rien dire.

« C'est toi, le coupable ? »

« Tu as réussi à ne pas te faire pincer et tu es content de toi, hein ? »

Ou simplement :

« Pourquoi ? »

J'étais resté dans la maison de Mulberry presque toute une année après le drame, et j'en serais parti plus tôt si j'avais pu la vendre plus rapidement. Mais l'adresse était entachée. Les acheteurs potentiels étaient toujours au courant, d'une manière ou d'une autre, des histoires qui couraient sur les propriétaires ou, plus précisément, le propriétaire. À première vue, rien ne laissait supposer qu'un fait divers atroce s'y était produit. Ce n'était pas comme si quelqu'un avait été enterré dans le sous-sol ou qu'on avait planqué un cadavre au grenier. Mais cela n'atténuait pas beaucoup les préventions des possibles acquéreurs. Au moins, j'avais été autorisé à vendre. La maison était enregistrée au nom de mon entreprise. Si Brie et moi avions été copropriétaires, j'aurais eu besoin de sa signature pour conclure la vente ; la maison serait toujours là et, selon toute vraisemblance, j'y vivrais encore.

Le projet avait toujours été d'y effectuer d'importants travaux de rénovation, d'abattre certaines cloisons, de supprimer le grenier pour mieux aménager le deuxième étage, et de refaire la cuisine. Peut-être pour l'habiter, peut-être pour la vendre. Acheter une vieille maison, la retaper tout en l'occupant pour ensuite la revendre, c'était quelque chose que nous avions déjà fait trois fois auparavant, et Brie en avait plus qu'assez de ce mode de vie. C'était une source de tension importante qui avait failli nous coûter notre mariage. Ça, et deux ou trois autres dossiers. Mais nous nous demandions si nous n'allions pas nous installer pour de bon dans la maison de Mulberry.

La structure – sa carcasse, comme je l'appelais – était saine. Cela offrait une bonne base de départ, mais tout le reste était obsolète. Il fallait refaire l'électricité, la plomberie était dans un état catastrophique. J'avais arraché le placo sur certains murs et découvert que l'isolant était noir de moisissure. Le propriétaire précédent avait occupé la maison pendant près de cinquante ans, depuis la fin des années 1970, et il n'avait pas fait grand-chose à part remplacer les bardeaux de la toiture. L'électroménager vert avocat de la cuisine n'était qu'un élément d'une très longue liste de choses appelées à disparaître. Et ces toilettes roses dans la salle de bains du haut ?

« Ne me branche pas là-dessus », disait Brie.

Mais quand ma vie était devenue un spectacle public, matière à émission policière racoleuse et à spéculations sur les réseaux sociaux, j'avais eu besoin d'un nouveau départ. La maison a fini par se vendre, environ dix pour cent en dessous du prix que j'en demandais, et encore, je m'estimais heureux. J'ai déniché ma résidence actuelle sur l'autre rive, à Stratford, mais je n'ai pas acheté la maison. J'avais du mal à prendre des décisions qui impliquaient une forme de permanence, si bien que j'ai loué avec une option d'achat.

Pendant très longtemps, j'ai été une épave. C'est ce qui arrive quand votre femme disparaît et qu'on murmure dans votre dos que vous êtes coupable.

J'ai perdu mes amis, à l'exception d'un seul, et pendant une longue période je suis resté sans travail.

Personne n'avait envie d'embaucher le type qui pouvait avoir tué sa femme et s'être débarrassé du corps. J'ai bu. Énormément. L'alcool m'aidait parce que, sobre, j'étais incapable de dormir. La boisson parvenait au moins à m'assommer quelques heures.

Si j'ai poursuivi un seul objectif pendant les trois premières années qui ont suivi la disparition de Brie, c'est d'arriver à un stade de paralysie émotionnelle totale. Je voulais ne plus rien ressentir. Le bonheur, le simple contentement, n'était pas à l'ordre du jour, mais je ne voulais pas sombrer de l'autre côté non plus. L'alcool m'aidait à faire barrage à la dépression, à la culpabilité et au chagrin.

Du moins, jusqu'à un certain point.

Un jour, en me réveillant tout habillé dans une baignoire vide sans avoir aucun souvenir de ce qui m'avait emmené là, j'ai décidé qu'il était temps de faire un choix. Me tuer, ou me ressaisir. J'ai choisi la seconde option. C'est cet ami proche qui m'a aidé à m'en sortir.

Et j'ai remonté la pente, sans jamais toutefois m'extraire totalement de cet abîme. Jusqu'à ce que je rencontre Jayne Keeling, le jour où sa voiture a calé dans la file d'attente du MacDrive, bloquant une dizaine de véhicules derrière elle, dont le mien. Je l'ai aidée à déplacer sa voiture, et quelque chose a fait tilt entre nous.

C'est à ce moment-là que j'ai refermé la porte sur tout ce qui m'était arrivé ces six dernières années. Je ne voulais même pas que Jayne jette un coup d'œil dans cette pièce. J'avais peur qu'elle ne me quitte si elle apprenait ce que j'avais vécu, ce que certains me soupçonnaient d'avoir fait. Brie avait disparu et le monde allait devoir continuer à tourner sans qu'on sache jamais ce qu'il lui était arrivé.

Et puis j'ai reçu le coup de téléphone de Max.

Je ne savais pas quoi en penser.

« Je pense que c'était Brie. »

Ma femme, qui avait disparu depuis six ans et que beaucoup présumaient morte, se serait présentée à mon ancienne adresse ?

Impossible.

J'ai pensé que, si j'allais là-bas en personne, j'arriverais peut-être à soutirer d'autres détails à Max. Il avait aussi précisé qu'une jeune fille qui vivait dans la maison construite sur l'emplacement de la mienne avait vu cette femme. Je pourrais l'interroger, elle aussi.

J'avais le sentiment que mon univers, tel que je l'avais reconstruit, était sur le point de se déliter.

Il y avait tellement de choses que j'avais cachées à Jayne...

Max attendait ma visite, assis sur son porche, quand j'ai garé l'Explorer le long du trottoir, devant sa maison. Il a descendu les marches pour m'accueillir, m'a tendu la main.

— Andy. Ça fait plaisir... de te voir.

Plaisir et sûrement une drôle d'impression. Max et moi avions été de bons voisins, nous papotions le jour du ramassage des ordures quand nous nous retrouvions à sortir les poubelles et les déchets à recycler en même temps. S'il avait besoin d'une mèche pour sa perceuse, il pouvait me l'emprunter. Si je me retrouvais à court de glaçons un samedi soir, je pouvais compter sur lui. De temps à autre, Brie et moi les fréquentions, lui et sa femme, Ruth. Un barbecue dans le jardin une ou deux fois par an. Pour autant, nous n'étions pas proches à proprement parler.

Max m'a plus ou moins raconté la même version que celle qu'il m'avait donnée au téléphone. La Volvo noire qui se gare dans l'allée, la femme qui en descend et regarde la maison, son angoisse quand elle se rend compte que ce n'est pas celle qu'elle s'attendait à trouver. Sa description de la femme était imprécise. Elle *ressemblait* à Brie, mais il ne pouvait pas jurer que c'était elle. Il ne l'avait probablement pas vue à moins d'une dizaine de mètres.

— Mais qui d'autre serait bouleversé de voir que la maison n'est plus là ? a-t-il demandé. J'ai appris que les McGuire, à qui vous l'aviez achetée, étaient tous décédés, alors qui d'autre reviendrait ici en s'attendant à trouver une maison détruite depuis longtemps ?

Je ne savais absolument pas quoi répondre à cela.

Alors que nous nous tenions dans l'allée, j'ai regardé la maison qui se dressait à présent à la place de la mienne. C'était une construction spectaculaire. Anguleuse, moderne, avec beaucoup de surfaces vitrées. Elle jurait avec les autres maisons de la rue, plus anciennes, mais le quartier évoluait lentement et, d'ici dix ans, à mesure que d'autres seraient détruites et que de nouvelles sortiraient de terre, plus personne ne prêterait attention à celle-ci.

J'ai remarqué, installé discrètement sous l'avant-toit, un petit globe de verre : une caméra de sécurité dotée d'un objectif grand angle.

J'ai laissé Max planté là, franchi la limite entre les deux propriétés, et je suis allé sonner à la porte d'entrée. C'était un de ces carillons-caméra dont on fait tout le temps la publicité à la télévision. Ils étaient capables de prendre une photo correcte d'un visiteur sur le pas de la porte, mais la caméra sous l'avant-toit devait avoir un champ de vision plus large.

C'est un homme grand et costaud d'une quarantaine d'années qui m'a ouvert. Je me suis creusé la cervelle pour me rappeler le nom de l'acheteur sur l'acte de vente signé plusieurs années auparavant, mais il ne me revenait pas.

— Oui ? a-t-il dit.

— Désolé de vous déranger. Je m'appelle Andrew. J'ai vécu ici. Enfin, dans la maison qui a été démolie pour construire celle-ci.

L'homme a plissé les yeux.

— Andrew Mason ?

Je ne voyais pas l'intérêt de le corriger. C'était mon nom à l'époque, celui qui figurait sur les documents immobiliers. Le fait que je me fasse désormais appeler Andrew Carville semblait sans importance à cet instant précis.

— Oui, ai-je répondu. Je sais que je devrais me rappeler votre nom, mais il ne me revient pas.

— Brian. Brian Feehan.

— C'est ça, ai-je dit, en me rappelant alors qu'il y avait deux noms sur les documents. Et votre femme s'appelle Sonia.

— C'est ça.

— Votre voisin, Max, m'a passé un coup de fil tout à l'heure pour me raconter une scène dont il a été témoin. Ici. (J'ai agité la main en direction de l'allée.) Quelque chose à quoi votre fille, j'imagine, a aussi assisté.

Brian a lentement hoché la tête.

— Oui. C'était très bizarre. Une femme. Elle a fait toute une scène. Il y avait des provisions renversées un peu partout. C'est pour ça que vous êtes venu ? Parce qu'on les a gardées. On a tout mis dans un sac. C'est dans la cuisine.

— C'est très aimable à vous, mais non, ce n'est pas ça que je me demandais. (J'ai pointé l'index vers le ciel.) Vous avez un système de protection ?

— En effet.

— Je suppose que votre système enregistre des vidéos et les conserve pour une certaine durée. Et ça s'est passé il y a très peu de temps. J'espérais que vous me laisseriez y jeter un coup d'œil.

Brian m'a dévisagé avec méfiance.

— En quoi ça vous regarde ?

— Monsieur Feehan, je suis sûr que vous savez par quoi j'étais passé quand je vous ai vendu cette propriété. La tragédie personnelle à laquelle j'étais confronté.

— Oui... j'étais au courant.

— Bien entendu. C'est une des raisons pour lesquelles vous avez pu l'acheter dix pour cent de moins que le prix demandé. La maison avait un passif.

J'ignorais, au moment de vendre, que ma maison serait démolie et remplacée par une autre. Je me demandais si son passé sinistre avait été un facteur déterminant pour les Feehan, ou s'ils avaient prévu de la démolir de toutes façons. Si Brie n'avait pas disparu, nous aurions très bien pu suivre le même chemin et la remplacer par quelque chose d'aussi réussi que ce que les Feehan avaient construit.

J'ai continué :

— Sans entrer dans les détails, Max croit que ce qu'il a vu pourrait peser lourd sur ma situation. C'est pourquoi je vous serais reconnaissant de me laisser voir ce qu'il a vu.

L'expression qui est passée dans le regard de Brian Feehan, je l'avais surprise bien des fois au cours de ces six dernières années. *À quoi tu joues ?* se demandait-il. *Qu'est-ce que tu caches ? Pourquoi j'aiderais quelqu'un comme toi ?*

— S'il vous plaît, ai-je insisté. Ce n'est sans doute rien, mais on ne sait jamais.

Il m'a dévisagé encore une seconde, puis il a dit :

— Attendez ici.

Il est retourné à l'intérieur en fermant la porte. Il est revenu une minute plus tard avec une tablette à écran tactile. Il avait déjà ouvert une application qui permettait d'accéder à son système de protection. Sur l'écran s'affichaient quatre fenêtres vidéo, comme si nous étions sur le point d'avoir une discussion sur Zoom avec quelques amis qui n'étaient pas encore apparus dans les cadres. Chaque fenêtre offrait une vue différente de la propriété. Une montrait le jardin sur l'arrière ; deux autres, le côté de la maison ; la dernière était braquée sur l'allée et la rue.

— Je remonte à ce matin de bonne heure, a-t-il dit. C'est une installation à détecteur de mouvements : quand quelque chose bouge dans le champ de vision de la caméra, elle commence à enregistrer.

Je savais tout cela.

Il a tapoté sur la tablette pour agrandir les images captées par la caméra qui balayait le devant de la maison. Il a posé son index au bas de l'image, faisant défiler la matinée en avance rapide. Je m'étais mis à côté de lui pour voir l'écran.

— Là, a-t-il dit.

Le break Volvo ralentit, s'engage dans l'allée. La voiture s'arrête et, quelques secondes plus tard, la portière s'ouvre côté conducteur et une femme descend. Elle tourne immédiatement le dos à la caméra pour aller à l'arrière de la voiture, et quand elle se retourne face à la maison le hayon ouvert la masque en partie.

Puis elle émerge de derrière la voiture et fait quelques pas vers la maison.

Et se fige. Fait tomber ses sacs de courses.

Même s'il n'y avait pas de son, on la voyait articuler quelques mots. À ce moment-là, elle regarde directement la caméra.

L'image, cependant, n'était pas nette.

— Vous pouvez mettre sur pause ? ai-je demandé.

Brian s'est exécuté.

J'ai tendu la main.

— Vous permettez ?

Après un moment d'hésitation, il m'a remis la tablette. J'ai fixé l'écran quelques secondes, puis j'ai placé mon pouce et mon index sur l'image pour agrandir le visage de la femme.

L'image était toujours floue, juste plus grande. Et pourtant...

— Mon Dieu, ai-je dit tout bas.

- 5 -

Audition d'Andrew Mason, le 7 juin 2016, 16 h 13. Par l'inspectrice Marissa Hardy.

INSPECTRICE HARDY : Monsieur Mason, je vous remercie d'avoir répondu à cette nouvelle convocation. Comment allez-vous ?

ANDREW : À votre avis ? Comment vous iriez si votre conjoint avait disparu depuis deux jours ? Pas bien.

INSPECTRICE HARDY : Je comprends. Ce que vous traversez, c'est... c'est un cauchemar.

ANDREW : Sans blague. Dites-moi que vous avez trouvé Brie, ou que vous avez au moins une piste qui nous mènerait jusqu'à elle.

INSPECTRICE HARDY : Soyez assuré que c'est notre priorité numéro un et que nous faisons tout ce qui est en notre pouvoir pour retrouver votre femme, monsieur Mason.

ANDREW : *(marmonnements)*

INSPECTRICE HARDY : Juste pour vérifier que mes informations sont exactes, le nom de jeune fille de Brie est bien McBain ?

ANDREW : C'est exact.

INSPECTRICE HARDY : Elle a pris votre nom quand vous vous êtes mariés.

ANDREW : Oui.

INSPECTRICE HARDY : Elle ne serait pas un peu traditionaliste ? De nos jours, il semblerait que la plupart des femmes gardent leur nom quand elles se marient.

ANDREW : Quel est le rapport ?

INSPECTRICE HARDY : Il n'y en a peut-être aucun. Mais il est possible que votre femme, où qu'elle puisse être, n'utilise pas son nom de femme mariée. C'est bon à savoir.

ANDREW : Pourquoi utiliserait-elle un autre nom ?

INSPECTRICE HARDY : C'est une supposition, monsieur Mason. Je cherche simplement à en apprendre le plus possible sur son compte, y compris son nom avant que vous l'épousiez. Je pense qu'on devrait passer à autre chose. J'ai des questions à vous poser, et je sais que certaines vont vous sembler répétitives, que vous allez avoir l'impression que nous avons déjà couvert certains sujets, mais peut-être qu'en y revenant, vous vous rappellerez une chose à laquelle vous n'aviez pas pensé auparavant.

ANDREW : Vous perdez votre temps.

INSPECTRICE HARDY : Je sais que c'est peut-être votre sentiment. Et comme je l'ai dit, je comprends, mais il y a plusieurs choses que j'aimerais examiner avec vous.

ANDREW : Très bien.

INSPECTRICE HARDY : Revenons à la soirée du vendredi. Vous êtes parti aux alentours de 18 heures pour vous rendre à Sorrow Bay, où vous possédez une cabane.

ANDREW : C'est ça. « Cabane » fait très rustique, en réalité c'est assez confortable. Il y a tout le confort moderne, comme on dit. Une nouvelle cuisine, le Wi-fi. Mais oui, c'est au bord de l'eau et c'est notre résidence secondaire.

INSPECTRICE HARDY : Pour quelle raison Brie ne vous a-t-elle pas accompagné ?

ANDREW : C'était un week-end entre hommes.

INSPECTRICE HARDY : Il n'y avait que vous et un autre homme ? Gregoire Raymus ?

ANDREW : C'est exact.

INSPECTRICE HARDY : Votre ami et associé.

ANDREW : Oui. Tout le monde l'appelle Greg.

INSPECTRICE HARDY : Rappelez-moi quelle est votre activité.

ANDREW : On construit des trucs. Des petits centres commerciaux, des magasins, des immeubles, ce genre de choses.

INSPECTRICE HARDY : Vous connaissez M. Raymus depuis combien de temps ?

ANDREW : Une quinzaine d'années, je crois. On s'est rencontrés à la fac. En ingénierie. On est restés bons amis, on s'est associés.

INSPECTRICE HARDY : Et vous êtes allés là-bas ensemble ?

ANDREW : Non, je vous l'ai dit. Chacun a pris sa voiture parce que Greg ne pouvait pas se libérer aussi tôt que moi. Son chalet se trouve à environ trois cents mètres du mien.

INSPECTRICE HARDY : Il faut combien de temps pour y aller en voiture ?

ANDREW : Deux heures. Parfois un peu plus, s'il y a de la circulation à la sortie de Milford. Je peux mettre moins de deux heures quand il n'y a personne sur la route.

INSPECTRICE HARDY : Mmm.

ANDREW : Quoi ?

INSPECTRICE HARDY : Rien. Vous n'avez donc pas séjourné sous le même toit ?

ANDREW : Pas pour dormir. Nous avons dîné tard chez moi le vendredi soir, et chez lui le samedi.

INSPECTRICE HARDY : À quelle heure avez-vous quitté son chalet samedi soir ?

ANDREW : Avant 21 heures. Nous ne sommes plus vraiment des couche-tard. Il y a eu une époque où on aurait pu rester à boire jusqu'à minuit. Greg avait mal à la jambe et je crois qu'il avait pris quelques analgésiques.

INSPECTRICE HARDY : Qu'est-ce qu'elle a, sa jambe ?

ANDREW : Il était sur un chantier, debout sur un mur en construction, et il a cru pouvoir descendre en sautant au lieu de se servir de l'échelle. Il s'est cassé la jambe gauche, sous le genou. Mais elle est presque guérie.

INSPECTRICE HARDY : Et le dimanche matin, que s'est-il passé ?

ANDREW : Je me suis préparé un petit déjeuner, mais je suis allé prendre le café chez lui, vers 9 heures, je crois.

INSPECTRICE HARDY : Vous n'avez donc pas vu M. Raymus entre 21 heures la veille au soir et le moment où vous êtes allé prendre un café chez lui, dans la matinée.

ANDREW : C'est exact. On est allés pêcher et puis on est rentrés tous les deux dans l'après-midi.

INSPECTRICE HARDY : Vous avez pris du poisson ?

ANDREW : Non.

INSPECTRICE HARDY : À quelle heure êtes-vous rentré chez vous ?

ANDREW : Juste après 15 heures.

INSPECTRICE HARDY : Et Brie n'était pas présente.

ANDREW *(AVEC UN SOUPIR)* : Non. Combien de fois avons-nous répété…

INSPECTRICE HARDY : Mais la voiture était là ? Et la maison n'était pas fermée ?

ANDREW : C'est ça. Comme je ne la trouvais pas, j'ai pensé qu'elle était peut-être allée se promener.

INSPECTRICE HARDY : Qu'avez-vous fait ?

ANDREW : J'ai appelé son portable et je l'ai entendu sonner dans la maison. À l'étage. Il était en charge, à côté du lit. Ce n'était pas normal. C'est à ce moment-là que j'ai commencé à m'inquiéter. J'ai cherché dans toute la maison. Je me suis demandé si elle n'était pas tombée dans l'escalier du sous-sol.

INSPECTRICE HARDY : Pourquoi avoir pensé cela ? Elle avait l'habitude de trébucher ?

ANDREW : Non, mais ça peut arriver. Je cherchais partout.

INSPECTRICE HARDY : Quand lui aviez-vous parlé pour la dernière fois ?

ANDREW : La veille au soir. On s'est parlé en FaceTime pour pouvoir se voir. Elle m'a dit qu'elle avait fait venir un dératiseur bizarre parce qu'elle pensait qu'on avait peut-être des souris.

INSPECTRICE HARDY : Elle a dit qu'il était bizarre ?

ANDREW : Ouais, enfin, pas plus que ça. Que c'était un exterminateur qui n'aimait pas exterminer. Ça lui a paru un peu étrange. À moi aussi. Vous l'avez interrogé ?

INSPECTRICE HARDY : Oui.

ANDREW : Il faut que vous vous intéressiez de près à lui. C'est la dernière personne qui l'a vue vivante.

INSPECTRICE HARDY : Eh bien, à proprement parler, non. Vous l'avez vue pendant votre conversation en FaceTime.

ANDREW : D'accord, mais c'est la dernière personne à avoir été en sa présence.

INSPECTRICE HARDY : Vous dites qu'il est la dernière personne à l'avoir vue vivante. Vous pensez qu'elle est morte ?

ANDREW : Ce n'est pas ce que j'ai voulu dire. Je n'en ai aucune idée. Je prie pour qu'elle soit saine et sauve, qu'il y ait une explication à tout ça.

INSPECTRICE HARDY : Et la farine ?

ANDREW : La quoi ?

INSPECTRICE HARDY : Vous n'avez pas remarqué de la farine sur le sol de la cuisine ?

ANDREW : Elle m'a dit qu'elle en avait mis pour voir s'il y aurait des empreintes de souris le lendemain matin.

INSPECTRICE HARDY : Avez-vous vu de la farine par terre quand vous êtes rentré ?

ANDREW : Non.

INSPECTRICE HARDY : Vous ne l'avez pas aspirée ?

ANDREW : Non.

INSPECTRICE HARDY : Et vous n'avez plus reparlé à votre femme après cet appel du samedi soir ?

ANDREW : Non. C'est... c'est la dernière fois que j'ai parlé à Brie.

INSPECTRICE HARDY : Vous avez besoin de faire une pause, monsieur Mason ?

ANDREW : *(inintelligible)*

INSPECTRICE HARDY : Monsieur Mason ?

ANDREW : Ça va.

INSPECTRICE HARDY : Voulez-vous un verre d'eau ?

ANDREW : Non, ça ira, merci.

INSPECTRICE HARDY : Donc, vous l'avez appelée sur son portable et vous avez fouillé la maison. Et après ?

ANDREW : J'ai fait le tour du quartier en voiture, en espérant tomber sur elle. J'ai appelé une de ses amies, Rosie Holcomb. Je ne voulais pas l'affoler, je lui ai juste demandé si Brie était là, et elle m'a répondu que non. Je vous ai appelée peu après. Enfin, la police. J'ai appelé la police vers 17 heures, je crois.

INSPECTRICE HARDY : C'est exact. L'appel a été reçu à 17 h 03. Vous avez l'air très fatigué, monsieur Mason.

ANDREW : Je n'ai pas dormi depuis deux jours.

INSPECTRICE HARDY : Pensez-vous que votre femme ait pu décider de tout plaquer ?

ANDREW : Non. Ça ne tient pas debout.

INSPECTRICE HARDY : Même si votre mariage connaissait quelques difficultés ?

ANDREW : Je vous demande pardon ?

INSPECTRICE HARDY : Des difficultés. Je pensais à une séparation, un possible divorce...

ANDREW : Mais d'où est-ce que vous sortez ça ?

INSPECTRICE HARDY : Vous êtes en train de me dire qu'il n'y avait aucun nuage entre vous ?

ANDREW : On a traversé une période difficile, mais on est allés de l'avant après ça. On vous a raconté quelque chose ?

INSPECTRICE HARDY : Une période difficile ?

ANDREW : Écoutez, Brie a eu cette très courte... Je ne sais pas comment appeler ça. Ce n'était pas une liaison ou quoi.

INSPECTRICE HARDY : Quel est le nom de cette personne ?

ANDREW : Je ne vois pas l'intérêt de rendre son existence plus misérable qu'elle ne l'est déjà. Et de toute façon, j'ai moi-même fait l'idiot dans ce domaine.

INSPECTRICE HARDY : Serait-ce avec Natalie Simmons ?

ANDREW : Mon Dieu !

INSPECTRICE HARDY : C'est bien la femme avec laquelle vous avez eu une liaison, non ?

ANDREW : *(inintelligible)*

INSPECTRICE HARDY : Je suis désolée, vous disiez ?

ANDREW : Son nom. L'homme avec qui Brie a eu une aventure.

- 6 -

Albert McBrain poussa avec hésitation la porte de la chambre d'hôpital et entra sans faire de bruit. Il ne voulait pas réveiller sa mère qui dormait peut-être. Il s'installerait dans le fauteuil recouvert de vinyle en face de son lit et jouerait à Reversi sur son portable, ou sortirait son calepin à spirale de sa poche et prendrait quelques notes pour la pièce qu'il avait écrite et qu'il était en train de mettre en scène, et il attendrait qu'Elizabeth McBain se réveille d'elle-même.

Il n'aurait pas dû s'inquiéter : en s'approchant du lit, il vit qu'elle regardait fixement la télévision suspendue à un bras articulé fixé au plafond. Les écouteurs glissés dans ses oreilles étaient à peine visibles sous ses cheveux gris filasse. Sa mâchoire se déplaçait d'avant en arrière, indiquant à Albert qu'elle grinçait des dents, un tic qu'elle avait quand elle était en colère.

Avant de se rendre compte de la présence de son fils dans la chambre, elle marmonna « Idiots ! » et « Abrutis ! ».

Puis elle l'aperçut qui se tenait là. Son expression courroucée se mua en sourire et, d'un geste maladroit, avec ses bras grêles, elle retira ses écouteurs.

— Albert, dit-elle en essayant de se redresser.

— Laisse-moi t'aider.

Il passa un bras dans son dos et l'aida à s'asseoir, en prenant une seconde pour jeter un coup d'œil à la télévision et voir ce qui l'avait mise en rogne. C'était une des chaînes du câble, où un panel d'experts débattaient du dernier scandale en cours à Washington.

— Bonjour, maman. Comment allons-nous aujourd'hui ?

Elizabeth pointa un index osseux vers l'écran.

— Tu ne vas pas croire ce que cette andouille vient de dire. Ils ne font que répandre des mensonges, sans aucune espèce de considération pour les faits. Ils savent qu'ils mentent, mais ça excite leur base et c'est comme ça qu'ils font leur beurre. Des cons, tous autant qu'ils sont.

— Je sais, je sais, dit-il pour essayer de la calmer.

— Que sont devenus les faits ? Que sont devenues les preuves ? continua-t-elle d'une voix haletante.

— Détends-toi, dit Albert. Tu t'essouffles quand tu es contrariée.

Elle soupira et ferma brièvement les yeux pour retrouver son calme.

— Je vais très bien. (Elle brandit de nouveau son index.) C'est juste que ces mensonges...

— Maman, parlons d'autre chose. Comment s'est passée ta nuit ? Tu as bien dormi ?

Nouveau soupir.

— Ils ne vous laissent jamais vous reposer, ici. Ils vous réveillent aux aurores.

Albert hocha la tête avec compassion.

— C'est qu'ils démarrent leur journée plus ou moins sur le coup des 6 heures.

Sa mère lui lança un regard noir : il sut aussitôt qu'il avait fait une boulette et aurait voulu pouvoir effacer ses paroles.

— Albert, on ne « démarre » pas la journée, on la « commence », et on dit « sur le coup de » et pas « sur le coup des ».

Il esquissa un petit sourire.

— C'était peut-être juste pour te tester.

Sa mère leva les yeux au ciel. Elizabeth n'avait jamais pu s'empêcher de les reprendre, lui et ses sœurs, quand ils s'exprimaient mal. Elle était certes retraitée depuis presque vingt ans, mais elle n'avait pas oublié ce qu'une carrière dans la presse écrite lui avait appris. Elle était passée par plusieurs quotidiens du Connecticut, en commençant à Hartford, puis en faisant des allers-retours entre New Haven et Bridgeport, presque tout le temps au poste de secrétaire de rédaction, transformant la copie bourrée de fautes des journalistes en quelque chose qui était non seulement lisible, mais qui présentait peu de risques qu'il faille publier une correction dans l'édition du lendemain. Toute sa vie durant, Elizabeth McBain avait pourfendu l'approximation, la pensée confuse, les accusations sans preuve. C'était une bataille qu'elle menait également à la maison. Si Elizabeth demandait à un de ses enfants comment s'était passée sa journée à l'école et qu'elle s'entendait répondre « Pas mal », elle exigeait des développements. Pourquoi « pas mal » et pas « génial » ? Quelle était la source de la déception ? Un problème avec les copains ? Une mauvaise note à un contrôle ? Un devoir oublié ?

Albert tripota l'oreiller de sa mère jusqu'à ce qu'elle le chasse d'un geste de la main. Il parut vexé, un court instant, mais il était habitué à sa brusquerie. Son caractère tranchant était même une des choses qu'il aimait le plus chez elle. Et il était étrangement reconnaissant à l'idée que, si sa mère devait vivre ses derniers jours, ce soit maintenant, et pas quand ce virus faisait rage.

À cette époque, on ne l'aurait probablement pas autorisé à lui rendre visite.

— Ta sœur est là ? demanda Elizabeth.

— Non. Je pense qu'Izzy passera en fin d'après-midi.

Elle hocha la tête avec lassitude.

— Elle est venue hier soir avec Norman. Quel spectacle, dit-elle avec un soupir.

— De quoi parles-tu ? demanda Albert, qui savait très bien où elle voulait en venir.

— Elle est montée ici la première pendant que Norman garait la voiture, et quand il est arrivé elle l'a questionné pour savoir où est-ce qu'il l'avait garée. Au parking, répond-il. À quoi elle rétorque que c'est trop cher, qu'il aurait dû trouver une place gratuite dans une rue alentour. J'ai cherché et je n'ai pas trouvé, se défend-il. Tu n'as pas dû chercher beaucoup, réplique-t-elle. Moi, j'arrive toujours à trouver une place... Ça n'en finissait pas.

— Tu risques d'avoir droit au même sketch si elle vient cet après-midi.

Nouveau soupir.

— Comment se présente la nouvelle pièce ? demanda-t-elle.

Albert se rembrunit.

— On est tellement en retard... La première est dans moins de deux semaines, personne ne connaît son texte sur le bout des doigts, la construction du plateau traîne en longueur et les billets se vendent au compte-gouttes.

— Ça va aller, dit-elle en tendant une main flétrie pour tapoter la sienne. Les choses se mettent toujours en place au dernier moment. C'est ça, le théâtre amateur. Tout le monde a un emploi régulier, sa propre vie, comme toi à la banque, tu sais. Ce sont tous des bénévoles. L'important, c'est que tout le monde aime ce qu'il fait. Et beaucoup de spectateurs attendent la dernière minute pour acheter leurs billets. Il viendra beaucoup de gens qui n'auront pas réservé, tu verras.

— J'espère que tu as raison, mère, dit Albert, qui faisait davantage penser à un petit garçon qu'à un homme adulte. (Il l'appelait presque toujours *mère* au lieu de maman. Cela lui paraissait plus respectueux, plus formel. Plus révérencieux.) Je ne sais même plus si la pièce vaut quelque chose.

— Mais si, mais si. Je l'ai lue et je l'ai beaucoup aimée. Il y a des passages très drôles.

— Elle est censée être drôle tout du long.

— Oh, elle l'est ! Tu sais quel mot la décrit le mieux ? *Loufoque.* C'est très loufoque.

Albert sourit avec gratitude, s'en remettant à l'opinion de sa mère.

— Merci.

— Comment vont... Dierdre et les enfants ?

— Bien, dit-il sur un ton un peu morose. Dierdre et moi envisageons maintenant une séparation à l'essai.

Le chagrin envahit le visage d'Elizabeth.

— C'est une chose terrible que de quitter ce monde en sachant qu'il faut aussi s'attrister de cela.

— Peut-être... peut-être qu'on va trouver une solution.

— Oh, je t'en prie ! J'ai beau être au bout du rouleau, on ne me berne pas si facilement.

— Oui, dit Albert, je sais. (Il marqua une pause, rassemblant ses pensées.) C'est une femme bien, Dierdre. Une mère merveilleuse pour les enfants. Mais... l'étincelle s'est perdue. Et elle... elle n'accepte pas que j'aie des rêves, tu comprends ? Elle est jalouse de mon engagement dans le théâtre. Ce n'est pas ma faute si, de son côté, elle n'a rien qui lui procure de la joie. J'ai essayé de l'impliquer. Avec les costumes, ou la billetterie. Bref. En tout cas, je suis là pour Randy. Je l'emmène aux entraînements. Pareil avec Lyla, quand elle a besoin de quelque chose. Elle est dans l'équipe de foot maintenant. (Il s'interrompit de nouveau, les yeux dans le vague.) Est-ce que j'ai tort d'avoir un rêve ?

Elizabeth ne trouva rien de secourable à lui dire.

— Un jour, un homme ou une femme de théâtre, un producteur de New York, verra mon travail et ma carrière sera lancée. Ça pourrait arriver. Qu'est-ce que je ne donnerais pas pour sortir de la banque et ne jamais revenir, ne plus jamais avoir à approuver un prêt immobilier !

— Tu as un rêve, dit Elizabeth presque avec dédain. Et moi aussi.

Albert sourit avec compassion.

— Je sais.

Elle détourna le regard.

— L'important, c'est que tu te rétablisses pour pouvoir sortir d'ici et rentrer à la maison.

— Pas de ça, Albert. Le cancer me ronge. Sans ces foutus antalgiques qu'on me donne, je ne serais pas capable de tenir cette conversation.

— On ne sait jamais. Tu pourrais entrer en rémission. Tu aurais plus de temps. Plus de temps pour être avec nous tous.

— Pas *tous*, corrigea Elizabeth.

Elle ferma les yeux plusieurs secondes, comme si la conversation, à peine entamée, l'avait déjà épuisée.

— Je sais.

— Ce n'est pas mourir, le pire. C'est de mourir sans savoir.

— Mère, nous ressentons tous la même chose, dit Albert, puis, après un silence : Et cette lettre, en décembre dernier ?

Elizabeth produisit un petit sifflement de dérision.

— Cette cinglée qui a écrit une lettre en prétendant être elle ? Je t'en prie. La police n'arrête pas de recevoir ce genre de canulars idiots. Des voyantes bidon, quelqu'un qui l'a vue être téléportée dans un vaisseau spatial.

Elle ferma les yeux un court instant, écrasant une larme qui perlait.

— Même la certitude qu'elle est morte serait mieux que rien, je suppose. Si je croyais au paradis, ce serait peut-être une consolation. L'idée que nous serions réunies. Mais il n'y a pas d'au-delà, dit Elizabeth en secouant la tête. Quand c'est fini, c'est fini.

— Je ne sais pas quoi te dire. On serait tous prêts à donner n'importe quoi pour savoir où est Brie. Savoir si elle vivante... ou pas.

Le regard d'Elizabeth s'était reposé brièvement sur la télévision.

— Les faits, dit-elle. Plus personne ne s'y intéresse.

Elle regarda de nouveau Albert, sourit faiblement et lui tapota la main.

— Je suis désolée. Je n'ai pas l'intention de causer des difficultés. Je vous connais, toi et Izzy, vous essayez tous les deux de dire et de faire ce qu'il faut. Il n'y a rien à dire ni à faire. Je suis très fière de vous. Je suis fière de mes trois enfants. De toi et d'Izzy. Et de Brie. Je n'ai jamais cessé de me demander où elle pouvait être.

— Je sais.

— Izzy non plus n'a jamais tourné la page. Je ne dis pas que c'est ton cas, comprends-moi bien, mais c'est différent avec elle. La haine, son désir de vengeance l'ont consumée. Ça la ronge. Elle déteste tellement Andrew, elle est tellement convaincue de sa culpabilité... J'ai beau lui demander : où sont tes preuves ? Donne-moi autre chose qu'une simple intuition. Parfois, je me dis qu'Andrew n'y était peut-être pour rien. Et si Izzy se trompait ? Dans ce cas, pense à quel point nous avons été infects avec lui pendant tout ce temps. Il a souffert lui aussi, tu sais. Il a perdu sa femme. Il a perdu l'amour de sa vie.

Albert serra de nouveau la main de sa mère. À mesure que le cancer s'étendait et que la fin approchait, elle ne parlait presque plus que de Brie. Le fait de savoir ce qui lui était vraiment arrivé lui apporterait-il le moindre réconfort s'il s'avérait que sa fille était morte ?

Albert en doutait.

— Je pense que si Brie était vivante, dit-il avec hésitation, et qu'elle était au courant de ton état de santé, elle trouverait un moyen de venir te voir.

La porte s'ouvrit et un infirmier entra dans la chambre.

— Hé ! lança-t-il avec une gaieté surjouée. Comment va-t-on aujourd'hui, madame McBain ?

Elle regarda son fils et roula des yeux.

— C'est la grande forme.

— Je venais juste voir si vous aimeriez descendre dans l'atrium, histoire de changer de décor.

— Non, merci.

— Je repasserai plus tard au cas où vous changeriez d'avis.

L'infirmier tourna les talons et s'en alla.

Albert se pencha au-dessus de sa mère et l'embrassa sur le front.

— Je reviendrai te voir cet après-midi. Tu veux que je te rapporte quelque chose ?

— Tu sais ce que je veux, dit-elle avant de fermer lentement les paupières.

- 7 -

Andrew

Je dois admettre que voir l'image de la femme debout dans l'allée m'a fait un choc et qu'un juron m'a échappé.

L'image n'avait pourtant rien de concluant.

Cette femme – cette femme floue, qui plus est – ressemblait-elle vaguement à mon épouse, Brie ? Oui. Elle avait à peu près la même taille. Elle avait les cheveux châtains et coiffés de la même manière. Au-dessus des épaules et ondulés autour du visage. À sa façon de se mouvoir entre la portière et le hayon de la voiture, je ne pouvais pas vraiment dire si sa démarche était similaire à celle de Brie. Elle n'avait fait que quelques pas. Ce n'était pas suffisant.

C'est quand elle regardait directement la maison et faisait tomber ses provisions, apparemment stupéfaite, qu'on la voyait le mieux.

La maison qui était censée être là avait disparu.

Si Brie devait miraculeusement réapparaître au bout de six ans, et que d'une façon ou d'une autre ces six années avaient passé pour elle comme un seul jour, il est évident que descendre d'une sorte de machine à voyager dans le temps et découvrir que sa maison a disparu et a été remplacée par une autre aurait eu de quoi lui donner le vertige.

Mais l'idée même paraissait grotesque.

Impossible.

Qui qu'elle soit, la femme qui s'était présentée ce matin-là ne pouvait pas être Brie.

À moins que...

— Vous avez terminé ? a demandé Brian Feehan en tendant la main.

— Je voudrais m'envoyer cette image par mail.

Brian a eu l'air de chercher une raison quelconque de dire non, puis, n'en trouvant aucune, il a dit lentement :

— Très bien, allez-y.

Il m'a fallu une seconde pour comprendre comment exporter la photo, après quoi j'ai saisi mon adresse électronique et j'ai appuyé sur Envoyer. Quelques instants plus tard, j'ai entendu le ding signalant la réception d'un message dans ma poche de devant.

Je lui ai rendu la tablette.

— Merci.

— Alors ? a-t-il demandé. Qui est-ce ?

— Aucune idée.

— Mais vous voulez quand même la photo.

— Désolé pour le dérangement.

En retournant vers ma voiture, j'ai sorti mon téléphone pour vérifier que la photo était bien arrivée depuis l'adresse électronique de Brian Feehan. J'ai ouvert ma messagerie, me suis assuré que l'image était au moins d'aussi bonne qualité que sur sa tablette – ce qui ne voulait pas dire grand-chose –, puis je l'ai refermée.

Et je me suis demandé ce que j'allais bien pouvoir en faire. Comment étais-je censé réagir ?

Est-ce que je devais être choqué ? perplexe ? plein d'espoir ? inquiet ?

Perplexe, je l'étais certainement. Tant que je ne savais pas exactement qui était sur cette photo, je voyais difficilement quelle autre réaction j'aurais pu avoir. Étais-je censé croire que Brie était revenue, au bout de six ans ?

Je me posais des questions, mais je ne savais pas trop lesquelles ni à qui les adresser. J'avais néanmoins besoin de parler à quelqu'un. J'ai sorti mon téléphone, ouvert ma liste de contacts et fait défiler les noms jusqu'aux R. J'ai tapé sur un nom, collé le portable à mon oreille et attendu qu'on décroche.

— Salut. Quoi de neuf ?

— Greg, c'est moi. Comment ça va ?

— J'ai connu pire. Mais je continue à acheter des billets de loterie pour pouvoir vivre de mes rentes. Qu'est-ce qui t'arrive ?

— Il faut qu'on parle.

— Ouais, bien sûr, a-t-il répondu avant d'ajouter à voix basse : Tu es encore au fond du trou, mec ?

— Non, ce n'est pas ça.

— Parce que tu as l'air à jeun.

— Je le suis.

— Bien, c'est très bien. Je ne veux plus jamais te revoir dans l'état où tu étais ce jour-là. Alors, il se passe quoi ?

— Il faut que je te montre quelque chose. Où es-tu ?

— Tu vois la vieille galerie marchande de Trumbull Gate ? Celle qu'ils ont fermée ?

J'ai dû faire un effort de mémoire. Il me faudrait entre quinze et vingt minutes pour arriver au nord-ouest de Milford.

— Ouais, et je pourrai mettre le GPS s'il le faut. Qu'est-ce que tu fous là-bas ?

— Je ramasse les miettes. Un des proprios, un vieux copain, me laisse farfouiller, récupérer un tas de bricoles qui pourraient me servir avant qu'ils organisent une vente aux enchères. Ça va de la plomberie aux garde-corps en passant par les extincteurs. Toutes sortes de trucs.

— Depuis quand tu fais dans la récup', toi ?

— Il n'y a pas de petites économies. En tout cas, c'est là que je suis. Passe par l'entrée de service côté sud. C'est le seul accès. Cherche ma caisse. Tu croiseras peut-être Julie.

— Julie ?

— Elle est géniale. Elle va te plaire. On la repère facilement, elle a les cheveux turquoise. C'est le genre avant-gardiste.

— J'arrive, ai-je dit avant de rempocher mon téléphone.

J'avais la main sur la portière quand je me suis rendu compte que Max se dirigeait vers moi.

— Andy, attends, a-t-il lancé. Tu as pu la voir sur la caméra de surveillance de Brian ?

— J'ai vu quelqu'un.

— C'était Brie ? a-t-il demandé avec excitation.

— Je ne sais pas qui c'était.

Il s'est mordu la lèvre inférieure.

— J'espère ne pas avoir ouvert la boîte de Pandore. Je sais que cette histoire t'a vraiment détruit. Et je tiens à ce que tu saches que je n'ai jamais cru à aucune des vilaines choses qui se disaient sur toi. J'ai entendu les rumeurs, j'ai vu ce qu'ils t'ont fait. Mais je pense te connaître, savoir quel genre de personne tu es.

Max a marqué un temps d'arrêt, comme s'il attendait que je le remercie de ne pas m'avoir pris pour un meurtrier. Mais je n'ai rien dit.

— Alors, quand j'ai vu ce que j'ai vu, je me suis dit, mon Dieu, si c'est vraiment Brie, il faut que je le prévienne. Pas seulement parce que ce serait une nouvelle incroyable qu'elle soit saine et sauve, mais ça chasserait ce nuage suspendu au-dessus de ta tête depuis tout ce temps.

— Tu n'as pas à t'inquiéter pour moi. J'ai appris à faire avec tout ça.

Max a eu un hochement de tête entendu.

— Bien sûr, bien sûr, je comprends.

J'ai ouvert la portière et levé la jambe, prêt à me hisser sur le siège conducteur de l'Explorer.

— Une chose encore, a dit Max.

J'ai reposé le pied sur la chaussée.

— Quoi donc, Max ?

— Tu dois comprendre que ce que j'ai fait, c'était pour t'aider.

Je me suis rappelé d'un coup ce que je trouvais exaspérant chez lui quand j'étais son voisin : sa façon de toujours tourner autour du pot.

— Crache le morceau, Max.

— D'accord, eh bien, tu n'es pas la seule personne que j'ai appelée.

J'ai attendu.

— J'ai passé un coup de fil à l'inspectrice Hardy. Tu te rappelles l'inspectrice Hardy ?

Je me rappelais très bien l'inspectrice Hardy.

- 8 -

Audition d'Isabel McBain, le 8 juin 2016, 15 h 14. Par l'inspectrice Marissa Hardy.

ISABEL : Vous l'avez arrêté ?

INSPECTRICE HARDY : Non, madame McBain, nous ne l'avons pas arrêté.

ISABEL : Qu'est-ce que vous attendez ?

INSPECTRICE HARDY : Ce que vous m'avez dit l'autre jour ne prouve pas que M. Mason ait tué votre sœur, madame McBain.

ISABEL : Bien sûr que si. Il voulait partir avec cette autre femme. Il fallait qu'il se débarrasse de ma sœur pour pouvoir commencer une nouvelle vie avec elle. Il n'avait pas envie de s'embêter avec les tracas d'un divorce. Ça me paraît assez limpide. Je ne comprends pas pourquoi vous ne vous rendez pas à l'évidence.

INSPECTRICE HARDY : Cela peut éventuellement constituer un mobile quand un conjoint disparaît. Mais rien ne prouve que M. Mason ait fait le moindre mal à Brie.

ISABEL : Parce que les preuves, vous ne les avez pas trouvées. Et vous ne l'avez pas trouvée, elle. Ce n'est pas une preuve en soi ? Que vous soyez incapable de la trouver ? Il l'a tuée et s'est débarrassé du corps. Vous croyez vraiment qu'il est resté dans son chalet pendant tout ce temps ? Je sais combien de temps il faut pour y aller. Il aurait pu rentrer au milieu de la nuit, la tuer, et avoir le temps de retourner au lac. Vous avez perquisitionné son chalet ?

INSPECTRICE HARDY : Nous avons des hommes sur place, oui. Pour fouiller le chalet et les bois. Toute la propriété et au-delà. La police de l'État s'est rendue sur les lieux.

ISABEL : C'est là qu'il l'a enterrée. Vous verrez.

INSPECTRICE HARDY : Madame McBain, je sais que vous nourrissez une grande animosité à l'égard de votre beau-frère, mais des sentiments hostiles ne constituent pas des preuves. Je veux néanmoins revenir sur une partie de vos déclarations concernant la relation de M. Mason avec Natalie Simmons.

ISABEL : Il se la tapait. Voilà ce que je sais.

INSPECTRICE HARDY : Quand j'ai questionné M. Mason sur Mme Simmons...

ISABEL : Il n'a pu vous dire que des mensonges.

INSPECTRICE HARDY : Il n'a pas cherché à dissimuler le fait qu'il avait eu une relation avec Mme Simmons, mais il a dit qu'elle avait été de courte durée, que cela remontait à plus de six mois, et que lui et Brie avaient surmonté ça.

ISABEL : Ouais, à d'autres.

INSPECTRICE HARDY : Pourquoi rejetez-vous cette version ?

ISABEL : Brie était anéantie par ce qu'il avait fait. Je me fiche de savoir que ça n'a pas duré longtemps. Si ça n'avait été qu'un coup d'un soir, ça aurait déjà été dévastateur, mais c'était plus sérieux que ça.

INSPECTRICE HARDY : Combien de temps cela a duré, alors ?

ISABEL : Eh bien, d'après Brie, au moins deux semaines. J'ai vraiment dû lui tirer les vers du nez. J'ai découvert la chose par hasard. J'étais passée chez elle et j'ai vu qu'elle avait pleuré, alors j'ai insisté pour qu'elle me raconte tout. Elle a essayé de me faire croire que ce n'était pas si grave, mais on ne me la fait pas.

INSPECTRICE HARDY : Comment M. Mason a-t-il rencontré cette femme ?

ISABEL : Je ne sais pas trop. Je me suis renseignée sur son compte de mon côté : elle est allée à l'université du Connecticut, la fac qu'a fréquentée Andrew, alors je ne sais pas, peut-être qu'elle l'a trouvé en cherchant d'anciens petits copains sur Facebook et qu'elle a repris contact.

INSPECTRICE HARDY : M. Mason n'est pas sur Facebook.

ISABEL : Alors il l'a peut-être rencontrée au café ou au centre commercial. Pourquoi me demandez-vous ces détails ? Ce n'est pas votre boulot ?

INSPECTRICE HARDY : À votre connaissance, M. Mason s'est-il montré infidèle à d'autres occasions ?

ISABEL : Pas que je sache, mais ça ne me surprendrait pas.

INSPECTRICE HARDY : Brie ne vous a-t-elle pas dit que son mari et elle avaient recollé les morceaux ?

ISABEL : *(inintelligible)*

INSPECTRICE HARDY : Je vous demande pardon ?

ISABEL : Oui, elle l'a dit. Mais c'était juste pour faire bonne figure, à mon avis. Elle savait à quel point j'étais furieuse contre Andrew et elle voulait le montrer sous un meilleur jour. Et justifier le fait qu'elle ne l'avait pas quitté.

INSPECTRICE HARDY : À votre connaissance, M. Mason s'est-il déjà montré violent ? A-t-il frappé votre sœur ? Avez-vous remarqué des traces de coups ? Est-ce qu'elle avait un bleu, par exemple, et vous racontait qu'elle s'était cognée à une porte ou quelque chose comme ça ?

ISABEL : Non.

INSPECTRICE HARDY : Et sur le plan psychologique ?

ISABEL : Avoir une liaison, c'est faire preuve de violence psychologique. Vous êtes mariée ? Si votre mari vous trompait, ce ne serait pas une forme de violence pour vous ?

INSPECTRICE HARDY : Nous ne sommes pas là aujourd'hui pour discuter de ma relation avec ma compagne. Êtes-vous en mesure de donner des exemples spécifiques de violences psychologiques exercées par Andrew Mason sur Brie ? Quand vous les voyiez ensemble, lui parlait-il de façon irrespectueuse, la menaçait-il ? Est-ce que Brie semblait avoir peur de lui ?

ISABEL : Pas exactement.

INSPECTRICE HARDY : Changeons de point de vue. M. Mason m'a expliqué que Brie aussi avait été infidèle. Vous étiez au courant de cela ?

ISABEL : Non. Il a dit qui c'était ?

INSPECTRICE HARDY : Oui.

ISABEL : Qui ?

INSPECTRICE HARDY : Je ne partagerai pas cette information avec vous, madame McBain. Je veux vérifier l'alibi de cette personne.

ISABEL : J'imagine que ce n'est même pas vrai. Andrew se cherche des excuses. Il veut justifier ce qu'il a fait en racontant qu'elle l'a fait aussi. Et même si c'est vrai, ça ne change rien. La seule raison pour laquelle elle aurait pu faire une chose pareille, c'est qu'Andrew ne la traitait pas bien. C'était horrible de vivre avec lui. Vous savez ce qu'il lui faisait ?

INSPECTRICE HARDY : Je vous écoute.

ISABEL : Il rénove des maisons. Donc, ils en achètent une qui a besoin de travaux, et ils vivent là pendant qu'il la retape. C'est le chaos total d'habiter une maison qu'on est en train de désosser. Et puis, quand la rénovation se termine et qu'ils ont un endroit agréable où vivre, il vend, réalise un bénéfice, puis il achète une autre maison à rénover et recommence tout à zéro. Vous imaginez vivre dans ces conditions ?! Ne jamais vous sentir chez vous. Brie ne le supportait plus.

INSPECTRICE HARDY : Je ne suis pas sûre que ce que vous décrivez constitue une violence psychologique.

ISABEL : Je vous demande simplement de faire votre travail.

INSPECTRICE HARDY : Où étiez-vous le week-end dernier ?

ISABEL : Je vous demande pardon ?

INSPECTRICE HARDY : J'essaye de me faire une idée de l'emploi du temps de chacun. D'établir une chronologie, ce genre de chose.

ISABEL : Nous sommes partis samedi et avons passé la nuit à Boston. Pour voir de la famille.

INSPECTRICE HARDY : Nous ?

ISABEL : Mon mari, Norman, et moi. Et ça me rend malade. Si nous étions restés, nous aurions peut-être pu faire quelque chose. Si elle avait des ennuis, Brie m'aurait sûrement appelée. Vous savez, au lieu de me parler, vous devriez être dehors en train de la chercher.

INSPECTRICE HARDY : C'est ce que nous faisons, croyez-moi. M. Mason soutient que Brie et lui se sentaient coupables et pleins de regrets après ce qu'ils avaient fait, et que cela les a poussés à réexaminer leur mariage, que cela les a en fait rapprochés.

ISABEL : Et vous y croyez ?

INSPECTRICE HARDY : Pas vous ?

ISABEL : Ce que je crois, c'est qu'il faut que vous interrogiez Natalie Simmons pour voir ce qu'elle a à dire. Peut-être qu'Andy lui a assuré qu'il était vraiment amoureux d'elle, qu'il voulait faire sa vie avec elle, mais qu'il devait d'abord se débarrasser de ma sœur.

INSPECTRICE HARDY : Nous avons l'intention d'interroger toutes les parties concernées par notre enquête.

ISABEL : Vous ne lui avez pas encore parlé ?

INSPECTRICE HARDY : Non.

ISABEL : Je rêve ! Quel genre d'inspectrice êtes-vous ? Vous auriez dû l'interroger dès que je vous ai donné son nom.

INSPECTRICE HARDY : Je le ferai. Quand nous l'aurons trouvée.

- 9 -

Andrew

Au moment où je m'éloignais de la rue où Brie et moi avions vécu et où avait eu lieu cette scène étrange, j'ai remarqué une voiture venant en sens inverse. Pas vraiment besoin d'être Jack Reacher[1] pour savoir que c'était une voiture de police banalisée. Noire ou gris foncé, aucun chrome, les enjoliveurs les plus bas de gamme du marché. Depuis le temps, on aurait pu penser que les flics comprendraient qu'appliquer un liseré, un simple filet de carrosserie à dix dollars aurait rendu leurs véhicules moins facilement repérables.

Mon premier réflexe a été de me laisser couler sur le siège, jusqu'à disparaître sous la vitre, mais ce n'est pas évident quand on conduit. Alors je suis resté assis, le dos bien droit, et j'ai pris sur moi pour ne pas tourner la tête quand nous nous sommes croisés. Me comporter comme un badaud ne ferait qu'attirer l'attention sur moi.

Mais j'avais eu le temps de voir le conducteur et d'avoir la confirmation qu'il s'agissait de l'inspectrice Marissa Hardy.

1. Personnage de fiction, héros de la série de films éponymes, Jack Reacher est un ancien policier militaire.

Merci, Max. Merci beaucoup.

Elle n'avait pas changé depuis la dernière fois que je l'avais vue, peut-être un an et demi plus tôt. Je l'avais vue très souvent, évidemment, dans les dix-huit mois et quelques qui avaient suivi la disparition de Brie, et sporadiquement après ça. Une rencontre par-ci par-là, pour me faire savoir qu'elle ne m'avait pas oublié. Elle m'aurait sans doute rendu visite plus souvent si je ne m'étais pas payé les services d'une avocate, Nan Sokolow, et n'avais pas menacé le service de Hardy d'une plainte pour harcèlement.

L'inspectrice avait toujours les cheveux poivre et sel, coupés presque à ras, et ses lunettes extra-larges à monture noire. J'avais toujours pensé qu'elle ressemblait davantage à une austère bibliothécaire de prison pour femmes qu'à un flic, mais c'était peut-être un stéréotype injuste à l'égard des bibliothécaires de prison. Quoi qu'il en soit, Marissa ne s'était certainement jamais rendue aimable. Elle était dépourvue d'humour, agaçante et, je suppose qu'il faut lui reconnaître cette qualité, implacable. Ce n'était pas le genre de personne que vous souhaitiez avoir sur vos talons si vous aviez quelque chose à vous reprocher.

Elle allait sans doute réapparaître dans ma vie à présent, à moins qu'elle ne considère le témoignage de Max et les images de la caméra de surveillance des voisins comme peu concluants. Sauf que je ne m'imaginais pas Hardy réagir de la sorte : si elle avait la moindre occasion de refaire de ma vie un enfer, elle la saisirait.

J'ai quitté la ville vers le nord sur le Milford Parkway et, arrivé au Merrit Parkway, j'ai emprunté la longue bretelle en courbe pour m'engager sur les voies en direction de l'ouest. Je suis resté sur la voie rapide jusqu'à Trumbull, où j'ai pris la sortie de White Plains Road.

Après quelques virages, je suis parvenu au Trumbull Gate Mall. Il ne m'avait pas fallu plus de quinze minutes.

Cela faisait quelques années que l'endroit n'était plus une destination de shopping. Le vaste parking était désert, à part son extrémité sud qui avait été sécurisée et remplie de Hyundai neuves. Un concessionnaire local louait manifestement cet espace pour y entreposer son stock. Même si Greg m'avait dit de passer par l'entrée de service sud, j'ai fait le tour du centre commercial pour me familiariser avec les lieux.

Toutes les fenêtres ainsi que les principaux points d'accès avaient été condamnés. La plupart des centres commerciaux étant davantage tournés vers l'intérieur que vers l'extérieur – ce qui expliquait leur grande laideur –, ils n'avaient de toute façon pas beaucoup de vitrages en façade. Le périmètre extérieur d'un centre commercial était d'ordinaire constitué d'un dédale de corridors en parpaing qui assuraient l'approvisionnement des boutiques sans que la marchandise transite par la galerie principale.

J'ai trouvé l'entrée de service sud, partiellement masquée par une façade factice qui devait permettre aux semi-remorques d'être déchargés sans être vus du public. Une Audi A3 noire du début des années 2000 était garée là, derrière l'énorme pick-up de Greg. Toutes sortes de matériaux de construction étaient entassés sur le plateau. Des sections de rambarde, des canalisations, plusieurs torses et membres de mannequin, des dalles de plafond intactes.

Sur l'aire de chargement, une porte ordinaire était maintenue entrebâillée au moyen d'une cale en bois. Au moment où je tendais la main pour saisir la poignée, elle s'est ouverte de l'autre côté.

Une femme est sortie. Surprise de tomber sur moi, elle m'a ensuite adressé un large sourire.

— Tu dois être Andrew, a-t-elle dit. Je suis Julie.

Elle a tendu la main. Elle était presque telle que Greg l'avait décrite au téléphone. Des cheveux turquoise coupés court, avec aussi quelques mèches noires. Menue et immédiatement enjouée, avec un sourire qui lui mangeait la moitié du visage.

— Salut.

— Oh, et puis zut, a-t-elle dit en me serrant un instant dans ses bras. Greg m'a tellement parlé de toi que j'ai l'impression de te connaître.

— Eh bien, ai-je dit, un peu pris de court. Ravi de te rencontrer.

— J'y vais, a-t-elle annoncé. Je reviens tout à l'heure avec d'autres donuts.

Je n'avais pas le souvenir que Greg soit particulièrement accro à la malbouffe. Elle dut remarquer ma perplexité car elle ajouta :

— Ce n'est pas pour lui. Tu verras. Entre et laisse-toi guider par le vrombissement et les coups de marteau. Tu le trouveras. Faut que je file.

Elle s'est dirigée vers l'Audi alors que j'entrais dans le bâtiment. Je me suis frayé un chemin dans la zone technique, que les clients ne voyaient jamais, jusqu'à atteindre une porte qui ouvrait sur l'intérieur du centre commercial proprement dit. Les espaces publics abandonnés ont quelque chose de particulier qui vous file la chair de poule. Le centre commercial comportait deux niveaux, avec une ouverture centrale permettant de regarder la galerie inférieure depuis celle du dessus. J'étais entré au niveau du rez-de-chaussée, près d'une des grandes enseignes commerciales abandonnées, un magasin Sears, JCPenney ou Kohl's, autrefois prospère.

D'innombrables panneaux de toiture s'étaient détachés de la galerie marchande de l'étage qui surplombait le rez-de-chaussée et leur disposition aléatoire évoquait un jeu de marelle pour psychotiques. Les arbres plantés dans les jardins intérieurs, qui autrefois apportaient une touche de verdure dans la galerie marchande, étaient à présent morts et effeuillés. Des tentacules de lierre sortant de ces mêmes jardins serpentaient sur le sol jonché de débris comme des créatures échappées d'un film d'extraterrestre. De l'eau dégouttait d'une fenêtre de toit fissurée, sans doute après une averse nocturne. Un escalier mécanique rouillé et immobile se trouvait juste devant. Sa main courante en caoutchouc avait disparu et plusieurs marches manquaient, ce qui le faisait ressembler à une bouche édentée verticale.

Je ne voyais personne, mais cela ne voulait pas dire que j'étais le seul être vivant ici. Un écureuil a monté l'escalator en bondissant. Deux pigeons m'ont survolé. Un rat se faufilait à l'intérieur de ce qui avait été, à en juger par l'enseigne craquelée au-dessus de la devanture, une boulangerie Cinnabon.

Plus loin, devant l'entrée d'un des magasins abandonnés, j'ai aperçu un sac de couchage cradingue roulé en boule contre le mur. Il n'y avait rien d'étonnant à ce que l'endroit ait quelques squatteurs, des sans-abri qui y trouvaient refuge en attendant que le complexe s'effondre.

J'ai été brièvement surpris par une ombre volant au-dessus de moi. J'ai levé les yeux et aperçu non pas un pigeon, mais ce qui ressemblait à un faucon, d'après son envergure. J'étais plongé dans un univers post-apocalyptique miniature.

Et si les lieux paraissaient inquiétants maintenant, j'imaginais ce que cela devait être la nuit. Le courant avait très certainement été coupé, et sans le plafond vitré qui courait d'un bout à l'autre du centre commercial j'aurais eu bien du mal à trouver mon chemin sans lampe-torche.

Étant donné que l'endroit ne grouillait pas de clients, le son portait et, quelque part au niveau supérieur, j'entendais le bruit d'une perceuse électrique. J'ai monté l'escalator avec précaution, en enjambant les trous, et une fois parvenu au niveau supérieur j'ai marqué un temps d'arrêt, guettant un nouveau coup de perceuse.

Comme je n'entendais plus rien, j'ai décidé de faire du bruit.

— Greg ! ai-je appelé, ma voix résonnant dans l'espace abandonné.

Une dizaine de boutiques plus loin, un homme équipé de lunettes de protection est apparu, a regardé dans ma direction et m'a fait un signe de la main.

— Je suis là ! a crié Greg.

Je n'étais pas surpris qu'il travaille un samedi. Il avait toujours été un malade du boulot, en même temps qu'un fonceur.

Greg et moi avions connu des hauts et des bas au fil des années, mais nous n'avions jamais cessé d'être amis. Je n'avais gardé aucune relation de mes années de lycée, étant passé d'école en école en fonction des familles d'accueil où j'étais placé à l'époque. Mais j'avais mis de l'argent de côté pour aller à UConn, l'université du Connecticut, et c'est là que je m'étais lié d'amitié avec Greg.

À la fac, il se faisait généralement appeler par le prénom que ses parents lui avaient donné : Grégoire. Il pensait que c'était peut-être le bon moment pour miser sur son prénom français – sa mère, originaire de Lyon, était tombée amoureuse de son père, natif d'Albany, quand elle était venue en Amérique dans le cadre d'un échange étudiant. Enfant, il s'était toujours fait appeler Greg parce que ses camarades de classe se moquaient de son vrai prénom, faisant exprès de l'écorcher en l'appelant « Greg-Wire ». Mais une fois à UConn, il se l'était réapproprié, jugeant que cela lui donnerait une aura internationale. « Ça sonne sexy, m'avait-il confié à l'époque.

— Ben, moi, je ne trouve pas », avais-je rétorqué, et je l'avais toujours appelé Greg.

Nous avions fait connaissance pendant les cours d'ingénierie que nous avions en commun, et j'avais rapidement identifié chez Greg les traits de caractère qui me faisaient défaut. J'étais aussi prudent qu'il était aventureux. Je soupesais consciencieusement les conséquences de mes actes alors qu'il était impulsif. Je me rappelle que je m'étais inscrit à des cours qui compléteraient ma formation d'ingénieur. Maths, physique, ce genre de choses. Greg suivait la même voie que moi, mais quelques secondes avant de faire ses derniers choix, il avait appris qu'une étudiante suédoise canon, qu'il voulait à tout prix mettre dans son lit, allait suivre le cours de sciences politiques, et il s'y était inscrit lui aussi. Il se foutait pas mal de la politique, mais il voulait plus que tout s'asseoir en amphi à côté de cette fille. Tel est pris qui croyait prendre : à la dernière minute, elle avait laissé tomber les sciences politiques au profit d'un cours de sciences de l'environnement.

Greg n'était pas simplement aventureux. Je le considérais comme téméraire. C'était lui qui s'introduisait dans la piscine de la fac après la fermeture pour un bain de minuit, qui conduisait la voiture de son père, quand il l'avait pour le week-end, à fond de train jusqu'au sommet d'une petite colline dans l'espoir de la faire décoller, qui avait sauté d'une falaise dans une ancienne carrière remplie d'eau, qui s'était un jour approprié un magnétoscope littéralement tombé d'un camion en train de livrer un magasin d'électronique. Pour résumer, il en avait.

Si son caractère impulsif s'était quelque peu assagi avec l'âge, il avait gardé un état d'esprit juvénile. Et sous la bravade et le côté taquin, il y avait un bon cœur. Greg avait gardé un œil sur moi après la disparition de Brie. C'était lui qui m'avait découvert, évanoui, tout habillé, dans cette baignoire.

« Mec, m'avait-il dit à ce moment-là, il faut que tu te ressaisisses. Je ne vais pas te laisser te mettre dans des états pareils. »

C'était un miracle, à bien des égards, que nous soyons restés amis.

Nous avions autrefois été associés. Nous dirigions une entreprise de construction, mais au cours des mois qui avaient précédé la disparition de Brie, plusieurs contrats qui auraient pu nous mettre sur de bons rails nous étaient passés sous le nez. Nous avions décidé, à la suite de ces échecs, de dissoudre l'entreprise et de partir chacun de son côté.

Depuis, Greg s'était maintenu à flot, passant d'un chantier à l'autre, offrant généralement des ristournes aux clients disposés à payer en liquide. Et, s'il y avait une baisse d'activité, il s'essayait à quelque chose de totalement différent, comme passer un mois sur un bateau de pêche, ou rejoindre une équipe sur un chantier de voirie. (« La fac m'a bien préparé à tourner la pancarte Stop-Ralentir », m'avait-il dit un soir autour d'une bière.)

Greg avait une longueur d'avance sur moi question impulsivité, mais c'est ce même trait de caractère qui le mettait parfois en difficulté. Et il voulait bien admettre que j'étais celui qui était capable de réfléchir assez rapidement pour le tirer d'affaire. Comme le jour où, deux ou trois ans après avoir quitté la fac, alors qu'on faisait la tournée des bars à Hartford, Greg, qui devait en être à sa dixième bière, avait frappé et mis

K.-O. un type qui ne lui avait rien fait au moment même où une voiture de police se rangeait sur le parking. Comme nous n'avions pas le temps d'organiser une fuite, j'avais frappé Greg, lui mettant le nez en sang, et lui avais dit de laisser tomber.

Quand les flics s'étaient approchés et avaient découvert la scène, je leur avais tout expliqué : l'autre type avait cogné le premier, cassé le nez de mon copain, et Greg avait eu à peine une seconde pour répliquer.

J'avais réussi à le sortir de là avant que l'autre reprenne connaissance. Heureusement que nous avions réglé l'addition en liquide : il n'y avait pas de reçu de carte de crédit permettant aux flics de remonter jusqu'à nous. Le nez de Greg était toujours légèrement tordu, grâce à moi.

À présent, alors que je m'approchais, je vis qu'il avait une cigarette au bec, comme à l'accoutumée. Pour parfaire son image à la fac, il s'était mis à acheter du tabac français et des feuilles à rouler d'importation pour confectionner ses propres cigarettes. Le rituel élaboré que cela nécessitait était devenu une composante de son identité, et cette manie ne l'avait jamais quitté.

Il tenait à la main une scie sabre sans fil, un de ces gadgets qui ressemblait à un pistolet-mitrailleur Uzi, avec une lame puissante qui dépassait à son extrémité comme une baïonnette miniature, et qui allait et venait à la vitesse de la lumière.

— Ça me fait plaisir de te voir, mon pote, a-t-il dit en posant sa scie et en jetant le dernier millimètre de sa cigarette pour pouvoir me prendre dans ses bras.

— À moi aussi.

Greg semblait avoir un peu maigri depuis la dernière fois que je l'avais vu, un ou deux mois plus tôt. Il avait les traits plus tirés – son visage et son cou étaient ombrés par une barbe de deux jours, comme d'habitude –, et la peau sous son menton pendait quelque peu. Ses cheveux gris étaient aussi plus clairsemés, mais c'était toujours un beau gosse, même si on lui aurait donné cinquante ans alors qu'il venait seulement de passer le cap de la quarantaine.

— Dommage que tu aies raté Julie, a-t-il dit. Elle tenait vraiment à te rencontrer.

— On s'est croisés quand je suis arrivé. C'est nouveau, elle et toi ?

— Cinq, six semaines, je crois. Elle est super, c'est une crème. Elle essaye de faire de moi quelqu'un de meilleur, a-t-il dit avec un grand sourire. Qui aurait cru que j'avais besoin de m'améliorer ?

— Alors, qu'est-ce que tu fous ici ?

— Je suis la hyène qui se nourrit sur la carcasse, a-t-il déclaré non sans fierté. Ils vont bientôt tout foutre par terre, et j'ai négocié un deal avec la boîte qui va s'en charger pour passer quelques jours ici et récupérer des trucs parfaitement utilisables. Il y a des centaines de centres commerciaux à l'agonie dans le pays. Victimes des achats en ligne, de la faillite de grosses enseignes, et puis tu ajoutes à ça une putain de pandémie... Les centres commerciaux n'arrivent pas à s'en sortir.

J'ai secoué la tête, m'étonnant du fait que cette énorme structure vive ses derniers jours. Je me suis avancé pour agripper le garde-corps qui surplombait le niveau inférieur, embrassant la vue.

— Je ne m'appuierais pas là-dessus si j'étais toi, a averti Greg. J'ai déjà commencé à virer les boulons de fixation. Je pourrai les réutiliser d'une centaine de manières différentes. Sur un balcon, autour d'une terrasse...

Je me suis reculé.

— J'ai vu ton pick-up. On dirait que tu as déjà fait le plein. Des mannequins ?

Il a éclaté de rire.

— Toutes sortes de boîtes seraient prêtes à les acheter. La dernière fois, j'ai mis la main sur des enseignes de magasin. Genre, un McDonald's, un Baskin-Robbins. Les gens se les arrachent et les accrochent dans leurs salles de jeux. Tu vois l'énorme abri de jardin que j'ai derrière chez moi ? Je vais y entasser le plus de trucs possible. (Il cherchait au fond de sa poche des feuilles et une petite blague à tabac pour se rouler une autre cigarette.) Comment ça va avec Jayne ?

Ils s'étaient rencontrés deux ou trois fois depuis que Jayne s'était installée chez moi.

— Bien. Et maintenant on a son frère à la maison. Tyler. Seize ans. Son père est mort, et il est un peu paumé. À la dérive, tu comprends ? Il me fait penser à moi quand j'avais son âge, quand j'étais ballotté de foyer en foyer.

J'ai pris conscience que quelqu'un approchait. Pensant que Julie était revenue, je me suis retourné pour la saluer, mais il s'agissait d'un jeune homme d'une vingtaine d'années qui venait vers nous en traînant les pieds. Ses vêtements étaient usés et crasseux, et il ne semblait pas s'être rasé depuis au moins une semaine.

— Salut, Neil, a dit Greg. (Il a désigné d'un geste du pouce la boutique dont il était sorti.) Il y a une boîte de donuts là-dedans. Sers-toi, mais laisses-en quelques-uns pour les autres.

Neil a souri.

— Merci, mec. Désolé de vous interrompre.

Il est entré dans la boutique de son pas traînant tandis que j'interrogeais Greg du regard.

— Quelques sans-abri vivent ici en attendant qu'ils démolissent tout, m'a-t-il expliqué à voix basse. Julie et moi, on leur apporte des friandises. Mieux vaut les avoir dans la poche si tu veux partager les lieux avec eux. Je leur donne des trucs à faire de temps en temps, un billet de vingt pour charger mon pick-up. Alors, qu'est-ce que tu racontes ?

J'ai sorti mon téléphone et j'ai affiché la photo que je m'étais envoyée depuis la tablette de Brian. Je l'ai tendu à Greg sans un mot. Il a examiné l'image, puis l'a agrandie avec son pouce et son index.

— Qu'est-ce que je suis censé voir ? a-t-il demandé.

— Ça a été pris il y a quelques heures, par une caméra de surveillance. À l'endroit où se trouvait ma maison. C'est l'allée.

— D'accord. Et ?

Je lui ai rapporté ce que Max m'avait dit. Et ce que la femme de la photo aurait déclaré. Demandant ce qui était arrivé à sa maison.

Greg continuait à scruter l'image.

— Où est-ce que tu veux en venir ? Tu insinues quoi ?

— Je n'insinue rien. Je te montre ça et j'attends ta réaction.

Il a regardé l'image cinq secondes de plus avant de me rendre le téléphone. Il a fini de confectionner sa cigarette, l'a glissée entre ses lèvres et l'a allumée avec un briquet qu'il a sorti de sa poche de chemise.

— J'en sais rien, vieux. À quoi tu penses ?

— L'image n'est pas très bonne.

— Sérieux, tu sais ce que c'est ? Juste une femme qui s'est trompée de rue. Elle s'est plantée dans son itinéraire. Peut-être qu'il s'agit d'un de ces services de livraison de courses à domicile. Ça a explosé depuis le Covid. Elle a fait une erreur. La semaine dernière, un livreur Uber Eats s'est pointé chez moi alors que je n'avais rien commandé. C'était pour quelqu'un d'autre. Les gens sont étourdis.

— Peut-être. Ça n'explique pas pourquoi elle a eu la trouille au point de tout faire tomber et de repartir aussi sec.

Greg a tiré une taffe et retenu un moment la fumée dans ses poumons avant de la recracher. J'avais grillé des tas de cigarettes en cachette quand je vivais en famille d'accueil, sans en prendre vraiment l'habitude. Je n'étais donc pas un expert en matière de tabac, mais la marque que Greg affectionnait avait un arôme caractéristique.

Il m'a regardé droit dans les yeux.

— Franchement, Andy, je n'ai pas la moindre idée de ce qui se passe, mais tu ne dois pas t'emballer. Ça ne peut pas être Brie. Je veux dire, d'accord, vite fait et de loin, on pourrait les confondre, mais ça n'a aucun sens. Qu'est-ce qu'on est censés déduire de ça ? Qu'elle a subitement réapparu comme si cinq ans...

— Six.

— Quoi ?

— Six. Ça fait six ans.

— Bon sang, ça fait vraiment aussi longtemps ?

— Ouais.

— Bref, on est censés penser que Brie est en fait saine et sauve et qu'elle a traversé une sorte de continuum espace-temps, comme dans *Star Trek*, et qu'elle a cru se retrouver six ans en arrière et s'attendait à retrouver la maison où elle avait vécu ?

— Je ne sais pas ce qu'on est censés penser.

À ce moment-là, Neil est ressorti de la boutique, mâchant un donut qu'il tenait d'une main, un deuxième dans l'autre. Il l'a levé et a dit :

— Celui-là, c'est pour Karen, d'accord ?

— Pas de problème, a dit Greg qui s'est retourné vers moi et a dit tout bas : Il est ici avec sa petite amie. Tu imagines un peu, vivre ici avec quelqu'un ?

J'ai fait non de la tête.

— Quoi qu'il en soit, il y avait un reportage aux infos l'autre jour sur un sale pervers qui a enfermé deux femmes chez lui pendant des années, et une des deux s'est échappée. Eh bien, je peux te dire qu'après avoir fui elle ne s'est pas pomponnée pour aller au supermarché avec son break. Ce que je veux dire, c'est que si Brie était revenue, ou qu'elle s'était enfuie ou quoi, elle serait allée voir la police.

— Bien sûr.

— Écoute, je sais que c'est difficile de tourner la page, de mettre ça derrière toi. Quand je t'ai trouvé inconscient dans cette baignoire, je me disais que c'était une sorte de tournant. Tu t'es ressaisi après ça, envers et contre tout. Tu as cette nouvelle fille dans ta vie. Et un nouveau nom, ce qui revient à repartir de zéro, non ?

— Ouais.

— Tu fais rentrer un peu d'argent ? Tu payes les factures ?

— Ouais, comme toi. Un boulot ici, un autre là. Je vais attaquer les finitions du sous-sol d'un client. J'ai fait deux terrasses le mois dernier. C'est relativement stable.

— C'est bien, très bien. Ne laisse pas cette photo t'embrouiller la tête. Tu as une vie agréable maintenant.

— Tu es en train de dire que je devrais ignorer cette photo ? Faire comme si je ne l'avais jamais vue ?

Greg a poussé un soupir.

— Si c'était Brie, si c'était vraiment elle, sortie de nulle part, tu crois que la première chose qu'elle ferait serait d'aller acheter des œufs et des frites surgelées ? Non. Elle *t'appellerait*. En admettant que c'est elle sur cette photo, alors qu'est-ce qu'elle a foutu pendant six ans ? Elle est allée faire des courses et elle s'est paumée ? Elle erre dans un Walmart depuis la dernière fois que tu l'as vue ?

Greg a posé la main sur mon épaule.

— Désolé, vieux. C'était... maladroit. Je sais combien ça a été dur pour toi. Tout ce temps à ne pas savoir, à cogiter. Mais il n'y a pas de réponse rationnelle à ça. Ça ne peut pas être elle. Impossible.

Il semblait essayer de se convaincre lui-même autant qu'il essayait de me convaincre.

— Est-ce que ton voisin... Comment s'appelle-t-il ?

— Max.

— Ce Max, il n'aurait pas vu une équipe de tournage dans le coin ?

— Une équipe de tournage ?

— Ouais, c'est peut-être une de ces émissions où ils reconstituent des crimes. Le genre « Qu'est-il arrivé à... ». Ou bien une sorte de canular. (Son visage s'est éclairé et il a claqué des doigts.) Ça y est, j'ai pigé.

— Quoi ?

— Ce type, celui qui a fait construire une maison neuve sur ton terrain... C'est une jolie baraque, non ?

— Oui, très jolie.

— Je sais, je suis passé devant un jour. Très classe. Donc, quelqu'un veut acheter cette maison. Mais d'abord il faut faire flipper le propriétaire. Genre, lui faire croire qu'un esprit qui vivait là revient les hanter, lui et sa famille.

— C'est vraiment n'importe quoi.

— Ils terrorisent le type jusqu'à ce qu'il se débarrasse de la maison en dessous du prix du marché.

J'ai soupiré.

— Tu es dingue.

Il a souri d'un petit air satisfait.

— D'accord, je suis sûr que ton explication est plus raisonnable.

— Il faut que j'y aille, ai-je dit.

— Laisse-moi te poser une question, et ne le prends pas mal, d'accord ?

— Vas-y.

— Qu'est-ce qui t'inquiète le plus ? Que l'apparition de cette femme ne soit qu'une mauvaise farce ou une mise en scène qui t'aura donné de faux espoirs ? Ou alors...

— Ou alors quoi ?

— Ou alors... que ce soit vraiment Brie ? Et que son retour bouleverse ton univers ?

- 10 -

Jayne commençait à se demander si Andrew n'avait pas eu un problème. Un aller-retour à Home Depot n'aurait pas dû lui prendre aussi longtemps. Il avait l'habitude de la prévenir quand il était retardé.

Peut-être qu'il était tombé sur une connaissance. Ou qu'il n'avait pas trouvé son bonheur à Home Depot et avait décidé de tenter sa chance dans une autre enseigne. Même s'il lui semblait peu probable que Home Depot soit à court d'engrais et de désherbant pour gazon.

Jayne envisagea de lui téléphoner, mais elle ne voulait pas qu'il se sente harcelé, ou lui donner l'impression qu'elle attendait un compte-rendu circonstancié de ses faits et gestes. Elle lui faisait confiance, n'avait pas besoin de le placer sous surveillance. Il s'était montré tellement généreux envers son frère et elle qu'elle n'avait pas envie qu'il se dise que les accueillir tous les deux sous son toit avait été une mauvaise décision.

Jayne aimait cet homme. Il n'était pas parfait. Elle le savait. Peut-être qu'un de ces jours ils finiraient même par se marier, mais le mariage était un sujet qu'Andrew avait tendance à éviter. Le pire étant quand il plongeait dans une profonde déprime, comme s'il était accablé par un poids invisible. Ces sautes d'humeur l'inquiétaient et elle essayait de l'amener à se confier, le faire parler de ce qui le préoccupait, mais il expliquait toujours que ce n'était rien. Il s'était pourtant montré communicatif sur son adolescence, après la mort de ses parents, et sur ses multiples séjours chez différentes familles d'accueil.

Andrew lui avait même dit qu'il avait été marié pendant un certain temps, mais que ça n'avait pas marché, et elle n'avait pas insisté quand il avait refusé de fournir des détails. Elle supposait que cette relation avait laissé des blessures psychologiques qui n'étaient pas cicatrisées. Les cinq ou six dernières années de la vie d'Andrew demeuraient quelque peu mystérieuses. Un traumatisme quelconque. Un de ces jours, pensait-elle, il lui raconterait.

Lorsque le téléphone finit par sonner, elle crut qu'il la rappelait enfin, mais c'était le portable de Tyler, qu'il avait laissé sur le plan de travail de la cuisine. Jayne jeta un coup d'œil à l'écran sur lequel s'affichait le nom de M. Whistler, du supermarché.

Elle répondit. Tyler, l'informa M. Whistler, pouvait prendre sa journée s'il le souhaitait parce qu'il était bien pourvu en personnel, mais pouvait-il venir travailler dimanche à la place ?

— Ne quittez pas, dit Jayne en prenant le téléphone avec elle pour monter dans la chambre de Tyler, où elle le trouva profondément endormi, en boxer, à plat ventre sur les couvertures. Sans le mouvement discret de son dos qui montait et descendait, on aurait pu le croire mort.

Un doigt sur le haut-parleur, elle dit :

— Réveille-toi. C'est M. Whistler.

Tyler bougea, roula sur le flanc.

— Quoi ?

Jayne lui tendit le téléphone.

— Débrouille-toi.

— Allô ? fit Tyler, puis : OK, bien sûr, pas de problème. OK, à demain.

Il posa le téléphone sur la table de nuit, laissa retomber sa tête sur l'oreiller et ferma les yeux. Sentant que sa sœur était toujours dans la pièce, il rouvrit un œil et la vit debout près de la porte, les bras croisés sur la poitrine.

— Quoi ?

— Il faut qu'on parle.

— Je descends un peu plus tard, dit-il en refermant son œil.

Jayne, qui n'entendait pas se faire congédier, s'assit au bord du lit et posa la main sur son épaule.

— Pas un peu plus tard. Maintenant.

Tyler roula sur le dos et ouvrit les deux yeux cette fois.

— OK, désolé, j'ai déconné. Désolé d'avoir gerbé sur la précieuse terrasse d'Andy. Je l'ai nettoyée au tuyau.

— Qu'est-ce qui s'est passé hier soir ?

— J'étais avec Cam, dit-il avec un soupir. On a bu de la vodka. J'ai peut-être pris quelques shots de trop.

— Où est-ce que c'était ?

— Chez lui. Ses parents étaient sortis.

— Tu es seulement allé chez Cam et retour ici ?

— Ouais, à peu près.

— Quand on s'est parlé, tu as dit que tu rentrais.

Allongé sur le dos, Tyler parvint à hausser les épaules.

— T'es pas ma mère, tu sais. Ni mon père. Et t'as jamais vraiment été une sœur non plus.

Cela aurait pu la blesser plus profondément s'il disait ça pour la première fois. Mais elle lui avait déjà présenté ses excuses, fait part de ses regrets. Ce n'était pas sa faute si leurs parents avaient eu deux enfants à treize ans d'intervalle.

— Je sais, dit Jayne. Mais laisse-moi t'expliquer la situation. Tu as raison. Je ne suis pas ta mère, et Andy n'est pas ton père. Tu te dis peut-être que tu ne nous dois rien. Mais ça marche dans les deux sens. Nous non plus, on ne te doit rien. Andy encore moins que moi. Mais on a fait un choix. On s'est proposés pour t'accueillir. Tu es mon frère et si je n'ai pas été là pour toi dans le passé je veux que ça change. Et Andy sait très bien ce que c'est de ne pas avoir de foyer. Il veut qu'on se sente ici chez nous.

Tyler déplaça ses jambes de manière à pouvoir s'asseoir au bord du lit à côté d'elle.

— J'imagine, dit-il, la tête basse.

— Ça n'a pas marché avec Tante Clara. Elle a essayé, elle a fait de son mieux, mais après ce que tu...

— C'était un accident. Je ne l'ai pas fait exprès.

— Si ça avait été n'importe qui d'autre, tu aurais sans doute été inculpé. Mais elle n'a pas voulu te faire ça, parce qu'elle t'aime et qu'elle sait que tu en as bavé.

— Je ne savais pas que le verre allait se casser comme ça. J'ai perdu la tête une seconde. Purée, on va me rappeler ça toute ma vie ?!

— Je n'ai pas envie de revenir là-dessus, Tyler. Mais tu as merdé avec Tante Clara. Andy te laisse vivre ici, c'est ta seconde chance.

— Tu ne lui as pas dit.

— Non. Et tant que tu te tiens à carreau, ce n'est vraiment pas nécessaire. Lui et moi, on veut ce qu'il y a de mieux pour toi. Et il y a autre chose.

Elle marqua une pause, prit une inspiration, expira lentement. Tyler attendit.

— Je l'aime. J'aime cet homme, je veux faire en sorte que ça marche. Il y a des choses qui se passent dont je ne t'ai pas parlé, ni à Andy, mais il est vraiment essentiel que nos vies soient structurées en ce moment. C'est important.

— Qu'est-ce que tu ne m'as pas dit ? demanda Tyler.

Jayne se mordit la lèvre pendant qu'elle prenait une décision. Elle se pencha vers lui, approcha les lèvres de son oreille.

— Tu n'es pas obligée de chuchoter. Il n'y a personne ici.

Jayne chuchota malgré tout. Quand elle s'écarta, Tyler ouvrait de grands yeux.

— Alors, je compte sur toi pour faire en sorte que ça marche, dit-elle.

Tyler vit que sa sœur avait les larmes aux yeux et il l'enlaça.

— Je vais essayer, promit-il.

— C'est tout ce que je te demande.

Quand la jeune femme redescendit au rez-de-chaussée, elle songea à ce que Tyler avait dit, se demanda pourquoi il lui avait menti.

Elle savait qu'il était allé ailleurs que chez Cam. Son petit frère n'était pas le seul à avoir quelques compétences technologiques. Jayne avait secrètement installé une application sur son téléphone qui lui indiquait à tout moment l'endroit où il se trouvait et, quand elle l'avait consultée plus tôt dans la matinée, elle avait constaté que Tyler avait passé un moment dans un cimetière des environs. Peut-être que c'était là que Cam et lui s'étaient soûlés.

Elle avait pourtant préféré ne pas lui demander d'explications. Une fois qu'il saurait ce qu'elle avait fait, il supprimerait l'appli. Par bonheur, et à la différence de la plupart des jeunes de son âge, Tyler n'était pas plus technophile que ça. Il était tout à fait capable de comprendre comment fonctionnaient ces trucs, mais cela ne l'intéressait pas outre mesure. Quoi qu'il en soit, Jayne s'efforçait de ne pas en faire trop quand il s'agissait d'espionner son frère, mais elle estimait plus prudent d'être informée de ses allées et venues.

Elle envoya un SMS à Andrew.

TOUT VA BIEN ?

Elle fixa l'écran plusieurs secondes, guettant les petits points dansants qui indiqueraient qu'une réponse était dans les tuyaux.

Rien.

Et puis elle entendit la voiture se garer dans l'allée.

Avant d'ouvrir la porte, elle jeta un coup d'œil à l'extérieur. Une berline noire était stationnée là, avec une femme au volant. Jayne ne se considérait pas comme une experte en la matière, mais la voiture était tellement passe-partout qu'elle lui fit penser à un véhicule de police.

La femme descendit et s'approcha de la porte d'entrée. Trapue, cheveux courts, grosses lunettes. Jayne ouvrit la porte et sortit sur le seuil.

— Je peux vous renseigner ? demanda-t-elle.

La femme sourit et se présenta :

— Bonjour. Je suis l'inspectrice Marissa Hardy. Police de Milford.

— Oui ?

Oh, mon Dieu, non. Il y a eu un accident.

C'était pour ça qu'elle n'avait pas de nouvelles d'Andrew. Quelqu'un avait brûlé un feu rouge et l'avait percuté. Quelque chose était tombé du haut d'une étagère à Home Depot et l'avait écrasé. Peut-être qu'il avait été victime d'un tireur fou. Ce genre de fait divers, il s'en produisait tous les jours quelque part en Amérique.

— C'est Andrew ? demanda-t-elle. Il a eu un accident ?

— Non, madame, pas à ma connaissance.

Elle pensa alors que cela avait un rapport avec Tyler. Peut-être que la veille au soir, quand il s'était soûlé avec son copain, ils avaient fait des trucs qu'ils n'auraient pas dû faire. Casser une fenêtre, renverser une boîte à lettres, taguer le mur d'une maison.

— Comment allez-vous ? demanda Hardy.

— Très bien, dit-elle en descendant la marche pour se rapprocher et pouvoir demander tout bas : C'est à propos de Tyler ?

— Tyler ?

— Mon frère. Il vit avec nous.

— Non, répondit l'inspectrice. Je cherche Andrew.

— Andrew ?

— Andrew Mason.

— Qui ça ? demanda Jayne, interloquée.

Hardy marqua un temps d'arrêt, la commissure de ses lèvres se soulevant de quelques millimètres.

— Désolée, dit-elle. L'habitude. J'avais oublié qu'il se fait appeler Andrew Carville désormais. C'est pour ça que j'ai mis un peu plus de temps pour trouver l'adresse. Il est ici ?

Jayne fut soudain prise de vertige.

Andrew Mason ?

Andrew avait changé de nom ? Il ne lui en avait jamais rien dit. Qui changeait de nom ? Les stars de cinéma, peut-être. Mais pas les gens ordinaires.

— Comment vous appelez-vous, madame ? demanda l'inspectrice Hardy.

— Jayne Keeling.

— Vous habitez ici ?

— Oui.

— Avec Andrew Carville ?

— Oui, dit-elle, la gorge serrée.

— Et il est là ?

Jayne secoua lentement la tête, la bouche soudain très sèche.

— C'est bien dommage, mais maintenant que je suis ici, je bavarderais volontiers avec vous, dit Hardy avec un sourire innocent. On pourrait entrer pour discuter ? À vrai dire, j'aurais bien besoin d'un café. Si ça ne vous dérange pas trop.

Jayne dévisagea l'inspectrice comme si elle avait affaire à une girafe qui parle.

— Un café, répéta Jayne.

— Ce serait super.

Le portable de Jayne, qui n'avait pas quitté sa main, fit entendre le bourdonnement signalant la réception d'un nouveau SMS. Elle jeta un coup d'œil à l'écran et vit le message d'Andrew :

TOUT VA BIEN. JE RENTRE BIENTÔT.

— C'est lui ? questionna Hardy.

— Oui. Il est sorti faire des commissions. Je ne sais pas quand il va rentrer.

— Ça ne fait rien. On peut discuter en l'attendant.

Jayne se retourna et, d'un geste, invita l'inspectrice à la suivre à l'intérieur. Elle la conduisit à la cuisine et lui désigna une chaise. Hardy s'assit, posant son portable retourné sur la table.

— Du déca, s'il vous plaît, dit-elle. Mais si vous n'en avez pas, ça ne fait rien.

— Je… Si, j'ai ça.

Jayne ouvrit le placard, en sortit une boîte de café, disposa un filtre dans la machine. Quand elle le remplit à la cuillère, une partie du café moulu se répandit sur le plan de travail.

— Et merde !

Elle nettoya les saletés et, pendant qu'elle remplissait la verseuse au robinet, elle demanda :

— Pourquoi avez-vous demandé après Andrew *Mason* ?

— Vous êtes mariée à Andrew ?

— Non.

— Mais ça fait un moment que vous êtes ensemble ?

— Oui.

— Combien de temps ?

— Depuis la fin de l'année dernière. Et j'ai emménagé avec lui il y a quelques mois.

— Oh ! Vous êtes de Stratford ?

— Non, dit Jayne. De Providence. Je me suis installée ici il y a deux ans.

— Qu'est-ce qui vous a amenée dans le secteur ?

— Je fais de l'évaluation de biens immobiliers pour des compagnies d'assurances. Celle qui m'employait dans le Rhode Island réduisait son activité, le propriétaire prenant sa retraite, et une société de Stratford cherchait quelqu'un, alors j'ai sauté le pas.

— Vous seulement ?

— Je ne suis pas... Je n'étais pas en couple. Ma famille... mon père et mon frère... étaient là-bas, mais ils ne sont pas partis avec moi, bien sûr.

— Et Tyler est...

— C'est mon frère. Il est venu ici plus tard. Après la mort de mon père. Vous n'avez pas répondu à ma question.

— Laquelle ?

La cafetière commençait à gargouiller.

— Pourquoi avez-vous appelé Andrew... Mason ? Ce n'est pas son nom.

— C'était son nom. Il l'a fait changer légalement il y a quatre ans. On ne peut pas le lui reprocher, vu les circonstances.

— Quelles circonstances ? Une faillite ? Une banqueroute ? Il dirigeait une société de construction, avec quelqu'un d'autre, mais elle a été dissoute il y a un certain temps. Ça a un rapport avec ça ?

— Non, répondit l'inspectrice. Puisque vous habitez le coin depuis relativement peu de temps, j'imagine que vous n'avez pas dû être très exposée à ce qui faisait l'actualité locale il y a six ans.

La commissure des lèvres de Hardy était toujours très légèrement retroussée, donnant l'impression qu'elle était en train de passer un bon moment.

— Un nuage de lait, dit-elle.

— Pardon ?

— Mon café. C'est comme ça que je le prends. Je pensais que vous finiriez par poser la question à un moment ou à un autre.

Jayne sortit deux tasses du placard et du lait du réfrigérateur. Le café continuait à dégoutter dans la verseuse. Quand il y en eut assez pour une personne, Jayne remplit une tasse, y ajouta du lait et la posa devant l'inspectrice. Celle-ci la remercia et Jayne attendit en silence.

— Andrew ne vous a jamais parlé de sa femme ? demanda Hardy.

— Son ex-femme, vous voulez dire.

— Oui, bien sûr, dit Hardy avec un haussement d'épaules.

— Il m'a dit qu'il avait été marié. Que ça n'avait pas marché. Il n'aime pas beaucoup parler d'elle et, franchement, je ne vois pas en quoi ça me regarde.

— Il vous a donné son nom ?

— Brandy, je crois.

Cette réponse amena un sourire sur le visage de l'inspectrice. Elle se saisit de son téléphone.

— Laissez-moi vous montrer quelque chose.

Elle leva l'appareil pour Jayne, qui se rapprocha. Une photo emplissait l'écran. C'était l'image floue d'une femme debout près d'une voiture noire. Celle-ci était garée dans une allée privée, le hayon relevé, et il y avait ce qui ressemblait à deux sacs de provisions renversés dans l'allée.

— D'accord, dit Jane. Qui est-ce ?

— C'est bien la question. L'image n'est pas extrêmement nette, mais mon appli censée améliorer la qualité des photos n'a pas pu mieux faire. J'ai agrandi le cliché et ce n'est pas beaucoup plus clair, mais quand même, tenez, regardez.

Elle allait passer le téléphone à Jayne quand Tyler entra dans la cuisine. Il avait enfilé un jean sur son boxer, mais il était torse et pieds nus.

— Oh ! fit-il. Je ne savais pas qu'il y avait du monde.

— Bonjour, dit l'inspectrice en posant son téléphone et en lui tendant la main. Je suis l'inspectrice Hardy, de la police de Milford.

On aurait dit que Tyler avait reçu une petite décharge électrique.

— Hein, quoi ?

— C'est la police, intervint Jayne. L'inspectrice Hardy a juste quelques questions concernant une affaire de voisinage.

Tyler aperçut le portable de l'inspectrice et s'en saisit.

— Qui c'est ? demanda-t-il en scrutant l'image.

— C'est la raison de ma présence ici, expliqua Hardy. Je me pose la même question.

— Sympa, la caisse.

— Je vous demande pardon ?

— Le break Volvo. J'aime bien ces voitures.

— Je peux faire quelque chose pour toi, Tyler ? demanda Jayne.

— J'allais juste me prendre un petit déj'.

— On a fait la grasse matinée ? demanda Hardy.

Il la regarda, ne sachant pas trop s'il fallait lui répondre.

— Tu veux bien nous laisser deux minutes ? demanda Jayne.

— Très bien, dit-il avant de rendre le téléphone à Hardy et de sortir de la pièce en trottinant.

— Désolée pour ça, dit Jayne.

— Il n'y a pas de quoi.

L'inspectrice tendit de nouveau son téléphone à Jayne, qui le prit et examina la photo.

— Pourquoi me montrez-vous ça ? demanda-t-elle.

— Vous la reconnaissez ?

— Non.

Hardy reprit le téléphone.

— Très bien. Je voulais vous demander où...

— Non, dit sèchement Jayne. Je ne vous dirai rien de plus tant que vous n'aurez pas répondu à ma question. Pourquoi Andrew a-t-il changé de nom, et pourquoi m'interrogez-vous à propos de la femme sur cette photo ?

— Très bien. Asseyez-vous donc, je vais tout vous expliquer.

- 11 -

Audition de Greg Raymus, le 8 juin 2016, 18 h 42. Par l'inspectrice Marissa Hardy.

INSPECTRICE HARDY : Merci de vous être présenté, monsieur Raymus.

GREG : Pas de problème. Si je peux aider. C'est vraiment horrible, ce qui est arrivé.

INSPECTRICE HARDY : Pour le procès-verbal, votre nom est bien Grégoire Franklin Raymus ?

GREG : C'est exact, mais je me fais appeler Greg.

INSPECTRICE HARDY : Je veux vous interroger sur la soirée du samedi, quand vous et M. Mason étiez dans vos chalets respectifs à Sorrow Bay, mais pour commencer, j'aimerais vous demander comment ça allait entre M. Mason et sa femme, Brie.

GREG : Euh, ça allait.

INSPECTRICE HARDY : Comment... Je regrette, mais vous ne pouvez pas fumer ici.

GREG : Oh ! désolé. Ce n'est pas un joint ou quoi, je roule mes cigarettes.

INSPECTRICE HARDY : Il est juste interdit de fumer ici. Comment décririez-vous la relation entre votre ami et sa femme ?

GREG : C'est un mariage solide, je crois. Enfin, il n'y a pas de mariage parfait, hein ?

INSPECTRICE HARDY : Êtes-vous marié vous-même, monsieur Raymus ?

GREG : Moi ? Non.

INSPECTRICE HARDY : Mais vous diriez que votre ami et sa femme s'entendaient plutôt bien.

GREG : Avec des hauts et des bas.

INSPECTRICE HARDY : Par hauts et bas, vous faites allusion à la liaison qu'a eue M. Mason ?

GREG : Oh, vous êtes au courant ?

INSPECTRICE HARDY : En effet.

GREG : Ça n'avait rien de très sérieux. Ça n'a pas duré longtemps, et ça s'est terminé il y a un moment déjà. Des mois, en fait.

INSPECTRICE HARDY : Vous connaissez la femme que M. Mason fréquentait ?

GREG : Non. Je ne l'ai jamais rencontrée. Enfin, Andy m'a dit qu'il la voyait, qu'il avait le sentiment d'avoir fait une grosse erreur, mais je ne la connaissais pas du tout.

INSPECTRICE HARDY : Savez-vous ce qui a poussé M. Mason à tromper sa femme ?

GREG : Je pense qu'ils traversaient une mauvaise passe. J'ai eu l'impression que Brie aussi était peut-être allée voir ailleurs.

INSPECTRICE HARDY : Vous savez avec qui ?

GREG : Non. Andy ne l'a pas dit et je n'ai pas demandé. Le fait est qu'ils s'aiment vraiment, mais il y avait des frictions à cause de leur mode de vie. Acheter une maison, la retaper, la revendre, emménager ailleurs et tout recommencer. Le fait de ne pas avoir de foyer stable tapait sur les nerfs de Brie. Elle en parlait parfois au bureau.

INSPECTRICE HARDY : Le bureau ?

GREG : Le bureau de la boîte. Un mobil-home, en réalité. Brie vient parfois donner un coup de main, avec la compta notamment. Mais je crois qu'Andy disait que c'était la dernière fois, qu'ils resteraient sans doute dans la maison de Mulberry.

INSPECTRICE HARDY : M. Mason, vous le connaissez depuis longtemps ?

GREG : Depuis UConn. La fac. Après nos études, on a fini par monter une boîte ensemble. Nous sommes toujours associés.

INSPECTRICE HARDY : Et comment ça se passe ?

GREG : Un peu comme un mariage. Il y a des hauts et des bas.

INSPECTRICE HARDY : Dans votre amitié ou les affaires ?

GREG : Les affaires sont un peu difficiles ces temps-ci. Je suppose qu'on peut appeler ça des problèmes de trésorerie. On a perdu des contrats sur lesquels on comptait. Pour être franc, je pense qu'on risque de se séparer dans peu de temps. Je vais faire mes trucs de mon côté, et Andy du sien.

INSPECTRICE HARDY : Savez-vous s'il existe une assurance-vie souscrite au nom de Brie Mason ?

GREG : Hein ? Aucune idée. Bon sang, qu'est-ce que vous insinuez ? Vous pensez qu'Andy a fait quelque chose à Brie pour toucher l'argent d'une assurance et renflouer la boîte ? C'est vraiment n'importe quoi. Et si c'était son projet, il faudrait être sûr qu'elle soit morte pour qu'ils payent, non ? Je veux dire, où est-ce qu'elle est ?

INSPECTRICE HARDY : C'est la question à un million de dollars, n'est-ce pas ? Qu'est-ce que vous vous êtes fait à la jambe ?

GREG : Ce n'est rien, elle ne m'embête presque plus maintenant.

INSPECTRICE HARDY : Vous marchez avec une canne.

GREG : Je vais sans doute m'en débarrasser cette semaine. Je boiterai un moment, mais ça ira.

INSPECTRICE HARDY : Que vous est-il arrivé ?

GREG : Je bossais sur un chantier, seul, et l'échelle est tombée alors que j'étais sur un échafaudage, à trois mètres du sol environ. J'aurais pu arriver à sauter, mais il y avait un morceau de cornière que je n'avais pas vu. Je me suis cogné dessus et je me suis cassé un os. C'était idiot de ma part, vous savez. J'aurais dû me méfier.

INSPECTRICE HARDY : Je suis contente que vous soyez en voie de guérison. Avez-vous une idée de l'endroit où pourrait se trouver Brie ? Est-ce qu'elle se serait enfuie ? Est-ce qu'elle aurait pu disparaître sans rien dire à personne ?

GREG : Ça pourrait être quelque chose comme ça, je suppose. Qu'elle ait juste eu besoin de prendre le large pour réfléchir. Mais elle ne va probablement pas tarder à refaire surface.

INSPECTRICE HARDY : Si c'était le cas, elle aurait emporté son sac à main et ses cartes de crédit, et sa voiture ne serait plus garée dans l'allée, non ?

GREG : Ouais, c'est vrai. Mais elle a quand même pu aller quelque part pour se vider la tête.

INSPECTRICE HARDY : Pour quelle raison ? Vous disiez il y a deux secondes que leur mariage allait bien.

GREG : J'en sais rien. Peut-être que je ne suis pas prêt à envisager qu'il lui soit arrivé quelque chose de grave. Je ne veux pas commencer à imaginer ce genre de scénario. J'adore Brie. Elle est géniale. Et s'il lui arrivait quelque chose, ça détruirait Andy.

INSPECTRICE HARDY : Votre chalet et celui de M. Mason sont assez proches l'un de l'autre ?

GREG : À une minute à pied. Et encore.

INSPECTRICE HARDY : Peut-on voir son chalet depuis le vôtre ? Et inversement ?

GREG : Il y a une rangée d'arbres entre les deux. La nuit, on peut voir de la lumière à travers le feuillage. En automne, quand les feuilles sont tombées, la vue est assez dégagée, mais pas en ce moment.

INSPECTRICE HARDY : Avez-vous remarqué des lumières chez M. Mason pendant la nuit ?

GREG : Je n'ai pas regardé.

INSPECTRICE HARDY : Le trajet de Milford à Sorrow Bay, vous le faites en combien de temps ? Une heure et demie à peu près ?

GREG : S'il n'y a pas de circulation.

INSPECTRICE HARDY : Donc, admettons de façon purement hypothétique que vous ayez décidé de rentrer à Milford ce soir-là. En partant à 22 heures, vous seriez arrivé avant minuit. Et vous auriez eu le temps de rentrer au chalet pour le petit déjeuner.

GREG : Ouais, eh bien, je n'ai pas fait ça. Je n'ai pas bougé. On est rentrés dimanche, comme je l'ai dit.

INSPECTRICE HARDY : Parlons donc de la soirée du samedi.

GREG : On a dîné chez moi. J'ai fait des burgers au barbecue. Comme on n'avait pas pris de poisson, ça tombait bien qu'on ait apporté de quoi manger. On a bu quelques verres et, vers 21 heures, il est retourné chez lui. On était plutôt crevés et ma jambe me lançait un peu. J'ai avalé quelques Advil pour que ça passe.

INSPECTRICE HARDY : Et vous avez revu M. Mason le lendemain matin.

GREG : Il est venu prendre le café. Il devait être 9 ou 10 heures.

INSPECTRICE HARDY : Vous n'avez donc pas vu M. Mason entre 9 heures du soir et le lendemain matin.

GREG : Euh, non.

INSPECTRICE HARDY : Avez-vous entendu sa voiture après son départ ?

GREG : Non.

INSPECTRICE HARDY : Vous en êtes sûr ? Rien du tout ?

GREG : C'est que, même si une voiture démarrait, je ne suis pas certain que je l'entendrais depuis chez moi. De toute façon, j'ai dormi comme une souche. Et je n'avais même pas bu tant que ça. Je ne me suis pas levé pendant la nuit pour pisser, ce qui m'arrive parfois.

INSPECTRICE HARDY : Vous dormez toujours aussi profondément ?

GREG : Maintenant que vous le dites, non. En général, non. C'était peut-être le bon air, le fait d'avoir été sur l'eau, l'alcool, et les antidouleurs. Ou peut-être qu'Andy m'avait assommé avec des somnifères.

INSPECTRICE HARDY : Vous insinuez que…

GREG : Je plaisantais. Désolé. Il n'y a rien de vraiment marrant dans cette histoire.

- 12 -

Andrew

Je devais savoir que ce jour viendrait.

Maintenant qu'il semblait être arrivé, j'avais besoin de temps pour réfléchir. J'ai donc sillonné les rues au hasard, en ne faisant que ça.

Réfléchir.

Honnêtement, il était incroyable que les choses n'aient pas commencé à se déliter plus tôt. Le fait que Jayne soit avec moi depuis si longtemps et qu'elle ne connaisse toujours pas mon passé n'était rien de moins qu'un petit miracle. Qu'elle n'ait pas vécu dans cette partie du Connecticut quand tout cela était arrivé n'y était bien sûr pas étranger. Bien que la disparition de Brie ait suscité, de temps à autre, une curiosité d'ampleur nationale, c'est resté pour l'essentiel un fait divers local. Au moment où Jayne avait quitté Providence pour Stratford, la ville voisine de Milford, ma notoriété était déjà sur le déclin.

Et je n'aurais pas pu en être plus reconnaissant.

Mais je craignais que l'appel de Max ce matin – même si, en fin de compte, il s'avérait ne rien signifier – produise une déflagration telle que l'onde de choc nous balaie tous.

Ce dernier développement mis à part, la vérité aurait pu éclater à tout moment de mille autres façons. En tombant sur quelqu'un au centre commercial quand Jayne était avec moi. Quelqu'un qui se serait arrêté pour me saluer, présenter ses condoléances, demander si je savais enfin ce qui était arrivé à Brie, ou si c'était une de ces affaires non résolues. Ou bien quelqu'un qui m'aurait croisé sans rien dire, mais en me lançant un regard méprisant. Un regard que j'aurais été obligé d'expliquer à Jayne.

J'avais toujours été conscient des risques d'une rencontre fortuite en public. C'est pourquoi je faisais en sorte d'éviter Milford chaque fois que nous étions ensemble. Nous sortions dîner à Stratford, ou dans des villes plus à l'ouest, comme Bridgeport, Norwalk ou Stamford. Nous allions rarement au cinéma. J'avais une télé grand écran et j'étais abonné à plusieurs services de streaming. Pourquoi sortir, disais-je, quand on a accès à autant de divertissements chez soi ?

Je me faisais passer pour une personne casanière alors que j'étais tout sauf ça.

Quand on avait des courses à faire, surtout s'il fallait se rendre près de l'endroit où j'avais vécu, j'avais tendance à m'en charger seul. Je disais à Jayne que je m'en occupais, que je ne serais pas long. Si je tombais sur des gens qui me reconnaissaient quand j'étais en solo, eh bien, ça ne portait pas à conséquence. Je pouvais m'en arranger. Et ce n'était pas comme si Jayne ne demandait qu'à m'accompagner. Elle était occupée par sa propre carrière.

En roulant en ville, j'ai retourné dans tous les sens la façon dont j'allais lui dire les choses que je lui avais cachées. Et pourquoi. La seconde partie était un peu plus facile. Je l'aimais et j'avais peur de la faire fuir en lui racontant tout de moi. Lors d'un premier rendez-vous, on ne glisse pas dans la conversation que votre femme a disparu et que la police vous considère comme le principal suspect.

Mais je pouvais très bien faire fuir Jayne maintenant.

« Il est temps que je t'en dise davantage sur moi, lui dirais-je. C'est vrai que j'ai été marié. Mais j'ai omis de t'expliquer de quelle manière ce mariage a pris fin. Il y a six ans, ma femme, Brie, a disparu. »

J'essayais d'imaginer sa tête quand je lui avouerais ça. Et ce n'était que le début.

J'allais devoir lui dire que Brie n'avait jamais été retrouvée. La police, après tout ce temps, ne savait toujours pas ce qui lui était arrivé. Ils avaient dû envisager une disparition volontaire ou un enlèvement. Ou bien encore un accident. Brie était allée se promener et était tombée du haut d'une colline, son corps restant dissimulé par le feuillage.

Certaines théories étaient plus absurdes que d'autres, mais l'une d'entre elles devait être la bonne, non ?

Jayne demanderait probablement si Brie était déprimée. S'il était possible qu'elle se soit suicidée. Qu'elle ait quitté la maison en pleine nuit, ait marché jusqu'au milieu du Washington Bridge, à l'ouest de la ville, et qu'elle ait sauté dans le Housatonic.

J'allais devoir être honnête et lui dire que Brie ne semblait pas déprimée. Pas au sens clinique. Il faudrait que j'ajoute que la police avait aussi envisagé cette possibilité, mais qu'aucun corps n'avait été retrouvé.

J'allais devoir lui dire que, très rapidement, l'enquête s'était concentrée sur moi. Que l'inspectrice de police de Milford, Marissa Hardy, croyait que j'avais tué Brie parce que je voulais refaire ma vie avec une femme du nom de Natalie Simmons. Je lui dirais que ça n'avait été qu'une brève liaison sans importance, mais que la sœur de Brie, Isabel McBain, était convaincue depuis le début que j'étais impliqué dans sa disparition, et sa mort.

Si Jayne me demandait pourquoi j'avais été infidèle, je lui dirais que j'avais été stupide. Que Brie et moi traversions une mauvaise passe, que nous avions tous les deux pris des décisions que nous avons profondément regrettées. Si Jayne demandait si je savais avec qui Brie m'avait trompé, j'allais devoir confirmer, mais j'ajouterais que je n'avais jamais révélé son identité à personne, à l'exception de l'inspectrice Hardy – après quelque pression de sa part –, et qu'après vérification elle avait conclu que cet homme n'avait rien à voir dans la disparition de ma femme.

J'allais devoir lui avouer que l'inspectrice Hardy croyait que j'avais profité d'un week-end de pêche avec mon ami Greg pour me fournir un alibi et que, pendant la nuit, j'étais en fait retourné à Milford, que j'avais tué Brie, m'étais débarrassé du corps, puis étais revenu avant l'aube et avais rejoint Greg pour le café plus tard dans la matinée. Elle croyait en outre que je l'avais peut-être drogué pour qu'il dorme toute la nuit et ne puisse pas remarquer mon absence.

J'allais devoir lui dire que, bien que je n'aie jamais été inculpé de quoi que ce soit, les médias savaient pertinemment que je faisais figure de suspect dans la disparition de ma femme. (Je tiens Hardy pour responsable de cela : elle a sans doute fait fuiter les informations afin d'accroître la pression sur moi.) Pendant un certain temps, des fourgons de télévision venaient faire le siège de mon allée tous les matins, pour tenter de m'arracher un commentaire quelconque.

J'allais devoir dire à Jayne que, malgré l'absence de preuves matérielles, Isabel avait continué à faire campagne pour mon arrestation, alors même que la mère de Brie, Elizabeth, et son frère, Albert, et sa belle-sœur, Dierdre, semblaient prêts à m'accorder le bénéfice du doute. Mais la véhémence d'Isabel dissuadait les autres membres de la famille, y compris son propre mari, Norman, de prendre ma défense.

Le harcèlement exercé par Isabel a pris plusieurs formes. Elle écrivait aux journaux des courriers remplis de folles accusations. Les journaux, heureusement, ne les ont pas publiés parce qu'ils les jugeaient diffamatoires, ce qui ne les empêchait pas de sortir de temps en temps des articles de mises à jour ayant pour titre : « Où est Brie ? » ou « Le sort de Brie reste un mystère ».

Isabel a engagé un avocat pour me poursuivre en justice au civil, où la barre est placée un peu plus bas que dans un tribunal pénal quand il s'agit de tenir quelqu'un pour légalement responsable, au moins financièrement. Elle a été déboutée – le cabinet de Nan Sokolow m'a aidé pour ça aussi –, mais les frais de justice ont englouti l'essentiel de mes économies.

La croisade d'Isabel m'avait toujours paru quelque peu ironique, étant donné qu'elle avait donné l'impression d'en vouloir à Brie et de la jalouser depuis leur plus jeune âge. C'était une rivalité unilatérale, pour autant que je sache. Brie avait toujours été heureuse quand quelque chose de positif arrivait à sa sœur, mais c'était rarement le cas dans l'autre sens. Je croyais que ça remontait à leur adolescence. Avec seulement un an de différence d'âge, elles se trouvaient en position de rivalité aussi bien pour l'attention de leurs parents et les résultats scolaires que pour les garçons.

Quoi qu'il en soit, le désir de vengeance d'Isabel à mon égard n'aurait pas pu tomber plus mal : mon partenariat avec Greg était en train de se dissoudre, et mes perspectives professionnelles n'étaient pas bonnes.

J'allais devoir dire à Jayne que les choses s'étaient détériorées au point que j'avais décidé de changer légalement de nom de famille. Au moins, de cette façon, les gens ne pouvaient plus m'identifier. Je n'avais plus besoin de me mettre sur liste rouge. (Toujours un peu vieille école, j'étais et suis encore l'un des derniers Terriens à posséder une ligne fixe.) Quand on effectuait une recherche sur Google avec ma nouvelle identité, les allégations qui me visaient n'apparaissaient pas. Qui aurait voulu confier des travaux à quelqu'un que beaucoup croyaient coupable d'avoir tué sa femme et de s'être débarrassé de son corps ?

Cela en faisait, des choses à dire.

Mais je sentais que j'allais devoir tout déballer. Il valait mieux que cela vienne de moi plutôt que de quelqu'un d'autre.

Elle aurait des questions, je le savais. J'en avais au moins une pour elle aussi. Et il ne s'agissait pas de savoir si elle me pardonnait. Elle n'avait aucune raison de le faire. Si les rôles étaient inversés, pourrais-je lui pardonner d'avoir gardé un tel secret ?

Non, ma question pour elle serait plutôt du genre : « Veux-tu rester ici et que je déménage, ou veux-tu que je t'aide à trouver un logement ? »

J'étais prêt à faire l'un ou l'autre.

De toutes les choses qu'elle pourrait choisir de me demander, j'imaginais que la question numéro un serait brève et directe :

« Est-ce que tu as tué ta femme ? »

Et, droit dans les yeux, je lui répondrais :

« Non, je ne l'ai pas tuée. »

J'imaginais cet échange alors que j'étais dans un bar, assis seul dans un box, sirotant ma deuxième, troisième ou quatrième Sam Adams. Je ne me rappelais plus le trajet qui m'avait conduit jusqu'ici après que j'avais vu Greg et Julie, ni même être entré à l'intérieur du bar. C'était comme si j'avais toujours été là, que ce box était mon passé, mon présent, et mon avenir. J'existais tout entier dans le moment présent.

Alors que j'étais assis là, j'ai été pris d'un de mes tics nerveux qui consiste à déchirer des morceaux de serviette en papier, d'en faire des boulettes grosses comme des petits pois, et de les projeter d'une pichenette avec mon majeur. Parfois, la boulette tombait de mon pouce avant que je puisse la lancer, d'autres fois, j'arrivais à la propulser à l'autre bout de la pièce.

Quand la serveuse, une femme corpulente d'une cinquantaine d'années, est venue me demander si je voulais une autre bière, elle a jeté un coup d'œil à la demi-douzaine de boulettes de papier que j'avais tirées.

— Joli champ de tir, a-t-elle dit. Une autre ?

J'étais sur le point d'accepter, mais si je buvais encore, je ne pourrais pas prendre la voiture pour rentrer chez moi. J'étais probablement déjà dans la zone rouge.

— Non, ça ira, ai-je répondu.

La serveuse est restée là, à me dévisager.

— Vous êtes déjà venu ici ?

— Je ne sais pas trop, ai-je dit, ce qui était vrai. Pas depuis un moment, en tout cas.

— Parce que votre tête me dit quelque chose. Je suis presque certaine de vous avoir déjà vu quelque part. Mais pas récemment.

— Peut-être que j'ai juste le genre de visage qui semble familier aux gens.

— Vous vous appelez comment ?

— Carville. Andrew Carville.

— Ah, d'accord, a-t-elle dit. Je vous avais pris pour quelqu'un d'autre, mais son nom à lui était Mason.

— Vous voilà renseignée, ai-je dit avant de déposer quelques billets sur la table pendant qu'elle s'éloignait d'un pas nonchalant.

Je ne pouvais pas différer plus. Je suis sorti, suis monté dans l'Explorer, et je suis rentré chez moi.

J'étais arrivé à moins d'un pâté de maisons quand j'ai revu cette voiture, celle que j'avais croisée en partant de chez Max.

L'inspectrice Hardy.

Qui venait de chez moi.

J'ai regardé la voiture banalisée disparaître dans mon rétroviseur, puis j'ai mis mon clignotant pour tourner dans ma rue.

Quand je suis arrivé à la maison, Jayne attendait, assise sur le perron.

Je n'aurais pas à vider mon sac, finalement. Je supposais que l'inspectrice l'avait déjà fait pour moi.

- 13 -

— J'ai apporté des fleurs, dit Isabel McBain. Cette chambre a besoin de couleurs.

D'un air las, sa mère tourna la tête sur l'oreiller pour voir ce qu'Isabel était en train de faire. Elle arrangeait un petit bouquet dans un vase en métal d'une trentaine de centimètres de haut, posé sur la desserte mobile qui avait été éloignée du lit. Le mari d'Isabel, Norman, grand, mince et chauve, se tenait en retrait et regardait sa femme s'affairer.

— Qu'est-ce que tu en penses ? demanda-t-elle. Elles sont belles, non ?

— Elles sont magnifiques, Izzy, murmura Elizabeth. Comment vas-tu aujourd'hui, Norman ?

— Bien, Elizabeth, dit-il mollement tandis que sa femme continuait à arranger son bouquet.

Elle recula d'un pas, examina son ouvrage, conclut qu'il laissait encore à désirer, repositionna quelques fleurs.

— Norman, qu'en penses-tu ?

— Celle sur le devant tombe un peu.

Isabel lui lança un regard noir.

— C'est fait exprès.

— Si tu le dis.

— Arrête de tripoter ce bouquet, Izzy, dit Elizabeth. Il me plaît comme il est.

Isabel jeta un coup d'œil au poste de télévision, vit qu'il était réglé, comme d'habitude, sur une chaîne d'infos du câble.

— Oh, il faut que tu arrêtes de regarder ça tout le temps, décréta-t-elle. (Elle chercha la télécommande à moitié cachée sous les couvertures, à portée de main d'Elizabeth, s'en saisit, la pointa vers l'écran et l'éteignit.) Ça ne fait rien que t'énerver, et tu n'as vraiment pas besoin de ça en ce moment.

Ayant fini avec les fleurs et la télévision, Isabel reporta son attention sur sa mère.

— Regarde-toi. Tu es toute chiffonnée.

La remarque aurait pu s'appliquer au visage de sa mère, mais Isabel parlait de sa chemise de nuit, qui faisait des plis en haut de ses cuisses. Elle tira l'ourlet vers ses mollets et admira le résultat.

— Voilà qui est beaucoup mieux.

Elizabeth soupira. Norman, toujours debout, avait pris son téléphone et lisait les infos en ligne.

Isabel jeta un coup d'œil à la fenêtre, occultée par un store.

— Ça manque de lumière ici, dit-elle. C'est une belle journée ensoleillée. Norman, monte le store.

— Je leur avais demandé de le baisser, dit Elizabeth. À cause de la lumière aveuglante, j'avais du mal à regarder la télévision.

— Eh bien, la télé est éteinte maintenant, dit Isabel qui, d'un geste, signifia à Norman de faire ce qu'elle lui avait demandé.

Il trouva les cordons et remonta le store à moitié.

— Jusqu'en haut, ordonna Isabel.

Norman s'exécuta et le soleil baigna la pièce. Elizabeth, plissant les yeux comme quelqu'un qui subit un interrogatoire de police, mit sa main en visière.

— C'est mieux, non ? dit Isabel avec enthousiasme. Ça rend la pièce plus gaie, si vous voulez mon avis.

— Si tu le dis, nota Elizabeth avec lassitude, avant de se tourner sur le côté, dos à la fenêtre.

— Alors, qu'est-ce que tu as fait de beau ? demanda Isabel avec une gaieté inébranlable.

— Eh bien, hier soir, j'ai joué au bowling et, ce matin, je suis allée en ville faire un tour chez Bloomingdale, mais je n'ai rien acheté finalement.

Isabel fronça les sourcils.

— Arrête un peu. C'était une question sérieuse. Est-ce que tu te sens bien ?

— Pas mieux ni moins bien qu'hier ou avant-hier ou le jour d'avant.

Isabel regarda sa mère plusieurs secondes et parut sur le point de fondre en larmes.

— Ne fais pas ça, avertit sa mère.

— Ne fais pas quoi ?

— Ne pleurniche pas en ma présence. Je déteste ça.

— Je t'aime, c'est tout.

Elizabeth hocha la tête.

— Je sais.

— Je veux faire tout ce que je peux pour toi. Si tu n'aimes pas les fleurs, je peux les enlever.

— Elles sont très bien.

— Tu veux des magazines ? Je peux aller à la boutique et prendre le *New Yorker* ou quelque chose d'autre.

— J'ai du mal à lire. Il me faudrait des lunettes plus puissantes et je ne vois pas l'intérêt d'en acheter maintenant. Question distraction, la télévision me suffit.

Elizabeth battit des paupières, signalant à Isabel qu'elle allait s'endormir. À ce moment-là, la porte s'ouvrit et Albert entra. Isabel mit aussitôt un doigt sur ses lèvres, lui interdisant de façon préventive de produire le moindre son. Norman leva les yeux de son téléphone, fit un pas en direction de son beau-frère et lui tendit la main.

— Salut, Albert, dit-il à voix basse.

— Norman.

Ils restèrent là un moment, épaule contre épaule, comme si Norman avait trouvé un allié, quelqu'un qui comprenait ce que c'était que d'être dans la même pièce qu'Isabel.

Albert fit un pas vers le lit et demanda tout bas à sa sœur :

— Comment va-t-elle ?

Isabel se leva et lui fit signe de la suivre dans le couloir. Norman n'était pas inclus dans le geste, il choisit donc de rester dans la chambre pendant que le frère et la sœur s'éclipsaient.

Dans le couloir, Isabel laissa couler les larmes qu'elle avait retenues. Elle sortit un mouchoir de sa manche et se tamponna la joue.

— Qu'est-ce qu'il y a ? demanda Albert. Il s'est passé quelque chose ? Son état a empiré ?

— Elle est tellement... fatiguée. Un peu irritable, aussi. Ses lunettes ne sont pas assez fortes pour lire, mais elle dit que ça ne sert à rien d'en acheter d'autres.

Albert offrit un haussement d'épaules résigné, reconnaissant par là que leur mère avait probablement raison.

— Tant que nous pouvons faire en sorte qu'elle se sente bien, dit-il.

— Je voudrais pouvoir faire plus.

— Nous faisons tout ce que nous pouvons, vraiment.

— Elle a l'air de maigrir de jour en jour. Tu as vu ses bras ? On dirait des cure-dents.

— Maman est une battante, Izzy. Elle l'a toujours été.

Isabel rangea son mouchoir.

— Oh, bon sang, tu dis ça comme si elle allait soudainement aller mieux. (Elle soupira.) Je suis au bout du rouleau. Je viens tous les jours, parfois à deux reprises. Plus rien ne va à la maison.

— On devrait retourner la voir.

— Norman peut la distraire, dit-elle en levant les yeux au ciel. Il peut lui raconter une passionnante histoire de pneu radial.

— Allez, viens.

Elle renifla, hocha la tête et le suivit dans la chambre où Norman s'était assis près d'Elizabeth, qu'il regardait d'un air triste pendant qu'elle dormait. Isabel vint se poster derrière lui, attendant manifestement qu'il lui cède la place, tandis qu'Albert s'approchait de la fenêtre. Il resta là, le soleil sur son visage, à regarder le parking en contrebas.

Norman comprit le message inexprimé et libéra la chaise. Isabel s'y assit tandis que l'attention d'Albert se fixait sur quelque chose à l'extérieur.

— Izzy, dit-il tout bas.

Elle venait de poser ses fesses sur la chaise et étudiait le visage de sa mère, dans l'éventualité où celle-ci ouvrirait les yeux. Elle n'entendit pas son frère, ou bien choisit de l'ignorer.

— Izzy, chuchota-t-il de nouveau, de façon plus pressante.

Elle tourna la tête.

— Quoi ?

Il lui fit signe d'approcher. Comme elle tardait à se lever, il recommença, avec insistance.

Elle le rejoignit et murmura : « Quoi ? » Les deux, debout côte à côte, avaient exclu Norman, qui se tenait derrière et regardait par-dessus leurs épaules.

— Regarde, dit Albert en pointant le doigt.

Isabel scruta le parking et les toits des bâtiments au-delà.

— Regarder quoi ?

— Juste là. En bas. Tu vois la voiture rouge ? La Corvette ?

— Je n'y connais rien en voitures.

— Tout le monde est capable de reconnaître une Corvette ! plaisanta Norman.

— C'est la voiture de sport rouge, reprit Albert.

— Oui, ça y est.

— Bon, deux voitures plus à gauche. Cette femme.

Isabel plissa les yeux.

— Je la vois.

Très lentement, Albert dit :

— Tu ne trouves pas qu'elle ressemble...

Ils restèrent silencieux pendant plusieurs secondes. Ils semblaient avoir cessé de respirer. Isabel posa sa paume sur la vitre.

La femme, mince et brune, était adossée à un break Volvo noir, les bras croisés, comme si elle attendait quelqu'un.

— C'est juste... c'est juste quelqu'un qui lui ressemble, dit Isabel.

— Ses cheveux, sa façon de se tenir...

— Laissez-moi regarder, intervint Norman en s'immisçant entre eux. Où ?

— Là, montra Albert.

Norman plissa les yeux.

— Parfois... J'ai l'impression de la voir tout le temps, dit Isabel à voix basse. Une femme marche devant moi au centre commercial, quelque chose dans sa démarche me fait penser à elle et je cours pour la rattraper, juste pour en avoir le cœur net...

— Je sais, je sais. Je fais pareil.

Isabel et Albert se parlaient à présent et étaient moins concentrés sur la femme du parking.

— Regardez ! dit soudain Norman.

Comme si elle se sentait observée, la femme s'était tournée et elle leva son regard dans leur direction.

Fixa leur fenêtre.

Et fit un signe de la main.

- 14 -

Assise en face de l'inspectrice, Jayne Keeling avait senti son monde s'écrouler.

Elle venait d'apprendre sur Andrew des choses qu'elle arrivait à peine à croire.

« À votre avis, pourquoi Andrew ne vous a rien dit de tout ça ? » avait demandé Hardy.

Jayne ne savait pas quoi répondre.

« Il a eu de la chance de trouver quelqu'un comme vous, quelqu'un d'extérieur à la ville et qui n'avait pas suivi les infos à l'époque.

— Qu'est-ce que vous voulez ? Pourquoi me racontez-vous tout ça ? »

L'inspectrice avait souri, s'était penchée vers elle.

« Parce que je suppose qu'à votre place je voudrais savoir. J'estimerais avoir le *droit* de savoir.

— Mais pourquoi maintenant ? »

D'un geste vague, Hardy avait désigné son téléphone, toujours sur la table. Une allusion à la photo qu'elle lui avait montrée quelques instants plus tôt.

« Un fait nouveau.

— C'est un fait nouveau, ça ? Je veux dire, qu'est-ce que vous en déduisez ? »

Hardy avait haussé les épaules.
« Je n'en sais encore rien. Mais je dois enquêter.
— Mais si… si c'est Brie, alors vous vous êtes trompée sur toute la ligne à propos d'Andrew. Elle est vivante, et il n'y est pour rien.
— Elle est peut-être en vie, en effet. Mais je ne suis pas du tout certaine qu'il n'ait rien à voir dans sa disparition. Raison de plus pour lui parler. Pourquoi ne lui enverriez-vous pas un message pour savoir quand il va rentrer ?
— Je l'ai fait. Juste avant que vous arriviez.
— Vous savez quoi ? Je viendrai le voir une autre fois. (Elle avait pris son téléphone, fait défiler quelques contacts.) J'ai encore un numéro d'il y a six ans, à moins qu'il en ait changé, en même temps que de nom. (Elle l'avait lu à Jayne.) C'est toujours celui-là ?
— Oui. »
L'inspectrice avait repoussé sa chaise pour se lever, laissé tomber son portable dans le petit sac à main qu'elle portait à l'épaule. Elle en avait tiré une carte de visite qu'elle avait posée sur la table.
« Si vous voulez m'appeler », avait-elle dit.
Jayne avait jeté un coup d'œil à la carte mais ne l'avait pas prise.
« Et si vous avez besoin d'un endroit où aller, avait ajouté Hardy, je peux vous aider. Un endroit pour vous et votre frère.
— De quoi est-ce que vous parlez ? D'un *refuge* ? »
Hardy avait confirmé d'un hochement de tête.
« Nous n'avons pas besoin d'aller dans un refuge. Je ne suis pas maltraitée. Tyler n'est pas maltraité.
— Très bien. Vous avez mon numéro, au cas où vous changeriez d'avis. »
Jayne avait suivi Hardy hors de la maison et l'avait regardée monter dans sa voiture, la démarrer et partir.

Elle était sous le choc.

C'est donc l'effet que ça fait, avait-elle pensé, d'être en chute libre, d'être précipité dans le vide avec un parachute qui ne veut pas s'ouvrir.

Elle s'était apprêtée à rentrer, puis avait décidé d'attendre son retour dehors. Elle s'était assise sur le perron, avait posé les paumes sur le béton frais. Elle le verrait dès qu'il tournerait au coin de la rue dans son Explorer. Et puis une pensée lui avait traversé l'esprit.

Peut-être qu'il ne reviendra pas.

Il savait tout de ce qui s'était passé ce matin-là. D'après son récit, quand l'inspectrice était allée interroger ce Max, celui-ci avait expliqué qu'il avait appelé Andrew en premier. Celui-ci était déjà passé, avait écouté son témoignage, puis visionné l'enregistrement de la caméra de surveillance du voisin.

Il n'était pas allé à Home Depot chercher du désherbant.

Ce qu'il avait vu sur les images de la caméra de surveillance l'avait peut-être effrayé. Poussé à partir précipitamment.

Jayne connaissait la vérité, elle connaissait les secrets qu'il lui avait cachés, et maintenant il fuyait.

Elle pensa à toutes ces histoires de femmes dupées qu'elle avait lues au fil des années. Des femmes qui avaient rencontré l'homme de leurs rêves pour finalement apprendre que c'était un escroc qui voulait les dépouiller de leur fortune. Ou un bigame qui avait une autre femme, et une famille, à l'autre bout du pays.

Jayne, elle, n'avait pas de fortune, ce qui excluait ce mobile. Et si Andrew avait une autre famille quelque part, il ne lui avait certainement pas consacré beaucoup de temps.

Mais était-ce un meurtrier ?

Non, non, impossible.

Elle entendit alors la voiture. Andrew descendait la rue.

En apercevant son SUV, elle éprouva à la fois du soulagement et une bouffée d'appréhension. Soulagement qu'il n'ait pas pris le large, et appréhension à l'idée de la discussion qui l'attendait.

Pourquoi ne lui avait-il pas parlé de Brie ? Comment vivre une épreuve pareille et ne pas ressentir le besoin d'en parler ?

Elle commença à lui trouver des excuses. Quand ils s'étaient rapprochés et étaient tombés amoureux l'un de l'autre – elle n'avait aucun doute, du moins jusqu'à maintenant, sur le fait qu'elle l'aimait et croyait au plus profond d'elle-même qu'il l'aimait en retour –, il avait peut-être voulu tout lui dire, mais il avait eu peur qu'elle rompe s'il le faisait.

Et, si elle voulait être honnête avec elle-même, elle devait se demander si elle aurait poursuivi cette relation. Si elle aurait emménagé avec lui. Si elle aurait amené son frère dans cette maison.

C'était le raisonnement qu'il avait dû suivre. Il ne voulait pas la perdre. Il avait peur de lui parler.

Bien sûr, c'était ça.

Regardons les choses en face, se dit-elle. Ce n'est pas comme si je lui avais tout dit, moi non plus. Sur Tyler, ou sur moi-même.

- 15 -

Andrew

Je me suis garé dans l'allée, j'ai coupé le moteur, ouvert la portière et je suis descendu lentement. Je me sentais un peu vaseux après mon passage au bar, ou c'était peut-être le stress qui m'avait mis dans cet état. Quoi qu'il en soit, j'étais soulagé d'être rentré chez moi sans me faire arrêter.

J'avais le sentiment que ma chance était sur le point de tourner.

Jayne était assise sur la marche du perron. Elle ne s'est pas levée. Je voyais sur son visage qu'elle savait. Je me suis approché lentement, me suis arrêté à quelques mètres de distance.

— Alors, a-t-elle demandé, impassible, comment ça s'est passé à Home Depot ? Tu as acheté ton désherbant ?

— Non.

— Tu es allé faire un tour dans ton ancien quartier à la place ?

— Oui. Et puis j'ai roulé au hasard pendant un moment.

J'ai passé sous silence mon détour par Trumbull pour parler à Greg.

Jayne a hoché la tête avec gravité.

— L'inspectrice Hardy est venue ici, ai-je dit.

— Oui.

— Et elle t'a tout dit.

— Oui.

J'ai pris une longue inspiration, ai expiré lentement.

— Je suis désolé. Je vais tout de suite faire mes valises et partir. Tu peux rester ici. On fera comme tu voudras. Ou je peux partir tout de suite et tu pourras balancer mes affaires sur la pelouse. Je reviendrai plus tard.

Elle s'est appuyée sur le ciment pour s'aider à se relever. J'ai tendu une main, mais elle l'a refusée.

— J'ai une question, a-t-elle dit avec un léger tremblement dans la voix.

On y était, ai-je pensé. Ma réponse était prête.

Non, je n'ai pas tué ma femme.

— Je t'écoute.

— Si c'est elle, si elle est revenue, qu'est-ce qu'on devient, nous deux ?

J'ai cligné des yeux. Avant que je trouve quoi dire, elle m'interrogeait de nouveau :

— Est-ce que tu l'aimes encore ?

À cette question-là non plus, je ne savais pas quoi répondre.

— On peut aller à l'intérieur pour parler ? ai-je proposé.

Elle a réfléchi à la suggestion, a fini par hocher la tête.

— D'accord.

Je l'ai suivie dans la maison.

Jayne avait déjà fait du café, elle m'en a versé, a rempli sa propre tasse et nous nous sommes assis à la table de la cuisine. Elle avait l'air particulièrement fragile. Son menton tremblait très légèrement, ainsi que la tasse qu'elle a posée devant moi.

— J'aurais dû te le dire.

Jayne avait les yeux mouillés. Elle avait probablement pleuré.

— Quand on a commencé à sortir ensemble, je n'arrêtais pas de penser que je devais tout te dire, mais plus le temps passait, plus c'était difficile pour moi. Parce que plus on devenait proches l'un de l'autre, plus j'avais gros à perdre.

Je ne mentais pas à ce sujet.

— Je me disais que, si je te racontais tout, la disparition de Brie, l'enquête de police, le fait que l'inspectrice Hardy m'a longtemps considéré comme le principal suspect, je te perdrais. Et je ne t'en aurais pas voulu de me laisser tomber. À ta place, je ne sais pas ce que j'aurais fait. Je sais que je me serais senti comme toi en ce moment. Dupé. Trahi. Trompé. Et ça n'excuse rien, mais je ne pense pas t'avoir jamais menti. Pas directement. Mais par omission, oui, je plaide coupable pour ça.

Jayne n'avait toujours rien dit.

— Le fait est que tu es la personne qui m'a sauvé, ai-je continué. J'étais perdu. Je sortais d'une période où j'étais au plus bas, et je luttais encore pour remonter la pente. Si j'avais pu obtenir quelques réponses, si on avait su ce qui était arrivé à Brie, j'aurais peut-être été en mesure de remettre ma vie en ordre. Je buvais beaucoup. J'étais incapable de me concentrer sur mon travail. Mon ami Greg était avec moi la nuit où Brie a disparu. Nous étions allés dans nos chalets à Sorrow Bay. Je t'ai parlé de ce chalet, celui que j'ai fini par vendre il y a quelques années parce que je ne travaillais pas beaucoup et que j'avais besoin d'argent. Je n'arrêtais pas de ruminer. De boire. Énormément. Je suis resté au fond du trou pendant un moment. J'ai passé beaucoup de temps à ne rien foutre, à essayer de trouver assez d'énergie pour me remettre d'aplomb.

J'ai pris une inspiration et une gorgée de café. J'ai ramassé une serviette en papier sur la table et j'ai déchiré un petit coin, que j'ai commencé à rouler en boule.

— Il m'a fallu environ quatre ans pour commencer à sortir la tête hors de l'eau, pour remettre un semblant d'ordre dans ma vie. J'ai changé de nom, légalement. Dans cette partie du Connecticut, les gens se souvenaient. Si je me présentais comme Andrew Mason, ils plissaient le front et disaient, « Hé, c'est pas vous, le type qui a tué sa femme ? » Qu'est-ce qu'on répond à ce genre d'accusation ? Alors je suis devenu Andrew Carville. Carville, c'était le nom de jeune fille de ma mère, ce qui était au moins une façon de garder quelque chose de la famille, tu comprends ?

J'avais la bouche sèche. Je me disais que, si je faisais une pause, Jayne aurait peut-être quelque chose à dire, mais rien n'indiquait qu'elle veuille rompre le silence. Alors j'ai bu un peu de café et j'ai continué :

— Et pour revenir un peu en arrière, il y avait la question de la maison. Quand Brie et moi l'avons achetée, l'idée était de la retaper. Elle nécessitait beaucoup de travaux, mais la structure était saine. Je comptais refaire à peu près tout. Abattre quelques cloisons, agrandir la cuisine, moderniser les salles de bains. Cela aurait pris beaucoup de temps, mais nous avions eu la maison pour un bon prix, et je connaissais les personnes les plus qualifiées pour s'occuper de tout ce que je ne savais pas faire moi-même, c'est-à-dire pas grand-chose. Mais après la disparition de Brie, je n'avais plus aucun enthousiasme pour rien, encore moins pour retaper cette maison, et peut-être la revendre en faisant une plus-value. Et puis tout le monde savait où j'habitais. Pendant longtemps, des journalistes ont campé devant ma porte d'entrée pour m'interroger. Des curieux, qui passaient en voiture, montraient du doigt la maison de la femme qui avait disparu.

J'ai posé la boulette de papier sur mon pouce et lui ai donné une pichenette. Elle a survolé la table et traversé la pièce, atterrissant juste devant le frigo. Jayne m'a pris des mains le reste de la serviette déchiquetée et l'a froissée en boule dans son poing. Elle n'avait pas l'air de trouver ça drôle.

J'ai poursuivi mon histoire :

— Alors, j'ai mis la maison en vente et j'en ai tiré ce que je pouvais. Les nouveaux propriétaires ont décidé qu'il était plus censé de la démolir et de reconstruire, ce qui, à vrai dire, était probablement la chose la plus intelligente à faire. Et pour une partie de moi, c'était un soulagement, tu comprends ? S'il m'arrivait de passer dans cette rue, ce que j'essayais d'éviter, au moins je ne voyais plus l'endroit où Brie et moi avions vécu. Je suppose que l'inspectrice Hardy t'a parlé de Natalie Simmons, ai-je ajouté avec un soupir.

Jayne a aussitôt haussé les sourcils, indiquant très vraisemblablement que Hardy n'avait pas abordé la question, en fait.

Merde.

— Oh ! Je suis ce gars qui est en train de s'enfoncer et qui pense que la meilleure façon de s'en sortir est de continuer à creuser. (J'ai tenté un petit rire, mais si j'avais pensé que Jayne allait y répondre par un gloussement, j'en ai été pour mes frais.) Je dois revenir un peu en arrière. Brie et moi avions traversé une mauvaise passe. Tu sais qu'on dit que la principale source de problèmes dans un mariage, ce sont les finances. Dans notre cas, c'était la façon dont je gagnais ma vie qui était une source de stress. Rénover des maisons, les revendre, ne jamais se fixer nulle part... Brie en avait marre, et j'étais trop bête à l'époque pour le comprendre. On ne se parlait presque plus, et c'est à peu près à ce moment-là que j'ai rencontré Natalie. Ce n'était pas bien sérieux, et ça n'a pas duré longtemps. Peu de temps après, Brie m'a trompé à son tour. Une fois. Je ne sais pas comment exactement, mais on est revenus à la raison, on s'est expliqués, on s'est pardonné l'un à l'autre et on a essayé de passer à autre chose. J'ai dit que, si elle le voulait, on resterait dans cette maison une fois qu'elle serait rénovée. Et que si elle ne le voulait pas, la suivante serait la bonne. On a surmonté la crise, mais on s'est fait du mal en cours de route.

J'ai bu une gorgée de café froid avant de continuer.

— Peu importe ce que la police a pu penser à l'époque, mon écart de conduite n'avait rien à voir avec la disparition de Brie. L'inspectrice Hardy a essayé d'y accorder plus d'importance que ça n'en avait. Avec cette Natalie, ce n'était pas sérieux. Du moins, pas pour moi. Peut-être que ça signifiait davantage pour elle, mais j'ai rompu et ça s'est arrêté là.

Jayne restait muette.

J'ai repoussé ma chaise, je me suis levé et j'ai fait les cent pas dans la cuisine. Je voulais qu'elle réagisse. Je voulais qu'elle se mette en colère. Je voulais qu'elle me crie dessus, qu'elle me jette quelque chose à la tête. Elle en avait parfaitement le droit. Mais elle restait assise là, à m'observer.

— Écoute, j'aurais dû te le dire, mais je ne peux plus rien y changer. J'ai merdé. Tu méritais de savoir et je comprendrais que tu ne puisses pas excuser ça. Je ne vais pas demander ton pardon. Je ne le mérite pas. Tout ce que je peux te dire, c'est que tu es la meilleure chose qui me soit arrivée ces six dernières années. Tu m'as éloigné du précipice. Tu penses peut-être que c'est des conneries, que j'en fais des tonnes pour que tu ne passes pas cette porte en emmenant Tyler. Mais c'est la vérité.

J'ai posé une main sur mon front, j'ai arrêté d'aller et venir, et je me suis adossé au frigo, en faisant tomber quelques magnets par terre.

— Voilà, je n'ai rien d'autre à dire. Bon sang, parle-moi !

C'était peut-être le moment, ai-je pensé. C'était peut-être maintenant qu'elle allait me poser la question.

Si elle ne me demandait rien, cela pouvait signifier deux choses. Soit qu'elle avait confiance en moi, qu'elle ne croyait pas que j'étais le genre d'homme à tuer sa femme. Soit qu'elle craignait que je ne lui donne une réponse qu'elle ne voulait pas entendre.

Quoi qu'il en soit, elle avait l'air prête à rompre son silence.

Elle a bu une gorgée de café, a posé la tasse, puis a croisé ses doigts en les serrant si fort qu'on aurait dit qu'ils allaient se casser. Elle a reposé ses mains sur la table et m'a regardé droit dans les yeux.

— Je suis enceinte, a-t-elle dit.

- 16 -

Le temps qu'Isabel McBain sorte de l'hôpital et coure jusqu'au parking, la femme était déjà partie.

Ce moment où elle avait levé les yeux et regardé Isabel, son frère et son mari, réunis devant la fenêtre de la chambre d'hôpital de leur mère, et leur avait adressé un signe de la main, avait tout changé.

Une inconnue n'aurait pas fait ce geste. Une inconnue ne les aurait pas reconnus. Une inconnue aurait supposé qu'ils regardaient autre chose.

Mais Brie les aurait identifiés.

Brie leur aurait fait un signe de la main.

« Oh, mon Dieu ! avait crié Isabel, oubliant de chuchoter pour ne pas réveiller sa mère endormie. Oh, mon Dieu ! » avait-elle crié une seconde fois.

Puis elle s'était précipitée hors de la chambre, poussant Norman et Albert au passage. Elle avait couru dans le couloir jusqu'à l'ascenseur. Elle avait appuyé sur le bouton pour descendre, mais après cinq secondes d'attente, elle avait perdu patience, repéré le panneau indiquant la cage d'escalier et foncé dans cette direction, avec son mari et son frère sur les talons.

Bien qu'elle n'ait pas possédé la coordination nécessaire pour sauter une marche sur deux, elle avait tout de même dévalé l'escalier à toute vitesse et, en émergeant dans le hall de l'hôpital, il lui avait fallu un moment pour s'orienter : comme elle était descendue en zigzaguant jusqu'au rez-de-chaussée, elle ne savait pas quel chemin prendre pour sortir du bâtiment et rejoindre le parking.

« Par ici », avait dit Albert, arrivé dans le hall une demi-seconde après elle.

Ils étaient sortis tous les trois du bâtiment et l'avaient contourné jusqu'au parking, mais il n'y avait plus personne.

Du moins pas la femme qu'ils avaient vue leur faire signe.

— Vous êtes sûrs que c'est le bon parking ? demanda Isabel, hors d'haleine.

— C'est bien celui-là, confirma Norman. Il y a la Corvette rouge.

— Où est-elle ? Elle n'a pas pu se volatiliser comme ça !

Albert regarda derrière lui et, plus haut, le bâtiment.

— La chambre de maman est juste là. C'est ici. C'est ici qu'elle était.

Isabel hocha la tête. Norman semblait contrarié qu'elle semble accorder plus de crédit à la parole de son frère qu'à la sienne.

Elle se retourna, parcourant les alentours du regard.

— C'est insensé. Où est-elle passée ?

— Il nous a fallu plusieurs minutes pour arriver jusqu'ici, observa Albert qui, penché en avant, les mains sur les genoux, s'efforçait de reprendre son souffle. C'est suffisant pour partir en courant, monter dans une voiture ou je ne sais quoi.

— Séparons-nous, proposa Norman. Je vais aller par là, vous, vous suivez le trottoir dans des directions différentes, et on se retrouve ici dans deux minutes.

Isabel n'eut pas besoin de solliciter l'avis d'Albert.

— D'accord, dit-elle.

Ils se déployèrent. Et, comme Norman l'avait suggéré, ils se regroupèrent quelques minutes plus tard. Personne n'avait repéré la femme.

— Je n'y croyais pas... Je ne pensais pas que c'était elle, dit Isabel. Je croyais que c'était impossible, jusqu'à ce que... jusqu'à ce qu'elle fasse ce signe de la main.

— Je sais, dit Albert. Je veux dire, ça pouvait être elle, tout comme beaucoup de gens qui lui *ressemblent* un peu. Mais quand elle nous a repérés... Bon Dieu. On aurait dit qu'elle savait qui nous étions. Qu'elle nous avait reconnus.

Isabel semblait au bord du malaise. Norman et Albert vinrent l'entourer, chacun la soutenant par le bras, au cas où elle tournerait de l'œil.

En larmes, elle demanda :

— Est-ce qu'elle pourrait vraiment être en vie ?

— Je ne sais pas, répondirent Albert et Norman presque à l'unisson.

— Si c'est le cas, pourquoi faire ça ? Pourquoi nous torturer de la sorte ? Comment sait-elle que maman est à l'hôpital ? Est-ce que Brie nous observe ? Est-ce qu'elle nous surveille ?

— Izzy, Izzy, calme-toi, dit Albert. Il faut qu'on... il faut qu'on...

— Il faut qu'on quoi ?

— Je ne sais pas... Peut-être qu'on devrait l'appeler.

— L'appeler ? Appeler Brie ? Et comment est-on censés s'y prendre ?

— Non, pas Brie. L'inspectrice. C'était quoi, son...

— Hardy. Marissa Hardy. Oui, oui. Appelle-la. Appelle-la maintenant.

Albert sortit son téléphone.

— Je ne sais pas si je l'ai encore dans mes contacts... (Il arrêta de chercher avant d'avoir trouvé le numéro.) Elle va nous prendre pour des fous. Elle va penser qu'on a des visions. Et toi, tu étais constamment sur son dos.

— Pas du tout, rétorqua Isabel, sur la défensive.

— Si, tu exigeais qu'elle arrête Andrew.

— J'avais mes raisons, et tu le sais. Elle ne s'est jamais suffisamment acharnée sur lui ! Elle aurait dû le faire inculper ! Cet homme aurait dû être jugé et...

— Sauf si... dit Albert.

Isabel s'interrompit et mit un moment pour comprendre.

— Sauf si c'est Brie, dans ce cas...

— C'est peut-être *lui* qu'on devrait appeler.

Isabel réfléchit une seconde à cette possibilité.

— Non, non, pas lui. On ne sait pas si c'était Brie. Il n'est pas encore tiré d'affaire pour ça. Appelle cette inspectrice.

Albert continua à faire défiler les contacts sur son téléphone.

— Une minute, je crois que je l'ai encore... Le voilà.

Norman regarda Albert prendre les choses en main, tapoter l'écran, coller le téléphone à son oreille et écouter les sonneries.

— Ça ne se peut pas, chuchota Norman à Isabel. C'est impossible.

Celle-ci, l'ignorant, demanda à Albert :

— Elle ne décroche pas ?

— Bon sang, attends. Pas encore... Allô ? Vous êtes bien l'inspectrice Hardy ?

Isabel se rapprocha pour entendre la conversation.

— Oui, c'est bien moi.

— Vous ne vous souvenez peut-être pas de moi, inspectrice, je m'appelle Albert McBain. Il y a six ans, ma sœur...

— *Notre* sœur ! glapit Isabel, assez fort pour être entendue à l'autre bout du fil.

— *Notre* sœur, Brie, a disparu et vous étiez chargée de l'enquête...

— Je me souviens. Que puis-je faire pour vous, monsieur McBain ?

— En fait, nous avons hésité à vous appeler. Notre mère est à l'hôpital. Nous lui rendions visite et, je sais que ça va vous paraître assez improbable, mais en regardant par la fenêtre, nous pensons avoir vu Brie sur le parking.

Hardy resta silencieuse.

— Allô ? dit Albert. Vous êtes toujours là ?

— Je suis là, dit lentement Hardy. Quand est-ce que c'est arrivé ?

— À l'instant. Il y a dix minutes. Nous sommes sur le parking. Nous avons vu cette femme et nous nous sommes précipités, mais le temps d'arriver, elle avait disparu. C'était peut-être quelqu'un qui lui ressemblait, mais quand elle nous a vus à la fenêtre, elle nous a fait signe. Comme si elle nous avait reconnus.

— Voilà qui est... intéressant.

Isabel arracha le téléphone de la main de son frère.

— Inspectrice Hardy ? C'est Isabel.

— Bonjour, Isabel.

La voix de Hardy se fit soudain plus lasse.

— Que voulez-vous dire par « intéressant » ?

Nouveau silence de l'inspectrice.

— Quelqu'un d'autre a peut-être aperçu votre sœur ce matin...

— Quoi ? Où ? Où était-ce ? Pourquoi vous ne nous avez pas appelés ?

— Je veux éviter les conclusions hâtives, mais c'était à sa dernière adresse connue, dans Mulberry. Le voisin prétend qu'une femme s'est garée dans l'allée et qu'elle semblait sidérée de ne pas retrouver la maison qui se trouvait là il y a quelques années.

— Il a dit que c'était Brie ?

— Il a dit qu'elle ressemblait à votre sœur, il ne l'a pas formellement identifiée. Écoutez, madame McBain, donnez-moi un peu de temps pour examiner tout ça.

— Vous pensez que c'est possible ? Que Brie puisse être...

Hardy lui coupa la parole.

— J'ai dit que j'allais examiner ça. Si vous revoyez cette personne, appelez-moi. À tout moment, de jour comme de nuit. Au revoir.

Isabel s'apprêtait à poser une autre question, mais l'inspectrice avait raccroché. Visiblement contrariée, elle restitua le téléphone à son frère.

— Elle *dit* qu'elle va s'en occuper.

— Tu la crois ? demanda Albert.

— Je ne sais pas.

Norman prit la parole :

— À mon avis, elle te fait marcher. C'est n'importe quoi. Elle ne fera rien du tout. Si j'étais elle, je ne prendrais pas ça au sérieux. Arrêtez, quoi.

Albert secouait la tête.

— Si elle dit qu'elle va s'en occuper, je pense qu'elle le fera. Je ne l'ai jamais vue raconter de salades à qui que ce soit.

Isabel soupira, puis leva lentement les yeux vers la fenêtre de la chambre de sa mère.

— Oh, mon Dieu, dit-elle tout bas.

Albert suivit son regard et lut dans ses pensées.

— Qu'est-ce qu'on dit à maman ? demanda Isabel.

- 17 -

Audition de Natalie Simmons, le 11 juin 2016, 11 h 04. Par l'inspectrice Marissa Hardy.

INSPECTRICE HARDY : Il nous a fallu un peu de temps pour vous retrouver, madame Simmons. Merci d'être venue.

NATALIE : Je suis désolée, j'étais en déplacement.

INSPECTRICE HARDY : Où étiez-vous ?

NATALIE : Je rendais visite à une tante en Nouvelle-Écosse. À Halifax.

INSPECTRICE HARDY : Oh ! Bonnes vacances ?

NATALIE : Ce n'était pas vraiment des vacances. Elle a été malade. Elle a presque quatre-vingts ans et, comme elle a du mal à se déplacer, j'ai dû organiser des visites de groupes de soutien locaux et ce genre de choses. Je suis à peu près sa seule famille, donc voilà, vous savez tout. Je suis partie il y a une semaine environ, en voiture. Le trajet prend treize heures, je l'ai fait sur deux jours.

INSPECTRICE HARDY : Vous y êtes allée seule ?

NATALIE : Oui. Pouvez-vous me dire pourquoi je suis ici ? Personne ne m'a rien expliqué. J'ai simplement trouvé un mot sur ma porte quand je suis rentrée.

INSPECTRICE HARDY : Nous avons essayé de vous joindre sur votre portable.

NATALIE : Je n'ai pas de téléphone portable.

INSPECTRICE HARDY : Vraiment ? Vous êtes une espèce rare.

NATALIE : Ils sont nocifs. Les ondes radio peuvent affecter le cerveau. Mais les médias n'en parlent pas parce qu'ils sont payés par les entreprises de téléphonie. Si ça se savait, les gens arrêteraient de les utiliser et Verizon et compagnie perdraient un paquet d'argent. En plus, ils peuvent vous suivre à la trace, vous savez. Ils savent toujours où vous êtes.

INSPECTRICE HARDY : « Ils » ?

NATALIE : Le gouvernement. Peu importe. C'est partout sur les réseaux sociaux. Je suis des sites qui enquêtent sur ce genre de chose. C'est pour ça que des gens ont refusé le vaccin. C'est un autre moyen qu'ils ont de nous surveiller.

INSPECTRICE HARDY : Le gouvernement aurait-il des raisons de suivre vos déplacements, madame Simmons ?

NATALIE : Ils trouveraient ça plutôt barbant s'ils se donnaient cette peine, mais allez savoir !

INSPECTRICE HARDY : Bon, on pourrait commencer ?

NATALIE : D'accord.

INSPECTRICE HARDY : D'abord, je voudrais confirmer certaines informations. (Hardy lut une adresse et demanda :) C'est bien votre résidence principale ?

NATALIE : Oui.

INSPECTRICE HARDY : Et que faites-vous dans la vie ?

NATALIE : Je travaille dans une galerie d'art à Stratford. Vous la connaissez peut-être. La galerie Decca. Ce sont des gens plutôt sympa, et ils ont été totalement compréhensifs quand j'ai dû aller à Halifax.

INSPECTRICE HARDY : Je crois que vous connaissez un certain Andrew Mason.

NATALIE : Euh, oui.

INSPECTRICE HARDY : Vous le connaissez depuis longtemps ?

NATALIE : Je crois que je l'ai rencontré il y a un an. Quelque chose comme ça. Mais ce n'était pas la première fois, nous étions à la fac ensemble. C'était une simple connaissance à l'époque.

INSPECTRICE HARDY : Il est donc plus qu'une simple connaissance aujourd'hui.

NATALIE : Eh bien...

INSPECTRICE HARDY : Les choses iraient plus vite si vous vouliez bien répondre honnêtement et directement aux questions.

NATALIE : Je le connais un peu mieux maintenant, oui. De quoi s'agit-il exactement ?

INSPECTRICE HARDY : Quand avez-vous commencé à sortir avec M. Mason ?

NATALIE : C'était... Je ne sais pas, il y a quelques mois.

INSPECTRICE HARDY : Comment décririez-vous la nature de votre relation avec lui ?

NATALIE : On se voyait, quoi.

INSPECTRICE HARDY : Vous vous « voyiez » ?

NATALIE : Sérieusement, qu'est-ce que ça veut dire ?! Il est arrivé quelque chose à Andy ? Est-ce qu'il va bien ? Il a des ennuis ?

INSPECTRICE HARDY : Est-ce que vous et M. Mason aviez une relation intime ?

NATALIE : Qu'entendez-vous, exactement, par intime ?

INSPECTRICE HARDY : Était-ce une relation de nature sexuelle ?

NATALIE : Oui, je suppose que ça faisait partie de la relation.

INSPECTRICE HARDY : Vous avez un doute ? Je pense que c'est le genre de chose que l'on sait d'une façon ou d'une autre.

NATALIE : Ouais, d'accord. C'est ce que vous avez dit.

INSPECTRICE HARDY : Et quand cette relation a-t-elle débuté ?

NATALIE : Il y a quatre mois environ. Ça n'a duré qu'un mois.

INSPECTRICE HARDY : Pourquoi ça ?

NATALIE : Eh bien, il est marié.

INSPECTRICE HARDY : Le saviez-vous quand vous avez commencé à le fréquenter ?

NATALIE : En quelque sorte. Je veux dire, il portait une alliance.

INSPECTRICE HARDY : C'est pour cela que vous avez rompu ?

NATALIE : Non, je n'ai pas rompu. Andy l'a fait.

INSPECTRICE HARDY : Oh ! Ça vous a blessée ?

NATALIE : *(inintelligible)*

INSPECTRICE HARDY : Madame Simmons, est-ce que ça va ?

NATALIE : C'est juste que... Je l'aimais vraiment bien, vous comprenez ? Je veux dire, oui, je savais qu'il était marié, mais s'il voulait passer du temps avec moi, c'est qu'il devait lui manquer quelque chose. J'ai commencé à me dire que, bien sûr, ça pouvait devenir compliqué, mais qu'il y avait peut-être plus que le sexe, vous comprenez ?

INSPECTRICE HARDY : Avez-vous été mariée, madame Simmons ?

NATALIE : Une fois. Ça n'a duré que deux ans. Il s'appelle Conroy Hill. Il a déménagé à L.A. il y a une dizaine d'années. Il travaille dans l'industrie musicale.

INSPECTRICE HARDY : N'avez-vous jamais nourri l'idée, l'espoir, que M. Mason puisse quitter sa femme pour vous ?

NATALIE : Je ne sais pas. J'ai espéré. Le fait est qu'il n'était pas du tout mon genre.

INSPECTRICE HARDY : Comment ça ?

NATALIE : Eh bien, quand on travaille dans une galerie, on rencontre des tas de créatifs, d'artistes. Des hommes qui ont la tête dans les nuages, des excentriques, des pseudo-intellectuels. Bien sûr, la moitié d'entre eux est gay. Andrew, lui, c'est un genre de charpentier, vous voyez ? OK, plus que ça. Un entrepreneur. Il travaille avec ses mains. Pas mon genre habituel, n'empêche qu'il apprécie quand même le cinéma et l'art. Et il est... Comment dire ? *Viril*. Vous comprenez ? J'aimais ça chez lui. Il était aussi un peu stressé. Peut-être parce qu'il avait des soucis avec sa boîte, et puis il y avait son mariage, évidemment.

INSPECTRICE HARDY : Avez-vous déjà rencontré son épouse, Brie ?

NATALIE : Une fois, et c'était trop gênant. J'étais dans l'espace restauration du Post Mall, je me suis retournée et il était là. J'ai dit quelque chose du genre, « Hé, comment vas-tu ? » Et puis j'ai vu qu'il n'était pas seul. Il est devenu tout rouge et il m'a rapidement présentée à sa femme, en disant qu'il m'avait rencontrée par le travail et en faisant semblant de ne pas se souvenir de mon nom de famille. Son expression à elle disait clairement qu'elle savait qu'il mentait. Écoutez, je ne répondrai plus à aucune question tant que vous ne m'aurez pas dit pourquoi vous m'avez convoquée.

INSPECTRICE HARDY : Brie Mason a disparu, madame Simmons.

NATALIE : Elle a quoi ?

INSPECTRICE HARDY : Elle a disparu depuis le week-end dernier.

NATALIE : Oh, mon Dieu ! Personne n'a eu de ses nouvelles ?

INSPECTRICE HARDY : Non.

NATALIE : Et vous pensez que j'ai quelque chose à voir avec ça ?

INSPECTRICE HARDY : Non, je...

NATALIE : Parce que quoi que mon ex ait pu vous dire, c'est des conneries.

INSPECTRICE HARDY : OK. Racontez-moi ça.

NATALIE : C'était il y a longtemps, en plus. Qu'est-ce que Conroy vous a dit ?

INSPECTRICE HARDY : Peut-être que vous devriez me donner votre version des faits.

NATALIE : Ça n'est arrivé qu'une fois. Et c'était après qu'on s'était séparés. Je l'ai vu avec Charlotte et...

INSPECTRICE HARDY : Charlotte ?

NATALIE : La première fille avec qui il est sorti après notre rupture. Je les ai croisés au centre commercial de Stamford, dans le parking. Je me dirigeais vers ma voiture et je les ai vus monter dans la sienne. Oui, d'accord, je suis passée très près, mais il ne peut pas prouver que c'est moi qui ai rayé sa Jag.

INSPECTRICE HARDY : Vous avez rayé sa voiture ?

NATALIE : La vidéosurveillance n'a rien montré.

INSPECTRICE HARDY : Votre divorce n'a donc pas été exactement amiable.

NATALIE : Je dis juste que je n'ai rien à voir avec la disparition de cette femme.

INSPECTRICE HARDY : Ce que j'étais sur le point de vous demander, c'est si M. Mason vous a jamais dit quelque chose qui vous porterait à croire qu'il voudrait faire du mal à sa femme d'une manière ou d'une autre ?

NATALIE : Ah, d'accord. Waouh, quelle idiote je fais. Je pensais...

INSPECTRICE HARDY : Est-ce qu'il se plaignait d'elle ? Faisait-il des remarques désobligeantes ?

NATALIE : Non. Il était assez déprimé la plupart du temps, il culpabilisait de me voir, vous comprenez ? Il a bien dit une fois qu'il serait capable de la tuer, mais...

INSPECTRICE HARDY : Il a dit quoi ?

NATALIE : Andy a dit... J'essaie de me souvenir... Il a dit quelque chose comme : « Je pourrais juste la tuer. »

INSPECTRICE HARDY : Il a dit ça.

NATALIE : Oui. Mais c'était une façon de parler, plus une plaisanterie qu'autre chose.

INSPECTRICE HARDY : Quel était le contexte ?

NATALIE : Ils avaient dû se disputer à propos de quelque chose. Un désaccord qui concernait la maison qu'ils sont en train de rénover. Je pense qu'il s'agissait de faire un choix pour la cuisine. Brie n'arrivait pas à se décider sur les couleurs, les robinets, les plans de travail ou je ne sais quoi. Je ne me souviens pas précisément, mais Andy était contrarié parce que ça ralentissait le projet.

INSPECTRICE HARDY : D'accord. Cela ressemble en effet à une remarque désinvolte. Ma compagne voulait me tuer quand on essayait de choisir une couleur de peinture pour notre chambre.

NATALIE : Je sais, je surinterprète.

INSPECTRICE HARDY : Il n'y a pas eu d'autres remarques du même genre ?

NATALIE : Pas vraiment. En fait, un jour, il a dit – et j'ai alors pensé que ça n'allait peut-être pas le faire avec lui –, il a dit mot pour mot : « Je l'aime à mourir. »

- 18 -

Andrew

Je dois admettre que je ne l'avais pas vu venir.

Sinon j'aurais peut-être su comment réagir, j'aurais pu me préparer, dire quelque chose qui aurait donné l'impression que j'étais ravi d'apprendre la nouvelle. Parce que, quand une femme vous dit qu'elle est enceinte, vous voulez avoir l'air heureux. Et je ne dis pas que je ne l'étais pas. Si j'avais eu un moment pour réaliser, j'aurais été plus que ravi. Carrément aux anges. Avoir un enfant n'était pas un sujet dont on avait vraiment discuté, mais on aurait fini par le faire et je sais que, à ce moment-là, j'aurais été partant.

Mais vu la matinée que je venais de passer – l'apparition de cette femme, la visite de l'inspectrice Hardy à mon domicile, ma relation avec Jayne apparemment compromise par la révélation de mon passé –, je n'étais pas vraiment d'humeur à sauter de joie. J'aurais dû dire quelque chose comme « C'est merveilleux ! » ou « Oh, mon Dieu, c'est génial ! ». Un simple « Waouh ! » aurait pu faire l'affaire.

Mais j'ai dit : « Quoi ? »

Et j'imagine que j'avais l'air plutôt sidéré.

— Je suis enceinte, a répété Jayne.

Je suis resté pétrifié environ deux secondes avant de me précipiter et, comme elle était toujours sur la chaise, de me mettre à genoux et de la serrer dans mes bras. Elle a répondu à mon étreinte, mais j'ai eu l'impression qu'elle y mettait moins de cœur que moi.

Je me suis écarté et j'ai demandé :

— Quand l'as-tu appris ?

— Hier. J'ai fait le test ce week-end, en faisant pipi sur la tige. C'était positif, mais je voulais d'abord aller chez le médecin pour avoir son avis avant de te le dire. Je l'ai vu hier.

— Cette bière... Quand tu es sortie avec deux bouteilles, la tienne avait l'air différente.

— Sans alcool. J'en ai acheté un pack de six hier, que j'ai planqué au fond du frigo pour que tu ne le trouves pas. (Jayne m'a fait signe de me relever, puis je suis allé me rasseoir sur la chaise en face d'elle.) Tu ne paraissais pas vraiment fou de joie à l'instant.

— Tu m'as pris par surprise. Et la journée n'en a pas manqué. (J'ai passé ma main sur le dessus de ma tête et j'ai soupiré.) Ça alors. Tu es enceinte de combien ?

— Environ sept semaines, d'après le médecin. Je pense que c'est arrivé le week-end où on est allés à Mystic. Quelques jours avant que Tyler nous rejoigne.

Mon esprit s'est immédiatement transporté pendant ces mini-vacances. Je m'étais comporté comme un type tout juste libéré de prison et Jayne n'avait pas été moins insatiable.

Je n'ai pas pu m'empêcher de sourire.

— Ouais, ça aurait pu être à ce moment-là. On devait faire une mini-croisière, visiter le musée, mais je ne me rappelle pas qu'on soit beaucoup sortis de ce B & B.

— J'avais prévu qu'on sortirait dîner ce soir, que je t'annoncerais la nouvelle, mais maintenant...

— Jayne.

— Ça ne peut pas arriver. Pas maintenant.

— Attends, qu'est-ce que tu veux dire ? Tu ne veux pas du bébé ? Je pensais que...

— Ce n'est pas ce que je veux dire. Je parlais de ce qui s'est produit aujourd'hui. C'est impossible.

— Jayne, je te jure, je ne sais pas ce qui se passe.

— Et si elle était revenue ?

— On ne sait pas si c'est Brie. Ce serait totalement insensé.

— Pourquoi tu dis ça ? Qu'est-ce que tu en sais ?

Elle n'avait jamais été aussi près de poser LA question. J'ai pris un moment pour formuler ma réponse.

— Parce que, si c'était Brie, où était-elle pendant ces six années ? Pourquoi est-ce qu'elle sortirait de nulle part ? Je veux dire, qu'est-ce qu'elle a fait pendant tout ce temps ? Si c'était vraiment elle, pourquoi aurait-elle décidé de revenir précisément à ce moment-là et pas à un autre ? Est-ce que quelqu'un la gardait prisonnière et qu'elle a fini par s'échapper ? Et, dans ce cas, pourquoi n'est-elle pas allée directement voir la police ? Pourquoi est-ce qu'elle finit par se pointer à notre ancienne adresse ? Il n'y a aucune explication rationnelle à ça.

— C'est pourtant arrivé.

— *Quelque chose* est arrivé. Quelqu'un s'est présenté à cette adresse.

— Admettons, de façon purement hypothétique, que ce soit bien ta femme, qu'elle a été... je ne sais pas... enlevée par des extraterrestres et qu'ils viennent de la ramener. Tu n'aurais pas envie que ce soit elle ?

Bon sang, comment répondre à ça ?

Lentement, j'ai lâché un :

— Si.

Le visage de Jayne semblait prêt à se décomposer.

— Si, ai-je répété. Parce que ça signifierait qu'il ne lui est rien arrivé. Qu'elle est *vivante.* Qui sait, peut-être qu'on lui a fait du mal et qu'elle a survécu. Elle serait toujours parmi nous, et ce serait une bonne chose. Je l'admets : j'ai très souvent souhaité savoir ce qui lui était arrivé, mais je n'ai jamais espéré qu'elle soit morte. Donc, oui, je voudrais que ce soit elle.

Jayne m'écoutait, la gorge serrée.

— Tu sais, j'ai cette épée de Damoclès au-dessus de ma tête depuis longtemps. Certaines personnes sont toujours convaincues que j'ai tué ma femme. Je suis d'ailleurs sûr que cette dernière péripétie a gâché la journée de l'inspectrice Hardy, parce que je sais qu'elle m'a toujours cru coupable. Elle *veut* croire que je l'ai fait. Si cette femme est Brie – et je pense que c'est un gros si –, ça prouve que je ne suis pas un meurtrier. (J'ai esquissé un sourire.) Ça va aussi gâcher la journée d'Izzy, encore que, si elle récupère sa sœur, ça pourrait compenser.

J'en avais presque terminé.

— Mais si par miracle il s'agit bien d'elle, ça ne veut pas dire que c'est fini entre nous deux. On trouvera une solution. Je t'assure.

— C'est comme dans *Seul au mond*e.

— Comme quoi ?

— Le film avec Tom Hanks. Son avion s'écrase sur une île et il y reste pendant, je ne sais pas, plusieurs années, et tout le monde le croit mort. Son seul ami, c'est Wilson, un ballon de volley. Et sa femme, Helen Hunt, finit par reprendre le cours de sa vie, rencontre un autre homme, tombe amoureuse et s'installe avec lui, sauf que Tom n'est pas mort et qu'il revient.

Je me souvenais du film.

— Je suis Helen Hunt, ai-je dit.

Ce qui a failli arracher un sourire à Jayne.

— Qu'est-ce qu'elle est censée faire ? Elle aimait Tom, mais maintenant elle a ce nouvel homme dans sa vie, et elle l'aime aussi. C'est un crève-cœur pour toutes les personnes concernées. Elle est dans une situation impossible.

— Mais elle reste avec le nouveau gars.

— Ça ne veut pas dire que ça va se régler comme ça pour nous. On n'est pas dans un film, a-t-elle dit en me regardant dans les yeux. Repense au dernier jour où tu l'as vue.

— D'accord.

— Ce jour-là, avant sa disparition, tu l'aimais ?

J'ai tendu le bras au-dessus de la table pour lui prendre la main.

— Je t'aime, *toi*.

— Ce n'est pas ma question. La dernière fois que tu l'as vue, que tu lui as parlé... (Elle a pris une inspiration.) La dernière fois que tu as couché avec elle, est-ce que tu l'aimais ?

— Oui.

— Dans ce cas, il devrait être évident que si elle franchissait cette porte, là, tout de suite, tu l'aimerais encore.

— Jayne, je...

— Si tu disparaissais pendant six années et que tu entrais soudainement dans cette pièce, moi, je t'aimerais toujours, peu importe ce que j'aurais fait de ma vie.

— J'ai l'impression qu'il n'y a pas de bonne réponse à ces questions.

— C'est moi qui vais avoir ton bébé.

— Je sais.

— Toi et Brie n'avez pas eu d'enfants.

— Nous... Elle disait qu'elle ne voulait pas élever un enfant tant qu'on n'avait pas de maison. Une vraie maison et pas un chantier. Quelque chose de stable. C'était l'un des problèmes qu'on s'efforçait de régler.

— Eh bien, on dirait que nous avons une maison, et que je vais avoir un bébé dedans. C'est pour ça que ça ne peut pas arriver. J'ai besoin de savoir que tu es avec moi.

Totalement. Tout ce que j'ai appris sur toi aujourd'hui, c'est... mon Dieu, c'est carrément perturbant. Mais même si tu m'as caché autant de choses, au fond de moi, je crois que je te connais. Que je sais quel genre d'homme tu es. Je suis prête à... J'allais dire à pardonner. Je ne sais pas si j'en suis là, et je ne sais pas quand je le serai. Mais je veux aller de l'avant, à la condition que tu sois parfaitement honnête avec moi à l'avenir.

— Je le serai.

— J'ai l'impression de marcher au bord d'une falaise et d'être constamment sur le point de tomber.

J'ai tiré ma chaise autour de la table pour la coller contre la sienne, j'ai passé mon bras autour d'elle et l'ai serrée contre moi.

— Je te le dis, on va s'en sortir.

— Tu es quelqu'un de bien. Je suis sûre de ça. Je vois comment tu te comportes avec Tyler. Comme tu es patient. Tu ne précipites pas les choses avec lui. Il a besoin de temps.

— Je sais.

— Il ne te considérera jamais comme son père, mais comme un grand frère, peut-être. Un mentor.

— Je fais de mon mieux.

— Tyler n'est pas parfait.

— Peut-être qu'on a ça en commun, lui et moi.

— S'il te plaît, dis-moi que c'est juste un mauvais moment, que ça va passer.

— Ça va passer, lui ai-je promis en l'entourant avec mon bras, et je l'ai sentie se détendre, accepter le réconfort que je lui apportais. Écoute, si c'était vraiment Brie, elle m'appellerait, non ? Elle trouverait un téléphone et elle m'appellerait pour me dire, « Hé, devine qui est de retour ? »

C'est à ce moment-là que le téléphone dans ma poche s'est mis à sonner.

- 19 -

Albert et Isabel entrèrent dans la chambre d'hôpital de leur mère sans faire de bruit. Ils avaient amené quelqu'un. Et ce n'était pas Norman.

Elizabeth avait fait une pause dans son zapping incessant sur les chaînes d'informations – CNN, MSNBC et Fox –, persuadée que le monde qu'elle quittait était dans un bien plus grand désordre que celui dans lequel elle était née. Elle repensa à l'époque où elle travaillait dans la presse écrite, essaya de se rappeler si le pays avait un jour été plus mal en point qu'il ne l'était maintenant. Bien sûr, elle avait révisé et rédigé la titraille d'innombrables articles rendant compte de tragédies inimaginables. Mais au moins, à l'époque, on avait l'impression qu'elles étaient un peu moins fréquentes. Il n'y avait pas une fusillade de masse tous les jours. Pas d'enfants dans des cages. Les hôpitaux du pays n'avaient pas été poussés jusqu'au point de rupture par une pandémie. Aucun parti politique n'aurait trouvé des excuses à des terroristes nationaux.

Peut-être qu'Isabel avait eu raison de lui faire éteindre cette foutue télé.

Mais la voilà qui revenait, avec son frère et un autre homme. Elle haussa imperceptiblement les sourcils en apercevant cet inconnu.

— Hé, maman, dit Isabel. Voici quelqu'un que nous aimerions te présenter. Il s'appelle Max. Max, je vous présente notre mère, Elizabeth.

Max s'avança et, avec hésitation, tendit la main. Elizabeth plaça ses doigts osseux dans sa paume et il les serra très délicatement.

— Bonjour, dit-elle. Vous êtes médecin ?

— Euh, non.

Albert, Isabel et Norman étaient restés sur le parking près de deux heures, à se demander s'ils devaient dire à leur mère qu'ils avaient vu une femme qui pouvait être Brie.

Au départ, Albert avait jugé que ce serait une bonne idée d'aller tout de suite lui annoncer que leur sœur était peut-être encore en vie. Mais Isabel craignait de lui donner de faux espoirs.

Norman avait approuvé :

« Tu ne peux pas lui remonter le moral avec quelque chose d'aussi incertain. On a vu cette femme du haut d'un immeuble. Cela aurait pu être n'importe qui.

— Mieux vaut peut-être un faux espoir que rien », avait dit Albert.

Après quoi, il avait fait valoir que leur mère ne les croirait peut-être même pas. C'était, après tout, une sceptique endurcie. Elle penserait qu'ils avaient tout inventé, qu'il s'agissait d'un stratagème grossier pour qu'elle se sente mieux, pour lui redonner le moral pendant le temps qu'il lui restait à vivre.

« Mais si c'était quelqu'un d'autre que nous ? avait suggéré Albert. Quelqu'un qui ne soit pas de la famille.

— Le voisin, avait proposé Isabel. Quelqu'un qui n'a aucune raison personnelle de vouloir donner de bonnes nouvelles à maman. »

Sans entrer dans les détails, Hardy avait mentionné l'ancien voisin de Brie, celui qui pensait l'avoir vue.

« Nous devons trouver cette personne », avait dit Albert.

Isabel et lui avaient donc fait le trajet jusqu'à Mulberry Street pour aller trouver Max, qui leur confirma avoir appelé l'inspectrice Hardy. (Norman avait estimé qu'ils pouvaient gérer cette mission sans lui, et il était rentré à la maison pour garder un œil sur son fils et sa fille, tous deux adolescents.)

Albert avait demandé à Max s'il voulait bien les accompagner à l'hôpital et rapporter à leur mère ce qu'il avait vu. Il ferait un témoin plus crédible, car non seulement il n'avait aucune raison de mentir à Elizabeth, mais il avait pu voir cette femme de bien plus près qu'Albert et Isabel depuis la fenêtre de l'hôpital.

Max avait accepté, non sans une certaine réticence.

Il se tenait à présent au chevet d'Elizabeth, mais ce fut Albert qui prépara le terrain :

— Mère, dit-il, un fait nouveau s'est produit aujourd'hui qui concerne Brie.

Elizabeth se redressa dans son lit, avec une vivacité étonnante compte tenu de son état de santé. Son visage faisait penser à de la tôle froissée après un crash aérien, chaque pli de sa peau vieillissante se creusant dans l'attente d'une mauvaise nouvelle.

— Oh, mon Dieu ! s'exclama-t-elle. Ils l'ont trouvée.

À en juger par son expression, Elizabeth craignait qu'on n'ait découvert le corps de sa fille.

Isabel intervint.

— Non, maman, ce n'est pas ça. Un peu de patience. Écoute ce que Max a à dire, ensuite... ensuite Albert et moi, nous avons aussi quelque chose à te dire.

Albert se tourna vers Max.

— Je vous laisse la parole.

Elizabeth l'écouta attentivement raconter son histoire, sans l'interrompre. Quand il eut terminé, elle hocha la tête d'un air songeur.

— Je vois, dit-elle. J'ai quelques questions à vous poser.

— Bien sûr.

— À quelle distance étiez-vous de cette femme ?

— Je dirais peut-être neuf, dix mètres.

— Est-ce que vous buvez ?

— Je vous demande pardon ?

— Est-ce que vous buvez, Max ? Aviez-vous bu la veille au soir ?

— Quelques bières, peut-être.

— Si, simple hypothèse, ma fille vous appelait au téléphone, à l'improviste, reconnaîtriez-vous sa voix ?

— Euh, eh bien...

Albert éprouva le besoin d'intervenir :

— Vous devez excuser ma mère, Max. Elle a travaillé dans le journalisme, c'est pour ça qu'elle est à ce point attachée à la vérification des faits.

Elizabeth décocha un regard à son fils.

— Ne t'excuse pas en mon nom, dit-elle, puis elle reporta son attention sur Max. Reconnaîtriez-vous sa voix ?

— Je ne pense pas. Mais la voix de cette femme ne ressemblait pas à celle de Brie, si vous voyez ce que je veux dire.

Elizabeth fit une moue amère.

— Avez-vous pu voir la plaque d'immatriculation de la voiture ?

— Non.

— Est-ce qu'elle vous a appelé par votre prénom, comme si elle vous connaissait ?

— Non.

La vieille dame trouva la force de lever les mains à une quinzaine de centimètres au-dessus du lit et de les agiter avec dédain.

— Merci, Max.

— Ce n'est pas tout, intervint Albert.

Il lui raconta ce que lui, Isabel et Norman avaient vu de la fenêtre, et qu'ils s'étaient ensuite précipités pour tenter de trouver la femme qui leur avait fait signe.

— Mais vous ne l'avez pas trouvée, conclut Elizabeth.

— Non, admit Isabel.

— Et vous l'avez aperçue depuis cette fenêtre, soit de beaucoup plus loin que Max ici présent ne l'était d'elle, s'il s'agit de la même personne.

— C'est vrai, réagit Albert. Mais...

— Arrêtez, dit Elizabeth, qui semblait épuisée. J'ignore quelle réaction vous attendez de moi. C'est juste que... Je ne sais pas. Si seulement l'un de vous avait réussi à prendre une photo !

— J'en ai une, déclara Max.

Le silence se fit dans la chambre tandis qu'Elizabeth le regardait.

— Vous avez une photo ?

Il sortit son téléphone.

— Notre voisin, Brian, celui qui a construit la nouvelle maison sur le terrain, a une caméra de surveillance. Avant de venir ici, je suis passé le voir et il m'a donné une capture d'écran...

— Une quoi ?

— Une photo de ce qu'a filmé la caméra de surveillance, expliqua Max.

Il fit apparaître l'image sur l'écran du téléphone et le donna à Elizabeth. Elle tâtonna sous les couvertures pour trouver une paire de lunettes et les chaussa.

— Je n'y vois plus très bien avec celles-ci, dit-elle. Mais laissez-moi jeter un coup d'œil. (Elle avait toujours l'air sceptique quand elle toucha l'écran, puis, confuse, elle demanda :) Qu'est-ce qui s'est passé ? Qu'est-ce que j'ai fait ?

— Tout va bien, dit Max. Vous avez probablement touché quelque chose par erreur.

Il prit le téléphone, retrouva l'image et lui tendit de nouveau l'appareil.

— J'ai du mal à voir.

Max lui reprit le téléphone et agrandit l'image avec son pouce et son index. Cette fois-ci, il tint l'appareil devant Elizabeth pour éviter qu'elle touche l'écran et altère l'image d'une manière ou d'une autre.

— Qu'est-ce que tu en penses, maman ? interrogea Albert.

Sa mère resta silencieuse pendant plusieurs secondes. Elle plaqua la main sur sa bouche comme pour s'empêcher de parler.

— Maman ? dit Isabel.

Elizabeth retira sa main. Quand elle prit la parole, sa voix n'était plus qu'un murmure :

— Mon Dieu ! C'est Brie.

- 20 -

Andrew

La sonnerie de mon téléphone nous avait fait sursauter, car je venais de dire à Jayne que, si Brie était encore en vie, elle appellerait. À nos mines, on aurait pu croire qu'on venait d'entendre un bruit inquiétant en provenance du sous-sol, et j'ai senti mon cœur s'arrêter de battre une seconde.

J'ai sorti mon téléphone et regardé l'écran. Rien. L'identification de l'appelant était bloquée. Jayne avait levé la tête et j'ai tourné le téléphone vers elle. À ce moment-là, le téléphone avait déjà sonné quatre fois.

— Tu ne réponds pas ? a-t-elle demandé.

J'ai hoché la tête, tapé sur l'écran et collé l'appareil à mon oreille.

— Allô ?

Rien.

— Allô ? ai-je répété.

— C'est elle ? a demandé Jayne. C'est Brie ?

Je n'allais pas poser cette question, mais j'ai laissé cinq secondes de plus à la personne qui était à l'autre bout du fil pour dire quelque chose, n'importe quoi. Comme personne ne parlait, j'ai fini par raccrocher.

— C'était qui ? a demandé Jayne.

— Personne.

— Comment le sais-tu ?

— Eh bien, il n'y avait personne au bout du fil. C'était probablement un appel automatique, du télémarketing ou quelque chose comme ça. Ou quelqu'un qui aurait menacé de venir m'arrêter parce que je n'ai pas payé mes impôts. Une fois sur deux, quand tu décroches, ces arnaqueurs sont encore en train d'importuner quelqu'un d'autre. Je suis sûr que ce n'était que ça.

Jayne n'avait pas l'air convaincue.

— Franchement, ai-je dit, je suis sûr que c'était...

Le téléphone a sonné de nouveau, nous faisant sursauter tous les deux pour la seconde fois.

Cette fois, cependant, un nom s'affichait sur l'écran. GREG. J'ai répondu :

— Hé !

— Salut, a dit Greg. Je viens aux nouvelles. Tu en sais davantage qu'il y a quelques heures ?

— Non, ai-je dit en regardant Jayne.

« Qui est-ce ? » a-t-elle articulé silencieusement, et j'ai murmuré le nom de mon ami. « Qu'est-ce qu'il veut ? »

— Ne quitte pas, ai-je dit à Greg avant de couvrir la moitié inférieure du téléphone avec ma main pour expliquer à Jayne : Je suis allé lui parler. À propos de ce matin.

— Avant de me parler à moi ?

— Je voulais son avis, pour...

— Allô ? a lancé Greg. Tu es toujours là ?

— Ouais, je suis là.

Jayne était visiblement furieuse, sans doute parce que j'avais parlé à Greg avant de lui dire la vérité. Elle a repoussé sa chaise, s'est levée et est sortie de la cuisine.

— Merde, ai-je murmuré.

— Qu'est-ce qu'il y a ? a demandé Greg.

— Rien. C'est juste que tu tombes mal.

J'ai entendu la porte d'entrée s'ouvrir et se refermer.

— Désolé, mais j'ai eu une idée et je voulais t'en faire part.

— Très bien, je t'écoute.

— Je ne veux pas que tu le prennes mal. Parce que tu es mon ami et que je te soutiendrai toujours, quoi qu'il arrive. Je veux dire, j'ai toujours été franc avec toi, non ?

— Où est-ce que tu veux en venir ?

— Je pense que tu devrais être prudent.

— Qu'est-ce que tu veux dire ?

— Est-ce que tu as eu la visite des flics ?

— Cette inspectrice, la femme qui m'en a fait baver à l'époque, est passée pendant que j'étais sorti. Tu te souviens d'elle ?

— Oui, je me souviens d'elle. Si elle revient te voir, ne baisse pas la garde.

— Je ne te suis pas, Greg.

Il y a eu une pause.

— Ça pourrait être un piège.

— Un piège ?

— Ouais.

Je me suis levé et suis sorti de la cuisine pour aller à la fenêtre du salon, me demandant si Jayne était devant la maison.

— Comment ça, un piège ?

— Écoute, il doit y avoir une chance sur un million pour que ce soit vraiment Brie, pas vrai ? Mais tu es *censé* penser que c'est elle.

— Et qui voudrait me faire croire ça ?

— La police. Admettons que tu sois coupable d'avoir fait quelque chose à Brie.

— Putain, Greg...

— Écoute-moi jusqu'au bout, vieux. C'est ce que cette inspectrice a toujours cru. Donc, si Brie refait subitement surface, ça aurait de quoi te rendre nerveux. Te faire perdre tes moyens.

— Greg, tu ne peux pas…

— J'ai bientôt fini. Si tu es le tueur, d'un coup, tu te mets à douter. Tu vas vérifier que le corps est bien là où tu l'as laissé. Dans des fondations en béton ou dans la cloison d'un immeuble. Et, à ce moment-là, *bam !* Hardy est là qui t'attend comme Columbo.

— Ça n'est pas près d'arriver, ai-je dit avec un soupir.

— Je suis bien d'accord. Mais je parie qu'ils te surveillent. Ils ont probablement mis un mouchard sur ta voiture. Et faire en sorte que ce soit ton ancien voisin qui la voie, c'était malin de leur part. Ils savaient qu'il t'appellerait. Peut-être même qu'il est dans le coup.

Je n'ai rien dit.

— Tu es toujours là ?

— Je suis toujours là.

— Le fait est que je te soutiens, Andy. Je t'ai toujours soutenu et te soutiendrai toujours. Peu importe ce que tu as fait.

— Qu'est-ce que c'est censé vouloir dire ?

Il y a eu un silence à l'autre bout du fil.

— Greg ?

— Tu ne te souviens pas.

— Je ne me souviens pas de quoi ?

— Ce n'est pas vraiment surprenant. Tu étais tellement bourré ce jour-là…

Je suis resté à la fenêtre, ne sachant pas si Jayne était toujours dehors quelque part ou si elle était partie faire un tour.

— Qu'est-ce que tu racontes ?

Je commençais à perdre patience.

— Je parle du soir où je suis venu chez toi, quand je t'ai trouvé assis dans la baignoire, en train de mariner dans ta pisse et ton vomi. Le soir où tu as finalement décidé que tu devais te reprendre en main.

— Je n'ai pas oublié ça.

— Mais je suppose que tu ne rappelles plus ce que tu m'as dit.

— Qu'est-ce que j'ai dit, Greg ?

Nouveau silence.

— Tu as dit : « Tout est ma faute. » Et : « J'ai merdé. » Je t'ai demandé de quoi tu parlais et tu as répondu : « Brie ». Mais je ne l'ai jamais répété à personne. Je ne l'ai jamais dit à cette inspectrice.

Une voiture banalisée s'est arrêtée devant la maison. Marissa Hardy était de retour.

— Je vais devoir te rappeler, Greg, ai-je annoncé, et j'ai mis fin à l'appel.

- 21 -

Putain de merde. C'est ce que Tyler s'était dit en tombant sur cette inspectrice de police dans la cuisine.

Il avait d'abord supposé qu'elle était venue à cause de ce que Cam et lui avaient fait la veille au soir. Ils ne s'étaient pas contentés de se biturer à la vodka. Ils s'étaient aventurés dans un des cimetières du coin et, en y mettant tout leur poids, avaient réussi à renverser une demi-douzaine de pierres tombales.

Ils étaient allés au cimetière avec pour seule intention de se saouler, mais Cam avait alors commencé à spéculer sur la difficulté qu'il y aurait à renverser une de ces plaques de marbre et, de fil en aiguille, ils avaient découvert que ce n'était pas si difficile que ça. Du moins, pas avec les plus petites. Après qu'ils avaient fait tomber la sixième, ils avaient aperçu des phares à l'entrée et, pensant que ça pouvait être la police, ils s'étaient cassés vite fait.

Avant même que cette femme flic se pointe à la maison, il avait eu peur de se faire prendre. Peut-être qu'il y avait des caméras de surveillance dans le cimetière. Ou alors, ils avaient pu être filmés par la caméra de sécurité d'un commerce des environs.

Quand il s'était avéré que l'inspectrice n'était pas venue pour ça, Tyler avait été plutôt soulagé, même si l'idée lui avait traversé la tête qu'il y avait peut-être un rapport avec sa tante Clara. C'était pourtant de l'histoire ancienne. La police était intervenue, mais Clara n'avait pas porté plainte et les choses en étaient restées là. Tyler quitta donc la cuisine en étant raisonnablement sûr que la présence de la femme flic n'avait rien à voir avec lui.

Mais il n'en était pas moins curieux.

Il retourna donc à l'étage, dans sa chambre, qui se trouvait juste au-dessus de la cuisine. En collant l'oreille à la grille du chauffage au sol, on pouvait entendre les conversations assez distinctement.

Quand il était assis à son bureau, il percevait les voix étouffées d'Andrew et de sa sœur, mais leurs discussions étaient généralement sans intérêt. Rien que des trucs chiants, genre qui allait acheter quoi au magasin, comment le travail se passait ou ce qu'ils allaient regarder le soir sur Netflix. Des trucs dont Tyler n'avait rien à battre.

Mais là, c'était différent. Ce n'était pas tous les jours qu'on avait une inspectrice de police à la maison.

Tyler ferma donc la porte de sa chambre et s'allongea par terre, sur le dos, l'oreille droite près de la bouche de chauffage.

Quelle putain de révélation !

Andrew Carville était en fait Andrew Mason, il était marié à une certaine Brie, et cette Brie avait disparu six ans plus tôt.

Après le départ de la femme flic, Tyler prit son ordinateur portable et saisit plusieurs mots-clés dans la fenêtre de recherche du navigateur. Des mots comme *disparue* et *Brie* et *Andrew Mason.*

Toutes sortes de résultats s'affichèrent, et pas seulement des articles de journaux, mais aussi des vidéos de différentes chaînes de télévision. La plupart remontaient à plus de cinq ans. Il n'y avait que quelques occurrences plus récentes, dans le genre « qu'est-il arrivé à... ».

Tyler ne trouva aucun article indiquant qu'Andrew avait été accusé de quoi que ce soit. La disparition de Brie demeurait un mystère. Une affaire non résolue.

Waouh.

Il était encore en train de lire des articles quand il entendit Andrew rentrer d'on ne savait où. Tyler se remit en position pour écouter la conversation entre lui et Jayne.

Oh là là là là, pensa-t-il tandis qu'Andrew racontait tout. Du moins, c'était l'impression qu'il donnait. Tyler n'arrêtait pas d'essayer d'envoyer un message télépathique à sa sœur :

« Demande-lui s'il l'a tuée ! »

Mais Jayne ne posa aucune question aussi directe, et Tyler comprit que c'était parce que l'idée même qu'il puisse être coupable ne l'avait jamais effleurée. Soit ça, soit ce qu'il était susceptible d'avouer la faisait totalement flipper.

Il ne savait pas trop quoi penser. Si la police avait des preuves contre ce type, ils l'auraient arrêté, non ? Encore qu'en l'absence de corps ils ne pouvaient peut-être rien prouver.

Mais tout ça passait à la trappe si Brie était vraiment de retour. Tyler avait trouvé des tas de photos de la disparue en faisant ses recherches et il devait admettre qu'il y avait plus qu'une vague ressemblance avec la femme qu'il avait vue sur la photo du téléphone de l'inspectrice. Si elle était revenue, alors Andrew n'était pas le méchant de l'histoire. Ce qui serait une bonne chose, parce que personne ne voudrait que sa sœur soit amoureuse et enceinte d'un type qui avait tué sa femme.

Jayne avait annoncé la nouvelle à Andrew, la même qu'elle avait chuchotée à l'oreille de Tyler quelques heures plus tôt.

Purée, quel bordel !

Tyler pouvait à peine imaginer l'état de confusion mentale dans lequel devait se trouver sa sœur. C'était une bombe après l'autre. Il se demandait aussi ce qu'il devait en penser, lui. Et ce qu'il devait faire, si tant est qu'il doive faire quelque chose.

Il n'avait jamais eu de scrupules à culpabiliser sa sœur en lui rappelant qu'elle n'avait jamais été là pour lui quand il était petit. Mais il savait aussi, au fond de lui, que Jayne n'était pas vraiment coupable. Elle était déjà au lycée quand il était né. Et, quand il avait atteint ce niveau scolaire à son tour, elle avait déjà quitté la fac et avait un boulot. Jayne n'y pouvait rien si leurs parents avaient fait une sorte de mauvais calcul la nuit où il avait été conçu, pensant probablement qu'une grossesse ne faisait plus partie des possibilités et se montrant un tantinet négligents avec les précautions à prendre.

Tyler aimait vraiment sa sœur, il l'avait toujours admirée. À distance, la plupart du temps. Il savait qu'en l'introduisant dans cette maison, elle avait pris le risque de ruiner la belle histoire qu'elle vivait avec Andrew. Enfin, jusqu'à aujourd'hui, s'entend. Tout semblait un peu chaotique aujourd'hui.

Et Tyler devait admettre qu'Andrew ne semblait pas être un si mauvais garçon. Il avait été un peu con dans ses relations avec le petit ami de sa sœur. Presque comme s'il ne voulait pas être copain avec lui. Tyler était plutôt doué quand il s'agissait de repousser les gens, et ça même avant que son père meure en pelletant de la neige.

C'était censé être mon boulot.

Il ne servait à rien de se rapprocher des gens, se disait-il, car on finissait par les décevoir, c'était inévitable.

En son for intérieur, il reconnaissait qu'il aurait peut-être besoin de travailler sur son attitude. Jayne ne plaisantait pas quand elle disait que cette maison était sa seconde chance.

Il avait merdé dans les grandes largeurs quand il était allé vivre chez sa tante Clara après la mort de son père. Avec toute cette colère en lui, toute cette culpabilité, il devait forcément finir par péter les plombs. Et Clara qui essayait toujours de le faire parler de ses *sentiments*... Toujours à lui demander comment il allait. « Est-ce que tu veux parler du décès de ton père ? Comment vas-tu *aujourd'hui* ? Mieux qu'*hier* ? Tu sais que je suis là pour toi s'il y a quelque chose dont tu as envie de parler ? On dit que le temps guérit toutes les blessures. Tu le savais ? Les choses qui nous blessent ne font que nous rendre plus forts. »

Il était en train de subir une séance de « Clarathérapie » quand il avait explosé : « Ta gueule ! Ferme-la et fous-moi la paix ! » avait-il hurlé. Et puis il avait pris le verre dans sa main et l'avait cogné si fort sur la table qu'il s'était brisé. Dans sa putain de main. Il s'était fait une vilaine entaille à la paume.

Mais ce n'était pas le plus grave.

Un minuscule éclat était allé se loger dans l'œil gauche de Tante Clara.

Elle avait plaqué une main sur son œil et crié.

« Oh, merde ! » avait dit Tyler et, enroulant un torchon autour de sa paume pour arrêter l'hémorragie, il avait demandé à sa tante de découvrir son œil pour regarder. Pensant pouvoir retirer le bout de verre lui-même.

« N'y touche pas ! » avait-elle crié.

Alors il avait commandé un Uber et l'avait conduite à l'hôpital. Le personnel des urgences n'arrêtait pas de demander comment Clara s'était blessée. Le fait qu'elle ne veuille pas le leur dire leur avait fait craindre le pire, et ils avaient appelé la police.

« Je ne l'ai pas jeté sur elle, avait expliqué Tyler à l'enquêteur. Je ne la visais pas. C'était un accident. »

Clara n'avait pas perdu la vue, mais elle avait gardé un bandage sur son œil pendant presque trois semaines. Elle ne voulait pas, bénie soit-elle, que son neveu soit traîné devant le tribunal des mineurs ou une autre instance, mais les autorités avaient fait pression pour que Tyler soit suivi par un thérapeute afin d'apprendre à mieux gérer sa colère, et il était quasi certain qu'il y avait toujours un dossier sur lui à Providence.

S'il déconnait à nouveau, quelqu'un déterrerait ce dossier. S'il déconnait à nouveau, même sa sœur pourrait estimer qu'il était trop difficile à gérer, comme l'avait fait Tante Clara.

Et, dans ce cas, qu'est-ce qu'il deviendrait ?

Sans Jayne. Sans Andrew. Il finirait par passer le reste de son adolescence de la même manière que le petit ami de sa sœur, à vivre avec des inconnus qui n'en auraient rien à faire de lui.

Tyler ne savait pas comment ça allait tourner, mais il savait comment il voulait que les choses se passent. Il voulait que cette femme mystérieuse soit la vraie Brie. Il ne voyait vraiment pas comment cela serait possible, mais s'il s'avérait que c'était bien elle, alors la police et tous les autres sauraient qu'Andrew n'était pas un tueur.

Mais il voulait aussi que cette Brie renonce à reprendre sa vie avec Andrew. Ce qui voudrait dire que ce dernier resterait avec sa sœur.

Quand le bébé serait là, Andrew serait là pour elle.

Moi aussi, pensa Tyler. Ce serait cool de devenir un oncle.

Mais si cette femme était Brie et qu'elle comptait reprendre sa place d'épouse, eh bien, merde, que se passerait-il ?

- 22 -

Andrew

L'inspectrice Hardy a fait quelques mètres en marche arrière de façon à bloquer l'extrémité de l'allée. Elle pensait sans doute que j'allais sauter dans mon Explorer et prendre la fuite, ce qui semblait un peu ridicule étant donné que je n'avais jamais cherché à lui échapper dans le passé, quand ma situation était carrément sombre.

Elle est descendue de voiture en souriant.

— Je ne vous ai pas raté, cette fois.

— Désolé que vous m'ayez manqué tout à l'heure, mais j'ai cru comprendre que vous aviez beaucoup de choses à dire à Jayne.

Hardy a claqué sa portière et s'est approchée.

— Nous avons eu une bonne discussion.

— Vous n'en avez pas assez d'essayer de me gâcher l'existence ? Mon ancienne vie, et maintenant la nouvelle.

— Vous parlez comme si j'en faisais une histoire personnelle, monsieur Mason. Oh, désolée, monsieur Carville, s'est-elle reprise en souriant. J'ai du mal à m'y faire.

— Est-ce que je vais encore devoir changer de nom ? Avez-vous déjà fait fuiter quelques informations croustillantes aux médias ? Est-ce que je vais trouver CNN sur le pas de ma porte dès demain ?

— Je ne peux pas contrôler les sujets que la presse choisit de traiter, a-t-elle dit d'un air faussement offusqué. C'est un pays libre, vous savez.

— J'ai comme l'impression que vous aimeriez le rendre un peu moins libre pour moi.

— Il y a des questions restées sans réponse. Brie est toujours portée disparue.

— Et j'aimerais que vous la retrouviez, ou que vous découvriez ce qui lui est arrivé. C'est ce que je souhaite le plus au monde.

Hardy a lentement hoché la tête.

— Bien sûr. Je suppose que c'est la raison pour laquelle vous avez engagé un détective privé de votre côté et lancé une grande campagne médiatique pour que la population vous aide à la retrouver.

Je n'avais fait ni l'un ni l'autre, ce qui était bien entendu ce qu'elle voulait souligner.

— Vous savez pourquoi je n'ai pas engagé de détective ou lancé de campagne sur les réseaux sociaux ? ai-je rétorqué. Parce que j'étais assez stupide, assez naïf pour croire que vous feriez *votre* boulot !

Hardy a grimacé, comme si le coup avait porté.

— Trouver Brie et apporter une réponse à ceux qui l'aiment, c'était *votre* responsabilité, et ça l'est toujours. Peut-être que, si vous n'aviez pas fait de moi votre suspect numéro un dès le premier jour, vous auriez envisagé d'autres hypothèses. Mais non, vous compensez votre incompétence en me reprochant de ne pas m'être transformé en détective amateur. (J'ai secoué la tête avec dégoût.) Vous n'avez aucune idée de ce que j'ai fait ou pas, aucune idée des nuits blanches, du nombre de fois où j'ai sillonné les rues à toute heure du jour et de la nuit, où j'ai erré dans les centres commerciaux, marché le long de cours d'eau, cherché dans tous les endroits imaginables. Vous n'imaginez même pas combien je me suis torturé. À me demander si elle était morte, et comment c'était arrivé. Qui l'avait tuée. Pour ensuite me dire qu'elle n'était peut-être pas morte, qu'il y avait un espoir. Mais dans ce cas, pourquoi n'a-t-elle pas donné de nouvelles ? Pourquoi m'a-t-elle quitté ? Pourquoi m'a-t-elle fait subir ça ? Qu'est-ce que j'ai fait pour qu'elle veuille me faire souffrir à ce point ? Vous pouvez me dire ce qui serait le pire entre apprendre qu'elle est morte ou qu'elle m'a quitté sans même un au revoir ? Répondez !

J'étais à bout de souffle.

Le silence entre nous s'est prolongé plusieurs secondes.

— Ce qui nous amène à aujourd'hui, a déclaré l'inspectrice.

— Je ne sais pas quoi en penser, ai-je dit, sachant à quoi elle faisait allusion.

— J'ai effectué quelques recherches. J'ai fait mon boulot, comme vous dites. Les provisions qu'elle a abandonnées provenaient du Stop & Shop de l'est de Milford. Vous arrive-t-il d'y faire vos courses ?

— Non.

— Est-ce que vous et Brie fréquentiez ce magasin ?

— Peut-être, à l'occasion.

— Quoi qu'il en soit, j'ai parlé aux employés qui travaillent aux caisses, et personne ne se souvient de l'avoir vue ce matin. Bien sûr, il y a pas mal de monde le samedi, et avec tous ces articles à scanner et à biper peut-être que personne ne l'a remarquée.

— Vous ne pouvez pas vérifier le reçu de la carte de crédit ?

— J'ai vu le reçu pour les sacs qu'elle a fait tomber. Elle a payé en liquide. Et il y a aussi la question de la voiture.

— C'était une Volvo. Un break.

Elle a souri.

— Vous vous y connaissez. Un break, en effet. Un modèle de 2012, semble-t-il. Noir. Avec ce qui ressemble à une bosse en creux sur le capot, un petit enfoncement. Comme si une balle de base-ball était tombée sur la tôle.

Je l'ai laissée parler.

— La voiture n'avait pas l'air très sale, mais vous savez ce qui l'était ? La plaque. Elle était couverte de boue ou quelque chose du genre. Ça ne vous paraît pas bizarre ?

J'ai haussé les épaules.

— Il arrive que les plaques se salissent.

— Soit, mais seule la plaque était vraiment sale, pas le reste de la voiture. À croire que cette femme, ou le propriétaire de la voiture si elle ne lui appartient pas, ne voulait pas qu'on puisse lire l'immatriculation.

— Les gens font ça parfois. Pour éviter de payer le péage ou les contraventions.

— C'est vrai. C'est un acte délibéré.

— Je ne vois pas où vous voulez en venir.

— Quoi qu'il en soit, la marque de la voiture, le modèle, sa couleur, et cette bosse sur le capot vont nous aider. On a fait passer l'info. Si les collègues en patrouille voient un véhicule qui correspond, ils pourront le contrôler.

— J'imagine que ça ne manque pas, les breaks Volvo noirs, dans cette partie du Connecticut.

— Sans doute. Mais on ne sait jamais. Si on retrouve cette voiture, peut-être qu'on trouvera aussi la femme qui la conduisait. (Elle m'a adressé un sourire en coin.) Qui que soit cette personne.

— Vous ne pensez pas que c'est Brie.

— J'aime garder l'esprit ouvert. Mais si c'est elle, eh bien, ça soulève un tas de questions.

— Et tout autant si ce n'est pas elle.

Elle a acquiescé d'un hochement de tête.

— Je ne vais pas vous contredire. (Après un moment de réflexion, elle a ajouté :) Mais je me demande qui aurait intérêt à ce que votre femme soit repérée en ville.

— Tous ceux qui se soucient d'elle, j'imagine. Et, bien entendu, Brie elle-même, parce qu'on la soutiendrait, qu'on l'aiderait à surmonter ce qui lui est arrivé.

— Oui, mais à qui cela profiterait-il le plus ?

Je ne voulais pas lui souffler la réponse.

— Vous ne voyez pas ? Je pense que ce serait vous. Si l'on commence à croire que votre femme est toujours parmi nous, faisant de mystérieuses apparitions ici et là…

— Ici et là ? On l'a vue ailleurs ?

L'inspectrice Hardy a éludé la question.

— Si on l'a vue, c'est que vous ne pouvez pas l'avoir tuée, n'est-ce pas ?

— Qu'est-ce que vous insinuez ? Que j'ai mis ça en scène ? Que j'ai engagé une femme pour qu'elle se fasse passer pour Brie ?

— Il y a nécessairement une explication.

— Ouais, eh bien, ce n'est pas celle-là. Je veux dire, pourquoi je ferais une chose pareille ? Et pourquoi maintenant, alors que la disparition de Brie, je suis désolé de le dire, n'est clairement plus une priorité pour vous ? La plupart des gens, en dehors de moi et de sa famille, l'ont quasiment oubliée. Pourquoi maintenant ?

— Bonne question. Peut-être pour convaincre votre nouvelle petite amie que vous n'êtes pas un tueur. Peut-être qu'elle en sait déjà plus sur votre passé qu'elle n'a voulu l'admettre. Peut-être qu'il vous fallait la rassurer.

— C'était un plaisir de discuter avec vous, ai-je dit avant de me détourner.

— Un de ces jours, a-t-elle lancé en s'éloignant vers sa voiture.

— Qu'est-ce que vous avez dit ?

Hardy s'est arrêtée et s'est retournée vers moi.

— Un de ces jours, je vous aurai. Si vous pensez que j'ai renoncé, détrompez-vous. J'attends juste que l'élément de preuve irréfutable se présente, la chose qui va vous crucifier. Peut-être qu'on y est. Peut-être que vous avez trop tiré sur la corde, que vous êtes devenu un peu trop présomptueux. On verra bien.

Elle s'est éloignée, est montée dans sa voiture et s'en est allée.

Je ne suis pas rentré dans la maison. Je suis allé dans le garage, en pensant à la théorie de Greg selon laquelle la police essayait de jouer au plus malin avec moi, la réapparition de Brie étant destinée à me faire perdre mes moyens, douter de moi-même, et retourner à l'endroit où j'aurais abandonné son cadavre.

Avec les flics sur mes talons.

Mais à en croire l'inspectrice Marissa Hardy, c'était moi, l'instigateur de cette mascarade. J'aurais demandé à quelqu'un de se faire passer pour Brie afin de persuader Hardy, une fois pour toutes, que je n'avais rien fait pour nuire à ma femme.

J'étais encore plus perplexe maintenant que je ne l'avais été depuis le début de la journée. Je commençais à me demander si Brie n'était pas effectivement revenue, et si elle n'était pas en train de nous jouer un tour à tous.

C'est peut-être pour cela que mon niveau de frustration est monté en flèche, troublant ma vision d'un brouillard sanglant, mais pas au point de m'empêcher de voir le marteau sur mon établi. Je m'en suis saisi et j'ai frappé la surface en bois comme un forcené, encore et encore, y imprimant des marques peu profondes, grandes comme des pièces de monnaie. L'établi a tellement tremblé que deux bocaux remplis de clous sont tombés du bord et se sont fracassés sur le sol en ciment, répandant des clous et des éclats de verre partout.

Moi qui croyais avoir repris ma vie en main...

Ouais, eh bien, pas si vite, vieux.

- 23 -

À vrai dire, Matt Beekman se sentait déjà anxieux et perturbé par la mission en cours quand il avait reçu cet appel auquel il ne s'attendait pas, au sujet d'un problème lié à un contrat plus ancien.

Son dernier boulot l'avait amené jusqu'à Hartford. Non qu'il n'ait jamais quitté la ville auparavant. Un an plus tôt environ, il avait dû aller à quelques centaines de kilomètres de Buffalo pour un contrat. Il aurait préféré travailler ainsi plus régulièrement, mais ce type de mission ne lui était pas proposé si souvent. Il supposait qu'on le contactait seulement quand les pointures du métier n'étaient pas disponibles. Ça le foutait en rogne, mais qu'est-ce qu'on pouvait y faire ?

Alors, quand quelqu'un avait du travail pour lui, il sautait sur l'occasion. Ce supplément de revenu était toujours le bienvenu. La laverie automatique les maintenait tout juste à flot, Tricia et lui, mais il y avait toujours des imprévus. Comme quand leur frigo vieux de quinze ans les avait lâchés le mois précédent. Beekman était plutôt bricoleur – il assurait l'essentiel de l'entretien des machines à laver et des sèche-linge de son entreprise, mais le vieux Frigidaire était foutu.

Et Tricia pleurnichait parce que les enfants avaient besoin de nouvelles chaussures. N'avait-il pas remarqué, lui avait-elle demandé l'autre jour au petit déjeuner, que leur fils Curtis avait les deux dents de devant qui dépassaient, et qu'il risquait de finir avec des dents de lapin ? Ils devaient l'emmener illico chez un orthodontiste pour une consultation.

Bordel de merde. Il y a toujours quelque chose.

Une entrée de cash tomberait à pic. S'il donnait satisfaction, il pourrait remplacer le frigo et peut-être même couvrir les frais dentaires du petit.

La cible s'appelait Glenn Ford. Sans déconner, comme l'acteur qui jouait le père adoptif de Superman, Pa Kent, dans le premier film avec Christopher Reeve. Peu de gens aujourd'hui savaient qui était Glenn Ford. Enfin, bref, ce Glenn Ford était témoin dans un procès pour meurtre qui était sur le point de s'ouvrir. Il y avait eu une petite guerre entre plusieurs gangs de motards rivaux du côté de New Haven, et ce pauvre bougre de Ford s'était trouvé au mauvais endroit, au mauvais moment. Il avait vu Wilson « Banger » Smith, du gang numéro un, abattre Delbert « Snooker » Bundy, du gang numéro deux, d'une balle en pleine tête.

Ça s'était passé devant un KFC, sur le parking. Ford venait de commander un seau d'ailes de poulet et une salade de chou en accompagnement et il était assis au volant de sa Nissan Pathfinder. Les vitres étaient suffisamment teintées pour que Wilson ne le remarque pas, mais quand la police s'était pointée, Ford avait raconté tout ce qu'il avait vu – ce crétin avait l'esprit civique –, fournissant non seulement un signalement détaillé de Wilson, mais aussi le numéro de la plaque d'immatriculation de la voiture dans laquelle il avait pris la fuite, et qui se trouvait être la Toyota Prius de sa femme, plus soucieuse de l'environnement que l'épouse de biker lambda.

Quoi qu'il en soit, tout le dossier reposait sur le témoignage de M. Glenn Ford. C'est pourquoi Wilson, par l'intermédiaire de certains de ses associés, avait contacté Matt pour qu'il règle le problème. En temps normal, il aurait pu demander à un de ses potes bikers de s'en charger, mais la police les surveillait tous de très près.

Il y avait dix mille dollars à la clé, et Matt avait dit « Banco ». Il l'aurait même fait pour trois mille.

Sans avoir vraiment mis Ford en lieu sûr, la police avait pris quelques précautions. La première était la surveillance susmentionnée des associés de Wilson, ceux que les flics croyaient les plus susceptibles de lui vouloir du mal. Mais les flics avaient aussi conseillé à Ford de quitter New Haven jusqu'à ce que le procès soit terminé.

Étant écrivain, Ford n'avait pas à pointer à l'usine ou dans un bureau tous les jours de 9 heures à 17 heures, il pouvait travailler de n'importe où. Facile pour lui, mais moins évident pour sa femme, qui était employée dans un cabinet de chiropraxie. Elle avait décidé de prendre un congé et tous les deux étaient partis vivre chez sa sœur, qui avait aménagé son sous-sol en appartement pour nounou et qui, le hasard faisant bien les choses, n'avait plus besoin de nounou.

Ford et sa femme s'étaient montrés assez discrets au sujet de leur nouveau cadre de vie, mais les bikers avaient obtenu un tuyau – Matt se fichait de savoir qui les avait rencardés –, et ils avaient été en mesure de fournir une adresse.

Matt avait fait deux fois l'aller-retour jusqu'à Hartford pour évaluer la situation, se faire une idée des habitudes de Ford. Il sentait qu'il jouait gros sur cette affaire. S'il faisait le travail correctement, peut-être que d'autres contrats suivraient. La femme quittait la maison vers 8 heures tous les matins pour un jogging d'une heure, ce qui lui laissait largement le temps de se glisser à l'intérieur et d'éliminer Ford, mais le risque subsistait qu'elle revienne plus tôt, et Matt serait alors obligé de la buter, elle aussi. Et puis il y avait la belle-sœur de Ford, qui occupait une autre partie de la maison. Toute l'affaire pouvait dégénérer en un rien de temps s'il ne faisait pas attention.

Ford et sa bonne femme quittaient la maison ensemble en milieu de matinée pour aller dans un café des environs. Si le temps le permettait, ils s'installaient en terrasse et papotaient en trempant des *biscotti* dans leur café latte. Encore une fois, ça ne lui facilitait pas vraiment la tâche.

Mais le soir, Ford aimait faire une promenade solitaire et contemplative, probablement pour réfléchir à ce qu'il allait écrire le lendemain. Matt ne connaissait pas grand-chose aux écrivains, mais il supposait qu'ils devaient beaucoup réfléchir. La promenade de Ford lui faisait traverser une zone boisée dans un parc des environs. De l'autre côté du bois, il y avait une route où Matt pouvait garer sa voiture.

Parfait.

Il était donc prêt pour son troisième voyage à Hartford. Il s'habilla en jogger – baskets, pantalon de survêtement, tee-shirt, iPod à son bras et écouteurs filaires dans les oreilles – et s'arrangea pour descendre en courant le sentier qui traversait le petit bois au moment où Ford arrivait tranquillement dans l'autre direction.

Personne d'autre sur le sentier.

Quand ils furent à une dizaine de mètres l'un de l'autre, Matt fit semblant de trébucher, comme s'il avait marché sur son lacet, et tomba.

— Eh merde !

Comme il s'y attendait, Ford s'approcha et vint s'agenouiller à côté de lui.

— Ça va ? demanda-t-il.

Ce fut à ce moment-là que Matt se saisit d'une minibombe lacrymogène et aspergea le visage de Ford. Aveuglé, l'homme laissa échapper un cri perçant, mais il ne cria pas longtemps. Matt serra le poing et le frappa à la tempe avec assez de force pour lui faire perdre conscience. Après quoi, il ne lui resta plus qu'à le traîner dans les buissons et à l'achever, ce qu'il fit en s'asseyant sur lui, une main plaquée sur sa bouche et l'autre lui pinçant le nez.

Matt n'aurait pas pu vraiment l'expliquer, mais cet aspect des choses lui plaisait. Le fascinait même.

Il aurait volontiers admis qu'il ne passait pas beaucoup de temps à s'interroger sur les mystères de l'univers, mais il était intrigué par ce moment où un être vivant cesse d'être un être vivant, et par la sensation de toute-puissance que l'on éprouvait en provoquant ce moment.

Il essaya de trouver un mot pour ça. Une *montée.* Voilà ce que ça faisait. Mais c'était extrêmement rapide. Il aurait aimé faire durer la sensation un peu plus longtemps.

Une vibration l'arracha à sa rêverie.

Quand Matt regarda l'écran de son téléphone – un des deux qu'il avait sur lui –, il fut surpris de voir le nom qui s'affichait. Pas seulement à cause de l'identité de son correspondant, mais parce que celui-ci n'appelait pas depuis un téléphone jetable et que son identité s'affichait. Là, en toutes lettres. Comment cette personne avait-elle pu se procurer son numéro de portable ? Matt se rappela alors que, quelques années auparavant, il était moins précautionneux que maintenant, et il n'avait pas toujours un portable jetable en réserve. Il avait beaucoup appris depuis.

Il prit l'appel.

— Salut, dit-il.

— Il faut qu'on parle.

— De quoi ?

— Tu as merdé, dit son interlocuteur.

— Qu'est-ce que tu racontes ?

— Il y a six ans. Tu as merdé...

— Tais-toi. Raccroche. Je t'envoie un numéro par SMS. Appelle-le. Une femme te donnera mon *autre* numéro, ensuite tu rappelles, et pas avec ton téléphone perso. Tu penses pouvoir y arriver ?

Un silence à l'autre bout de la ligne.

— Ouais, OK, OK, désolé, j'ai pigé.

Matt mit fin à l'appel et secoua la tête. Il afficha le contact de sa femme et écrivit :

QUELQU'UN VA APPELER. DONNE LE NUMÉRO.

Matt sortit son second téléphone. Le jetable dont il se débarrasserait en rentrant chez lui. Il attendit. Et, à chaque seconde qui passait, son angoisse grandissait. De quoi cette personne parlait-elle ? Qu'avait-il foiré ? Cela faisait six ans, putain, et...

Le portable sonna.

— Qu'est-ce qu'il y a ? demanda Matt.

— Quelque chose a mal tourné. Est-ce que tu l'as seulement fait ? Est-ce que je t'ai payé pour des prunes ?

— Je ne sais pas de quoi tu parles.

— Elle est revenue.

— Qui ça ?

— Celle que tu étais censé... Tu sais. Elle est revenue.

Matt fronça les sourcils.

— « Revenue » ?

— Brie. Je parle de Brie Mason. Des témoins l'ont vue.

— N'importe quoi.

— Je t'assure que c'est vrai.

— Tu l'as vue, toi ?

— J'en ai vu suffisamment pour savoir que ça pourrait mal finir. Très mal. Pour nous deux. Si elle est revenue, si elle est vivante, tu crois qu'elle t'aura oublié ?

Matt se tut. Il avait l'impression qu'une centaine d'araignées grouillaient sur sa peau. Pour ce contrat, il ne s'était pas déguisé, ne portait pas de masque, ni quoi que ce soit de ce genre. Comme ce soir. À quoi bon ? Il n'avait pas l'intention de relâcher sa proie.

— Ce n'est pas possible, dit-il. Elle était... elle était morte. J'ai ressenti... le moment.

— Le quoi ?

— Je te dis qu'elle était morte... forcément.

— On dirait que tu n'en es pas sûr.

— Écoute, je ne l'ai pas fait dans la maison. Je ne voulais pas laisser de bazar. Je l'ai chloroformée, je l'ai transportée jusqu'au site en voiture, et je l'ai enterrée. Elle était morte.

— Combien de temps es-tu resté là-bas ?

— Je ne suis pas resté.

— Pourquoi ?

— Pourquoi je serais resté, putain ?!

— Est-ce qu'elle aurait pu être juste inconsciente quand tu l'as enterrée ?

— Putain, non. Et, quand bien même, la terre l'aurait étouffée.

— Et si, à la seconde où tu t'es éloigné, elle avait réussi à se déterrer toute seule ? Qu'elle avait retenu sa respiration un certain temps. Il y avait peut-être une poche d'air ou quelque chose comme ça.

— Impossible, assura Matt. Et même si elle avait réussi à se sortir de là, ensuite, quoi ? Elle rampe hors du trou et se prend six ans de vacances ? Elle part en croisière ?

— Écoute, je n'ai pas toutes les réponses. La première étape est de vérifier si elle est en vie. Après, on cherchera où elle a été.

Ça ne sentait pas bon. Pas bon du tout.

— Peut-être que... (Il s'évertuait maintenant à trouver une explication possible.) Peut-être que quelqu'un m'a vu l'enterrer, l'a sauvée en lui faisant du bouche-à-bouche ou quelque chose comme ça. Et l'a remise sur pied.

— Tu penses qu'il y avait quelqu'un d'autre ?

— Tu crois que je serais resté là les bras croisés s'il y avait eu quelqu'un ? C'est du délire. Peut-être qu'elle était amnésique et qu'elle vient de se rappeler qui elle était.

— Ça vaudrait mieux vaut pour toi qu'elle ait perdu la mémoire pour de bon. Parce que, sinon, elle se souviendra de la dernière personne qu'elle a vue avant que tout devienne noir.

Matt regarda l'écrivain mort. La journée se déroulait pourtant si bien...

— Où est-ce qu'on l'a vue ?

— Milford.

— C'est peut-être un putain de fantôme. Mon travail n'est pas garanti contre les revenants.

— Tu ferais mieux de...

Mais Matt en avait entendu suffisamment et termina l'appel. Il inspira profondément à plusieurs reprises et expira lentement.

Il était pourtant sûr de lui.

Il se souvenait du « moment » très clairement. Quand son essence avait quitté son corps. Comme s'il l'avait inhalée. Avant de la mettre en terre.

S'était-il trompé ? Avait-il imaginé cet instant ? C'était un de ses premiers contrats.

— Merde, dit-il tout bas.

En regardant l'écrivain, il se sentit submergé par une vague de doute. Il était sûr d'avoir étouffé l'homme, mais si ce n'était pas le cas ?

Il scruta donc le sol à la recherche d'une pierre qui convienne, la brandit à deux mains au-dessus de la tête de Glenn Ford et fit ce qu'il fallait pour se rassurer.

- 24 -

Andrew

Je ne suis pas monté me coucher tout de suite.

Jayne et moi avions à peine échangé un mot pendant le dîner. Tyler s'était montré inhabituellement agréable, demandant si nous voulions quelque chose quand il s'était levé pour remplir son verre d'eau et débarrassant même la table à la fin du repas.

J'avais failli réagir de manière sarcastique, en lui demandant qui il était et ce qu'il avait fait du vrai Tyler. Au lieu de quoi, j'ai posé ma main sur son dos à un moment donné et lui ai dit, « Merci, mec. » « Y a pas de quoi », avait-il répondu.

Les miracles ne s'étaient pas arrêtés là. Alors que nous nous dirigions vers le salon, Tyler avait déclaré qu'il montait pour faire un devoir qu'il devait rendre le lundi. Cette fois, c'est Jayne qui a eu l'idée d'une plaisanterie, mais elle ne l'a pas gardée pour elle.

Elle m'a regardé et a murmuré : « Un devoir ? Un samedi soir ? » Et puis, alors que Tyler montait l'escalier, elle a crié : « Qui êtes-vous ? »

Mais Tyler montait les marches deux à deux et n'a pas pris la peine de répondre. Jayne m'a dit tout bas qu'elle pensait qu'il faisait des efforts parce qu'elle lui avait annoncé plus tôt dans la journée qu'elle était enceinte.

— Je ne pense pas qu'il va me ménager longtemps, a-t-elle ajouté. Mais même quelques jours, ce serait bien.

On a commencé à regarder un des films de la trilogie Jason Bourne – je ne sais même pas lequel ; c'était le genre de divertissement qu'on pouvait prendre en cours de route en laissant son cerveau au vestiaire –, mais Jayne est montée se coucher avant la fin. Nous ne nous étions rien dit devant le film, et je savais que non seulement elle essayait de digérer tout ce qu'elle avait appris sur mon compte ce jour-là mais aussi qu'elle était contrariée que j'aie informé Greg de la réapparition supposée de Brie avant de lui en parler.

Quand j'ai voulu la suivre à l'étage, elle a levé la main.

— C'est bon, finis le film.

J'ai compris le message.

Pendant l'heure suivante, j'ai tourné en rond, pour finalement me retrouver dans la cuisine, à fixer une bouteille de rouge dans le frigo. J'avais envie de me servir un grand verre, et puis un autre, et un autre après ça, mais j'avais autant besoin d'engourdir mes sens, d'arrondir les angles de la journée, que de faire une bonne nuit, et l'alcool n'était pas le meilleur moyen d'y parvenir.

J'ai fini par monter à l'étage et suis entré dans notre chambre sans faire de bruit, pensant que Jayne dormirait. Sa lampe de chevet était éteinte, et elle était sous les couvertures. Mais elle était réveillée, les yeux grands ouverts.

— Hé, ai-je fait.

— Hé, a-t-elle répondu, la lumière de mon côté du lit laissant la moitié de son visage dans l'ombre. C'est toi que j'ai entendu au téléphone tout à l'heure ?

— Non. Ça devait être la télé.

— J'ai cru que tu parlais peut-être à Greg. Puisque, manifestement, c'est avec lui que tu discutes d'abord.

— Je suis désolé. C'est mon ami. En tant qu'associé, ce n'était vraiment pas ça, mais à un niveau personnel, il a toujours été là pour moi.

J'ai commencé à déboutonner ma chemise.

— Je me fais du souci pour Tyler, a déclaré Jayne.

De toutes les choses qu'elle aurait pu dire, celle-ci était la dernière à laquelle je m'attendais.

— Je t'écoute.

— Il m'a menti. Lui et son ami traînaient dans un cimetière hier soir, et je suis tombée sur un article en ligne à propos d'actes de vandalisme commis là-bas. Des tombes renversées.

Je n'avais pas besoin de lui demander comment elle savait que son frère se trouvait là. Elle m'avait confié de quelle manière elle le surveillait.

— Ce soir, au dîner, j'ai pensé qu'il essayait peut-être d'inverser la tendance. Il commence enfin à prendre ses marques, il est prêt à y mettre du sien, mais maintenant...

— Quoi ?

— Je t'ai demandé s'il pouvait venir vivre avec nous parce que je croyais que tu aurais une bonne influence sur lui et qu'on pourrait lui procurer une certaine stabilité. Mais maintenant, eh bien, j'ai l'impression de vivre dans un château de cartes. Que tout va s'effondrer d'un moment à l'autre.

— À cause de moi. Donc, il ne s'agit pas seulement de Tyler. Il s'agit de toi et de Tyler.

— Il s'agit de nous tous. Toi, moi, lui, et ce bébé qui a soudainement tout compliqué.

— Ce n'est pas une complication. C'est une merveilleuse nouvelle.

— Tu n'as pas semblé la trouver merveilleuse quand je te l'ai annoncée.

— J'ai été surpris, mais je ne suis pas mécontent pour autant.

Jayne n'avait pas l'air convaincue.

Je me suis approché de son côté du lit et me suis assis sur le bord. J'ai posé la main sur sa joue.

— Je t'aime.

Elle n'a rien dit pendant quelques secondes. Puis :

— Et si tu devais faire un choix ? Si tu nous aimais toutes les deux ?

— Jayne, ce n'est pas... On n'en arrivera jamais là.

— Qu'est-ce que tu en sais ?

Je ne savais pas quoi lui répondre.

— Il n'y a aucune chance que ça se termine bien, n'est-ce pas ? Je veux dire, si c'est Brie, alors notre vie est dans un chaos total. Si ce n'est pas elle, cette inspectrice s'obstinera à prouver que tu l'as tuée. Dans un cas comme dans l'autre, je pourrais finir par te perdre.

— Non.

Elle a détourné la tête.

— On doit juste attendre de voir ce qui se passe.

— C'est ça, ton plan ?

— Je ne sais pas quoi te dire d'autre. On ne va pas s'inquiéter de choses sur lesquelles on n'a aucun pouvoir. Nos priorités, à partir de maintenant, c'est de faire en sorte que toi et le bébé que tu portes alliez bien, et que les choses fonctionnent ici pour Tyler.

Je me suis penché et l'ai prise dans mes bras. Elle m'a enlacé, mais ne m'a pas serré contre elle.

— Peut-être que je devrais... peut-être que c'est un mauvais moment pour faire naître un enfant...

— Non. Ôte-toi cette idée de la tête.

Je me suis levé, lui ai fait le sourire le plus réconfortant dont j'étais capable et suis allé dans la salle de bains pour me brosser les dents. Comme je me tenais là, face au miroir, j'ai dû admettre que Jayne avait peut-être raison.

Il n'y a aucune chance que ça se termine bien.

La dernière chose que j'ai faite avant d'éteindre a été de mettre mon téléphone en mode silencieux et de le brancher sur le cordon de charge que j'avais laissé sur la table de nuit. Une seconde après que j'avais éteint la lumière, il s'est allumé. Un appel entrant.

Sur l'écran, le nom NORMAN.

Le mari d'Isabel était bien la dernière personne à qui j'avais envie de parler. J'ai retourné le téléphone et j'ai rabattu la couverture sur moi.

- 25 -

Isabel trouva Norman assis dans un des deux fauteuils relax du salon, dans le noir, à l'exception de la faible lueur émanant du téléphone qu'il tenait dans sa paume.

— Qu'est-ce que tu fabriques ici ? demanda-t-elle en allumant une lampe.

— Rien, répondit-il en glissant le téléphone sous sa cuisse.

Il était en pyjama, enveloppé dans une robe de chambre, les jambes surélevées, le haut du corps basculé en arrière.

— Je me suis réveillée et tu n'étais pas dans le lit. J'ai pensé que tu étais peut-être malade. Tu es malade ?

— Je vais très bien.

— C'est ton estomac ? demanda-t-elle sur un ton presque accusateur. Tu as noyé ta pomme de terre dans la crème aigre. Tu sais pourtant bien que ça peut te donner des brûlures d'estomac. Au moment où tu l'as fait, j'ai su que tu allais le regretter. Tu as pris du Pepto pour te soulager ?

— Je te l'ai dit, je vais bien.

— Tu devrais peut-être en prendre quand même, par précaution, insista Isabel.

Il se retourna et la regarda.
— Tu ne peux donc jamais me laisser tranquille ?
— Je m'inquiète pour toi et c'est tout ce que tu trouves à dire ?
— Tu n'es jamais inquiète. Tu cherches juste des prétextes pour me faire des reproches, lança-t-il, puis, d'une voix moqueuse, il ajouta : Tu as mangé trop de crème. Pourquoi prendrais-tu cette autre bière ? Pourquoi tu n'as pas trouvé de place de parking ?
— Tu es ridicule. Si tu avais vécu ce que j'ai vécu, tu comprendrais peut-être que je sois un peu tendue.
— Ça fait six ans que tu es un peu tendue, six ans de trop pour moi.
Isabel se retrouva momentanément sans voix.
— Je continue à me demander ce qui te motive, poursuivit Norman. Au début, je pensais que c'était le désir sincère d'obtenir justice pour Brie. Que tu harcelais Andrew parce que tu croyais que c'était la chose à faire. Mais j'en suis venu à me dire qu'il y a autre chose. Je ne suis même pas certain que tu croies vraiment qu'il a fait quelque chose à Brie, qu'il l'a tuée. Tu as juste besoin de transférer la culpabilité que tu ressens sur quelqu'un d'autre.
— Comment oses-tu ?
— J'ai longtemps cru que tu te sentais coupable parce que tu n'avais pas été là pour elle. On n'avait pas participé aux recherches les deux premiers jours et si on n'était pas partis à Boston ce samedi soir-là, si tu avais annulé tes plans pour voir ta sœur, peut-être que rien de tout cela ne serait arrivé. Et je continue à penser que c'est la culpabilité qui te motive, mais pas parce que nous nous étions absentés.
— Mon Dieu, Norman, tu te ridiculises. Tu te prends pour le docteur Phil ?

— Tu aimerais n'avoir jamais dit toutes les choses que tu as dites.

— Je ne vois vraiment pas de quoi...

— Oh, arrête, c'est à moi que tu parles. Ça a toujours été une compétition pour toi. C'était à qui serait la sœur la plus intelligente, la plus jolie. La façon dont tu parlais d'elle derrière son dos, dont tu la rabaissais... Un peu comme tu le fais avec moi. C'est comme ça que tu te sens supérieure. Mais quand Brie a disparu, tu t'en es voulu d'avoir dit toutes ces choses, toutes ces...

— Je n'en écouterai pas davantage, déclara Isabel en commençant à s'éloigner.

Mais Norman n'en avait pas fini.

— Tu sais ce que je pense ? Tu espères que ce n'est pas Brie qu'on a aperçue aujourd'hui. C'est bien la dernière chose que tu voudrais. Comme ça, tu pourras continuer à accuser Andrew. Si c'est vraiment elle, tu devras la regarder en face, accepter le mépris que tu as ressenti pour elle.

Isabel continuait son chemin, éteignant les lampes au passage.

Lorsqu'il entendit la porte de la chambre du haut se fermer, Norman reprit son téléphone et le ralluma. L'écran affichait toujours l'image qu'il regardait quand il avait dû le cacher sous sa cuisse.

Une photo de Brie.

Peut-être qu'Isabel n'était pas la seule à être accablée par la culpabilité, songea-t-il. On pouvait ajouter une bonne dose de peur, tant qu'on y était. La peur qu'un jour Isabel puisse découvrir toute la vérité.

- 26 -

Les nuits étaient longues pour Elizabeth McBain, surtout quand elle n'arrivait pas à dormir.

Après tout, qui pouvait s'étonner qu'une personne clouée dans un lit d'hôpital passe la moitié de la nuit à fixer le plafond ?

Cela lui donnait du temps pour réfléchir, bien sûr. Bien plus que nécessaire.

Il y avait tellement de sujets de réflexion, quand on avait quatre-vingt-un ans. Beaucoup de choses sur lesquelles méditer. On avait tendance à bien trop s'appesantir sur les regrets qui, comme dans la chanson, se ramassaient à la pelle.

À commencer par son mari, Jackson. Parti depuis onze ans. Une longue, interminable déchéance après qu'on lui avait découvert un cancer du poumon. Gros fumeur depuis l'adolescence, il avait conservé cette habitude jusqu'au diagnostic de la maladie. Et, même après, ses poumons étant tellement attaqués par le cancer que le fait d'arrêter n'aurait pas changé grand-chose.

Il avait survécu pratiquement un an, mais cela avait été une longue année, dont les trois derniers mois s'étaient déroulés à l'hôpital. À l'époque, Elizabeth n'arrêtait pas de se dire que, quand son tour viendrait, elle voudrait en finir rapidement. Une crise cardiaque foudroyante, peut-être. Quelque chose qui la tuerait avant qu'elle touche terre.

Et pourtant, elle était là. Un jour misérable succédant au suivant.

Elle avait réussi à surmonter la perte de son mari grâce au soutien de ses enfants. Albert, Isabel et, au moins pour un temps, Brie.

Une fois les enfants mariés et partis de la maison, désormais sans mari, Elizabeth n'avait plus eu besoin de tout cet espace, et l'entretenir avec moins de revenus allait présenter quelques difficultés, même si elle se faisait quelques dollars en travaillant en free-lance. Comme les journaux et les magazines commençaient à dégraisser – les correcteurs salariés perdant leur emploi avant les journalistes, dans la plupart des cas –, les compétences d'Elizabeth étaient sollicitées de façon ponctuelle. Elle avait beaucoup collaboré à un magazine immobilier sur papier glacé qui était distribué dans tout l'État. Ça ne payait pas beaucoup, mais c'était bien de rester dans le bain.

N'empêche, elle n'avait pas vraiment besoin d'une maison, alors elle l'avait vendue et s'était installée dans un appartement situé non loin du Post Mall, avec tout le nécessaire à proximité.

Ses enfants venaient lui rendre visite quand ils le pouvaient. Albert avait toujours été le plus attentionné, l'emmenant déjeuner chaque semaine et passant souvent la voir à l'improviste. Izzy et Brie venaient moins fréquemment, mais elles essayaient de compenser avec des appels téléphoniques hebdomadaires. Et puis elle voyait avec plaisir ses petits-enfants : Randy et Lyla chez Albert et Dierdre, et les deux adolescents, pénibles mais gentils, d'Izzy et Norman.

Dommage qu'Albert et Dierdre se soient séparés. Elizabeth se demandait parfois si elle n'avait pas sa part de responsabilité. Laisser Albert s'occuper d'elle si consciencieusement, année après année, avait sans aucun doute suscité un certain ressentiment de la part de Dierdre. Lorsqu'elle s'était retrouvée veuve, Albert avait insisté pour l'emmener en voyage en Europe – sans Dierdre –, pour l'aider à atténuer son chagrin. Et quand son chat était mort, Albert lui avait aussitôt offert un chaton. Elizabeth avait toujours pensé que c'était à la mère de soulager les souffrances de son enfant, mais avec Albert, les rôles étaient inversés.

Le fait qu'Albert et Isabel aient tous les deux des problèmes conjugaux lui pesait énormément. Au moins, Isabel et Norman ne s'étaient pas séparés. Dieu sait que Jackson et elle avaient essayé de donner l'exemple. Ils avaient été dévoués l'un à l'autre, toujours fidèles. Même quand Jackson était sur la route, à l'époque où il était chauffeur pour une entreprise de transport, elle était certaine qu'il n'avait jamais fait d'écart.

Il y a certaines choses que l'on sait, c'est tout.

Elle avait mis un point d'honneur à ne pas s'immiscer dans la vie de ses enfants, ce qui ne l'empêchait pas de se faire du souci pour eux. Ne disait-on pas qu'on mesurait son bonheur à celui de ses enfants ? Elle savait que Brie et Andrew avaient traversé des moments difficiles. Et Dierdre devait sûrement reprocher à Albert, en plus de la dévotion qu'il témoignait à sa mère, qu'il préfère consacre plus de temps à ses projets théâtraux qu'à elle. Écrire et mettre en scène des pièces était sa passion. Qui pouvait le lui reprocher ? Cela devait être tellement ennuyeux de travailler dans une banque !

Quant à Izzy et Norman, eh bien, si Elizabeth était honnête, c'était Norman qu'elle plaignait. Izzy pouvait être fatigante. Toujours à râler, à pinailler, et sur un certain nombre de sujets elle se montrait aussi hargneuse qu'un chien qui ronge un os. Elle critiquait constamment son mari. Elle ne semblait pas se rendre compte que Norman était quelqu'un de bien et qu'elle risquait de le perdre si elle ne changeait pas d'attitude. Quel genre de femme laissait un Post-it sur les toilettes pour rappeler à son mari de pisser droit ?

Après avoir perdu Jackson, Elizabeth avait rejoint des associations, assisté à des conférences, pris un cours en ligne sur les débuts de l'histoire américaine, allait de temps en temps passer la nuit à New York pour voir un spectacle ou visiter un musée. (Albert lui achetait constamment des billets.) Pendant un certain temps, il y avait même eu un homme, un dentiste, veuf, qui avait pris sa retraite et voulait l'emmener faire le tour de la Nouvelle-Angleterre. Il possédait une caravane Airstream qu'il tractait derrière un Chevy Suburban assez grand pour avoir son propre code postal. Ils étaient sortis ensemble quelques fois, mais elle avait décliné l'aventure en Nouvelle-Angleterre. Elle ne pouvait pas s'empêcher de le comparer à Jackson, et il n'était pas à la hauteur.

La vie était plus ou moins supportable.

Et puis Brie avait disparu.

Alors que les jours se transformaient en semaines, et les semaines en mois, sans qu'on ait la moindre idée de ce qui lui était arrivé, Elizabeth en était venue à envier Jackson. Elle aurait aimé pouvoir partir en même temps que lui. L'angoisse de la disparition de Brie, la torture de ne pas savoir lui avaient été épargnées.

Le chagrin, croyait-elle, était pire que toutes les maladies imaginables.

Y avait-il un seul jour où elle ne se demandait pas ce que sa fille était devenue ? Bien sûr que non. Et à qui en voulait-elle ? Izzy avait toujours été persuadée qu'Andrew avait tué Brie et s'était débarrassé du corps quelque part. Elizabeth en était moins sûre. Mais elle pensait qu'il était hautement improbable que Brie soit encore vivante.

Si elle avait été en vie, elle aurait sûrement trouvé un moyen d'entrer en contact.

Et puis il y avait eu les événements de la journée. Elle ne savait pas quoi penser, mais sa tendance naturelle au scepticisme était mise à rude épreuve.

Cette photo sur le téléphone de Max...

Certes, l'image n'était pas de très bonne qualité. Pas suffisamment nette pour affirmer quoi que ce soit avec certitude. N'empêche que la femme sur la photo ressemblait à sa fille. Ce n'était rien qu'une toute petite lueur d'espoir, mais c'était bien d'avoir au moins ça, quand il restait si peu de temps.

Le cancer avait continué son assaut, étirant ses tentacules jusque dans les coins les plus reculés de son corps. Elle n'aurait pas été surprise qu'il se soit attaqué à son gros orteil. Les yeux fixés sur le plafond de sa chambre plongée dans le noir, elle gloussa. On riait de ce qu'on pouvait.

Elizabeth ferma les yeux et essaya de se rendormir. Il y avait heureusement peu de bruits à 3 heures du matin. Une infirmière entrait de temps à autre avec ses chaussures à semelle souple pour vérifier qu'elle n'était pas tombée du lit ou qu'elle ne s'était pas emmêlée dans les draps. Parfois, on entendait des conversations chuchotées dans le couloir.

Elle eut conscience, à travers ses paupières, d'un bref éclair de lumière. La porte qui s'ouvrait, probablement. S'ensuivait d'ordinaire, moins d'une minute plus tard, un second flash lumineux, quand l'une de ses visiteuses nocturnes repartait.

Mais le second flash ne vint pas. Lentement, Elizabeth commença à sentir qu'elle n'était pas seule dans la chambre. Elle ouvrit les yeux, qui s'adaptèrent aussitôt à l'obscurité.

Il y avait quelqu'un.

Debout près de la porte. Une silhouette encore plus sombre que le mur sur lequel elle se détachait.

— Qui est là ?

L'intruse – Elizabeth était presque certaine qu'il s'agissait d'une femme, étant donné sa taille et sa silhouette – ne bougea pas.

Elle se demanda si elle ne rêvait pas. Ou peut-être qu'elle était éveillée, mais avait des hallucinations. Un effet secondaire de l'un des nombreux analgésiques qu'on lui avait administrés. Dieu sait qu'on la bourrait de médicaments ces derniers temps.

Elle se pinça le bras.

Je suis réveillée.

À moins que le pincement fasse partie du rêve.

— Qui êtes-vous ? Que voulez-vous ?

La silhouette fit deux pas en direction du lit, mais resta dissimulée dans l'obscurité. Elizabeth cligna des yeux plusieurs fois pour essayer de mieux voir. C'était assurément une femme, elle n'avait guère de doutes là-dessus. Elle devait mesurer environ un mètre soixante-cinq. Mais ce n'était pas une infirmière. La femme était habillée en noir, semblait porter un long manteau.

— Brie ? demanda Elizabeth, la gorge nouée.

— Je voulais juste que tu saches que je vais bien, répondit la femme dans un murmure.

Elizabeth se redressa à grand-peine.

— Non, non, chuchota la femme avec insistance. Ne fais pas ça. Ne bouge pas.

— Où étais-tu ? demanda Elizabeth d'une voix qui se brisait.

— J'étais partie.

— Mais pourquoi... pourquoi n'as-tu...

— C'est trop difficile à expliquer. Mais je vais bien. Je suis en train de régler certaines choses.

Les larmes commencèrent à couler sur les joues d'Elizabeth.

— Je n'arrive pas à croire que c'est toi. Je me suis tellement rongé les sangs. Je ne m'étais jamais permis d'espérer... jusqu'à maintenant.

Y avait-il un sourire sur le visage de la femme ? Impossible à dire dans le noir.

— Je t'aime, dit la femme. Tout va bien se passer.

— Viens ici, dit Elizabeth en tendant vers elle un bras flétri. Approche.

— Je... je ne peux pas.

Était-ce un fantôme ? Si elle arrivait à l'enlacer, allait-elle partir en fumée ? Elizabeth était certaine d'être réveillée, que ce n'était pas un rêve, mais cela n'excluait pas une manifestation surnaturelle, n'est-ce pas ?

— Es-tu... vivante ?

Un petit rire étouffé.

— Je suis juste là, devant toi, non ?

— Tu m'as tellement manqué !

— Toi aussi, maman. Plus que tu ne peux l'imaginer. (Elle jeta un regard vers la porte fermée.) Je vais devoir partir.

— Non, s'il te plaît, reste. Prends une chaise. Dis-moi où tu étais. Raconte-moi tout.

— C'est sans importance. Tout ce qui compte, c'est que je sois là. Ce n'est plus l'heure des visites. Si on me trouve ici, je vais avoir de gros ennuis.

— Ils comprendront ! Je t'en prie, Brie, ne t'en va pas...

Mais elle recula et ouvrit la porte, permettant à la lumière du couloir d'inonder ce coin de la pièce. La luminosité soudaine aveugla Elizabeth qui ferma instinctivement les yeux l'espace d'une seconde, les protégeant avec sa main.

Quand elle les rouvrit et retira sa main, la porte s'était fermée et la femme était partie.

Elizabeth se tortilla dans le lit, cherchant frénétiquement le bouton qui permettait d'alerter le poste des infirmières. Elle le trouva, le pressa avec son pouce de manière répétée jusqu'à ce que, environ trente secondes plus tard, la porte s'ouvre et qu'un infirmier fasse irruption dans la chambre.

— Qu'est-ce qui ne va pas, madame McBain ?

— La femme ! Ramenez-la ! Arrêtez-la !

— La femme ? Quelle femme ?

— Ma fille ! Dites-lui de revenir !

— Les heures de visite sont terminées depuis longtemps, expliqua-t-il calmement. C'est le milieu de la nuit.

— Mais elle était...

— Je n'ai pas quitté mon poste et je n'ai vu passer personne. Vous avez dû faire un rêve ou quelque chose comme ça. Là, laissez-moi vous border.

— Mais...

— Chut, vous devez vous reposer maintenant. Dormez un peu avant qu'on vous réveille à l'aube pour le petit déjeuner.

L'infirmier lui adressa un sourire condescendant avant de prendre congé.

— Allez, dormez bien.

DIMANCHE

- 27 -

Andrew

Je suis resté éveillé une bonne partie de la nuit en me retournant de temps à autre pour regarder l'écran du réveil sur la table de chevet : 1 h 05, puis 2 h 17, puis 3 h 01, et ainsi de suite jusqu'à ce que des rais de lumière commencent à filtrer à travers les stores. Je n'arrêtais pas de ressasser quelque chose que Greg m'avait dit la veille.

Il avait évoqué le jour où il m'avait trouvé ivre, plus misérable que je ne l'avais jamais été auparavant.

« Tu as dit : "Tout est ma faute." Et : "J'ai merdé." Je t'ai demandé de quoi tu parlais et tu as répondu : "Brie". Mais je ne l'ai jamais répété à personne. Je ne l'ai jamais dit à cette inspectrice. »

Tout est ma faute.

Il était assez facile de deviner ce que Greg avait déduit de mes propos. Je n'avais aucun souvenir de les avoir tenus, mais une fois encore, il y avait beaucoup de choses de cette période, et de cette journée en particulier, dont je ne me souvenais pas très bien.

J'avais pu prononcer ces paroles, c'était bien possible, mais elles n'avaient pas nécessairement le sens que Greg voulait leur donner.

J'aurais pu essayer de le lui faire comprendre si Hardy ne s'était pas arrêtée devant la maison juste à ce moment-là. J'aurais pu lui expliquer que, si Brie s'était volatilisée parce que je l'avais trahie, alors, oui, j'étais fautif.

Mais de là à interpréter comme un aveu ces mots prononcés dans un état d'ébriété avancée… Allongé dans mon lit, je me suis demandé si je devais lui téléphoner.

Je pouvais aussi bien l'appeler pour le remercier.

« Je ne l'ai jamais dit à cette inspectrice. »

Pour ça, je lui étais redevable, car il ne faisait aucun doute que l'inspectrice Hardy aurait interprété mes propos d'une seule façon.

Hardy aussi avait dit une chose que je retournais sans cesse dans ma tête et que j'avais du mal à digérer : je ne m'étais pas suffisamment investi pour retrouver Brie, je n'avais pas engagé de détective privé pour accomplir ce dont la police était incapable.

Hardy n'avait aucune idée de la façon dont j'avais réagi à la disparition de Brie. Le fait est que j'étais tellement sous le feu des projecteurs à l'époque que je pouvais à peine entrer dans un Dunkin' Donuts pour prendre un café sans être suivi par la police ou une équipe de télévision locale.

Qu'à cela ne tienne. Si c'était ce que Hardy attendait de moi, peut-être valait-il mieux tard que jamais. Maintenant qu'elle envisageait la possibilité que Brie soit vivante, j'étais prêt à commencer à poser quelques questions de mon côté, et pas simplement pour sauver les apparences. Mon but n'était pas de rendre l'inspectrice fière de moi. Je voulais savoir ce qui était en train de se passer.

Mais je devais faire attention à la façon dont je m'y prendrais.

J'avais une nouvelle vie avec Jayne. Une vie agréable. Et nous allions avoir un enfant ensemble. Je l'aimais. Jayne était susceptible d'interpréter toutes les décisions que je prenais concernant Brie comme une volonté de me remettre avec elle.

Si celle-ci était encore en vie.

Je comprenais son inquiétude. Elle devait penser que si Brie était de retour, notre mariage serait vraisemblablement encore valide. Brie n'avait pas disparu assez longtemps pour être déclarée officiellement décédée et je n'avais entrepris aucune démarche en ce sens.

Il était peut-être temps, discrètement, de retourner là où tout avait commencé. Faire ma ronde. Parler aux gens auxquels je pensais que l'inspectrice Hardy aurait dû prêter plus d'attention. Je m'étais souvent demandé pourquoi elle n'avait pas mis le dératiseur plus haut sur sa liste de suspects.

Charlie Underwood.

Après tout, il était la dernière personne à avoir vu Brie vivante (si on ne compte pas notre discussion du samedi soir par FaceTime). Il était présent dans la maison avec elle. Il savait que son mari était parti à la pêche pour le week-end. Il avait toutes les raisons de croire que Brie serait seule cette nuit-là. Et, comme je l'avais signalé à Hardy à l'époque, Brie avait trouvé le personnage assez étrange.

À la place de Hardy, je me serais intéressé à lui de très près.

Je me suis levé avant Jayne. Elle a marmonné dans son oreiller qu'elle avait passé une nuit épouvantable à s'agiter dans tous les sens, et je lui ai conseillé de rester au lit pour essayer de se rendormir. J'ai rapidement rassemblé les vêtements dont j'avais besoin, je me suis glissé hors de la chambre et j'ai refermé la porte. Je me suis douché, rasé, habillé, et je me suis retrouvé dans la cuisine à 8 h 30.

J'ai été surpris d'y voir Tyler.

Il était attablé, en boxer. Les robes de chambre n'étaient pas son truc. Il n'avait pas fait de café, mais il y avait un verre de jus d'orange à moitié plein devant lui, ainsi qu'un bol contenant un reste de céréales détrempées. Il avait le nez sur son téléphone quand je suis entré.

— Salut, ai-je dit. Tu es bien matinal.

Il a levé les yeux, haussé les épaules.

— Faut croire.

— Tu bosses aujourd'hui ?

Il a hoché la tête.

— Je commence à 10 heures.

— Tu veux que je te dépose ? ai-je demandé en m'approchant de la machine à café.

— Non, ça ira.

J'étais en train de remplir la verseuse au robinet quand il a ajouté dans mon dos :

— J'ai besoin de te demander quelque chose.

— Je t'écoute.

— Est-ce que tu as tué ta femme ?

Je me suis figé un moment avant de me retourner lentement pour le regarder. J'ai supposé qu'il n'y avait rien de vraiment surprenant à ce que le secret ait été éventé, même si je me demandais qui l'avait mis au courant. Peut-être Jayne elle-même.

— Ta sœur t'a parlé ?

— Non. J'ai juste écouté. Hier, quand cette inspectrice était là. Et plus tard, quand tu es rentré. On peut tout entendre depuis ma chambre, dit-il en désignant brièvement le plafond.

Je me suis senti rougir. Ce petit con écoutait aux portes.

— Eh bien, c'est bon à savoir, même si c'est un peu tard.

— Tu n'as pas répondu à ma question. Je ne pense pas que ma sœur t'ait demandé ça directement, à moins que j'aie manqué cette partie.

J'ai tiré une chaise et me suis assis en face de lui.

— Non, ai-je dit.

Tyler a réfléchi à ma réponse en poussant sa langue contre sa joue.

— C'est aussi ce que tu dirais si tu avais tué ta femme.

— Alors demande-toi si ça sert à quelque chose de poser la question.

— J'ai lu tout ce qu'il y avait sur Brie en ligne. Six ans. Purée… Et, pendant tout ce temps, la police n'a pas été foutue de trouver ce qui s'est passé.

— J'ai trouvé ça long, moi aussi.

— Je veux juste ce qu'il y a de mieux pour ma sœur.

— Pareil pour moi.

— Surtout maintenant que tu l'as… mise enceinte et tout.

— Je suis d'accord.

— Je sens que ça va être plutôt cool de devenir oncle.

— J'ai hâte d'être père.

— Je sais que j'ai un peu abusé, des fois. Quand j'ai gerbé sur ta terrasse et tout, mais je trouvais que ça se passait plutôt pas mal ici.

— Je le pense aussi. On a tous dû s'adapter. Tu connais mon passé, ce que j'ai vécu quand j'avais ton âge. Je sais ce que c'est de devoir s'habituer à un nouvel endroit et, la plupart du temps, de ne pas s'y plaire.

— Ouais, a dit Tyler en hochant la tête. Mais ce qui s'est passé pourrait tout foutre en l'air.

— J'espère que ce ne sera pas le cas.

— Et si c'était vraiment elle ? Si la femme qui s'est pointée devant cette maison est Brie ? On fait quoi ?

— Cela semble être la question numéro un. Je vais tâcher d'être honnête avec toi, Tyler. Je n'en sais rien. On est en terrain inconnu. Je suis dans les bois sans boussole. Mais surtout, je ne veux pas faire de mal à Jayne. Alors je prends ça au jour le jour. Peut-être que c'est beaucoup d'agitation pour rien. Peut-être que c'est juste une femme qui s'est trompée de maison et qui, pour une raison ou une autre, a pété un câble. Le fait est que je ne vois pas comment ça pourrait être Brie. Cela semble extrêmement improbable.

Mon téléphone a sonné.

Je l'ai sorti de ma poche et j'ai lu un nom auquel je ne m'attendais pas, et que je n'espérais certainement plus voir.

ISABEL.

J'ai tapé sur l'écran et mis le téléphone contre mon oreille.

— Bonjour, Isabel, ai-je dit, et à l'instant où je prononçais son prénom je me suis demandé si ce n'était pas Norman qui utilisait le téléphone de sa femme. Il avait, après tout, essayé de me joindre la veille au soir, et j'avais refusé l'appel.

Mais c'est bien la voix d'Isabel qui a dit :

— Andrew.

— Que puis-je faire pour toi ?

— Ma mère veut te parler de quelque chose.

— À quel sujet ?

Il y a eu un silence, puis :

— Brie est passée la voir ce matin.

- 28 -

Quand Hannah Brown ouvrit les yeux et se retourna, elle s'attendait à trouver sa compagne à côté d'elle. Mais les couvertures étaient repoussées, et l'autre moitié du lit king-size était déserte.

Elles faisaient souvent la grasse matinée le dimanche, mais de toute évidence ce serait un jour sans. Hannah balança les jambes hors du lit, glissa les pieds dans une paire de pantoufles Ugg en fourrure et suivit le couloir jusqu'à la salle de bains.

Il n'y avait personne.

Elle descendit à la cuisine, et c'est là qu'elle trouva Marissa Hardy, perchée sur un tabouret, en train de lire quelque chose sur un iPad posé sur un lutrin.

— C'est dimanche, rappela Hannah. Qu'est-ce que tu fais debout à cette heure ?

— Tu savais qu'Agatha Christie avait disparu pendant dix jours ? demanda Hardy en levant les yeux.

— Quoi ?

— L'autrice de romans policiers. Elle a disparu pendant dix jours et a fini par réapparaître dans une station thermale. Elle n'a jamais voulu dire où elle était allée ni ce qu'elle avait fait pendant ce laps de temps.

— Ah.
— Bien sûr, dix jours, ce n'est pas six ans.
Hannah cligna des yeux.
— Non, certainement pas. C'est plus court.
— Et tiens, une autre histoire intéressante. Un certain Lawrence Joseph Bader, d'Akron, Ohio. Un vendeur d'ustensiles de cuisine ou quelque chose comme ça. Il part pour une partie de pêche sur le lac Érié et disparaît. On pense évidemment à un tragique accident de navigation. Mais voilà que huit ans plus tard – huit putains d'années –, on le retrouve à Omaha, Nebraska, où il travaille comme présentateur pour une chaîne de télévision locale. Et il a changé de nom. On n'a jamais compris ce qui s'était réellement passé, s'il souffrait d'amnésie ou s'il avait simulé sa mort. Qu'est-ce que tu en penses ?
— Tu as fait du café ?
— Il y a aussi ce type, Ariel Castro, à Cleveland. Il a gardé prisonnières trois femmes dans sa maison pendant onze ans. Tu te souviens de ça ? C'était en 2013.
— Je me disais qu'on devrait sortir pour un brunch. Peu importe l'endroit. Même IHOP. Qu'est-ce que tu en dis ?
Hardy leva les yeux de son iPad.
— Hmm ?
— Tu sais. Des crêpes, des saucisses, ce genre de choses.
— Mouais, fit Hardy qui baissa de nouveau les yeux. Je vais peut-être devoir bosser aujourd'hui.
— C'est ton jour de congé.
— Je sais, répondit-elle, avant d'ajouter après un silence : Je déteste vraiment, mais alors vraiment, avoir tort.
— Sans blague.
— Et si c'était le cas ? Si je m'étais trompée ?

Hannah s'approcha de la machine à café, retira la verseuse vide.

— Ça t'aurait tué de lancer le café ?

— Il avait le profil, tu comprends ? Et je pense toujours qu'il aurait pu le faire.

— Je crois que je vais préparer du thé pour changer.

Hannah remplit une bouilloire et la brancha.

— Où aurait-elle pu aller pendant tout ce temps ? demanda Hardy. S'il ne l'a pas tuée.

Hannah attrapa une banane et tira un tabouret du côté opposé de l'îlot, en face de l'inspectrice.

— Jacksonville, Floride.

— Quoi ?

— Je ne sais pas, c'est un endroit comme un autre. J'essaie juste d'aider. Parlons du bacon. En accompagnement, super croustillant.

Elle commença à éplucher sa banane.

Mais Hardy ne pensait pas à la nourriture.

— Il avait le temps, tu sais. Pour revenir du chalet, la tuer, se débarrasser du corps et rentrer. Il ne peut pas prouver qu'il a passé toute la nuit là-bas. Il est même possible qu'il ait refilé quelque chose à son pote pour le mettre K.-O. Mais quel serait son mobile ? Il avait rompu avec l'autre femme et n'aurait pas touché d'énorme prime d'assurance. Il aurait pu la tuer dans un accès de rage, ça arrive, mais faire le trajet avec l'intention de la tuer, c'est de la préméditation. Et pour la préméditation, il faut un mobile. Il doit en avoir un. Je n'ai juste pas encore trouvé lequel.

Hannah détacha un morceau de banane et le fourra dans sa bouche.

— J'aime cette partie.

Hardy leva de nouveau les yeux.

— Quoi ?

— C’est comme voir l’intérieur d’un ordinateur ou quelque chose comme ça. Te regarder réfléchir à voix haute, c’est intéressant.

La bouilloire frémissait.

— Tu veux du thé ? proposa Hannah.

— Rien pour moi.

— Comme tu voudras.

Hannah se laissa glisser du tabouret et ouvrit un placard, où elle trouva une boîte de sachets de thé.

— C’est généralement le mari.

— Tu peux répéter ?

— Quand quelque chose arrive à une femme, c’est généralement le mari.

Hannah mit un sachet de thé dans une tasse qu’elle remplit d’eau.

— C’est comme ça que tu t’y prends d’habitude ? En te fondant sur des statistiques ? Moi qui pensais que tu abordais chaque affaire avec les yeux ouverts, sans idées préconçues. Sans œillères.

Hardy la dévisagea un moment, puis demanda :

— Tu as parlé de bacon.

— Effectivement.

— Il faut que je passe sous la douche.

— Je te rejoins.

- 29 -

Andrew

Isabel voulait qu'on se retrouve pour prendre un café avant de m'emmener voir Elizabeth à l'hôpital. Elle a suggéré le Starbucks sur la Boston Post Road, juste à l'ouest de l'autoroute. Quand je suis arrivé, elle était assise à l'une des tables en terrasse, les deux mains enveloppant un gobelet en carton, comme si elle voulait se réchauffer, alors qu'il faisait dans les vingt-trois degrés. Il y avait un second gobelet de l'autre côté de la table.

— J'ai tenté le latte, a-t-elle dit. Il est encore chaud. Je viens de m'asseoir.

Isabel qui m'offrait un café : je me suis demandé si je n'étais pas entré dans la quatrième dimension. J'ignorais s'il s'agissait d'une offre de paix ou d'un traquenard. Peut-être qu'un sniper était positionné quelque part de l'autre côté de la route, prêt à m'abattre.

— Un latte, c'est très bien, merci, ai-je dit en m'asseyant. Comment va Norman ?

J'avais décidé de ne pas mentionner le fait qu'il avait essayé de m'appeler la veille au soir.

Elle a baissé les yeux.

— Oh, tu sais. Égal à lui-même.

— Alors, dis-moi ce qui s'est passé avec Elizabeth.

J'avais toujours bien aimé la mère de Brie. Une personne franche et directe, qui disait ce qu'elle pensait, mais qui en même temps savait tenir sa langue. Elle ne mettait jamais son nez dans les affaires d'autrui, gardait ses opinions sur la façon dont ses enfants vivaient leur vie. Mais, comme on pouvait s'y attendre, nous nous étions éloignés après la disparition de Brie, éloignement que j'attribuais en grande partie à Isabel qui l'avait persuadée de ma culpabilité.

Le menton d'Isabel a légèrement frémi.

— Elle n'en a plus pour très longtemps. Elle a un cancer. Il s'est propagé partout.

— Je suis désolé, ai-je dit, et je le pensais. Je l'ignorais. Je l'ai toujours appréciée.

— Elle veut te parler.

— D'accord.

— Tu es au courant de ce qui s'est passé hier matin. Dans Mulberry, là où tu habitais.

Je n'aurais pas été surpris d'apprendre qu'elle avait parlé à l'inspectrice Hardy.

— Oui, je suis au courant.

— Après avoir appris ça, Albert et moi sommes allés sur place pour parler aux gens qui habitent la maison construite sur l'emplacement de la vôtre. Et à ton ancien voisin, Max.

Juste pour confirmer mes soupçons, j'ai demandé :

— Je suppose que c'est l'inspectrice Hardy qui t'a prévenue.

— Pas exactement. Albert et moi l'avons appelée avant de parler à Max.

Je commençais à me perdre dans la chronologie des faits.

— Max t'a appelée ? Après avoir été en contact avec Hardy et moi ?

Isabel secoua rapidement la tête :

— Non, j'oublie le principal... Quand on a rendu visite à maman hier, depuis sa chambre, en regardant le parking, on a cru voir Brie, ou quelqu'un qui lui ressemblait drôlement. Cette personne nous a fait un signe de la main, comme si elle savait qui nous étions.

Tout devenait clair à présent. Hardy avait laissé entendre que cette femme, qui ressemblait à Brie, avait été aperçue ailleurs.

— Je ne sais pas qui ou ce que nous avons vu, a continué Isabel, mais la nuit dernière – au petit matin, pour être plus précise –, maman l'a revue.

— D'accord, ai-je dit lentement.

— Elle dit que Brie est venue dans sa chambre d'hôpital. Je pense qu'elle a imaginé la scène. Parmi les infirmières, personne n'a rien vu. C'était au milieu de la nuit. Les heures de visite se terminent à 21 heures. Maman prend toutes sortes de médicaments. Je m'en veux, et Albert aussi, de l'avoir mise dans tous ses états. On a fait venir Max pour qu'il lui raconte ce qu'il avait vu parce que, eh bien, tu connais maman. Elle ne se laisse pas facilement convaincre. Elle n'est pas vraiment adepte des théories du complot. Je me rends compte maintenant que c'était une énorme erreur. Ça lui a mis dans la tête l'idée que Brie était... vivante... d'où cette vision qu'elle a eue en pleine nuit.

— Ça ressemble à une vision, en effet.

Isabel a pris une gorgée de son café. Un peu de mousse s'est déposée sur sa lèvre supérieure, et j'ai passé la langue sur la mienne, essayant de lui envoyer un signal. Au bout d'un moment, elle s'en est débarrassée en faisant de même.

— Toi et moi avons eu une relation assez tendue depuis que c'est arrivé, a-t-elle dit.

— C'est un euphémisme.

— Je ne regrette rien. Tout ce que j'ai fait, je l'ai fait afin d'obtenir justice pour ma sœur.

Je n'ai rien dit.

— Mais ma mère pense qu'on te doit des excuses. Elle dit que si c'est bien Brie que nous avons vue et qui était dans sa chambre cette nuit, eh bien, tu n'es pas coupable de ce que nous... de ce que je pensais que tu avais fait.

— Je vois.

— Que les choses soient claires : ce n'est pas moi qui m'excuse, parce que je ne sais vraiment pas ce qui se passe. Je n'ai pas plus de certitudes qu'il y a une semaine. Peut-être qu'on a juste vu quelqu'un qui ressemblait de loin à Brie, et que cette personne nous a fait signe parce qu'on la regardait. Je n'en sais rien. Mais maman est arrivée à une conclusion plus définitive. (Elle a pris une autre gorgée, en évitant la mousse cette fois.) Elle m'a chargée de prendre contact avec toi et de te demander de venir la voir, pour pouvoir te dire qu'elle est désolée.

J'ai réfléchi à sa demande.

— Je ne sais pas.

— Quoi ?

— Je ne sais pas si je dois le faire. Ce serait peut-être accepter des excuses pour une mauvaise raison.

Isabel a écarquillé les yeux.

— Bon sang, qu'est-ce que tu dis ? Tu le reconnais ? Tu m'avoues que tu as tué Brie ?

— Non, bien sûr que non. Je n'avoue rien du tout. Mais je ne sais pas qui ta mère a vu, si tant est qu'elle ait vu quelque chose. Ce serait mal de la laisser s'excuser auprès de moi sur la foi d'une illusion.

— Oh, bordel de merde ! s'emporta Isabel, l'air excédé. Dis-moi que tu ne l'as pas fait. Dis-moi que tu n'as pas tué Brie.

— Je n'ai pas tué Brie. Mais je te l'ai dit cent fois depuis qu'elle a disparu et tu ne m'as jamais cru.

— Bon sang, laisse-la donc s'excuser d'avoir pensé que tu l'as fait.

— C'est peut-être toi qui devrais t'excuser, puisque c'est toi qui lui as mis cette idée dans la tête.

— Écoute, a repris Isabel qui retrouvait son calme et baissait d'un ton. Albert pense... nous pensons tous les deux que maman a besoin de ça. Son pronostic est mauvais. Elle pourrait partir aujourd'hui, demain, dans un mois peut-être. Mon Dieu, ellc pourrait mourir avant qu'on arrive à l'hôpital. Elle a une raison de croire que sa fille n'est pas morte, et c'est peut-être bien qu'elle s'en aille avec cette espérance. Pour cela, il faut notamment qu'elle répare ses torts envers toi.

J'ai terminé mon latte et j'ai dit :

— C'est d'accord.

J'ai suivi la voiture d'Isabel jusqu'à l'hôpital et je suis monté dans la chambre avec elle. Elizabeth était réveillée quand je suis entré.

Je ne l'avais pas vue depuis presque six ans. Dans les premiers temps qui avaient suivi la disparition de Brie, Elizabeth, Albert, Isabel et moi étions régulièrement en contact, pour confronter nos impressions, partager les quelques pistes existantes, apparaître ensemble au journal télévisé local pour lancer des appels à témoins.

Mais quand l'inspectrice Hardy avait réduit sa liste de suspects... à ma seule personne, et qu'elle l'avait fait savoir, Elizabeth avait pris ses distances. Au début, elle acceptait encore mes appels, mais comme Isabel continuait ses attaques, elle avait fini par rompre tout contact avec moi.

Je ne pouvais pas vraiment lui en vouloir. C'est difficile d'être gentil avec son gendre quand on vous a mis dans la tête qu'il a tué votre fille.

Le souvenir que je gardais d'elle était celui d'une femme forte, vibrante et indépendante, si bien que cela a été un choc pour moi de la voir ce jour-là, ravagée par la maladie. Elle avait probablement perdu plus de vingt-cinq kilos, alors qu'elle n'était déjà pas bien grosse. La peau de ses bras avait l'aspect du papier crépon, et ses joues semblaient avoir fondu sur l'os des pommettes. Mais quelque chose rappelait la personne qu'elle avait été : ses yeux. Elle avait toujours eu de beaux yeux bleus, et ils n'avaient pas changé. Ils avaient toujours cette magnifique couleur turquoise et elle avait conservé son regard perçant et perspicace.

Elle a souri quand elle m'a vu, et cela m'a rappelé des souvenirs. Son sourire, toujours sincère, rayonnait d'affection. Même dans ces circonstances.

— Andrew, a-t-elle dit. C'est si bon de te voir.

Je me suis agenouillé à côté d'elle alors qu'elle était allongée dans son lit, et j'ai enlacé son corps frêle et émacié.

— Elizabeth, je suis heureux que vous m'ayez demandé de venir.

Elle a regardé Isabel par-dessus mon épaule.

— Merci, Izzy. Tu peux partir maintenant.

— Tu ne veux pas que je reste ?

— Non, c'est bon. Andrew et moi avons des choses à nous dire.

Isabel n'avait pas l'air ravie d'être congédiée, mais après une seconde ou deux, elle a tourné les talons et quitté la pièce.

— Tu crois qu'elle écoute derrière la porte ? a demandé Elizabeth avec une lueur malicieuse dans le regard.

— Vous voulez que je vérifie ?

Elle a hoché la tête. Je suis allé à la porte, l'ai entrebâillée. Isabel n'était pas là.

— La voie est libre.

— Prends une chaise, a dit Elizabeth. (Je l'ai fait et me suis rapproché d'elle autant que possible en me penchant en avant.) Tu parais en forme. Compte tenu de tout ce qui s'est passé.

J'ai souri.

— Je suppose.

— Ne prends pas la peine de me retourner le compliment. Je sais de quoi j'ai l'air. J'ai une très sale tête.

— Vous avez gardé l'œil pétillant.

— Tu as toujours été mon préféré. Parmi les conjoints de mes enfants, s'entend. Je ne veux pas rabaisser Norman et Dierdre, mais j'ai toujours eu un faible pour toi.

J'ai soupiré.

— Jusqu'à ce que.

Les yeux d'Elizabeth se sont fermés un instant.

— Je sais. J'ai permis à Izzy de me faire croire le pire à ton sujet. Mais je me rends compte maintenant que je t'ai mal jugé, que je t'ai fait du mal.

Elle a tendu la main et je l'ai prise, l'ai serrée doucement. Ses doigts ressemblaient à des brindilles enveloppées dans du vieux lin.

— Je l'ai vue, a dit Elizabeth. Je sais donc que tu ne lui as jamais fait aucun mal.

— Isabel me l'a dit. Cette nuit. (Je me suis senti obligé d'ajouter :) Elle pense que vous l'avez imaginée, et elle a peut-être raison.

— Je sais ce que j'ai vu. (Elle m'a serré la main à son tour.) Je ne peux pas l'expliquer. Je ne sais pas où elle est allée, et je ne sais pas pourquoi elle se cachait. Tout cela est un immense mystère, mais savoir qu'elle est en vie, à cet instant, me suffit. Je n'étais pas prête à le croire au début. C'était trop extravagant. Mais maintenant... Bref, c'est pour ça que je t'ai fait venir ici, pour te dire que je suis désolée. Je suis vraiment, vraiment désolée d'avoir douté de toi, de t'avoir cru capable de faire quelque chose d'aussi horrible.

Accepter ses excuses, ou pas ? Je me suis livré à quelques rapides calculs éthiques, comme un génie des maths résoudrait mentalement une équation complexe en quelques secondes.

— Tout est pardonné, ai-je dit.

Elle a souri.

— Merci, Andrew. Cela signifie plus pour moi que tu ne peux l'imaginer.

J'ai cru que nous en avions fini, mais quand j'ai voulu retirer ma main, elle m'a retenu.

— Ne pars pas si vite. C'est probablement la dernière fois que je te vois. J'ai envie de parler.

— D'accord.

— Comment vas-tu aujourd'hui ?

J'ai haussé les épaules.

— Vous le savez sans doute, j'ai changé de nom de famille. Je m'appelle Andrew Carville à présent.

— Oh, ça sonne bien. Pas la peine de me dire pourquoi. Je le devine. Je ne sais pas combien ça t'a coûté, mais tu devrais envoyer la facture à Izzy. Et le travail ?

— Je me débrouille.

— Et... es-tu... tu t'es...

— Remarié ? Non. Mais il y a quelqu'un. Elle s'appelle Jayne, et elle vit avec moi.

Son visage s'assombrit.

— Oh, mon Dieu ! Ça va être tellement difficile pour elle de devoir renoncer à toi...

Je n'ai rien dit.

— Tu penses que Jayne... C'est bien son prénom ?

— Oui.

— Tu penses que Jayne comprendra ?

Je ne savais absolument pas comment répondre à cette question. Elizabeth n'était pas diminuée au point de ne pas remarquer mon hésitation.

— Andrew, promets-moi quelque chose.

— Quoi donc, Elizabeth ?

— Tu pardonneras à Brie. Quelle que soit la raison de son départ, quoi qu'elle ait fait pendant tout ce temps, tu lui pardonneras.

— Oui, bien sûr.

— Et tu la reprendras.

Je me suis forcé à sourire et j'ai serré sa main.

— Comment pourrais-je ne pas le faire ?

J'étais content qu'Isabel ne soit pas dans la pièce pour m'entendre faire une promesse que j'aurais été bien en peine de tenir.

— Voilà qui est bien, dit Elizabeth, visiblement soulagée. Maintenant, notre seul souci serait que le fisc se demande pourquoi elle n'a pas rempli de déclaration d'impôts pendant six ans.

Étonnamment, cette plaisanterie nous a arraché un petit rire. Mais très rapidement, son expression est devenue grave.

— Tu sais, Jackson et moi avons fait de notre mieux.

— Je n'en doute pas, ai-je dit, ne sachant pas trop où cela allait nous mener, mais disposé à attendre.

— Mes trois enfants... Je les aime tous, mais je sais qu'aucun n'a jamais été parfait. Ils ont fait des erreurs. Entre Albert et Dierdre, ça ne va pas très fort, ces temps-ci.

— Je l'ignorais. J'ai toujours pensé qu'ils étaient assez unis.

— Je suppose qu'ils l'ont été, fut un temps, mais... Et puis il y a Izzy et Norman. Pauvre homme. Faut-il qu'il soit une sorte de saint pour la supporter ! Comment est-elle devenue aussi critique ? (Avant que je puisse répondre, elle a avancé une théorie.) Je pense qu'elle a toujours voulu être quelqu'un. Tu sais qu'elle rêvait de devenir avocate ?

— Je sais. Le fait est que nous sommes tous câblés d'une certaine manière. Vous avez fait tout ce qu'il fallait.

Elizabeth a gloussé.

— C'est pour ça que tu m'as toujours plu. Tu mens tellement bien... (Elle ne m'avait toujours pas lâché la main.) C'est peut-être générationnel. Peut-être que les jeunes gens d'aujourd'hui – enfin, les gens plus jeunes, vous n'êtes plus des enfants –, peut-être qu'ils n'ont pas les mêmes valeurs. Ils ne chérissent pas la fidélité.

— Je plaide coupable.

— Oh, pas seulement toi. Tu sais ce qui me fait penser que tu es un homme bien, et que tu n'aurais jamais pu faire de mal à Brie ?

— Quoi ? ai-je répondu lentement.

— C'est à cause du secret que tu aurais pu révéler, mais que tu as gardé pour toi. Je ne pense pas que j'aurais été capable de me comporter aussi honorablement si j'avais été à ta place.

— Ce n'est pas tout à fait vrai, ai-je objecté, raisonnablement certain de ce à quoi elle faisait référence. Je l'ai dit à l'inspectrice Hardy. Mais elle l'a mis hors de cause. Ça n'aurait pas pu être lui. Il était à Boston cette nuit-là. Il avait un alibi en béton, comme ils disent. Ce qui n'était pas tout à fait mon cas.

— Quand bien même, tu aurais pu raconter aux autres ce qu'il avait fait. À une personne en particulier.

— Cela m'aurait avancé à quoi ? J'aurais dû déshonorer Brie pour le faire et c'était hors de question. Rien de tout cela n'a plus d'importance, Elizabeth. C'est le passé.

— Brie m'a parlé. Elle m'a tout raconté.

Je l'ignorais.

— Quand ? ai-je demandé.

— Un mois ou deux avant sa disparition. (Elle a pris une inspiration.) Peux-tu me passer ce verre d'eau ? (Je le lui ai tendu et elle a repris après s'être humecté la bouche.) Isabel était là, à faire de ta vie un enfer, et tu as quand même tenu ta langue.

— Ruiner la vie d'Isabel ne m'aurait pas fait paraître moins coupable.

— Norman ne t'a jamais remercié, n'est-ce pas ? Il ne t'a jamais témoigné la moindre gratitude pour ne pas avoir dit à Isabel que son mari avait couché avec sa sœur.

— Je n'ai jamais cherché sa gratitude. Il ne me doit rien du tout. C'était il y a longtemps.

— Il n'est jamais trop tard pour présenter ses excuses, a dit Elizabeth. Pourquoi crois-tu que je voulais te voir avant de partir ?

- 30 -

Matt Beekman n'était pas le seul à avoir mal dormi dans la nuit du samedi au dimanche.

Après son contrat à Hartford, il n'était pas rentré à New Haven avant 3 heures du matin. Il avait trouvé un mot de sa femme, Tricia, sur le plan de travail de la cuisine, l'avertissant qu'il y avait une assiette de nourriture chinoise dans le frigo. Il la réchauffa au micro-ondes, mais put à peine y toucher. Il avait perdu l'appétit sur le chemin du retour, en pensant à ce qui avait pu mal tourner six ans auparavant.

Il alla se coucher, se glissant avec précaution sous les couvertures pour ne pas réveiller sa femme, et fixa le plafond jusqu'à presque 5 heures ; à ce moment-là, son esprit n'étant plus capable de ressasser les événements du passé, il s'endormit. Mais il fut réveillé en sursaut par Tricia peu après 7 heures, quand elle rejeta les couvertures et posa les pieds par terre.

— Tu es rentré à quelle heure ? demanda-t-elle.

— Vers 3 heures, marmonna-t-il dans l'oreiller.

— Tu as été payé ?

— Quoi ?

— Tu as été payé ? Pour le boulot.

Il soupira.
— Ils paient une fois que le boulot est fait.
— Je croyais que tu avais touché une avance.
— Eh bien, pas cette fois, non. Je les verrai aujourd'hui ou demain, pour régler les comptes.
— C'est qu'il me faut de l'argent. Je pensais que tu aurais du liquide. Cheryl a besoin d'une paire de baskets. Je ne veux plus rien acheter avec la Visa.
Matt grommela quelque chose dans son oreiller.
— Et c'était quoi, cet appel, hier soir ? voulut savoir Tricia.
— Je n'ai pas envie d'en parler.
— C'était pour un autre boulot ? Ils pensent que tu deviens bon et on va te proposer d'autres contrats ?
— C'était au sujet d'un ancien contrat, dit-il en se retournant sur le dos, résigné à l'idée qu'il n'arriverait pas à se rendormir.
— Pourquoi est-ce qu'on t'appellerait au sujet d'un ancien boul...
— Bordel de merde ! dit-il en s'asseyant, je suis à peine réveillé et tu es après moi comme la Gestapo.
Tricia ne cilla même pas.
— Je veux être au centre commercial à l'ouverture.
— Fais donc ça.
— Tu as promis un McDo aux gamins aujourd'hui.
— Faut que je passe au magasin, dit-il en parlant de la laverie automatique. Un des sèche-linge fait des siennes, il doit falloir changer la courroie ou autre chose.
Quelqu'un s'occupait de la laverie pendant le week-end et, d'ordinaire, Matt n'avait pas à y aller.
— Tu n'as qu'à faire ça après le déjeuner, dit Tricia. Pionce encore une heure si tu veux, mais tu n'y couperas pas.

Matt laissa retomber sa tête sur l'oreiller et ferma les yeux. Il aimait cette femme, mais bon Dieu, qu'est-ce qu'elle pouvait être chiante !

Il finit par s'extraire du lit une demi-heure plus tard, une fois que Tricia fut descendue à la cuisine. Il prit une longue douche, restant sous le jet jusqu'à ce qu'il n'y ait plus d'eau chaude, à cogiter.

Matt, sa femme et leurs enfants, Curtis et Cheryl – une grande et heureuse famille –, se retrouvèrent au centre commercial à 11 heures, et ce fut à ce moment que Tricia lui joua un mauvais tour. Elle avait prévu d'emmener Curtis au magasin de musique. Il avait récemment montré de l'intérêt pour l'apprentissage du piano, et elle voulait se renseigner sur un de ces petits claviers électriques.

— Emmène Cheryl au magasin de chaussures et je te rejoins, dit-elle. Je serai là à temps pour choisir.

Comme si on ne pouvait pas lui faire confiance ! On se fiait à lui pour aller buter des gens, mais il ne serait pas capable de choisir une paire de chaussures pour une gamine de cinq ans ?

La petite Cheryl savait parfaitement se repérer dans un magasin de chaussures. Elle entra sans hésiter, s'empara d'une paire de baskets blanches à rayures roses sur le présentoir et trouva une vendeuse sans l'aide de son père.

— Vous les auriez dans ma taille ? demanda-t-elle de sa petite voix.

La vendeuse sourit et dit :

— On va d'abord regarder tes pieds et voir quelle pointure il te faut.

Matt se tenait près de l'entrée du magasin et regardait les gens passer.

Elle était enterrée. Dans une putain de tombe. Mais si des fois elle n'était pas morte quand je l'ai mise là...

Et c'est vrai, il ne s'était pas attardé. Il n'en avait pas vu l'intérêt. Pourquoi serait-il resté ? Quand le boulot est fait, le boulot est fait, et il est logique de foutre le camp le plus vite possible.

Il fallait imaginer une scène de film. Une main émergeant de la terre. Puis une autre. Puis une lutte désespérée pour remonter au-dessus du sol, respirer.

Non non non non non.

Et pourtant, on l'avait vue. *Soi-disant.*

Il sentit une présence à côté de lui. Quelqu'un de très petit, qui marchait maladroitement.

Matt se retourna, s'agenouilla et demanda :

— Tu es bien dedans ? Tu n'as pas les doigts de pied tout écrasés...

Ce n'était pas Cheryl, mais une autre petite fille, probablement du même âge et d'à peu près la même taille. La fillette le regarda, les yeux écarquillés, avant de se retourner et de courir vers une femme près de la caisse. Sa mère, de toute évidence.

Cheryl était toujours assise sur une chaise, en chaussettes, balançant ses jambes d'avant en arrière en attendant que la vendeuse lui apporte une paire à essayer.

Soudain, une pensée traversa l'esprit de Matt :

Je me suis trompé de fille.

Si la femme qu'il était censé avoir tuée avait été aperçue ces derniers jours, c'est qu'il ne l'avait jamais approchée ? Ce n'était pas comme s'il lui avait demandé de lui montrer son permis de conduire ou de remplir un questionnaire quand elle était descendue dans la cuisine, tôt ce matin-là. Il s'était rendu à l'adresse qu'on lui avait fournie et en était reparti avec la femme qui vivait là. Il n'y avait pas eu beaucoup de parlotte. Est-ce que ça aurait pu être quelqu'un d'autre ? Une autre femme venue passer la nuit ? Un échange de maisons ? Mais même dans ce cas, la femme dont il était censé s'être débarrassé avait bel et bien disparu pendant ces six dernières années !

— Papa ?

Il baissa les yeux, sur sa petite fille cette fois.

— Oui, ma puce.

— Tu les aimes, celles-là ?

Elle leva un pied, puis l'autre, montrant une paire de chaussures ornées de dizaines de petites étoiles roses scintillantes.

— Attends ta mère.

Il envisagea les différentes possibilités. Si Brie Mason était vraiment en vie, soit elle avait survécu et réussi à sortir toute seule de sa tombe, soit il avait tué quelqu'un d'autre par erreur. Il devait y avoir un moyen de le déterminer. Il allait devoir mettre une pelle dans le pick-up et aller faire un tour.

Mais pas seul. Avec quelqu'un qui pourrait être en mesure d'identifier ce qu'il y avait dans cette tombe après toutes ces années, si tant est qu'il y ait quelque chose.

Peut-être le client.

Peut-être quelqu'un d'autre.

Matt ressentait quelque chose d'inhabituel. Il avait peur. Et il ferait le nécessaire pour que ce sentiment disparaisse.

- 31 -

Andrew

Brie avait avoué pour Norman.

Je l'avais crue quand elle avait dit que ça n'était arrivé qu'une fois. Je ne pense pas qu'on puisse qualifier de liaison le fait d'avoir eu une unique relation sexuelle avec quelqu'un d'autre que son conjoint. Une faute, assurément. Une trahison, certainement. Une erreur de jugement, sans aucun doute. Mais une liaison ? Non, je ne dirais pas ça. Mon aventure avec Natalie Simmons entrait dans cette catégorie. Et pouvait également être considérée comme une faute, une trahison, et une erreur de jugement.

Je dirais cependant qu'il est un peu dégueulasse de coucher avec son beau-frère, ne serait-ce qu'une fois.

Brie ne m'a pas seulement trahi, moi, elle a également trahi sa sœur. Encore que les torts aient été partagés. Ce salopard de Norman était fautif, lui aussi.

Je ne l'ai pas bien pris.

Étonnamment, je n'ai pas eu à lui tirer les vers du nez. Rongée par la culpabilité, Brie a ressenti le besoin de soulager sa conscience. Elle se disait peut-être que ça finirait par se savoir, un jour ou l'autre, et elle avait voulu prendre les devants.

« Je ne peux l'expliquer que d'une seule façon, avait-elle dit. La pitié.

— La pitié ? »

Elle m'a raconté comment c'était arrivé. Bien qu'elle ne soit pas comptable, Brie était douée pour les chiffres. Un vrai génie de la déclaration d'impôts. Elle se chargeait non seulement de la nôtre, mais s'était proposée pour remplir celles d'Albert et Dierdre, et d'Isabel et Norman. Ils avaient beau insister, Brie avait toujours refusé d'être payée en retour, mais elle – et, par là, je veux dire nous – recevait de nombreuses bouteilles de vin, lesquelles, sans être des grands crus, étaient tout à fait buvables.

Un soir, Brie s'était rendue chez Isabel et Norman pour s'asseoir à la table de la cuisine et, armée d'un ordinateur portable et du logiciel fiscal le plus récent, elle avait commencé à débrouiller leurs déclarations. Isabel était partie passer la soirée dehors avec les enfants, pour un événement quelconque organisé dans leur école, laissant Brie seule avec Norman.

Elle lui avait posé plusieurs questions et il était parti chercher les formulaires et reçus qu'Isabel et lui conservaient dans une boîte à chaussures, puis il s'était assis à côté d'elle pour faire le tri.

Norman lui avait proposé une bière, qu'elle avait acceptée. Il avait décidé d'en prendre une aussi. Deux ou trois autres avaient dû suivre, j'imagine.

À un moment donné, Brie avait voulu prendre une pause, et elle avait alors posé à Norman une question anodine, comme :

« Alors, comment ça va ? »

À quoi Norman avait répondu :

« Comment ça se fait que tu sois devenue comme ça ?

— Devenue comment ?

— Aussi charmante.

— J'aime bien remplir les déclarations d'impôts. En fait, tu me fais une faveur. J'adore ça.

— Je ne parle pas des impôts. Je veux dire, comment se fait-il que tu aies si bien tourné, et pas ta sœur ? »

Norman, je dois le préciser, était un homme relativement séduisant, avec un humour pince-sans-rire. Dans sa jeunesse, il se voyait devenir cinéaste, mais la vraie vie a tendance à broyer les ambitions créatives, et il avait fini à la tête d'une franchise Firestone, son expérience de cinéaste se limitant à réaliser des spots vidéo pour son site web quand il y avait une promo sur les pneus neige. Lorsqu'il avait commencé à sortir avec Isabel, celle-ci était alors bien différente de ce qu'elle allait devenir, d'après Brie. Négative, certainement, mais elle n'avait pas encore perfectionné ses talents de championne toutes catégories de la pinaillerie.

Le fait est que, pour être un peu indulgent, Isabel avait elle aussi dû renoncer à ses rêves. Elle avait toujours voulu devenir avocate. Depuis son enfance, elle était fan des séries judiciaires, elle regardait des vieux épisodes de *La Loi de Los Angeles* et de *Matlock*, et même ceux en noir et blanc de la série *Perry Mason*, mais elle n'avait ni les ressources financières ni des notes suffisamment élevées pour être admise en fac de droit. Quand j'étais d'humeur particulièrement magnanime, je me disais que son insatisfaction venait en grande partie de là. Non qu'elle se soit jamais confiée à moi à propos de son mal-être, mais je ne pense pas qu'on puisse avoir ce genre d'attitude si l'on n'est pas déçu par soi-même. Cependant, son habileté à exploiter le système pour me harceler dans les années qui ont suivi la disparition de Brie a prouvé qu'elle aurait peut-être eu l'étoffe nécessaire pour poursuivre une carrière juridique.

Mais revenons à la soirée en question.

Brie avait d'abord essayé de trouver des excuses à sa sœur, soutenant que, en fin de compte, elle voulait bien faire. Ce que Norman voyait comme des brimades permanentes était la façon qu'avait d'Isabel d'essayer de rendre leur vie meilleure.

C'est à ce moment-là que Norman avait révélé son lourd secret : lorsqu'il sortait avec Isabel, c'est de Brie qu'il s'était senti tomber amoureux. À cette époque, avant notre rencontre, Brie et sa sœur partageaient un appartement à Bridgeport, et Norman insistait toujours pour venir y chercher Isabel plutôt que de la retrouver quelque part. Cela lui donnait l'occasion, ne serait-ce que pour quelques minutes, d'être en compagnie de Brie.

Isabel avait été suffisamment perspicace pour comprendre son manège, et c'est pourquoi elle avait cherché à dénigrer sa sœur auprès de lui à la moindre occasion. Elle lui racontait que Brie était une salope, qu'elle se croyait meilleure que tout le monde, qu'elle ne s'intéressait qu'à l'apparence des gens et pas à ce qu'ils étaient vraiment.

Norman lui avait expliqué tout cela. Et c'est peut-être d'apprendre quelles horreurs Isabel avait autrefois racontées à son sujet qui avait fait basculer Brie. Ça, et le fait qu'elle savait que j'avais eu une brève liaison avec Natalie.

D'après ce qu'elle m'a raconté par la suite, elle avait alors serré Norman dans ses bras. C'était censé être un simple geste de réconfort, mais ça s'est transformé en autre chose.

« Je ne peux pas l'expliquer, m'avait-elle dit en pleurant. C'est arrivé comme ça. »

Elle m'avait supplié de ne rien faire à Norman. Je ne pense pas lui avoir jamais donné la moindre raison de croire que j'étais le genre de type à sauter dans sa voiture pour aller chez son rival, le traîner sur la pelouse et lui mettre une raclée. Mais bon, nous n'avions jamais connu pareille situation. Et je ne vais pas mentir : l'idée m'a traversé l'esprit.

Mais cela m'aurait avancé à quoi de tabasser Norman ? Tout le monde avait sa part de responsabilité dans cette histoire.

N'empêche, le coup a été dur à encaisser. Nous ne nous sommes pas adressé la parole pendant plusieurs jours, à part pour quelques échanges basiques. Je dormais sur le canapé et prenais mes repas seul. C'est Greg qui avait fini par me faire entendre raison.

« Arrête de jouer au con, m'avait-il dit. Tu es le mec le plus chanceux du monde. Arrête ces conneries. Faut vous rabibocher. Brie est belle et gentille, et si on devait écarter de nos vies tous les gens qui ont fait une erreur on se retrouverait seuls comme des cons. Si elle a été prête à te reprendre après ce que tu as fait, tu dois passer l'éponge toi aussi. »

Un conseil intéressant, venant de Greg. Brie n'était pas sa plus grande fan, et il le savait. Quelques années plus tôt, quand elle et moi étions fiancés, il lui avait fait des avances. Elle lui avait clairement fait comprendre qu'elle n'était pas intéressée, et quand elle me l'a dit plus tard j'ai commis une erreur que je ne referais sans doute plus si une telle chose devait arriver avec Jayne.

J'ai trouvé des excuses à Greg. « Tu sais comment il est, il a juste fait ça comme ça. Il avait probablement trop bu. Peut-être qu'il t'a prise pour quelqu'un d'autre. C'était une fête, il y avait plein de monde. C'est un type sociable. Oublie ça. »

J'ai écarté les inquiétudes de Brie. Je ne les ai pas prises au sérieux. Je n'ai pas mesuré à quel point mon ami l'avait mise mal à l'aise. Peut-être que maintenant, après #MeToo et un peu plus d'introspection de la part de la gent masculine, je verrais les choses différemment.

Toujours est-il que, à l'époque, j'ai suivi le conseil de Greg. J'ai dit à Brie que je voulais repartir de zéro. Que j'oublierais ce qu'elle avait fait si elle oubliait de son côté. Nous sommes allés voir un thérapeute. Je me suis engagé à créer une vie plus stable, à cesser de déménager constamment.

Nous étions mal partis, mais nous avons déjoué les pronostics.

Il en est allé différemment pour Norman et Isabel. Norman n'a pas avoué son infidélité. À notre connaissance, Isabel n'a rien su et Brie souhaitait que les choses en restent là. Elle m'a fait promettre de ne jamais en parler à sa sœur.

« Même si je mourais », avait-elle dit à l'époque.

J'ai promis.

En revanche, je n'avais pas promis de ne pas en parler à la police, au cas où les circonstances le justifieraient. Quand l'inspectrice Hardy m'avait pressé de fournir tous les détails possibles sur la vie personnelle de Brie, j'avais divulgué l'information, sans insinuer d'aucune façon que Norman puisse être responsable de sa disparition. Et Hardy l'avait blanchi, puisqu'il était à Boston avec Isabel dans la nuit du samedi au dimanche, pendant et après ma discussion FaceTime avec Brie.

Norman devait savoir que j'étais au courant, et chaque fois que nous étions dans la même pièce, lors d'une réunion de famille par exemple, je suis sûr qu'il voyait en moi une bombe à retardement. Il devait craindre que je ne lui mette mon poing dans la figure ou, plus effrayant, que je le balance à Isabel. Ce qu'elle était susceptible de lui faire serait bien pire que toutes les punitions que j'aurais pu lui infliger.

En tout cas, je n'ai fait ni l'un ni l'autre.

Même au pire moment, quand Isabel harcelait l'inspectrice Hardy pour qu'elle m'inculpe de quelque chose, n'importe quoi, j'ai résisté à l'envie de riposter, de lui dire que sa sœur, pour laquelle elle réclamait justice, l'avait trahie de la pire des façons. Il aurait été facile de faire s'effondrer tout son univers avec cette révélation, mais je ne pouvais pas m'y résoudre.

J'avais fait une promesse à Brie et j'avais l'intention de la tenir. Je me refusais à détruire cette famille pour marquer des points, même si j'étais tenté.

Je n'étais pas le seul à garder le secret. Elizabeth aussi était dans la confidence. Je me demandais si Norman était au courant. Je me demandais si Elizabeth l'avait discrètement pris à part ces derniers jours pour lui dire qu'il m'était redevable. Je me demandais si c'était pour cela qu'il avait essayé de m'appeler la veille au soir.

Et, en me projetant six ans en arrière, je me demandais si cela n'avait pas pesé sur Brie, le dernier jour que j'avais passé avec elle. Ce vendredi soir, avant que je monte au chalet. Elle était troublée par quelque chose, pensive, préoccupée. Elle n'avait pas dit un mot au petit déjeuner. Nous avions laissé nos erreurs derrière nous, mais il était possible qu'elle y pense encore.

« Je vois bien que quelque chose ne va pas, avais-je dit. Parle-moi.

— Tout va bien.

— Si tu ne veux pas que je parte, je vais annuler. Greg et moi, on peut remettre ça à une autre fois. Il va être gêné avec sa patte folle, de toute façon. On pourrait attendre une semaine ou deux que sa jambe soit totalement guérie.

— Non, je veux que tu y ailles. Tu dois y aller.

— Tu essaies de te débarrasser de moi ? »

J'avais dit cela sur le ton de la plaisanterie, mais elle a pris ma remarque au sérieux, comme si je nourrissais des soupçons sur ses projets.

« Mon Dieu, dis-moi que nous ne sommes pas en train de rechuter.

— Non, non, je n'insinuais rien. Je plaisantais. Je t'assure. (Je l'ai prise dans mes bras.) Nous ne sommes certainement pas en train de rechuter. »

Elle a enfoui sa tête contre mon torse. Elle ne voulait pas que je la voie pleurer.

« Je veux que Greg et toi passiez ce week-end ensemble, avait-elle dit en reniflant, puis elle s'était essuyé le nez contre ma chemise et j'avais ri.

— Je pourrais te trouver un mouchoir.

— Pas besoin. »

Elle avait recommencé avant de s'écarter de moi.

« Tu m'appelleras pour me dire comment ça se passe, là-bas ?

— Ça m'étonnerait qu'il y ait grand-chose à raconter. On va pêcher, on va boire, on va dormir. À peu près dans cet ordre. Et je serai de retour dimanche après-midi. On devrait peut-être sortir dîner dans ce restaurant de fruits de mer, parce qu'il y a de fortes chances que je n'en mange pas des masses au chalet. Les poissons du lac ont probablement tous été pêchés.

— D'accord, avait-elle approuvé en souriant. On fera ça. »

Nous étions tous les deux allés travailler. Brie s'occupait de la paye pour plusieurs petites entreprises locales, et je devais aller établir des devis avant de partir en week-end. La voiture était déjà chargée, car j'avais prévu de prendre la route avant que Brie soit rentrée le vendredi après-midi.

Nous nous parlerions le samedi soir, et elle me raconterait ses aventures avec Charlie le dératiseur.

Mais ce vendredi matin avait été la dernière fois que je l'avais tenue dans mes bras.

- 32 -

Personne n'était très enthousiaste à l'idée de répéter un dimanche midi, mais Albert estimait qu'il n'y avait pas d'autre solution. Sa pièce, *La Bibliothécaire*, une farce comique, devait être jouée dans moins de deux semaines et ils étaient loin d'être prêts. C'était à Albert, en sa qualité d'auteur et de metteur en scène, qu'il revenait de tenir les délais.

Comme s'il n'avait pas déjà assez de soucis. Mais comme il se plaisait à le dire – à la consternation générale de la troupe –, « *the show must go on* ». Il avait demandé à tout le monde d'être là pour 13 heures.

La répétition ne se déroulait pas dans un véritable théâtre, mais dans un espace loué à l'intérieur d'une zone industrielle du nord de Milford. C'était là que tous les préparatifs avaient lieu. Pas seulement les répétitions, mais la construction des décors et la conception des costumes. À l'approche de la première, les décors seraient soigneusement démontés, chargés dans un fourgon, transportés jusqu'à la salle réservée pour présenter le spectacle, puis remontés. Il y avait quelques salles de théâtre à Milford et, quand la troupe donnait une représentation susceptible d'attirer un large public, comme le spectacle annuel de Noël, elle en réservait une. Quant aux productions dont le public n'était pas déjà acquis, elles étaient présentées dans le gymnase d'un lycée ou dans un centre communautaire.

La Bibliothécaire relevait de la seconde catégorie.

Les acteurs de théâtre communautaire n'étaient souvent pas du tout des acteurs, du moins pas professionnels. Jouer était leur hobby, une activité extraprofessionnelle. Tous avaient un travail de bureau, du lundi au vendredi, comme Dick Guthrie, employé au centre des impôts de la ville de Milford et qui jouait le fils du bibliothécaire, ou Fiona Fitzsimmons, qui était avocate dans l'immobilier et en faisait des tonnes dans son rôle de détective à la Miss Marple. Et puis il y avait Albert lui-même, directeur-adjoint de l'agence de la Devon Savings and Loan sur Broad Street quand il n'était pas auteur et metteur en scène de théâtre.

Il y avait des exceptions, bien sûr. Lyall Grove, lourdement maquillé pour jouer un don Juan vieillissant, était sapeur-pompier à Milford, et ses horaires étaient extrêmement variables. Mais il avait permuté avec un collègue pour être de repos une grande partie du dimanche. Constance Sandusky, quarante ans, qui incarnait avec beaucoup de conviction le rôle-titre de bibliothécaire lubrique, travaillait comme opératrice du 911 et, comme Lyall, avait des horaires tournants. Elle avait terminé son service à peine douze heures plus tôt, et comme tous ceux qui répondent aux appels d'urgence le savent les soirées du samedi étaient souvent les plus agitées. Plus d'accidents de voiture, plus de rixes dans les bars, plus de violences domestiques. Elle était arrivée avec un très grand café de chez Dunkin', qu'elle buvait à petites gorgées, appuyée contre un mur.

Rona Hindle avait eu un léger retard. À peine sortie de l'adolescence, elle avait attrapé le virus du théâtre dans sa classe d'art dramatique au lycée. Elle tenait un petit rôle de serveuse, certaine que c'était son sésame pour Broadway, et Albert n'avait pas le courage de lui dire qu'elle se faisait des illusions. Candace DiCarlo s'était également présentée avec vingt minutes de retard. Elle avait trente-cinq ans environ, mais en paraissait moins, et effectuait des horaires classiques dans un centre de fitness de New Haven. Elle avait été coach privée, mais travaillait maintenant dans un bureau. Dans la pièce d'Albert, elle jouait la sœur de la bibliothécaire, qu'elle essayait de caser avec l'homme idéal, ses tentatives conduisant à une série de quiproquos comiques.

À ce moment précis, elle bâillait plus qu'elle ne jouait et remplissait un gobelet en carton d'un liquide brunâtre peu ragoûtant provenant d'un vieux thermos.

Il y avait également deux menuisiers, qui construisaient les décors mobiles bénévolement et donnaient des coups de marteau à tout-va en même temps qu'Albert essayait de diriger ses acteurs dans une scène essentielle du deuxième acte.

— Les gars ? appela-t-il. Les gars ? Vous pouvez y aller plus doucement avec vos marteaux ? Juste deux minutes.

Ils le regardèrent tous les deux comme s'il était demeuré. S'ils ne pouvaient pas construire ce foutu décor, qu'est-ce qu'ils foutaient ici ?

— OK, tout le monde, dit Albert. Si vous voulez bien vous rapprocher.

— Nous aussi ? demanda l'un des menuisiers.

— Non, pas vous, les gars.

La demi-douzaine d'acteurs et d'actrices formèrent un demi-cercle autour de lui, tous debout, les bras croisés. Constance prit une autre gorgée de café. Candace bâilla. Lyall tenta de se gratter les fesses discrètement.

— Avant de répéter, je veux faire une lecture de l'acte II. C'est sur le rythme qu'on doit travailler. Certaines répliques n'ont pas assez de punch.

— Y a moyen que j'aie plus de répliques ? demanda Rona. J'en ai que huit, genre.

Albert soupira.

— J'ai bien peur que ton personnage n'en ait pas d'autres.

— Ouais, mais c'est pas comme si c'était une pièce de Shakespeare ou quoi, qu'on ne peut pas trafiquer. C'est toi, l'écrivain. Tu ne peux pas me trouver autre chose à dire ?

— Je vais regarder ça, d'accord ?

— Si tu lui donnes plus de répliques, à moi aussi, alors ? demanda Alice, mais elle souriait ironiquement, et Albert était presque sûr qu'elle le charriait.

— Pourquoi est-ce que je ne donnerais pas à chacun deux fois plus de répliques, ce qui nous ferait une pièce de trois heures au lieu de quatre-vingt-dix minutes ? plaisanta Albert pour masquer le fait qu'ils commençaient tous à l'énerver sérieusement.

N'y avait-il pas une boutade dans un roman d'Elmore Leonard, disant en substance que les films seraient bien plus faciles à faire si on pouvait se passer des acteurs ?

— OK, dit-il, allons-y.

Il les dirigea vers une longue table avec des pieds rabattables, le genre que l'on trouve sur n'importe quel marché aux puces. Chacun s'installa sur une chaise en plastique bon marché et, armé d'une copie du script, se prépara pour la lecture.

Albert adressa un signe de tête à Constance.

— Commençons par ta réplique en haut de la page 18.

Constance trouva la page, s'éclaircit la gorge et, levant le menton comme si elle se préparait à pousser la chansonnette, lança :

— Est-ce que quelqu'un a vu mon porte-jarretelles ?

— Je l'ai peut-être vu dans la voiture, répondit Candace.

— La voiture ? Qu'est-ce qu'il peut bien...

Un téléphone se mit à sonner.

— Oh, pour l'amour du ciel ! s'emporta Albert. Est-ce qu'on peut tous mettre nos portables en sourdine, s'il vous plaît ?

Tout le monde sortit son téléphone alors que la sonnerie se prolongeait.

— C'est pas moi, dit Dick.

— Moi non plus, dit Rona.

La sonnerie provenait d'un autre endroit de la salle.

— Oh ! merde, je crois que c'est le mien, dit Albert.

Il se leva d'un bond et alla jusqu'à la table où se trouvait la machine à café, repéra son téléphone et s'en saisit.

— Allô ?

— C'est Izzy. Il faut que tu viennes à l'hôpital le plus vite possible.

- 33 -

Andrew

Ma rencontre inattendue avec Isabel et ma visite ultérieure à Elizabeth m'avaient quelque peu déstabilisé. J'avais quitté la maison ce matin-là avec l'intention d'aller voir Charlie Underwood, le dératiseur qui avait répondu à l'appel à l'aide de Brie quand elle pensait que notre maison était infestée de souris.

J'ai appris plus tard que c'était bien le cas. Alors que je devais faire face à toutes les répercussions de la disparition de Brie, j'avais commencé à repérer des crottes de souris dans la maison. Sous l'évier, au sous-sol, à la jonction du mur et du plancher, et même dans un tiroir de cuisine. J'avais essayé de résoudre le problème moi-même, en achetant des pièges et des appâts empoisonnés disponibles dans le commerce, mais je n'avais pas réussi à en venir à bout.

J'avais fini par appeler Charlie Underwood.

Quand il s'était rendu compte que j'étais le mari de Brie, il avait refusé le travail. Il devait savoir, à ce moment-là, que j'étais le principal suspect de Hardy. Elle lui avait sans doute parlé à de nombreuses reprises au cours de son enquête. Il pensait peut-être que j'avais des arrière-pensées, que je voulais lui soutirer des détails sur sa rencontre avec Brie. Il était même possible que Hardy l'ait averti que je prendrais peut-être contact avec lui.

Alors que je voulais juste me débarrasser de ces putains de souris.

Mais maintenant, six ans plus tard, je me demandais si le refus de Charlie de revenir à la maison ne revêtait pas une autre signification. Et, puisque je ne savais pas quoi faire d'autre à ce stade, cela me semblait être un bon point de départ.

Il occupait une maison décrépite d'un étage, avec un bardage en vinyle, au bout de Forest Road, avant qu'elle devienne Burnt Plains Road, au nord de l'autoroute. Elle était située à une trentaine de mètres en retrait de la chaussée bitumée et, derrière elle, se trouvait une construction carrée et trapue en parpaing. Je me suis garé dans l'allée à côté d'une camionnette tellement rouillée que la corrosion s'attaquait à l'inscription UNDERWOOD PEST CONTROL peinte sur le flanc. Les pneus étaient complètement à plat et le véhicule n'avait manifestement pas roulé depuis un certain temps. Une vieille Coccinelle d'origine, pas un des nouveaux modèles redessinés, était garée plus loin dans l'allée. Tout aussi rouillée, mais avec des pneus bien gonflés.

Je suis descendu de voiture et, en m'approchant de la maison, j'ai remarqué que les fenêtres de l'étage étaient toutes condamnées. J'ai grimpé les deux marches du porche et frappé à la porte d'entrée. Au bout de vingt secondes, comme personne ne se manifestait, j'ai recommencé. Même résultat.

J'ai fait le tour de la maison et me suis aperçu que la porte de la construction en parpaing était entrouverte. En m'approchant, j'ai commencé à sentir une odeur qui m'a ramené à mon enfance, quand j'allais dans la ferme de mon oncle. Il élevait des porcs, et la puanteur des enclos intérieurs vous prenait littéralement à la gorge.

L'odeur est devenue plus forte quand j'ai atteint la porte. J'ai toqué, mais comme elle était ouverte, j'ai passé la tête dans l'ouverture et j'ai appelé :

— Monsieur Underwood ?

— Par ici ! a-t-on crié avant de tousser.

En respirant par la bouche, je suis entré. Le bâtiment, qui devait faire une dizaine de mètres de côté, était rempli de tables de fortune, faites de tréteaux et de plaques de contreplaqué. Elles étaient espacées de manière à créer plusieurs allées.

Et sur chaque table, des cages. Des dizaines et des dizaines de cages.

C'était une cacophonie de pépiements, de grattements, de petits bruits de pattes. Chacune contenait un ou plusieurs animaux. Rats, souris, écureuils, ratons laveurs.

Un ou deux opossums.

Alors que je m'avançais dans une allée, des petits yeux se sont fixés sur moi. Un écureuil noir s'est agrippé au grillage de son enclos et, dressé sur ses pattes arrière, m'a regardé passer. Mon irruption avait provoqué tout un remue-ménage. Les bestioles semblaient se passer le mot : quelqu'un de nouveau est là. Un inconnu. Un intrus.

C'était un putain de zoo peuplé de nuisibles et de vermines. Qui vivaient dans leur propre crasse.

Au bout de l'allée, Charlie Underwood, vêtu d'un bleu de travail, me tournait le dos. Il se tenait voûté et, alors que je m'approchais de lui, il a été pris d'une quinte de toux, puis il a fait entendre une sorte de haut-le-cœur, qui ressemblait au bruit que ferait quelqu'un qui essayerait d'extraire du gravier au fond d'un puits.

Après quoi il a craché quelque chose sur le sol et j'ai senti mon estomac se soulever lentement.

Il s'est retourné et m'a vu.

— Je peux vous aider ?

— Monsieur Underwood ?

— C'est moi.

— Vous... vous êtes intervenu chez moi il y a quelques années pour un problème de rongeurs.

— Je fais plus ça, a-t-il dit, puis il a souri, découvrant des dents brunies. Suis mourant, a-t-il ajouté sans détour.

— Navré d'entendre ça.

— Quand vous travaillez avec des produits chimiques toxiques toute votre vie, ça finit par se payer, a-t-il expliqué avant d'éclater de rire, déclenchant une nouvelle quinte.

— J'imagine, ai-je dit en regardant autour de moi. C'est quoi, tout ça ?

— Vous ne seriez pas un de ces putains d'inspecteurs de la Ville ?

— Non.

— Parce qu'ils verraient d'un mauvais œil ce que je fais ici, a-t-il dit avant de tousser de nouveau, et la secousse s'est propagée jusqu'à ses chaussures. (Il a souri, désigné la pièce d'un geste de la main.) Ils ne comprendraient pas que c'est une opération de sauvetage. Ce sont tous ceux que je n'ai pas eus à tuer. Je les ai tous sauvés. Certains, je m'en occupe depuis des années.

— Ce sont tous... des nuisibles que vous avez pris chez des particuliers ?

Il a hoché la tête avec fierté.

— Beaucoup de gens les veulent morts, mais si j'arrive à les capturer vivants, je les ramène ici.

Je n'avais qu'une seule question en tête :

— Pourquoi ?

Il a cligné des yeux, un peu surpris.

— Parce qu'ils sont tous des créatures de Dieu, vous savez. Vous voyez cette rate, là-bas ? C'est Susie. Je l'ai attrapée dans un restaurant du centre-ville. Je vous dirais bien lequel, mais vous n'y retourneriez plus jamais et ils servent de la bonne nourriture, alors je me tais. Et ce raton laveur vivait dans le grenier d'un couple à Devon. Je lui ai accidentellement cassé la patte en le sortant. Je le garde ici parce que je ne pense pas qu'il survivrait dans la nature. Il s'appelle Waldo. Vous dites que je suis venu chez vous ?

— Il y a six ans environ.

— Qui êtes-vous ?

— Carville. Andrew Carville. Mais à l'époque, c'était Mason.

Il a cligné des yeux à nouveau, mis une seconde pour faire le rapprochement. C'était comme regarder un vieil ordinateur démarrer.

— Merde, alors ! s'est-il exclamé avant d'être repris par la toux. C'est vous. Le type qui a tué sa femme.

— Je n'ai pas tué ma femme.

— Ouais, eh bien, qu'est-ce que vous pourriez dire d'autre ? Qu'est-ce que vous me voulez ?

Je n'avais pas de réponse toute prête. Maintenant que j'étais là, je ne savais honnêtement pas quoi dire.

— Je remue le passé. Je cherche toujours des réponses. Je cherche toujours Brie.

— Ben voyons.

— Je sais que c'était il y a longtemps, et que vous avez été interrogé par l'inspectrice Hardy probablement une bonne dizaine de fois, mais y a-t-il quelque chose que vous auriez gardé pour vous, quelque chose que vous auriez aimé lui dire ?

Il a secoué la tête.

— Non, je ne vois pas. Je lui ai beaucoup parlé, a-t-il dit en souriant. À un moment donné, j'ai pensé qu'elle me soupçonnait peut-être. Ils sont même venus ici, ils ont fouillé partout, mais ils n'ont rien trouvé du tout. Je suppose que c'est à ce moment-là qu'ils ont commencé à se concentrer sur vous. (Il a secoué la tête et a souri une fois encore.) Faut croire que vous avez été plus fort qu'eux sur ce coup-là.

— Comment Brie vous a-t-elle paru ce jour-là ? Elle était anxieuse ? Elle avait l'air préoccupée par quelque chose ?

Son sourire s'est effacé.

— Eh bien, quand les gens m'appellent, ils s'inquiètent d'avoir des souris ou des rats ou Dieu sait quoi, alors ils sont un peu à cran. Et c'était le cas de votre femme.

— Vous pensez qu'il aurait pu y avoir autre chose qu'un problème de souris ?

— Après toutes ces années, pourquoi me demander ça ?

Je n'avais pas envie d'aborder les événements des deux derniers jours.

— Simple curiosité.

— Eh bien, je vais vous dire ceci : elle m'a fait l'impression d'être une femme qui s'attend à ce qu'un malheur se produise. Je ne l'ai jamais raconté à la police parce que c'était un peu trop vague.

— Que voulez-vous dire ?

Il a haussé les épaules.

— Je pense qu'elle avait peur de ce que vous feriez en rentrant à la maison.

— Elle n'avait rien à craindre de moi.

Nouveau haussement d'épaules, puis un sourire.

— Maintenant, je peux vous demander quelque chose à mon tour ?

— Bien sûr, allez-y.

— Comme je l'ai dit, je suis en train de mourir. Je me demandais si ça vous intéresserait de ramener un de ces animaux chez vous. J'ai besoin de m'en débarrasser le plus vite possible.

— Je regrette, ai-je dit. Je ne peux rien faire pour vous.

Charlie a hoché la tête et a souri.

— Ça ne coûte rien de demander.

Sur le trajet qui me ramenait en ville, j'ai jeté un coup d'œil à la jauge d'essence et remarqué que l'Explorer était presque à sec. Je me suis arrêté dans une station-service, j'ai utilisé une carte de crédit pour faire fonctionner la pompe en libre-service et commencé à remplir le réservoir. Quand j'ai eu fini, la pompe n'a pas voulu imprimer mon reçu, et je suis entré dans la station pour en demander un à l'employé qui tenait la caisse.

Il a fallu que je remonte dans l'Explorer pour m'apercevoir que quelqu'un s'était assis sur le siège passager. Une femme, la trentaine. Souriante.

— Surprise, a-t-elle dit. Je me disais bien que c'était toi.

— Natalie ! J'y crois pas.

- 34 -

Ils étaient là tous les quatre, au chevet d'Elizabeth.

Il y avait Albert et sa femme, Dierdre, qui avait mis leurs différends de côté pour être présente dans ce moment difficile. Isabel et Norman étaient également là, et tous les quatre entouraient le lit, les frère et sœur près de la tête, de chaque côté, et le gendre et la belle-fille au pied.

Isabel était penchée, passant doucement la main sur le front d'Elizabeth, la caressant presque comme un animal de compagnie qui aurait besoin de réconfort.

— Je t'aime, maman, dit-elle.

De l'autre côté, Albert lui tenait la main et une larme coulait sur sa joue.

La vieille dame avait les yeux fermés et sa respiration était si faible qu'elle était presque indétectable.

Une femme, vêtue d'une longue blouse d'hôpital blanche, entra dans la pièce sans faire de bruit.

Isabel fut la première à remarquer sa présence.

— Le médecin, dit-elle tout bas.

Les quatre s'écartèrent du lit et firent cercle autour du médecin au centre de la chambre.

— Elle avait l'air plutôt bien hier, dit Albert.

— Je l'ai vue quelques minutes ce matin et elle était en forme, ajouta Isabel.

Le médecin hocha la tête d'un air compatissant.

— Je sais. Les choses peuvent évoluer très rapidement. J'ai vu des patients s'améliorer vers la fin. Moins d'un jour avant leur mort, ils sont plus alertes, plus communicatifs. Comme s'ils savaient ce qui les attend et qu'ils voulaient avoir une chance de dire adieu à tout le monde.

Le médecin sourit tristement.

Isabel se tamponna l'œil avec un mouchoir.

— Je pense qu'elle sent qu'elle peut lâcher prise à présent, dit-elle. Il y avait quelqu'un dont elle désespérait d'avoir des nouvelles. Elle le désirait tellement qu'elle a imaginé que c'était arrivé.

Le visage du médecin était interrogateur, mais elle dit simplement :

— Tout est possible.

— Vous ne pensez pas qu'elle pourrait encore se réveiller et... nous dire des choses ? demanda Norman.

— Comme quoi ? demanda Isabel en lui lançant un regard.

— N'importe quoi. Qu'on va beaucoup lui manquer, par exemple.

— Comme je l'ai dit, tout est possible, répéta le médecin.

Dierdre s'exprima pour la première fois.

— Il lui reste combien de temps ?

— Je pense que vous avez bien fait de venir maintenant, répondit le médecin en soupirant.

Aucun des quatre n'avait plus de questions. Le médecin leur demanda de la prévenir s'il y avait du nouveau et sortit discrètement.

Isabel et Albert reprirent leurs places de part et d'autre du lit, tandis que Dierdre annonçait que Norman et elle allaient prendre l'air. Une fois qu'ils eurent quitté la pièce, Albert chuchota à sa sœur :

— Pourquoi tu as dit que maman avait imaginé quelque chose ?

— Maman a raconté que Brie était venue la voir pendant la nuit. Elle a probablement rêvé. C'est nous qui lui avons mis cette idée dans la tête.

— Tu ne m'en avais pas parlé.

— Je savais que tu avais des répétitions aujourd'hui. Je n'ai pas voulu t'embêter avec ça.

Albert la remercia d'un hochement de tête. Elizabeth avait les yeux fermés et rien n'indiquait qu'elle était consciente de leur conversation. Il chuchota pourtant :

— Peut-être que mère n'a pas été la seule à voir des choses.

Sa sœur le dévisagea, attendant qu'il développe.

— Quand on a vu cette femme sur le parking, on a vu ce que l'on voulait voir. Cette nuit, maman a fait de même. Si cela lui permet de s'en aller paisiblement, en pensant que Brie est en vie, ça me va.

— Et le voisin ?

— Ça, je ne peux pas l'expliquer.

— Donc, tu n'y crois pas.

— Croire à quoi ?

— Tu ne crois pas que Brie est vivante.

Albert jeta un coup d'œil rapide à sa mère, puis regarda de nouveau Isabel, craignant que même leurs chuchotements puissent être entendus. Il lui fit signe de le suivre dans le couloir. Quand ils furent hors de la chambre, il reprit sa voix normale :

— Izzy, j'aimerais y croire, mais...

La mâchoire d'Isabel se contracta. Ses joues rougirent.

— Le salaud.

— Quoi ?

— Andrew.

— Oui, eh bien quoi ?

— Maman voulait le voir, pour s'excuser. Je l'ai amené ici ce matin pour qu'elle puisse lui parler. Il s'est montré très réservé avec moi, disant qu'il ne pouvait pas accepter d'excuses alors qu'on ne savait pas exactement ce qui se passait. Mais il l'a laissée faire. Elle m'a raconté, après. Elle lui a présenté ses excuses et il les a acceptées, ce salaud suffisant.

— Izzy...

— Non, non, quelque chose ne va pas. J'ai relâché la pression. J'ai relâché la pression trop tôt.

— Bon sang, laisse tomber.

— J'y retourne, annonça Isabel, qui poussa la porte et revint au chevet d'Elizabeth.

Albert la suivit et, alors qu'ils la veillaient, Isabel dit :

— J'ai l'impression qu'elle ne respire plus.

Albert se pencha, approchant son oreille à quelques centimètres de la bouche de sa mère.

— Je n'entends rien. Je ne sens rien.

— Maman ? appela Isabel d'une voix qui commençait à se briser.

Albert jeta un coup d'œil au moniteur suspendu au-dessus de la table de chevet, cherchant la ligne qui retranscrivait les battements du cœur.

L'électrocardiogramme était plat.

— Maman ? appela de nouveau Isabel en approchant son visage. Est-ce que tu m'entends ?

Pas un battement de paupières.

La porte s'ouvrit, et Dierdre et Norman entrèrent. Ils comprirent rapidement ce qui était en train de se jouer en voyant le désarroi de leurs conjoints respectifs.

— Oh, mère, dit Albert.

Alors qu'il posait la tête sur sa poitrine et se mettait à pleurer, Dierdre s'avança, sur le point de poser une main sur l'épaule de son mari, mais elle retint son geste.

— Je suis vraiment désolée, dit-elle tout bas.

Norman ne bougea pas. Il observa de loin sa femme qui commençait à sangloter et sembla pousser un soupir de soulagement.

- 35 -

Andrew

Voir Natalie Simmons sur le siège passager m'a plongé dans un état de stupeur momentané, mais un coup de klaxon m'a arraché à mon hébétude.

J'ai jeté un coup d'œil dans le rétroviseur : un autre automobiliste attendait que je libère la pompe que j'avais fini d'utiliser depuis un bon moment. J'ai mis le contact et suis sorti de sous l'auvent qui surplombait les pompes, puis je me suis garé au fond du parking.

— Où est ta voiture ? ai-je demandé.

Natalie a montré du doigt une Porsche Boxster surbaissée garée devant la station-service.

— Je suis juste entrée vite fait pour acheter des clopes. J'essaie toujours d'arrêter, mais bon, on est tous dépendants à un truc, et parfois ça ne sert à rien de lutter.

— Chouette caisse, ai-je dit en pointant le menton vers la voiture.

— La galerie est à moi maintenant, a-t-elle dit en souriant. Je grimpe les échelons.

— Félicitations.

— Alors, qu'est-ce que tu deviens ? Je veux dire, tu n'es pas en prison, c'est déjà ça, non ?

Natalie a laissé échapper un rire nerveux, comme si la possibilité que je fasse de la prison pour le meurtre de Brie prêtait à rire.

— Je suppose que oui.

Elle a gommé son sourire.

— J'ai continué à suivre l'histoire aux infos, tu sais ? Je cherchais aussi sur Google de temps en temps et finalement ça s'est tassé. Ils ne l'ont jamais retrouvée, hein ?

— Non.

Elle a hoché la tête, presque admirative, comme si celui qui était parvenu à se débarrasser de Brie avait fait du bon boulot.

— J'ai très souvent pensé à t'appeler pour prendre de tes nouvelles, mais ça aurait été bizarre, non ? On aurait pu croire que je profitais de ce que ta femme ne faisait plus partie du décor pour te draguer.

Elle a secoué la tête avec un petit sourire en coin.

— Mais je ne vais pas mentir. J'ai été tentée. C'était bien, nous deux. Le temps que ça a duré, on s'est bien amusés, non ?

— Oui, je suppose.

— Mais ça aurait fait mauvaise impression. Surtout avec la police qui t'avait à l'œil. Je suis presque sûre qu'ils me surveillaient, moi aussi. Des fois, je voyais une voiture garée un peu plus loin dans la rue, comme si quelqu'un observait la maison.

Si l'inspectrice Hardy avait placé Natalie Simmons sous surveillance, je n'en avais pas été informé. Natalie était bien du genre à s'imaginer qu'on la suivait en voiture. Pour le dire gentiment, elle était un peu excentrique. Et une proie facile pour les propagateurs de théories du complot. Elle pouvait très bien penser que le Covid était un canular. À l'époque où je la voyais, elle n'avait même pas de téléphone portable, persuadée qu'ils permettaient au gouvernement de surveiller les déplacements de tout un chacun. Je devais appeler sur la ligne fixe de la galerie si je voulais lui parler.

Mais je me suis aussi rappelé, en la voyant assise à l'avant de l'Explorer, ce qui m'avait attiré chez elle : c'était une bombe. Avec de belles formes partout où il fallait, de longues jambes, des cheveux foncés qui tombaient négligemment sur ses épaules, des yeux bruns. Quelques-uns des attributs qu'avait possédés Brie, ai-je réalisé à un moment donné.

Je l'avais rencontrée alors que j'effectuais des travaux de rénovation dans le commerce voisin de la galerie. Une boutique de bagels qui allait bientôt ouvrir. Elle était passée sur le chantier pour savoir quand aurait lieu l'inauguration et, en discutant avec elle, j'avais découvert qu'on était tous les deux allés à UConn, et à la même époque.

« Oh, mon Dieu ! Je me souviens de toi », avait-elle dit.

Elle m'avait laissé la dévisager, attendant de voir si je me rappelais aussi.

« À cette fête, tu m'avais aidée à fouiller dans l'énorme pile de manteaux posée dans la chambre pour trouver le mien, et puis il est arrivé ce qui est arrivé... »

Ça m'était revenu. Un coup d'un soir.

Pendant que les souvenirs fusaient dans ma tête, Natalie continuait à parler :

— ... même demandé si elle n'avait pas quitté le pays, mais pourquoi aurait-elle fait ça ? Ou si elle n'avait pas changé d'identité. Enfin, ces questions, tu as dû te les poser pendant des années.

— Ça m'a fait plaisir de te revoir, Natalie, mais il faut vraiment que j'y aille.

— Oh, désolée. Quand je t'ai vu, je n'ai pas résisté à l'envie de te dire bonjour, a-t-elle dit en riant. Mon Dieu, tu dois penser que je te suis à la trace ou je ne sais quoi. J'espère que tu vas bien. Tu as quelqu'un en ce moment ?

— Oui.

Elle a hoché la tête d'un air approbateur.

— C'est bien, c'est bien. Tu dois tourner la page, non ? Mais bon, si tu passes devant la galerie, arrête-toi, d'accord ? On pourra discuter.

— Ça marche.

Elle m'a décoché un dernier sourire et elle est descendue. Elle a jeté un coup d'œil par-dessus son épaule en marchant vers sa Porsche, m'a fait un petit signe de la main et un clin d'œil.

Sur le chemin du retour, je me suis surpris à repenser à ce que Charlie Underwood avait dit à propos de Brie, qu'elle semblait anxieuse à l'idée de ce qui allait arriver quand je rentrerais de ma partie de pêche. Il croyait manifestement que j'étais la source de son anxiété.

Peut-être qu'Underwood avait raison, que Brie appréhendait mon retour, mais pas pour la raison qu'il supposait. Qu'est-ce qui avait pu l'inquiéter ? Est-ce qu'il s'était passé quelque chose entre le moment où j'avais quitté la maison le vendredi et la visite d'Underwood le samedi ? Quelque chose dont elle aurait préféré ne pas avoir à me parler, même si elle savait qu'elle devrait finir par le faire ?

Est-ce que cela aurait pu avoir un rapport avec sa sœur et son beau-frère ? Je m'étais souvent demandé si Brie réclamerait un jour des comptes à Isabel pour toutes les horreurs qu'elle avait racontées à Norman à son sujet. À un moment donné, il avait été question qu'Isabel vienne passer le samedi soir à la maison pendant mon absence, pour une « soirée entre sœurs », mais ses plans avaient changé et elle était partie à Boston avec Norman. Est-ce que Brie avait prévu de s'expliquer avec elle ? Quand Isabel avait annulé, est-ce qu'elle avait décroché son téléphone pour lui passer un savon ?

Peu probable.

Connaissant Brie, elle avait dû penser qu'il n'y avait rien à gagner à ranimer de vieilles rivalités, à ressasser de vieux griefs. Parfois, il fallait passer à autre chose.

Alors, quoi d'autre ?

Un problème financier ? Brie savait-elle quelque chose que j'ignorais ? La situation était-elle encore plus critique que je ne le pensais ? Elle suivait les comptes de plus près que moi. L'entreprise était assurément sur la corde raide, après plusieurs appels d'offres importants perdus. Mais j'essayais d'être optimiste pour l'avenir. On remporte certains marchés, on en perd d'autres, c'était le jeu. Nos propositions n'avaient pas été assez compétitives, et il allait falloir trouver des solutions pour réduire nos coûts.

Cela pouvait être ça.

Mais je n'étais jamais tombé sur aucune preuve – relevés de comptes bancaires, documents comptables – corroborant cette théorie.

Est-ce qu'elle m'en voulait de partir en week-end avec Greg ? Non, ça ne pouvait pas être ça. Elle avait encouragé cette escapade, ce qui était assez surprenant de sa part. Brie n'aimait pas beaucoup Greg, pour les raisons que j'ai déjà mentionnées. Mais elle savait qu'il était mon ami le plus proche, et elle comprenait que passer deux jours avec lui réduirait probablement mon niveau de stress.

Je ne voyais donc aucune explication.

Si Brie avait été préoccupée par quelque chose, j'étais incapable de deviner ce que cela pouvait être.

Ce soir-là, nous avons commandé des pizzas. Une avec les garnitures que Jayne et moi aimions, une autre avec les préférées de Tyler. Pendant un moment, les choses ont semblé presque normales.

On a dîné ensemble à la table de la cuisine. Nous n'avons pas parlé de la visite de l'inspectrice Hardy la veille, il n'y a eu aucune question sur les personnes que j'avais pu ou non assassiner. C'est toujours agréable de passer un repas sans être interrogé sur son possible passé de meurtrier.

J'ai reçu un appel alors que j'entamais ma deuxième part. C'était la femme d'Albert, Dierdre. J'avais toujours eu d'assez bonnes relations avec elle avant la disparition de Brie, et elle ne m'avait jamais tout à fait tenu à l'écart malgré les efforts d'Isabel. Si je la croisais dans Milford, elle acceptait au moins de m'adresser la parole.

Je me suis excusé et j'ai pris l'appel sur la terrasse, à l'arrière de la maison.

— Salut, Dierdre.

— Je me suis dit que personne d'autre ne t'appellerait. Nous avons perdu Elizabeth aujourd'hui.

— Je suis vraiment désolé, ai-je dit. Transmets mes condoléances à... tout le monde.

— J'ai appris que tu étais allé la voir ce matin.

— Oui. Je suis content d'avoir eu cette chance.

— Bon, très bien. Prends soin de toi.

La conversation avait été brève.

Quand je suis retourné à la cuisine, l'ambiance avait changé.

— Pourquoi pas ? disait Tyler.

— Je pense juste que ce serait mieux que tu restes à la maison ce soir, a dit Jayne.

— Pourquoi ?

— Eh bien, pour commencer, tu as cours demain.

Tyler a levé les yeux au ciel.

— Allô ? Tu ne te rappelles pas hier soir ? Quand je suis monté faire mes devoirs et tout ? Tu as même blagué en demandant si je n'avais pas été remplacé par un clone !

— Je n'ai jamais dit ça.

— Tu as fait une blague. Tu as dit quelque chose.

— Qu'est-ce qui se passe ? ai-je demandé.

— Je suis prisonnier, a dit Tyler. Elle me traite comme si j'avais cinq ans.

— Il veut sortir, expliqua Jayne.

— Sortir où ?

— Juste sortir, a repris Tyler. Tu veux que je te donne un itinéraire ? Que je vous dise où je serai toute la soirée, genre, de 20 heures à 20 h 15 au 7-Eleven et de...

— Arrête, a dit Jayne.

— Peut-être que si Tyler promettait d'être de retour pour 22 heures... ai-je suggéré prudemment. Comme tu l'as dit, il y a classe demain.

Jayne m'a fusillé du regard.

— C'est entre lui et moi.

— Waouh ! a fait Tyler. Fais gaffe à ce que tu dis, sœurette, il pourrait te tuer.

Le silence s'est fait dans la pièce. On aurait dit que Jayne avait reçu une gifle. Et j'avais sans doute la même expression qu'elle. Même Tyler semblait surpris par ce qu'il avait dit, il se rendait compte qu'il avait passé les bornes.

— Sors, a ordonné Jayne. Hors de ma vue !

Il n'a pas demandé son reste. Il est sorti de la cuisine et, quelques secondes plus tard, la porte d'entrée a claqué.

Je ne savais pas quoi dire.

C'est Jayne qui a rompu le silence.

— Donc, il sait.

— Il écoutait aux portes, hier. Hardy, et puis nous.

Elle a fermé les yeux et a lentement baissé le front jusqu'à la table. J'ai posé une main sur son épaule. Elle a relevé la tête et demandé :

— Qui a appelé ?

— La mère de Brie était hospitalisée. Un membre de la famille a appelé pour m'apprendre qu'elle est morte aujourd'hui.

— Oh ! Elle aussi pensait le pire de toi ?

— Elle a pris mon parti à la fin.

— C'est toujours ça, j'imagine.

Il n'y avait rien d'autre à dire à ce sujet.

Nous venions de monter dans notre chambre, quelques minutes avant 22 heures, quand nous avons entendu quelqu'un entrer dans la maison. Tyler était de retour. Jayne et moi nous sommes regardés, manifestement d'accord pour penser que c'était une bonne chose qu'il soit rentré à une heure raisonnable, et qu'il n'y avait pas lieu d'en faire toute une histoire.

Je commençais à déboutonner ma chemise quand mon téléphone a fait entendre le son d'un SMS entrant. C'était Greg.

DEVANT CHEZ TOI. T'AS UNE SECONDE ?

— Qu'est-ce que c'est ? a demandé Jayne, et je le lui ai dit.

J'ai tapé en réponse :

2 MIN.

— Qu'est-ce qu'il veut ? a-t-elle demandé.

— Viens donc avec moi, on verra bien.

Nous avons passé la porte d'entrée ensemble et sommes tombés non seulement sur Greg, mais aussi sur sa petite amie aux cheveux turquoise, Julie. En fait, Greg était à moitié caché derrière elle, comme s'il se servait d'elle comme d'un bouclier.

Greg, par politesse, s'est écarté en apercevant Jayne.

— Salut, a-t-il dit.

— Salut, Greg.

Il a présenté Julie, qui a serré la main de Jayne en lui disant :

— J'ai beaucoup entendu parler de toi.

Ne sachant pas si c'était en bien ou en mal, Jayne s'est contentée de sourire.

— Qu'est-ce qui se passe ? leur ai-je demandé.

Julie s'est tournée vers Greg pour l'encourager.

— Vas-y. Demande-lui.

Greg a fait un petit pas en avant, les yeux sur ses chaussures.

— On n'aurait pas dû venir. Il est tard. Ça peut attendre demain.

— Vous êtes là maintenant, ai-je fait remarquer.

Julie a soupiré.

— Il est trop fier pour demander. Crache le morceau, a-t-elle ajouté à l'intention de Greg.

Il semblait incapable de croiser mon regard. S'il avait eu un chapeau, il l'aurait tenu dans ses mains et l'aurait fait lentement tourner entre ses doigts.

— Il y a que, depuis qu'on a arrêté de bosser ensemble, les choses n'ont pas... enfin, elles pourraient être...

— Ce qu'il veut dire, c'est qu'il est perdu sans toi, a précisé Julie.

— Ouais, a dit Greg d'un air penaud. En un mot, ouais. Tout seul, je suis toujours en train de galérer, tu comprends ? J'ai eu des périodes d'inactivité assez longues entre deux chantiers. Quand on formait une équipe, on s'en sortait plutôt bien.

— Sauf vers la fin, lui ai-je rappelé.

— Je sais, je sais, on a connu une mauvaise passe. Mais l'économie était plus ou moins en crise, à l'époque. Ça arrive.

Ce n'était pas vraiment le souvenir que j'en gardais, mais je n'ai pas relevé.

— Il faudrait que j'y réfléchisse.

— C'est tout ce qu'on demande, a dit Julie. Pas vrai, Greg ? On ne peut pas attendre plus que ça.

Greg a hoché la tête.

— Désolé de t'avoir dérangé si tard, vieux. Jayne, ravi de t'avoir revue. Mes excuses pour le dérangement.

Il s'est retourné et s'est dirigé vers la rue où était garée non pas son pick-up mais la petite Audi de sa copine.

Julie, au lieu de lui emboîter le pas, s'est rapprochée de nous.

— Il ne jure que par toi. Il veut vraiment retenter le coup.

— Comme je l'ai dit...

— Je sais que je débarque, et que je fourre mon nez où il n'a rien à faire, mais je vois bien à quel point il est usé. Il me dit que ça marchait bien, vous deux, à un moment donné.

— C'est vrai, ai-je concédé.

— Et ça ne concerne pas que lui. Il se fait du souci pour toi, et toutes ces histoires...

Elle a regardé Jayne, se demandant si elle n'allait pas en dire trop.

— C'est bon, ai-je dit. Jayne est au courant de tout. Je suppose que toi aussi.

— Ouais. Il sait que tu as ce nuage au-dessus de ta tête, et retravailler avec toi, ce serait une façon pour lui de prendre parti. D'afficher qu'il croit en toi, même si certains continuent à douter.

Greg, qui s'était installé au volant de la voiture, a donné un petit coup de klaxon.

— Faut que j'y aille, a-t-elle dit avant de s'éloigner en courant.

— C'était intéressant, a déclaré Jayne.

Nous les avons regardés partir, puis nous sommes rentrés dans la maison.

— Qu'est-ce que tu en penses ? a demandé Jayne alors qu'on se mettait sous les couvertures.

— Je ne sais pas.

— Si tu veux mon avis, tu devrais y réfléchir. Avec tout ce qui s'est passé dernièrement, c'est peut-être un bon signe. Une chance.

Je n'étais pas persuadé que Jayne exprimait le fond de sa pensée, mais peut-être qu'après ce long et déconcertant week-end, elle voulait s'accrocher à tout ce qui pouvait nous donner des raisons d'être optimistes.

Il n'était donc pas plus mal de garder mes pensées pour moi. Je n'attendais pas ce lundi matin avec impatience. Je ne voyais aucune raison de croire qu'une bonne semaine nous attendait.

- 36 -

La femme au volant du break Volvo noir faisait des détours. Un virage à gauche, un virage à droite. Elle n'en était pas sûre, mais elle avait l'impression d'être suivie. Elle avait vu suffisamment de séries télévisées pour savoir qu'en pareille situation il faut rouler de façon erratique et voir si un véhicule reste derrière.

Quand elle s'était mise en route, à la nuit tombée, elle n'avait rien remarqué d'inhabituel. Elle jetait un coup d'œil dans le rétroviseur de temps à autre, comme le ferait tout conducteur prudent, et la deuxième ou troisième fois elle avait remarqué une particularité sur la voiture derrière elle. Celle-ci était équipée de deux feux de brouillard orange montés sous le pare-chocs, ce qui la différenciait des autres véhicules.

Elle roulait vers l'ouest sur Bridgeport Avenue, après l'hôpital, quand elle commença à se poser des questions. Elle prit donc rapidement à gauche sur Seemans Lane, accéléra et jeta un nouveau coup d'œil dans son rétroviseur.

M. Phares-Antibrouillard avait également pris le virage. (Dans son esprit, c'était *Monsieur* Phares-Antibrouillard, mais elle ne savait absolument pas qui était au volant ni combien de personnes se trouvaient dans la voiture.) Au moment où la voiture prenait le virage, elle avait essayé de reconnaître le modèle. Une sportive, lui sembla-t-il. Avec une garde au sol réduite.

Elle continua sur Seemans à vive allure, prit à gauche sur Meadowside, puis tout de suite à droite sur Surf Avenue, en direction du sud, vers le quartier des maisons de plage de South Broadway.

L'autre voiture continuait à lui coller au train.

Si on la suivait vraiment, qui cela pouvait-il être ? Elle pensa immédiatement à la police. Il y avait tout lieu de penser qu'ils étaient à sa recherche. Ses apparitions avaient sans doute causé un certain émoi et leur avaient été signalées. Mais un policier aurait simplement allumé le gyrophare et déclenché la sirène pour qu'elle se range sur le bas-côté, non ? Et, à sa connaissance, les flics ne roulaient pas en voiture de sport.

L'idée d'être arrêtée par la police la remplissait d'effroi. Mais la possibilité que ce ne soit pas la police la rendait encore plus anxieuse.

Elle jeta un nouveau coup d'œil dans le rétroviseur, juste au moment où les phares antibrouillard s'éteignaient. Le conducteur avait dû comprendre que ces phares le trahissaient. Si toutefois il s'agissait bien de la même voiture. Au niveau d'East Broadway, elle prit à droite et longea les maisons qui bordaient la plage. Presque toutes celles qui avaient été endommagées par l'ouragan Sandy, qui s'était abattu sur la côte en 2012, avaient été reconstruites ou réparées. À cet instant précis, elle ne pouvait pas en profiter, mais c'était une de ses portions de route préférées dans tout Milford.

Arrivée à l'extrémité d'East Broadway, elle tourna à droite sur la Silver Sands Parkway, un nom qui évoquait une autoroute, mais qui n'était en fait rien de plus qu'une deux-voies serpentant à travers une étendue de terrain connue sous le nom de Silver Sands State Park. Elle la suivit jusqu'à la sortie du parc et jusqu'à Meadowside. Quand elle regarda dans son rétroviseur, la voiture avait disparu.

Au début, elle se demanda si le conducteur n'avait pas éteint ses phares, en plus de ses antibrouillards, mais non : il n'y avait plus personne derrière elle.

Son cœur battait la chamade. Elle tourna à gauche, puis s'arrêta le long du trottoir et mit la voiture en position Parking le temps de retrouver un pouls normal. Ses paumes étaient moites sur le volant. Elle s'essuya les mains sur son jean.

Peut-être que ce n'était rien. Peut-être que personne ne l'avait suivie, du moins délibérément. C'était juste quelqu'un qui faisait un tour et qui, par coïncidence, avait suivi le même itinéraire qu'elle. Seule la police aurait pu raisonnablement la pister, et ce n'était manifestement pas elle.

Reprends-toi.

Elle regarda son téléphone, posé dans la console centrale. Devait-elle appeler pour prévenir qu'elle avait été retardée ? Non, si elle repartait tout de suite, elle n'aurait que cinq à dix minutes de retard. Ce n'était pas un drame.

Elle prit une grande inspiration, remit la Volvo en marche et se dirigea vers l'avenue Avery, puis emprunta la Route 1 sur une très courte distance avant de tourner à gauche sur Schoolhouse, près du concessionnaire Ford.

Elle aperçut le panneau devant elle.

Le Motel 6.

Elle engagea le break Volvo sur le parking et, dans l'éventualité où on l'aurait vraiment suivie, décida de se garer à un endroit invisible depuis la route principale.

Elle contourna le bâtiment et se gara derrière la piscine, sous le couvert de quelques arbres.

Une autre grande inspiration.

Elle descendit de voiture, la verrouilla et se dirigea vers le bâtiment, une construction sans charme de trois étages. Elle devait se rendre dans une chambre au troisième. Elle prit l'ascenseur dans le lobby, sortit dans le couloir, mit une seconde pour comprendre dans quel sens les chambres étaient numérotées et se dirigea vers la gauche.

Quand elle arriva devant la porte, elle s'arrêta et regarda des deux côtés, comme pour s'assurer que personne ne l'observait. On n'était jamais assez prudent. Le couloir était désert. Elle n'avait pas de clé et toqua légèrement à la porte. Moins de cinq secondes plus tard, celle-ci s'ouvrit.

— Désolée, je suis en retard, je...

Avant qu'elle ait pu finir de s'excuser, l'homme qui avait ouvert la porte l'avait enlacée et avait collé sa bouche sur la sienne. Elle lui rendit son baiser, l'attirant contre elle et laissant tomber par terre le sac qu'elle portait tandis que la porte se refermait.

Ils commencèrent à se déshabiller l'un l'autre, déboutonnant fébrilement chemise et chemisier. Ils décidèrent rapidement qu'il était plus commode d'accomplir cette tâche chacun de son côté. La femme mit un peu plus de temps à se dévêtir que l'homme, qui avait envoyé valser ses chaussures et retiré son pantalon en un temps record avant de soulever les couvertures et de se glisser dans le lit.

Mais elle n'était pas prête à le rejoindre, pas tout de suite.

— Il faut que je te parle, dit-elle.

— Qu'est-ce qu'il y a ?

— Je peux me tromper… mais je crois que quelqu'un me suivait ce soir.

— On te suivait ?

Elle hocha la tête.

— Tu as vu qui c'était ?

— Non. J'ai d'abord pensé que c'était la police, parce que la voiture avait des phares jaunes sous le pare-chocs. Comme des phares antibrouillard.

— Je ne pense pas que la police en ait.

— Et puis il a éteint les phares parce qu'il a dû se rendre compte que ça rendait sa voiture facilement reconnaissable.

— Ou peut-être parce qu'il n'y a pas de brouillard.

— Et puis la voiture a disparu. (Elle baissa la tête, l'air vaincu.) Je dois être un peu parano, j'imagine.

— C'est ma faute, dit-il. Viens ici.

Elle se coucha près de lui mais, au lieu de faire l'amour, ils se tournèrent l'un vers l'autre, chacun appuyé sur son coude.

— C'était beaucoup demander, je m'en rends compte, dit-il. Mais je crois sincèrement que ça en valait la peine. Et ce n'est pas comme si tu avais fait quoi que ce soit d'illégal. Je veux dire, qu'est-ce qu'on pourrait retenir contre toi ? Je ne te remercierai jamais assez.

— Il n'y a pas de quoi. J'ai aimé ça. Je suis vraiment entrée dans le personnage. Et cette dernière interprétation… Je pense que ça s'est très bien passé. (Elle sourit.) L'oscar ! L'oscar !

L'homme, lui, ne souriait pas. Il commençait à pleurer.

— Qu'est-ce qu'il y a ? demanda-t-elle. Qu'est-ce qui s'est passé ?

— Excuse-moi. Merde, je ne pense pas être capable de faire ça. J'avais pourtant vraiment besoin de…

Il se mit sur le dos, fixa le plafond.

— Ça ne fait rien, dit-elle en posant la main sur sa poitrine. Parle-moi.

L'homme déglutit, fit un effort pour se calmer.

— C'est fini, dit-il.

— Oh non !

— C'est arrivé cet après-midi.

— Je suis vraiment désolée.

L'homme hocha la tête.

— Je t'aime, dit-il. Je t'aime tellement !

— Je t'aime aussi.

La femme au break Volvo noir se rapprocha doucement, l'enlaça et, le visage tout près du sien, elle lui dit :

— C'est normal de pleurer. Laisse-toi aller, Albert. Ta maman est partie. Laisse-toi aller.

LUNDI

- 37 -

Andrew

C'était lundi, et nous étions tous attendus quelque part.

La semaine précédente, j'avais reçu deux appels de clients potentiels, et je comptais aller sur place pour établir des devis. Jayne, qui avait un temps envisagé de se faire porter pâle pour pouvoir rester à la maison, puis de poser un vrai jour d'arrêt maladie lorsqu'elle s'était réveillée avec des nausées dues à la grossesse, avait finalement décidé de rejoindre son bureau à la compagnie d'assurances.

Tyler, à défaut d'être particulièrement enjoué, avait revêtu l'apparence d'un être humain presque normal au petit déjeuner. Au lieu de ses habituels sweat à capuche et jean, il portait un pantalon noir et une chemise blanche, comme s'il partait travailler chez Whistler.

— Qu'est-ce qui se passe ? a demandé Jayne.

— M. Whistler a demandé si je pouvais venir aujourd'hui, de 11 à 14 heures, parce qu'il y a des employés en arrêt maladie. Comme je n'ai pas cours à cette heure-là, j'ai dit que je pouvais.

Jayne n'avait pas l'air convaincue.

— Tu es sûr d'avoir le temps de faire l'aller-retour avant tes cours de l'après-midi ? a-t-elle demandé.

— Sûr.

— Tu veux que je prenne une pause pour te déposer ?

— Je peux aussi le faire, ai-je proposé.

Tyler avait son vélo, mais son lycée était à Stratford et Whistler's, de l'autre côté du pont, à Milford.

— Je vais me débrouiller, a-t-il dit. Sauf s'il pleut. Dans ce cas, est-ce que je pourrai appeler l'un de vous ?

On a tous les deux acquiescé d'un hochement de tête. J'allais, à un moment ou à un autre de la journée, essayer de savoir quelles dispositions avaient été prises pour Elizabeth McBain. Serais-je le bienvenu à un éventuel service funèbre ? Si non, devais-je au moins envoyer des fleurs au funérarium ? Je pensais rappeler Dierdre plus tard, étant donné que c'était elle qui m'avait informé du décès d'Elizabeth.

Jayne a été la première à partir au travail. Elle est montée dans sa voiture à 8 h 30, environ deux minutes avant que Tyler enfourche son vélo et dévale la rue en direction du lycée. J'étais en train de m'asseoir au volant de l'Explorer quand j'ai remarqué, dans le rétroviseur, un véhicule qui s'arrêtait au bout de l'allée, me bloquant le passage.

Merde, me suis-je dit. Revoilà l'inspectrice Hardy.

Sauf que ce n'était pas elle, à moins que Hardy ait troqué sa voiture banalisée pour un pick-up. Dans mon très grand rétroviseur extérieur, j'ai aperçu Greg au volant. J'allais descendre, mais il a sauté de son véhicule le premier et s'est approché de ma portière.

J'ai baissé la vitre.

— Salut.

— Salut, a-t-il dit en posant son coude sur le rebord, avec entre les lèvres la toute fin d'une cigarette roulée par ses soins et qui avait l'air éteinte.

— Je me suis dit que je ferais un saut en allant au boulot pour m'excuser d'être passé hier soir, a-t-il dit.

— T'excuser de quoi ?

Il a rigolé.

— Je me sens un peu bête, c'est tout. Ça faisait un moment que je discutais avec Julie pour savoir si je devais te demander de refaire équipe avec moi. Elle a fini par me dire : ça me soûle d'entendre parler de ça, pourquoi ne vas-tu pas lui en parler ? J'ai dit, pas question, il est tard. Elle a dit, et alors, bouge ton cul et vas-y. Et c'est ce que j'ai fait.

— On dirait bien que Julie est la meilleure chose qui te soit arrivée depuis un moment.

— Oui, c'est vrai. Je t'ai un peu mis dans l'embarras.

— J'ai dit que j'allais y réfléchir. Mais pour ce que ça vaut, Jayne pense que je devrais accepter.

Greg avait l'air impressionné.

— Eh bien, c'est une bonne chose de l'avoir de mon côté.

— Écoute, je voulais te parler d'un truc que tu as dit l'autre fois. À propos du jour où tu es venu me voir, quand j'étais au plus mal.

— Oui, quoi ?

— Quand j'ai dit que tout était ma faute. Pour Brie.

— T'inquiète, vieux. Je n'en ai jamais parlé à personne.

— Ce n'est pas... non, je voulais juste te dire que tu as peut-être compris les choses de travers.

— Tu n'as pas à te justifier, a dit Greg en secouant la tête.

— Si, je pense que c'est nécessaire. Je crois volontiers que j'ai pu dire quelque chose comme ça. Je veux dire, Brie et moi avons eu notre lot de problèmes, et j'étais responsable de beaucoup d'entre eux. À mon avis, c'est plutôt à ça que je faisais référence.

Greg hocha la tête avec assurance.

— Je comprends bien.

— Je suis sérieux. Je pense qu'il s'agissait de ça.

— Alors considérons que l'affaire est close. Il n'en sera plus question.

Il a souri, et le mégot qui pendait à sa lèvre inférieure est tombé à l'intérieur de ma voiture, atterrissant quelque part sur le tapis de sol. Je ne pense pas que Greg l'ait remarqué, et j'ai fait comme si je n'avais rien vu.

— Bon, a-t-il dit, j'y vais. Je dois passer prendre des donuts sur le chemin du centre commercial. Je veux continuer à me faire bien voir des squatters.

Il m'a fait un signe du pouce, s'est éloigné de ma portière et est retourné à son pick-up.

Mon premier rendez-vous avait lieu dans une maison du front de mer, qui valait dans les deux millions, facile. Les propriétaires voulaient construire une grande terrasse à l'arrière, d'où ils profiteraient d'une belle vue sur New Haven Harbor. J'avais apporté un iPad et je leur ai montré des photos des quelques solutions envisageables, après quoi j'ai pris des mesures afin de pouvoir mieux préparer un devis estimatif. À première vue, il y en avait pour vingt-cinq mille dollars, ce qui, après déduction des matériaux, me permettrait d'engranger six ou sept mille dollars de bénéfice. Bien sûr, une fois que vous vous attaquiez à un projet, le client avait toujours des choses à ajouter. Et si on mettait un brasero là-bas ? Et pourquoi pas une pergola où faire courir des plantes grimpantes ? Il fallait juste lui faire comprendre qu'il y aurait des frais supplémentaires. Mais une fois qu'il voyait le potentiel d'un projet, il acceptait généralement les surcoûts.

J'avais prévu une seconde visite dans l'après-midi, à Orange. Un jeune couple avec un enfant de six mois envisageait de démolir l'arrière de sa maison pour y aménager une chambre pour le bébé. C'était le mari qui avait pris un congé parental pour s'occuper de l'enfant, et sa femme, une avocate d'affaires, tenait les cordons de la bourse. Elle voulait être là quand je ferais mon devis, si bien que je n'étais pas attendu avant 17 heures.

Je suis donc rentré déjeuner chez moi.

Il y avait de quoi faire un sandwich correct. Des tranches de jambon et de dinde rôtie au four achetées au rayon traiteur de chez Whistler. (Nous pensions que, dans la mesure où le propriétaire avait eu la bonté d'âme d'engager Tyler, nous nous devions de faire nos courses là-bas.) J'ai aussi trouvé des tranches de cheddar dans le frigo et une moitié de pain complet dans le placard. J'ai pris trois tranches de jambon, trois de dinde, deux de fromage, et j'ai confectionné le sandwich le plus maous que cette cuisine avait jamais vu.

Je l'ai fait descendre avec une bière.

J'étais en train de finir ma Sam Adams quand j'ai entendu une voiture s'arrêter devant la maison. Je suis allé à la fenêtre, j'ai vu que ce n'était pas une voiture mais un de ces énormes SUV General Motors. Un Chevy Suburban noir. Pour autant que je sache, les flics ne roulaient pas en Suburban, même si c'était le véhicule de prédilection des grandes agences gouvernementales.

C'était peut-être la CIA qui me rendait visite. Ça n'aurait pas été plus improbable que tous les autres trucs dingues qui s'étaient produits dernièrement.

Mais le type qui descendait du véhicule n'avait pas la tête de quelqu'un qui serait venu de Washington pour me parler. Il mesurait environ un mètre soixante-dix pour près d'une centaine de kilos, à en juger par la bedaine qui faisait de l'ombre à sa ceinture. Il portait un jean, une chemise à col boutonné et une casquette de base-ball rouge qui m'a fait penser à celles des partisans d'un ancien président, mais la sienne n'arborait aucun message sur le devant. Pas même le logo d'une marque de tracteur ou d'une équipe sportive.

Je suis sorti alors qu'il s'approchait dans l'allée.

— Je peux vous aider ? ai-je demandé.

Il a souri.

— Vous ne seriez pas Andrew Carville ?

— C'est bien possible.

— Je suis content de vous trouver chez vous. Comme je passais par là, j'ai tenté ma chance.

— Qu'est-ce que je peux faire pour vous ?

— J'ai entendu dire que vous faisiez de la rénovation, des extensions, ce genre de choses.

— Vous avez bien entendu.

— J'ai une maison sur Wheelers Farm Road. Vous connaissez ?

— Je connais.

— Ce n'est pas ma résidence principale, mais une maison que je loue. C'est une sorte d'investissement. Bref, un locataire y a vécu quelques années, il a déménagé et laissé les lieux dans un état lamentable. Il y a des trous dans le placo, une porte cassée. Deux fenêtres à remplacer. Un tas de petites bricoles, et c'était peut-être une erreur d'acheter un bien comme celui-là alors que je ne suis pas bricoleur du tout, mais la maison a besoin d'un peu d'attention avant que je puisse envisager de la louer à quelqu'un d'autre.

A priori, ce genre de travail ne me disait rien. Bien sûr, un sou était un sou, mais si le projet de la matinée se concrétisait – et mon rendez-vous de l'après-midi semblait également prometteur –, je n'aurais aucun scrupule à décliner la proposition. En revanche, si aucun des deux projets n'aboutissait, refuser aurait été idiot.

— Comment avez-vous entendu parler de moi ? ai-je demandé.

— C'est quelqu'un pour qui vous avez travaillé à West Haven qui m'a donné votre nom.

— J'ai construit un garage pour deux voitures là-bas l'année dernière. Le client voulait un endroit où entreposer deux vieilles Mini d'origine. C'est lui ?

— Je pense que c'est lui, oui.

Ce serait logique. Seuls mes clients les plus récents me connaissaient sous ce nouveau nom.

— Je pourrais faire un saut dans votre maison demain, ou plus tard dans la semaine.

— Vous ne pourriez pas passer plus tôt ? Aujourd'hui par exemple ? a-t-il demandé, l'air plein d'espoir. Si j'insiste, c'est parce qu'il y a un ou deux endroits où l'eau entre, et ça abîme un des murs intérieurs. Le connard à qui je louais n'a jamais pris la peine de le signaler, et je voudrais résoudre le problème avant qu'il se mette à pleuvoir plus tard dans la semaine et que les dégâts s'étendent.

— Je ne...

— Si vous pouviez le faire maintenant, vous n'auriez qu'à me suivre, a-t-il poursuivi.

Le trajet jusqu'à Wheelers Farm Road ne me prendrait pas si longtemps. Et j'avais du temps à tuer avant d'aller faire cet autre devis à Orange.

— Bon, pourquoi pas, ai-je dit. Je suppose que je pourrais jeter un coup d'œil.

— Oh, c'est génial ! a dit l'homme en souriant.

— Je n'ai pas entendu votre nom.

— Oh, merde, c'est vrai, a-t-il dit en me tendant la main. Je m'appelle Matt. Matt Beekman.

- 38 -

Tyler était rentré à temps la veille, ce qui ne les avait pas empêchés, son copain Cam et lui, de s'attirer des ennuis.

Cam avait apporté un peu d'herbe et Tyler, bien qu'il ait envie d'en profiter, avait trop peur de ne pas pouvoir se débarrasser de l'odeur avant de rentrer chez lui. Il disait que sa sœur était une sorte de chien renifleur. Il n'aurait pas franchi le pas de la porte qu'elle aurait déjà des soupçons.

Ils avaient donc décidé de ne pas fumer et, à la place, avaient bu deux ou trois bières avant de se rendre dans un lotissement où ils avaient crevé quelques pneus. Cam possédait un authentique cran d'arrêt que son grand frère lui avait donné. Vous appuyiez sur le bouton et une lame de quinze centimètres jaillissait.

« Putain de merde, avait dit Tyler. C'est pas illégal d'avoir ça ?

— Ouais, ben, pas plus que de crever des pneus », avait rétorqué Cam.

Ils s'étaient attaqués à une dizaine de voitures, jamais plus d'un pneu par véhicule. Car il fallait « répandre la joie », avait dit Cam.

C'était une expérience comme une autre.

Quand ils eurent fini, Tyler ne ressentait rien. Aucune excitation, aucun frisson. Peut-être juste un vague remords. Les mots *seconde chance* n'arrêtaient pas de résonner dans sa tête. Il se disait qu'il y avait peut-être de meilleures façons de passer sa soirée. Et il devait admettre qu'il n'aurait probablement rien fait de tout ça s'il n'était pas devenu ami avec Cam. Lui aussi travaillait au Whistler's Market, et c'est parce que leurs horaires se chevauchaient qu'ils avaient fait connaissance. Cam lui avait montré comment chourer un pack de Budweiser ou un paquet de Twinkies de temps en temps sans que le vieux Whistler s'en rende compte. Bien entendu, quand vous êtes chargé du déballage des livraisons et de la mise en rayon, vous êtes aux premières loges pour prendre ce qui vous fait envie.

« Ça ne veut pas dire aussi que tu es la première personne que Whistler va soupçonner ? avait demandé Tyler.

— Ben, ouais, j'imagine », avait répondu Cam.

Cam était parfois con comme la lune. Et, s'il y avait une chose que Tyler avait mis un point d'honneur à ne pas faire, c'était de voler dans le magasin. Il voulait bien admettre qu'il avait fait des trucs stupides, mais il n'était pas crétin à ce point.

Il aimait bien ce travail, en fait. Au début, quand sa sœur avait voulu qu'il prenne un petit boulot à temps partiel pour contribuer aux dépenses du foyer – rien de trop prenant, pour le geste avant tout –, il avait appris que Whistler's recrutait. Il s'était présenté pour un entretien d'embauche avec le patron, qui recherchait un employé polyvalent. Réceptionner les livraisons, faire le réassort, aider les clients à porter leurs sacs jusqu'à leur voiture, rassembler les chariots éparpillés sur le parking, peut-être même travailler au rayon traiteur à un moment ou à un autre.

Ça n'avait pas l'air sorcier.

Il appréciait aussi les gens qui travaillaient là, autres que Cam. Et particulièrement deux des caissières. Il y avait Mattie, jeune et corpulente, et Francine, la quarantaine, qui était employée au magasin depuis presque deux décennies. L'expression favorite de Francine, peu importe comment la journée se passait, était : « Tu parles d'un bordel ! »

Ce qui la mettait vraiment en rogne, c'était quand elle avait presque fini de scanner les articles posés sur le tapis roulant en caoutchouc et que le client disparaissait dans une allée parce qu'il venait de se rappeler la seule chose qu'il avait oubliée, pendant que d'autres venaient grossir la file d'attente avec leurs chariots pleins. Dans ces moments-là, Francine se tournait vers Tyler, levait les yeux au ciel et murmurait : « Sont barjots, je te jure. »

La bête noire de Mattie, c'était les petites vieilles qui n'utilisaient pas de cartes de crédit et, non contentes de payer en espèces, attendaient qu'on leur indique ce qu'elles devaient, et alors seulement se saisissaient de leur sac à main, l'ouvraient lentement, trouvaient leur portefeuille, et, dans le but d'écouler leur petite monnaie, comptaient la somme au centime près. Ainsi, si le ticket s'élevait à 40,83 dollars, elles payaient les quatre-vingt-trois *cents* en pièces de cinq, dix, vingt-cinq et un *cents*.

C'était arrivé autre jour avec Mme Hemsworth, une habituée, et Mattie avait dit : « J'ai eu le temps d'avoir mes règles pendant qu'elle comptait sa monnaie. »

Si bien que, quand Whistler lui avait appris qu'il manquait de personnel ce lundi, Tyler avait répondu présent. Il avait une longue pause ce jour-là, entre le cours du matin et les deux de l'après-midi. À vrai dire, même si ça n'avait pas été le cas, il aurait probablement séché. Tyler préférait gagner de l'argent plutôt que de s'asseoir dans une salle de classe à écouter – ou pas – quelqu'un de barbant déblatérer sur la Proclamation d'émancipation de Lincoln, comme si on en avait encore quelque chose à faire. L'histoire, pensait Tyler, c'était totalement *finito*.

Il sauta donc sur son dix-vitesses et arriva chez Whistler peu avant 11 heures. Il fut immédiatement affecté au rayon fruits et légumes, où plusieurs clients avaient éparpillé les laitues romaines pour dénicher celles qui n'avaient aucune tache brune sur les feuilles extérieures.

Ce fut à ce moment-là qu'il la vit pour la première fois.

Elle choisissait des bananes. Elle n'en voulait pas qui soient déjà mûres, mais pas non plus de trop vertes. Elle fit son choix et déposa les fruits dans son chariot.

C'est elle, pensa Tyler.

C'était la femme dont il avait vu le visage sur le téléphone de l'inspectrice. En plus de ça, il avait fait quelques recherches en ligne et trouvé des photos de Brie Mason, et cette acheteuse de bananes tatillonne lui ressemblait vachement.

Tyler finit de mettre en ordre ses laitues et décida d'aller la voir de plus près. Évidemment, ça *pouvait* être elle, mais ce n'était *probablement pas* elle. Il fallait qu'il en ait le cœur net. La femme s'éloigna du rayon primeurs et disparut au bout d'une allée. Tyler fit le tour et prit l'allée par l'autre bout pour mieux voir son visage.

Elle était là, poussant son chariot, inspectant les confitures, les pâtes à tartiner et le beurre de cacahuètes. Tyler parcourut la moitié du rayon, fit mine de réarranger des boîtes de conserve et de rapprocher des articles du bord de l'étagère. Dans son uniforme Whistler, chemise blanche et pantalon noir, il était sûr qu'elle ne ferait pas attention à lui.

Elle était maintenant si proche qu'elle allait le heurter avec son chariot s'il ne s'écartait pas.

— Désolé, dit-il en lui adressant un sourire et en reculant. Je suis en plein dans le passage, pas vrai ?

Elle lui retourna son sourire.

— Ça ne fait rien. Tout va bien pour vous ?

— Oh, vous savez, c'est juste un autre jour de rêve.

La plaisanterie la fit rire.

— J'imagine, dit-elle et elle passa devant lui.

Il n'était toujours pas totalement certain. Qu'est-ce qu'il était censé faire ? Sortir et lui demander : « Je peux vous aider à porter vos sacs ? Et, au fait, c'est vous, la femme qui a disparu il y a six ans et que tout le monde croit morte ? »

Ce n'était certainement pas la bonne façon de procéder.

Devait-il appeler sa sœur et lui dire qu'il était presque sûr d'avoir croisé la femme disparue de son petit ami ? Jayne quitterait son bureau en courant et débarquerait en panique, pour s'apercevoir finalement qu'il s'agissait d'une simple méprise.

Il avait besoin d'en savoir davantage avant de prendre ce genre de décision.

Tyler surveilla la femme de loin, jusqu'à ce qu'elle se dirige vers la ligne de caisses. Il la regarda décharger son chariot sur le tapis roulant, Francine saisissant chaque article et le passant au-dessus du lecteur de code-barres, qui émettait ses *bip, bip, bip* caractéristiques.

Alors que la femme avait rangé ses sacs dans son chariot et le poussait vers la sortie, Tyler s'approcha de Francine.

— Salut, dit-il.
— Quoi de neuf, Ty ?
— Cette femme, je crois que je l'ai déjà vue quelque part. C'est qui ?
Francine haussa les épaules.
— Elle vient de temps en temps.
— Tu peux regarder son reçu de carte de crédit, pour voir comment elle s'appelle ?
— Elle a payé en liquide.
— Merde, dit Tyler. Merde, merde et merde.
Mais bon, à quoi ça l'aurait avancé d'avoir un nom ? S'il s'agissait vraiment de Brie Mason, et qu'elle s'était cachée pendant plus d'une demi-décennie, il était peu probable qu'elle possède une carte de paiement à son nom.
Crétin.
À ce moment précis, une théorie lui vint à l'esprit :
Programme de protection des témoins.
Ouais, la femme d'Andrew avait témoigné contre la mafia et le FBI avait dû lui forger une nouvelle identité ! Andrew n'avait jamais été au courant du lien de sa femme avec le crime organisé et ne savait même pas que les fédéraux lui avaient créé une nouvelle vie !
Bon sang, il était génial.
Sauf que. Une minute. Quitte à donner à Brie un nouveau nom et une nouvelle vie, ça aurait peut-être été une bonne idée de l'éloigner de Milford, non ?
Il n'était peut-être pas si génial que ça, finalement.
Et peut-être que ce n'était pas Brie. Il valait mieux retourner au rayon fruits et légumes et…
Même pas en rêve.
Tyler regardait le parking par la devanture. La femme était là, qui déposait toutes ses courses à l'arrière d'un break.
Un break noir. Un break Volvo noir. Exactement comme celui de la photo sur le téléphone de l'inspectrice.

Après avoir chargé le véhicule, elle ferma le hayon et poussa son chariot jusqu'à l'abri à caddies qui se trouvait à proximité. Tyler l'observait, bouche bée, se demandant ce qu'il devait faire.

Il fallait qu'il sache qui elle était. Il fallait qu'il lui parle.

Pour Jayne. Pour qu'elle puisse mettre au clair, une fois pour toutes, sa relation avec Andrew.

Le jeune homme commença à courir vers la sortie, zigzaguant entre les clients, mais il dut stopper net devant la porte automatique qui tardait à s'ouvrir.

Au moment où il se précipitait sur le parking, la Volvo quitta sa place en marche arrière.

— Hé ! cria Tyler. HÉ !

Il se trouvait à une bonne vingtaine de mètres et la femme avait remonté ses vitres. Il était impossible qu'elle l'entende. Les feux stop de la Volvo s'allumèrent une seconde lorsqu'elle passa de la marche arrière à la marche avant. Puis elle appuya sur l'accélérateur et se dirigea vers la route qui passait devant le supermarché.

— Attendez ! cria Tyler, espérant qu'elle le verrait lui faire signe dans son rétroviseur.

Mais elle ne le vit pas. Elle s'engagea dans la rue et s'éloigna.

Tyler changea de direction, cherchant déjà une clé dans sa poche, et courut dans l'allée à côté du magasin, où il attachait son vélo à un râtelier. Il ôta rapidement la chaîne, la balança par terre, sauta sur son vélo et déboucha de l'allée comme une balle, manquant percuter une Honda Civic.

Au moment où il rejoignait la rue, il aperçut la Volvo noire, arrêtée au pied de la colline à un feu rouge.

Yes.

Et il pédala comme s'il était le diable en personne.

- 39 -

Andrew

Au moins ce Matt n'était pas un de ces abrutis qui cherchent à vous semer en même temps qu'ils vous demandent de les suivre. J'en ai connu, des types comme ça. Ils vous disent : « Je vais vous montrer le chemin », puis ils passent à l'orange, laissent plusieurs voitures entre vous et eux et vous finissez par vous demander à quoi ils jouent.

Matt, lui, roulait tranquillement et regardait constamment dans son rétroviseur pour s'assurer que j'étais toujours derrière lui. Le trajet m'a donné du temps, même si je n'en avais pas vraiment besoin, pour continuer à retourner dans ma tête les événements des deux derniers jours, voire plus lointains.

Environ un an après la disparition de Brie, j'avais reçu un message d'un habitant de Milford en vacances en Espagne, qui était sûr de l'avoir vue dans une rue de Madrid. Ce touriste était l'ami d'un ami, et c'est ainsi que le message était parvenu jusqu'à moi. Il n'y avait pas de photo, aucun détail d'aucune sorte. « J'ai suivi l'histoire aux infos », disait le mail qu'on m'avait transféré, « et quand j'ai vu cette personne, j'ai pensé que ça pouvait être elle. Si ça peut aider. »

Ouais, eh bien, merci pour ce super tuyau. Qu'est-ce que j'étais censé faire de ça ?

Il y avait eu quelques lettres au courrier. Une dame qui avait reçu une information de Dieu, selon laquelle Brie était une espionne russe à la solde de Poutine, et qu'elle avait été rappelée pour rendre compte de sa mission. À l'évidence, Poutine n'avait pas ménagé ses efforts pour obtenir les secrets les plus sombres de Milford. Un détective privé de l'État de Washington m'avait proposé ses services, m'assurant de sa solide expérience dans la recherche de personnes disparues. Il n'y avait rien sur Internet pour étayer ses dires.

J'avais aussi été approché par une médium. Une femme de la région qui prétendait avoir eu une vision de ce qui était arrivé à ma femme, vision qu'elle était prête à partager avec moi moyennant cinq cents dollars. Après quelques vérifications, j'avais appris qu'elle avait déjà monté ce genre d'arnaque à Milford, avant de déménager à San Francisco. Je lui avais répondu que, si sa vision était vraiment convaincante, elle pouvait aller la vendre à l'inspectrice Hardy.

Je n'avais plus jamais entendu parler d'elle.

La façon dont j'avais rejeté si rapidement ces prétendues propositions d'assistance avait pu passer pour du désintérêt de ma part ou, comme l'inspectrice Hardy semblait le croire, pour la preuve que je connaissais déjà le sort de Brie et que, par conséquent, je n'allais pas m'embêter à y donner suite.

Je ne voyais pas les choses de la même manière. Je me flattais de posséder un détecteur à conneries assez fiable.

Aussi, même si je devais admettre que les événements du samedi n'étaient pas aussi faciles à rejeter que ces autres « faits nouveaux », je restais sceptique. J'ai repensé à la théorie de Greg selon laquelle Hardy me tendait une sorte de piège. Sur le moment, cela m'avait paru farfelu, mais en l'absence de toute autre explication, je me demandais s'il n'avait pas mis le doigt sur quelque chose.

Je me retrouvai bientôt sur Wheelers Farm Road, et Matt mit son clignotant pour tourner à gauche.

Nous avions dépassé un ensemble de maisons, certaines modestes, mais d'autres imposantes, qui ressemblaient à des domaines, la plupart situées à bonne distance de la route bordée d'arbres. Mais le chemin sur lequel Matt tourna conduisait directement dans la forêt, sans aucune habitation en vue.

Nous roulions sur deux pistes de cailloux compactés séparées par une bande herbeuse. Il est vrai que, le long de cette portion de route, certaines propriétés étaient isolées derrière un rideau d'arbres, lesquels n'offraient pas seulement de l'intimité, mais agissaient comme une barrière sonore. Le chemin s'élargissait devant nous sur un court passage, suffisamment pour que deux véhicules puissent se croiser, et Matt s'est rangé le plus à droite possible, puis il a passé un bras par la fenêtre pour me faire signe d'avancer.

J'ai longé son pick-up et je me suis arrêté devant. Étais-je censé éteindre le moteur et descendre de l'Explorer, ou attendre d'autres indications ? J'ai jeté un coup d'œil derrière moi et vu que Matt sortait de son véhicule.

C'était un drôle d'endroit pour s'arrêter. Nous étions toujours cernés par les arbres, et je ne voyais aucune maison à proximité.

J'ai mis l'Explorer en position Parking, défait ma ceinture de sécurité et ouvert la portière. Au moment où je suis descendu, Matt s'approchait. Il tenait son bras droit plaqué contre sa cuisse, si bien que je ne pouvais pas voir sa main.

— Où est la maison ? ai-je demandé.

— On doit finir à pied, a-t-il répondu, puis il a désigné une direction par-dessus mon épaule, en se servant de sa main gauche. Le chemin a été raviné par les pluies juste devant. Encore un problème que je dois régler avant de pouvoir remettre la maison en location. Vous vous occupez de ça aussi, ou vous connaîtriez quelqu'un qui fait ce genre de travail ?

— Non, et oui, ai-je répondu.

Je me suis retourné pour voir l'endroit qu'il indiquait. Aussi loin que portait mon regard, le chemin avait l'air en bon état. Il aurait pu préciser pendant notre première conversation qu'il y avait un problème d'accès au chantier. Je n'allais pas transporter mes outils et mes fournitures d'ici à une maison que je ne pouvais même pas voir. J'aurais probablement besoin d'embaucher un gars en renfort, ne serait-ce que pour tout trimbaler si je ne voulais pas être mort de fatigue avant même d'avoir commencé.

Je me suis retourné pour faire part de mes réserves.

— Je ne pense pas...

C'est tout ce que j'ai réussi à dire avant que Matt brandisse l'objet qu'il tenait caché dans sa main droite. Ça ressemblait à une sorte de pistolet, mais je n'en avais jamais vu de pareil. Je n'ai pas eu le temps de le regarder de plus près. Il a pressé la détente et deux filins ont jailli vers moi. Soudain, une douleur atroce, la pire que j'aie ressentie de toute ma vie, me traversait de part en part, et je me suis effondré en pensant :

Mon Dieu, je suis foutu.

- 40 -

S'il n'y avait pas eu de circulation et une succession de feux rouges, le break Volvo noir lui aurait échappé.

Mais en pédalant aussi vite qu'il le pouvait, il parvint à ne pas le perdre de vue. Son cœur cognait, et la sueur qui se formait sur son front et que le vent séchait lui procurait une sensation de fraîcheur. Il ne se souvenait pas d'avoir jamais roulé aussi vite, ou avec un tel sentiment d'urgence. Il fallait qu'il parle à cette femme.

Il fallait qu'il sache ce qui se passait.

À une cinquantaine de mètres devant lui, la Volvo tourna à droite.

Tout en faisant travailler ses jambes, Tyler pensait à ce qu'il allait dire, à la façon dont il allait gérer ça. *Ne réfléchis pas trop. Pose-lui juste la question.*

Êtes-vous Brie Mason ?

Cela semblait assez simple. Et si elle disait non, la suite coulait de source :

Alors, qui êtes-vous, bon sang ?

La Volvo, arrivée à un autre feu, tourna à gauche. Tyler coupa le carrefour et un camionneur klaxonna si fort que le jeune homme crut faire une crise cardiaque. Il ne connaissait pas vraiment cette partie de Milford, même si certaines enseignes lui étaient familières. Un concessionnaire Ford, le glacier Carvel, où sa sœur et Andrew l'avaient emmené pendant la première semaine qu'il avait passée ici.

Et si elle ne rentrait pas chez elle ? Si elle se dirigeait vers l'autoroute ? Elle n'habitait peut-être pas à Milford. Elle pouvait vivre à West Haven, Orange ou New Haven. Mais pourquoi faisait-elle ses courses chez Whistler ? On achetait ses provisions près de chez soi, non ? Si elle prenait l'autoroute, il n'arriverait jamais à la rattraper.

Il devait donc s'approcher suffisamment pour lire sa plaque d'immatriculation. Il n'avait pas pensé à le faire quand il l'avait coursée sur le parking du supermarché. Et, à présent, il n'arrivait pas à se rapprocher assez pour la voir distinctement. S'il parvenait à réduire la distance, à au moins lire et mémoriser la plaque avant qu'elle prenne l'autoroute, il pourrait donner l'info à Jayne et la laisser prendre le relais.

Minute.

Tyler pensa que la chance allait lui sourire. Le clignotant de la Volvo s'était allumé. Elle se dirigeait vers une rue résidentielle – la plaque indiquait « Rosemont » – avec un panneau planté à l'angle indiquant un cul-de-sac. Il n'y avait donc pas d'issue. La poursuite était terminée. Une impasse ne pouvait pas conduire à l'autoroute.

La Volvo noire prit le virage, descendit la rue à vive allure, puis ralentit en approchant du fond de l'impasse. Le clignotant fut actionné de nouveau, et la voiture tourna dans l'allée d'une petite maison de plain-pied, la toute dernière sur le côté droit.

Tyler était une demi-douzaine de maisons plus haut. Il arrêta de pédaler et continua en roue libre pendant quelques secondes. Il allait avoir besoin d'un moment avant de pouvoir adresser un mot à cette femme.

Il tourna dans l'allée et n'attendit pas que son vélo soit immobilisé pour en sauter. Le vélo se coucha et glissa sur l'asphalte tandis que Tyler, emporté dans son élan, courait sur quelques mètres. Il tendit les mains devant lui pour parer une chute et heurta la vitre du hayon de la Volvo au moment où la femme en descendait.

Elle ouvrit de grands yeux.

— Oh, mon Dieu ! s'écria-t-elle.

Plié en deux, les mains sur les genoux, Tyler s'efforçait de reprendre son souffle. La brève expression de panique de la femme fit place à quelque chose de plus proche de l'étonnement quand elle comprit à qui elle avait affaire.

— Oh, mon Dieu ! répéta-t-elle. Vous travaillez chez Whistler ! Est-ce que j'ai oublié quelque chose ?

Tyler avait toujours le souffle coupé. Il n'arrivait pas à parler.

— Vous m'avez vraiment coursée jusqu'ici ? demanda-t-elle en faisant un pas dans sa direction. (Elle souriait à présent, riant presque.) Est-ce que j'ai fait tomber mon portefeuille ou quoi ?

Tyler, toujours essoufflé, secoua la tête :

— Pas... portefeuille.

— Alors, quoi ? (Elle jeta un coup d'œil au vélo.) J'espère que vous ne l'avez pas cassé. (Elle s'en approcha et le remit sur ses deux roues en le soulevant par le guidon.) Ça a l'air d'aller. (Elle examina le dessous du cadre, comme si elle cherchait quelque chose.) Je suppose que les vélos n'ont plus de béquille.

Elle le recoucha délicatement sur le sol, décocha un autre sourire à Tyler et alla ouvrir le hayon de la voiture. Après avoir balayé ses courses du regard, elle déclara :

— Tout est là, apparemment.

— Qui êtes-vous ? finit par demander Tyler, qui se rappela que ce devait être sa *seconde* question.

La femme se figea pendant une demi-seconde, puis se retourna lentement.

— Je vous demande pardon ?

— C'est vous ? Êtes-vous Brie ? Brie Mason ?

- 41 -

Andrew

Pendant que j'étais à terre, neutralisé par le Taser – je n'avais pas besoin d'être un spécialiste pour comprendre que c'était avec ça qu'on m'avait agressé –, Matt m'a fait rouler sur le ventre, m'a passé les bras dans le dos et attaché les poignets avec des liens en plastique.

Le coup de Taser m'avait paralysé pendant plusieurs secondes, peut-être même une minute, et mon esprit avait beau dire à mon corps de résister, mes membres ne recevaient pas le message. Pendant que j'étais allongé là, les poignets liés, Matt est retourné à son pick-up, a ouvert la portière du conducteur, fouillé à la recherche de quelque chose, puis il est revenu rapidement.

Cette fois, sa main droite tenait un vrai pistolet. Un Glock, à première vue, bien que les armes de poing ne fassent pas partie de mon domaine d'expertise. En tout cas, ça m'a terrorisé. Dans son autre main, un rouleau de ruban adhésif.

Il m'a retourné d'un coup de pied. Mes mains liées me labouraient le dos, mais Matt ne semblait pas se soucier de mon confort. Il a glissé le pistolet sous sa ceinture et s'est penché sur moi, une jambe de chaque côté de ma poitrine. Si j'avais eu le contrôle de mes membres, j'aurais tenté de lui donner un coup de pied dans les valseuses, mais ça n'a pas été le cas.

Il a arraché un morceau de ruban adhésif, puis il s'est penché pour me le coller sur la bouche et s'est reculé.

— Que les choses soient claires, a-t-il dit. Crée-moi le moindre problème et tu es mort. Pigé ?

J'ai réussi à hocher la tête en même temps que je me tournais sur le côté droit pour soulager mes poignets.

— Le ruban adhésif, c'est temporaire. Je vais t'expliquer certaines choses et je ne veux pas que tu m'interrompes. Et ne pense pas à crier quand je te l'enlèverai.

J'ai de nouveau hoché la tête.

— Très bien, a-t-il dit en faisant un pas en arrière. Ne t'en va pas.

Pendant qu'il retournait à son Suburban, j'ai essayé de mouvoir les différentes parties de mon corps. Il n'avait pas attaché mes jambes, et j'ai réussi à les bouger, ou plus exactement à les traîner sur le sol comme des rondins. Et j'étais à présent capable de remuer les doigts, mais peut-être pas pour très longtemps, à cause des menottes en plastique qui me coupaient la circulation.

Matt est revenu. Une pelle à la main. Il a planté la lame dans le sol, posé un pied dessus, mit ses deux mains sur l'extrémité du manche, et en a fait un support pour son menton.

— Tu vas creuser un trou.

Il m'a contourné, laissant la pelle suffisamment enfoncée dans le sol pour qu'elle tienne debout, et a considéré mes mains attachées.

— Tu es un travailleur manuel. Ça se voit. Il y a beaucoup à creuser, et je ne veux pas t'entendre chouiner à cause des ampoules.

J'ai marmonné quelque chose comme « Pourquoi moi ? »

— J'y vais un peu au petit bonheur, a dit Matt. J'espère avoir la confirmation de quelque chose, et je pourrais avoir besoin d'un coup de main. C'est là que tu interviens. Même pour toi, ça risque de ne pas être évident, après tout ce temps.

Il s'est interrompu, a regardé dans les bois, l'air songeur.

— J'espère pouvoir retrouver l'endroit. C'était tout près d'un rocher. Du moment que ce rocher est toujours là, ça devrait le faire.

Matt a reporté son attention sur moi.

— J'ai une réputation à tenir, tu comprends ? Le bouche-à-oreille, il n'y a que ça qui compte, peu importe ce que tu fais. Alors quand on m'appelle pour me dire que j'ai foiré un contrat, ça me chagrine.

Je vais mourir. Ça ne peut pas finir autrement.

— Mets-toi sur le ventre, je vais couper tes liens. Et n'essaye pas de faire le malin. Tu pourras enlever le ruban adhésif toi-même.

J'ai roulé sur le ventre, en tournant la tête de façon à l'apercevoir, debout au-dessus de moi. Il a tendu le bras, j'ai entendu un petit coup de ciseaux et mes poignets ont brusquement été séparés. Matt a aussitôt fait un pas en arrière pendant que je roulais lentement sur le flanc avant de me mettre à genoux. J'ai retiré le scotch et en ai fait une boule que j'ai jetée dans les hautes herbes au bord du chemin.

— Allez, debout, a-t-il ordonné.

Je me suis levé. Trois bons mètres nous séparaient. Si j'essayais de lui foncer dessus, je n'aurais pas fait la moitié du chemin qu'il presserait la détente du Glock. Et si, par chance, il manquait son coup, il était tout de même costaud, et j'aurais du mal à lui arracher son arme.

Est-ce que je pourrais lui tourner le dos et me mettre à courir ? Une cible mouvante n'était pas si facile à atteindre, à moins que Matt soit un vrai tireur d'élite. Et, si je baissais la tête et louvoyais sans cesse, j'avais peut-être une chance. Une chance minime, mais une chance.

Pourtant, une partie de moi voulait savoir ce que je faisais ici.

— Prends la pelle, a dit Matt.

Je l'ai retirée du sol et l'ai tenue, à l'horizontale, avec les deux mains.

— Ne la tiens pas comme ça.

— Comment ?

— Comme un putain de gladiateur prêt à me tomber dessus. Tiens-la d'une seule main.

J'ai laissé la pelle retomber par terre.

— Comme ça, ça va ?

Matt m'a dévisagé sans rien dire. Nous nous sommes défiés du regard pendant quelques secondes.

— Vous avez tué ma femme, ai-je fini par dire.

— C'est ce que je *pensais*, a répondu Matt.

Je n'ai rien trouvé à répondre.

Il a désigné les bois d'un geste du pouce.

— Allons-y, mon pote.

- 42 -

La femme à la Volvo noire avait l'air secouée.

— Qu'est-ce que vous avez dit ? demanda-t-elle à Tyler.

— Vous avez bien entendu. Êtes-vous Brie Mason ?

— Pourquoi demander ça ? dit-elle, la voix tremblante.

C'est à ce moment-là qu'il en eut la certitude. À sa façon de prononcer ces mots. L'expression de son regard.

— Bon sang, ce n'est pas compliqué comme question, dit-il, d'une voix qui se brisait aussi.

— Non, je ne suis pas Brie Mason. Maintenant, laissez-moi tranquille.

— Si ce n'est pas vous, alors qui êtes-vous, bon sang ?

— Vous n'avez pas à me parler comme ça ! Et vous, qui êtes-vous ? Vous travaillez au supermarché. Pourquoi m'avez-vous suivie ?

— Parce que vous lui ressemblez. Vous ressemblez à la femme qui était en photo dans les journaux, et vous avez le même modèle de voiture.

— Quelle voiture ?

— La voiture de la femme qui est venue chez le petit ami de ma sœur. À son ancienne adresse.

Elle ne savait plus trop quoi dire.

— Si vous ne partez pas, je vais appeler la police.

— Vous devriez peut-être.

Elle saisit quelques sacs et se dirigea vers une porte, sur le côté de la maison. Tyler prit les sacs restants.

— Je vais vous aider.

— Je ne veux pas de votre aide, dit-elle en lui tournant le dos.

Elle posa ses sacs pour avoir une main libre et déverrouiller la porte. Mais elle se retourna vers Tyler en insérant la clé.

— Je ne peux pas parler de ça. Si ce qui s'est passé a blessé quelqu'un, je suis désolée, mais je... Il faut que vous partiez.

— Ça veut dire quoi, ça ? Que c'était vous ?

Elle ouvrit la porte, déposa les courses à l'intérieur, prit les autres sacs des mains de Tyler, puis entra dans sa maison et referma la porte. Il entendit un verrou tourner.

— Ce n'est pas fini, lança-t-il.

Il retourna à son vélo, l'enfourcha et repartit. Quand il se fut éloigné, la porte s'ouvrit à nouveau et la femme fit un pas timide à l'extérieur, les larmes aux yeux et le menton tremblant.

Tyler ne savait pas quoi faire ensuite. Alors qu'il pédalait en direction de Whistler's, il passa en revue les options qu'il avait.

Il pouvait ne rien faire, prétendre qu'il ne l'avait jamais vue, ne rien dire à Jayne et Andrew. Mais ce n'était pas le genre de choses qu'il se sentait capable de garder pour lui. Il pourrait contacter cette inspectrice. Il avait entendu son nom – Hardy – quand il l'avait écoutée parler avec Jayne et, plus tard, avec Andrew.

Ouais, il pourrait faire ça.

Mais Tyler n'avait pas très envie de parler aux flics. Il ne savait pas si la police recherchait celui qui avait renversé ces pierres tombales, et crevé ces pneus, mais on n'avait pas spécialement envie d'entrer dans un poste de police quand on avait fait ce genre de conneries. Peut-être que quelqu'un les avait vus, Cam et lui. Peut-être qu'on avait diffusé leurs signalements.

Voilà ce qu'il allait faire. Il allait appeler Cam.

Cam était son seul véritable ami à Stratford ou Milford, le seul à qui il pouvait parler. La veille au soir, il lui avait raconté tout ce qui s'était passé chez lui. La visite de la flic, tout ce qui concernait la disparition de la femme d'Andrew. Cam connaissait donc le fond de l'histoire. Il était le mieux placé pour en parler, même s'il n'était pas le couteau le plus affûté du tiroir.

Une autre chose dont Tyler était sûr : il n'allait pas retourner chez Whistler pour finir ses heures, ni au lycée.

Une fois prise cette décision, une autre s'imposa et il descendit de vélo parce qu'il sentait qu'il allait vomir. Il quitta la route pour rejoindre un petit parc. Des bancs, un ruisseau qui coulait en son milieu, et même quelques cygnes qui barbotaient.

Il laissa son vélo tomber dans l'herbe et se plia en deux, les mains sur les genoux. Il ne savait pas si sa nausée était due à sa course à vélo – il n'avait pas encore déjeuné et se sentait vaseux – ou simplement au stress. Tyler sentit son estomac se retourner plusieurs fois, mais rien n'en remontait. Il se redressa, une main sur le dossier d'un banc voisin.

Son téléphone bipa. Il le sortit de sa poche, vit que le message était de M. Whistler.

OÙ ES-TU ?

Que devait-il dire ? Il tapa rapidement une réponse :

ME SENS PAS BIEN. SUIS CHEZ MOI.

Il appuya sur Envoyer.
Quelques secondes plus tard :

OK. PRENDS SOIN DE TOI.

Maintenant, Tyler voulait envoyer un SMS à son tour. Il afficha le numéro de Cam et tapota avec son pouce :

APPELLE ASAP.

Cam était probablement en cours, mais il sentirait la vibration dans sa poche même si son téléphone était en mode silencieux. Il jetterait discrètement un coup d'œil à l'écran, puis dirait au prof qu'il avait besoin d'aller aux toilettes.

Comme prévu, le téléphone de Tyler sonna trois minutes plus tard.

— Qu'est-ce qu'il y a ? demanda Cam.

Tyler résuma la situation aussi vite qu'il le pouvait. Il avait vu cette femme qui était peut-être la femme d'Andrew. Il l'avait suivie jusque chez elle, mais elle avait refusé de lui parler.

— Qu'est-ce que je dois faire ? demanda-t-il.

— C'est pas compliqué. Tu y retournes, tu cognes à la porte jusqu'à ce qu'elle t'ouvre et qu'elle te dise ce qu'il en est. Tu as le droit de savoir. Ne fais pas ta gonzesse.

Eh bien, voilà, il savait maintenant quoi faire.

Il termina l'appel, prit encore un moment pour se préparer mentalement à ce qui pourrait être une conversation désagréable, puis enfourcha son vélo et commença à rebrousser chemin vers la maison de cette femme. Il craignait qu'elle ne soit plus là. Elle avait pu ranger ses courses et sortir pour aller faire d'autres achats ou partir au travail. Il s'était pratiquement écoulé quarante minutes depuis qu'il était parti de chez elle.

Mais alors qu'il tournait à l'angle de Rosemont et s'engageait dans sa rue, il vit que sa voiture n'avait pas bougé. Il posa son vélo sur la pelouse et alla jusqu'à la porte sur le côté. Comme il n'y avait pas de sonnette, il toqua, fort.

— Hé ! Je veux quand même vous parler !

Pas de réponse.

Il y avait deux petits carreaux en haut de la porte et il y jeta un coup d'œil en mettant sa main gauche en visière. S'il l'apercevait, il cognerait à la vitre. Il ne partirait pas d'ici avant d'avoir obtenu des réponses.

Comme il était plaqué contre la porte, la main droite posée sur la poignée, il voulut vérifier si elle l'avait déverrouillée après qu'il était parti.

Elle s'ouvrit.

Rien à foutre. J'entre.

Gifford Hunt, qui occupait la maison voisine de la femme à la Volvo noire, sortait sur le pas de sa porte d'entrée à 13 h 21 quand il entendit les cris.

Il venait d'appuyer sur la télécommande pour ouvrir le coffre de sa Buick parce qu'il s'apprêtait à aller taper un seau de balles sur le practice. Hunt, bientôt soixante-dix ans et agent municipal à la retraite chargé de l'entretien des feux de signalisation, gardait ses clubs de golf dans son coffre et aimait travailler son swing quand il n'allait pas faire un vrai parcours.

Les cris – une voix masculine, apparemment, répétant, « Merde ! Merde ! Oh, merde ! » – furent suivis quelques secondes plus tard par l'apparition d'un jeune homme, les mains en sang, qui sortit en courant de la maison et sauta sur un vélo.

Hunt observa la scène et, après un moment de stupéfaction, pensa aussitôt à se saisir de son téléphone. Il réussit à prendre plusieurs images de l'homme avant que celui-ci disparaisse au bout de la rue.

Après quoi Hunt regarda la maison de sa voisine. Il traversa la pelouse et longea le côté de la maison jusqu'à la porte. Il l'ouvrit et appela à l'intérieur.

— Candace ? Tout va bien ?

Hunt, la main tremblante, poussa la porte et fit un pas hésitant à l'intérieur. Il monta deux marches et se retrouva dans la cuisine.

— Oh, sainte mère de Dieu.

- 43 -

Andrew

Nous nous étions suffisamment enfoncés dans les bois pour que, lorsque j'ai jeté un coup d'œil derrière mon épaule, je ne voie plus mon Explorer ni le Suburban de Matt. Non pas qu'ils étaient devenus des petits points dans le lointain, mais nous étions descendus au fond d'un vallon, puis étions remontés sur l'autre versant et, de là, on perdait de vue le chemin par lequel nous étions arrivés.

Je continuais à ouvrir la marche, conformément aux instructions de Matt.

— Par ici, disait-il, le doigt pointé. OK, un peu plus à droite. C'est ça.

Après environ cinq minutes de marche, j'ai repéré un gros rocher devant nous. Il avait la taille d'un réfrigérateur et était planté là, au milieu des arbres, comme s'il avait été largué depuis l'espace.

— C'est l'endroit, a dit Matt. Juste là. Va te mettre près du rocher.

J'ai obtempéré et m'y suis adossé. J'avais toujours la pelle dans les mains. Matt se tenait à une dizaine de mètres de là, scrutant le sol, puis le rocher, puis de nouveau le sol, un doigt en l'air, comme s'il cherchait à connaître la direction du vent. Il se projetait six ans en arrière, essayant de se rappeler où, exactement, il l'avait fait.

Il a balayé le sol d'avant en arrière avec sa chaussure de travail pour écarter les feuilles et autres débris.

— J'aurais cru qu'il y aurait encore une dépression ou une trace du trou, a-t-il dit, mais je ne vois rien. Je suis pourtant presque sûr que c'était juste ici. À environ dix pas du rocher, juste dans l'alignement de ce bouleau, là-bas.

Il a tracé une croix dans les feuilles avec son pied. « Commence là », a-t-il dit, puis il a reculé pour se mettre hors de portée, au cas où l'envie me prendrait de lui donner un coup de pelle.

J'ai fait un pas en avant, ai appuyé le tranchant de la lame sur le sol, posé mon pied droit dessus, et j'ai retourné un petit tas de terre.

— Pourquoi avoir fait ça ? ai-je demandé. Pourquoi Brie ? Qui êtes-vous ? Comment la connaissiez-vous ?

J'avais passé la dizaine de minutes qui venait de s'écouler à me creuser la cervelle pour essayer de me rappeler où j'avais pu rencontrer cet homme auparavant. Rien chez lui ne m'était familier. Rien ne me sautait aux yeux. Mais Brie aurait pu le connaître. Y avait-il eu quelque chose dans le passé de ma femme, quelque chose dont elle ne m'avait jamais parlé, qui aurait pu inciter quelqu'un - cet homme - à la traquer et à la tuer ? M'avait-elle caché de sombres secrets comme j'en avais caché certains à Jayne ?

— Je ne l'avais jamais vue, a-t-il répondu. Je ne la connaissais pas.

Je me suis alors demandé si Matt n'était pas un tueur en série qui choisissait ses victimes au hasard. Peut-être qu'il avait croisé Brie au centre commercial ou dans la rue et qu'un détail en elle, dans son physique, avait déclenché quelque chose.

— Donc, vous l'avez vue et vous avez pensé, *je vais la tuer*, ai-je dit en enfonçant à nouveau la pelle dans le sol pour rejeter la terre sur le tas qui avait commencé à se former à droite du trou.

— Tu me prends pour un psychopathe, c'est ça ? a demandé Matt.

— Je cherche une raison.

J'ai continué à creuser.

— On appelle ça travailler pour gagner sa vie.

— On vous a... engagé ? (J'ai arrêté de pelleter, secoué la tête.) Quelqu'un vous a payé pour tuer ma femme ?

Matt a serré le poing et levé le pouce.

— Bravo, Sherlock.

C'est à cet instant que j'ai été rattrapé par l'énormité - la réalité - de ce qui était en train de se passer ici.

J'étais en train d'exhumer le corps de ma femme.

— Vous l'avez enterrée ici, ai-je dit.

— J'ai enterré *quelqu'un* ici. La question est de savoir si elle est toujours là. Si elle n'y est plus, c'est un problème. Et si ce n'est pas la personne que c'est censé être, c'est aussi un problème.

Tout cela commençait à ressembler à un rêve ou, plus précisément, à un cauchemar. Cela ne pouvait pas être vrai. Je n'étais pas là. Je n'étais pas en train de creuser ce trou.

— J'étais persuadé qu'elle était morte quand je l'ai mise là-dedans, et même si elle ne l'était pas la terre aurait dû l'étouffer. (Matt semblait parler tout seul plus qu'il ne s'adressait à moi.) Je l'imagine mal en train de s'extirper de là. Ce serait comme dans un film à la Stephen King. (Il s'est concentré sur moi.) Tu fais partie de ceux qui l'ont repérée ?

Les récentes apparitions de Brie... On l'avait manifestement mis au courant.

— Non, ai-je répondu. Mais j'ai entendu d'autres personnes dire qu'elles l'avaient vue.

Matt a lentement tourné la tête d'un côté et de l'autre.

— Ça n'a aucun sens.

Qui l'eût cru ? Enfin une chose sur laquelle on pouvait s'entendre.

Je devais essayer de garder les idées claires. Au fond de moi, je tremblais, et si je n'avais pas tenu cette pelle mes mains auraient tremblé aussi. J'avais l'estomac au bord des lèvres, et je devais faire des efforts surhumains pour ne pas me plier en deux et vomir.

— Qui vous a engagé pour tuer ma femme ?

Matt a secoué la tête.

J'ai persisté :

— Qu'est-ce qu'elle avait fait ? Pourquoi est-ce qu'on voulait l'éliminer ?

Il a continué à secouer la tête.

— Creuse.

J'ai jeté quelques pelletées supplémentaires avant de m'arrêter pour demander :

— Jusqu'où ?

— Tu devrais trouver quelque chose à environ trente centimètres de profondeur.

— Vous avez peur qu'elle ait réussi à se sortir de là.

Matt s'est énervé.

— Je n'ai pas peur, putain.

— J'aurais juré le contraire. Vous avez peur qu'elle ne soit pas là. Qui vous a parlé de ses apparitions ?

Un autre mouvement de tête.

J'ai essayé de me souvenir de tous ceux qui avaient vu la femme qui était, ou n'était pas, Brie. Il y avait Max, et peut-être ses nouveaux voisins. Il y avait Albert, Isabel et Norman. Et, enfin, Elizabeth.

J'ai enfoncé la pelle dans la terre, mais avec moins de force que j'aurais pu y mettre. Ce n'était pas pour gagner du temps, bien qu'il y ait eu un peu de ça aussi. J'avais peur de ce que je pourrais heurter. Comme si enfoncer le tranchant de la pelle dans ce qu'il restait de Brie pouvait la blesser davantage.

— Faut que j'aille pisser, a fait savoir Matt.

Serait-ce ma chance ? Est-ce qu'il allait disparaître derrière un derrière un arbre le temps nécessaire pour vider sa vessie ?

De toute évidence, non. Il a transféré le pistolet dans sa main gauche, manifestement plus à son aise pour descendre sa fermeture Éclair et sortir son sexe avec la droite. Le jet de pisse a atterri à un peu plus d'un mètre de l'endroit où je creusais, s'infiltrant au pied de ce qui était peut-être la tombe de ma femme.

Je voulais le tuer. Je voulais le tuer plus que je n'avais jamais voulu quoi que ce soit de toute ma vie.

Matt s'est secoué et rebraguetté.

— Je t'ai demandé d'arrêter ?

— Mettons qu'on trouve son corps, ai-je dit. Ça s'arrête là ? Vous auriez pu venir la déterrer tout seul.

— J'ai besoin que tu confirmes que c'est elle.

J'ai presque ri.

— Vous plaisantez.

— Il y aura peut-être quelque chose, a développé Matt en pointant toujours son arme sur moi. Un plombage dentaire ou autre chose que tu reconnaîtrais. C'était ta femme. T'es le mieux placé, non ?

J'avais creusé un trou d'une cinquantaine de centimètres de large sur une soixantaine de long, et plus de trente centimètres de profondeur. Je n'avais rencontré que de la terre. J'ai fait un pas en arrière afin que Matt puisse rapidement inspecter le trou.

— Hum, a-t-il marmonné.

Et voilà que mon esprit envisageait l'inimaginable : que Brie ait effectivement été enterrée vivante, et qu'elle ait réussi à s'échapper d'une manière ou d'une autre. Mais dans ce cas, pourquoi s'était-elle cachée pendant six ans pour réapparaître soudainement ce samedi ?

Nouveau « Hum » de sa part.

Je me suis raclé la gorge.

— Vous vous êtes peut-être trompé d'endroit.

Matt s'est frotté le menton. Il a considéré le rocher, puis le trou que j'avais creusé, puis de nouveau le rocher.

Il a pointé le doigt vers le sol à environ soixante centimètres de la zone que je fouillais.

— Essaye donc ici.

- 44 -

Un ruban jaune de la police entourait la propriété au bout de Rosemont Street. Deux voitures de police de Milford, garées à l'intersection, bloquaient l'accès à la rue. Devant la maison se trouvaient deux autres véhicules de police, dont un banalisé.

À l'intérieur, portant des surchaussures en papier, les mains gantées, l'inspectrice Marissa Hardy examinait la scène.

Une femme d'une trentaine d'années gisait sur le sol de la cuisine, à plat dos, les yeux ouverts fixés au plafond, la tête auréolée d'une flaque de sang qui semblait figée. Aucun signe de lutte. Pas de chaises renversées, pas d'assiettes ou de verres cassés, bien que Hardy ait remarqué que le chant du plan de travail, au-dessus du corps de la victime, était ébréché.

Il n'était ni en quartz ni en granit, mais recouvert d'un stratifié bon marché. Quelque chose, vraisemblablement l'arrière du crâne de la victime, avait heurté le bord. En se penchant, Hardy vit du sang, et un cheveu. Elle ne serait pas surprise si, une fois le corps envoyé au centre médico-légal, on retrouvait l'éclat de stratifié dans son crâne.

Peut-être qu'on l'avait poussée, qu'elle s'était cogné la tête et s'était effondrée. Et que le choc avait été assez violent pour la tuer.

On avait dû la pousser très fort.

Une agente en tenue, également équipée de surchaussures, se tenait à l'entrée de la cuisine.

— Le voisin qui a appelé le central est dehors, dit-elle.

— OK, fit Hardy. Quel est le nom de la victime ?

— Candace DiCarlo. Elle travaille dans un club de fitness.

— Un mari ?

— D'après le voisin, elle et son ex se sont séparés il y a quelques années. Elle a eu la maison et il aurait déménagé dans l'Ouest, au Nevada.

— C'est quoi, son nom ?

— De l'ex ?

— Du voisin.

— Hunt. Gifford Hunt. Un retraité.

— Dites-lui que j'arrive dans une seconde.

L'agente se retira. Hardy prit encore quelques minutes pour embrasser la scène du regard avant de se décider à sortir. Le voisin, visiblement secoué, l'attendait devant sa maison.

— Monsieur Hunt ? dit-elle en retirant ses gants avant de lui tendre la main. Je suis l'inspectrice Hardy. (Elle serra sa main tremblante pendant une seconde.) Est-ce que ça va ?

— Un peu sous le choc, je suppose.

— C'est ici que vous vivez, monsieur ?

— C'est exact. Ma femme est partie rendre visite à notre fille pendant quelques jours, à Cleveland. Je suis tout seul. Je l'ai appelée. J'espère que ça ne pose pas de problème.

— Bien sûr que non.

— Je lui ai dit de ne pas rentrer, mais je pense qu'elle va quand même le faire. (Il prit une inspiration, posa la main sur sa poitrine.) J'espère que je ne suis pas en train d'avoir une crise cardiaque.

— Vous avez déjà eu des problèmes cardiaques, monsieur Hunt ?

— Non, non, je suis un peu hypocondriaque, c'est tout.

— C'est vous qui avez trouvé Mme DiCarlo ?

— Oui. Je suis allé chez elle après avoir entendu tous ces cris et j'ai vu l'homme s'enfuir sur son vélo.

— Des cris ? C'était une dispute entre deux personnes ?

— Non, il n'y avait qu'une seule voix. Juste des grossièretés. Quelqu'un qui criait « Oh merde », plusieurs fois.

— Avez-vous reconnu cet homme ?

— Non, dit-il dit en secouant la tête. Je ne l'avais jamais vu.

— Mme DiCarlo vivait seule ?

— Oui, c'est ce que j'ai dit à l'autre agente. Elle et son mari ont divorcé et il a déménagé.

— Des petits amis ?

— Je ne sais pas. C'est possible. Je ne prête pas vraiment attention à ce genre de chose. C'est par hasard que je suis sorti de la maison à ce moment-là. Je partais pour le practice. J'ai pris ma retraite il y a deux ans. Je travaillais pour la Ville, à la maintenance et à l'entretien des feux de signalisation. Quand un feu tombait en panne, c'est moi qu'on appelait.

— Que savez-vous de Mme DiCarlo ?

— On se parlait à l'occasion. Elle travaille dans un club de sport. Je crois qu'elle était coach personnel, avant, mais maintenant elle s'occupe… elle s'occupait de l'administratif. Et elle prenait part à diverses activités.

— Quelles sortes d'activités ?

— Le théâtre, déjà. Le théâtre amateur. L'autre jour, elle m'a dit qu'ils allaient bientôt jouer une pièce. Elle avait un rôle intéressant. Elle adorait ça.

— Vous connaissez le nom de sa troupe ?

— Les Stamford Players, je crois. Il nous arrivait, à ma femme et moi, d'aller voir leurs spectacles, pour les soutenir, vous comprenez. Il y a quelques jours, elle m'a dit qu'on devrait prendre des billets parce qu'ils répétaient un nouveau spectacle.

Hardy avait sorti un petit carnet et un stylo pour griffonner quelques notes. Puis, soudain, comme si une ampoule s'était allumée au-dessus de sa tête, elle se figea brièvement.

Elle se retourna lentement et regarda la voiture garée dans l'allée de la maison de Candace DiCarlo.

Un break Volvo noir.

— Monsieur Hunt, dit-elle, c'est la voiture de Mme DiCarlo ? Je suppose que oui, mais nous n'avons pas vérifié, en fait.

— Oui, c'est bien la sienne. Elle l'a depuis plusieurs années.

— Ne bougez pas.

Hardy alla jusqu'à la voiture, en fit lentement le tour, en veillant à ne pas y toucher. Elle regarda dans l'habitacle à travers les vitres, puis se planta devant pour examiner le capot. Elle extirpa son téléphone de sa poche, ouvrit la galerie de photos et trouva celle de la Volvo, prise ce samedi matin.

On distinguait sur la photo un enfoncement sur le capot, à peu près à mi-chemin entre le pare-chocs et le pare-brise, côté passager.

Exactement comme sur cette voiture.

Elle examina ensuite les plaques d'immatriculation, avant et arrière. Elle remarqua des traces de ce qui ressemblait à de la boue sur les bords, comme si quelqu'un les avait nettoyées récemment, du moins suffisamment pour éviter d'être verbalisé.

Elle revint interroger Gifford Hunt :

— Pouvez-vous décrire l'individu que vous avez vu quitter le domicile de Mme DiCarlo ?

— Mince, et jeune. Un adolescent. Des cheveux plutôt longs. Et il avait du sang sur les mains. J'ai pu le voir. Même s'il roulait assez vite sur sa bécane.

— Il était à moto ?

— Non, à vélo. Comme je l'ai dit, il allait assez vite, si bien que je n'ai pas pu le voir longtemps. Mais je l'ai filmé en train de s'enfuir.

— Je vous demande pardon ?

Hunt sortit son téléphone de sa poche.

— Je ne suis pas un geek et je n'ai pas vraiment l'habitude d'avoir ce genre de réflexe, mais aujourd'hui je devais être un peu plus réactif que d'habitude.

Il ouvrit l'application photo et fit apparaître la courte vidéo.

— La qualité n'est pas très bonne, dit-il d'un air confus. Je n'ai pas pensé à zoomer ou quoi.

— Vous permettez ? demanda Hardy en tendant la main.

Hunt lui remit son téléphone.

Elle appuya sur le bouton triangulaire de lecture et visionna les quelques secondes où l'on voyait le cycliste s'éloigner dans la rue à toute vitesse. Elle repassa la vidéo plusieurs fois. Puis elle la mit en pause et agrandit l'image.

— Je connais ce gamin, murmura-t-elle. Je l'ai vu il n'y a pas longtemps, mais où ?

Et puis ça lui revint d'un coup.

- 45 -

Quand Jayne se gara dans l'allée, la première chose qu'elle remarqua fut le vélo de Tyler, couché sur la pelouse. La seconde, que la porte d'entrée était grande ouverte.

Tyler laissait habituellement son vélo derrière la maison, hors de vue. Et il savait qu'on refermait la porte après être entré dans la maison. Quelque chose n'allait pas du tout.

Elle descendit de voiture et, passant devant le vélo, aperçut des taches rouges sur le guidon. Il y avait aussi du sang sur la poignée de la porte d'entrée.

— Oh, mon Dieu ! dit Jayne en entrant et en fermant la porte derrière elle. Tyler !

Pas de réponse.

Elle traversa le rez-de-chaussée en hâte, regarda dans la cuisine, sortit sur la terrasse à l'arrière. Elle retourna à l'intérieur et, au pied de l'escalier, cria :

— Tyler, tu es là ?!

Toujours rien.

Elle sortit son téléphone et ouvrit l'appli qui lui permettait de localiser son frère. Tyler, ou du moins son téléphone, était ici.

Elle monta à l'étage en courant, son téléphone toujours à la main, longea le couloir jusqu'à la chambre de son frère et trouva porte close. D'ordinaire, elle restait ouverte pendant la journée. Elle frappa doucement.

— Tyler ? Tu es là ?

— Va-t'en.

Jayne ouvrit la porte. L'adolescent était assis au bord du lit, penché en avant, la tête dans les mains. Il leva les yeux quand sa sœur entra dans la chambre. Elle vit les larmes sur son visage.

— Tyler, qu'est-ce qui s'est passé ?

Il secoua la tête, incapable de parler.

— Bon sang, parle-moi. Il y a du sang sur la porte d'entrée, tu... Mon Dieu, tu es blessé ?

Comme elle faisait un pas dans sa direction, il leva une main, paume tournée vers elle.

— N'approche pas.

— Dis-moi juste si tu es blessé. Est-ce que je dois t'emmener chez un médecin ? Tu as eu un accident avec ton vélo ?

— Je ne suis pas blessé, dit-il en baissant le bras, permettant à Jayne de faire un pas de plus.

Il la regardait sans vraiment la voir. Comme si elle était transparente et qu'il contemplait quelque chose qui n'était pas là.

— Tyler, parle-moi, dit Jayne. Tu es en état de choc ?

Jayne tenait toujours son téléphone. Elle afficha le numéro d'Andrew, tapa dessus et colla le portable à son oreille. Après cinq sonneries, elle tomba sur la messagerie vocale :

« Vous êtes bien sur le portable d'Andrew Carville. Veuillez laisser un message après le bip sonore. »

— Andrew, c'est moi. S'il te plaît, appelle dès que tu auras ce message. Quelque chose est arrivé.

Elle appuya sur le bouton pour mettre fin à l'appel, puis posa le téléphone sur la table de chevet. Elle s'assit sur le lit à côté de Tyler et, avec hésitation, passa le bras autour de ses épaules.

— Quoi qu'il se soit passé, il faut que tu me le dises, insista-t-elle, remarquant pour la première fois des traces de sang sur ses doigts. Même si tu t'es attiré des ennuis, on peut arranger ça.

— Non, murmura-t-il. Non.

— À qui est ce sang ? demanda Jayne en effleurant ses doigts. C'est le tien… ou celui de quelqu'un d'autre ?

Il se couvrit le visage avec les mains et se mit à pleurer. C'était plus que quelques larmes. Il sanglotait et gémissait, le corps secoué de grands hoquets.

— Oh merde merde merde merde, dit-il.

Jayne l'attira contre elle et le serra dans ses bras. Tyler marmonna quelque chose qu'elle ne comprit pas.

— Qu'est-ce que tu as dit ?

— J'ai merdé. J'ai totalement merdé.

— Mais non, on va arranger ça.

— Tout est ma faute.

— Quoi ? Qu'est-ce qui est ta faute ?

Il tourna la tête pour la regarder, les yeux rougis.

— Je n'aurais jamais dû le laisser déneiger l'allée. C'était entièrement ma faute.

— Qu'est-ce que tu…

Jayne savait qu'il faisait référence à leur père, tombé raide mort en déblayant la neige pendant que Tyler faisait la grasse matinée.

— Quel est le rapport avec ce qui s'est passé aujourd'hui ?

Il renifla.

— S'il n'était pas mort, je ne serais pas venu vivre ici, et rien de tout ça… Ce qui s'est passé aujourd'hui n'est pas ma faute, mais ils ne voudront pas le croire. C'est à cause de papa. Je vais être puni à cause de papa.

— Tyler, je ne comprends pas ce que...

On sonna à la porte.

Avant même que Jayne ait tourné la tête, plusieurs coups furent frappés avec force.

— Reste ici, dit-elle à son frère, et elle attrapa son téléphone avant de quitter la chambre.

Elle était presque à bout de souffle lorsqu'elle atteignit la porte d'entrée. Elle l'ouvrit en grand et tomba sur l'inspectrice Marissa Hardy. Celle-ci avait déjà remarqué la poignée ensanglantée.

— Madame Keeling, où est votre frère ?

— Tyler ? dit-elle en avisant les deux agents en tenue qui se tenaient derrière l'inspectrice et les trois voitures de police garées devant la maison.

Hardy semblait déjà à bout de patience.

— Vous avez un *autre* frère, madame Keeling ?

— Qu'est-ce que vous lui voulez ?

Hardy agita une enveloppe sous le nez de Jayne.

— Nous avons un mandat d'arrêt. Il est ici ?

Jayne resta sans voix.

— Y a-t-il des armes sur place ? demanda Hardy.

— Non, bien sûr que non, répondit Jayne. C'est ridicule. Tyler ne ferait pas de mal à...

— Vous croyez qu'il a fait du mal à quelqu'un ? coupa Hardy. Avez-vous une raison de penser que nous sommes ici parce que Tyler a fait du mal à quelqu'un ?

Une fois de plus, Jayne resta sans voix.

Hardy força le passage, suivie des deux agents.

— S'il vous plaît, dit Jayne, au bord des larmes. S'il vous plaît, ne le brutalisez pas.

Elle était incapable d'assister à ça. Elle sortit sur le perron et rappela Andrew. Cette fois, elle tomba directement sur sa messagerie.

— Andrew, je t'en prie, appelle-moi. Ils sont en train de l'emmener. Ils sont venus pour Tyler.

Même de l'extérieur, Jayne entendait des bruits étouffés, des éclats de voix. Et puis son frère qui criait :

— Ne me touchez pas, putain ! Je n'ai rien fait ! Je voulais juste lui parler !

Quelques instants plus tard, Hardy et les deux agents sortaient de la maison avec Tyler, les poignets menottés dans le dos. Des larmes coulaient sur son visage.

Jayne courut après lui alors qu'on le poussait sans ménagement à l'arrière d'une des voitures de patrouille.

— Ça va aller ! cria-t-elle. Je vais découvrir ce qui se passe ! Je vais te sortir de là !

— Je ne l'ai pas fait ! répétait-il. Ce n'est pas moi !

Une fois assis à l'arrière de la voiture, Tyler se retourna et colla son visage à la fenêtre. Il regarda sa sœur d'un air implorant, les yeux gonflés par les larmes.

Elle posa la main sur la vitre.

— Accroche-toi, dit-elle. Tiens bon.

Un agent prit le volant et la voiture démarra, Tyler se retournant pour voir sa sœur à travers la lunette arrière. Jayne, anéantie, se sentait au bord du malaise. Et puis cela arriva. Lentement, elle s'écroula, ses jambes ne la portant plus. Elle posa une main sur la chaussée pour garder le buste droit.

Elle leva les yeux vers l'inspectrice Hardy, campée devant elle.

— Comment avez-vous pu ? dit Jayne. Mais que pensez-vous qu'il a fait, bon sang ?

— Nous l'arrêtons pour homicide.

— Un homicide ? répéta Jayne avec incrédulité. Qui ?

Hardy hésita.

— Vous vous rappelez la photo que je vous ai montrée samedi ? La femme devant l'ancien domicile d'Andrew ? C'est elle.

— Brie, murmura Jayne. Brie Mason.

Hardy tendit la main pour aider Jayne à se relever.

— Cette femme s'appelle Candace DiCarlo, dit Hardy. Elle vivait dans Rosemont.

— Je ne comprends pas... Vous avez dit que c'était Brie.

— J'ai dit que c'était la femme de la photo. Mais cette femme n'est pas Brie.

— Vous en êtes sûre ? Cette autre femme – Candace ? – a pris son identité ?

Hardy, impassible, répondit :

— Nous n'en sommes qu'au début de notre enquête, madame Keeling. Je suis désolée. Je ne peux pas vous dire grand-chose à ce stade. (Elle marqua un temps d'arrêt.) Connaissez-vous un bon avocat ? Parce que votre frère va en avoir besoin.

Jayne secoua la tête.

L'inspectrice soupira et lui lança un regard compatissant.

— Nous sommes en mesure d'établir sa présence sur la scène de crime. On l'a vu partir à vélo, couvert de sang. Il a de gros soucis à se faire, madame Keeling. Si j'étais vous, j'engagerais le meilleur.

L'inspectrice retourna dans la maison, probablement pour recueillir des indices, supposa Jayne.

Cette fois, au lieu de téléphoner à Andrew, elle tapa un message. Tout en majuscules. Deux mots.

GROS PROBLÈME

Le SMS ne fut pas distribué.

- 46 -

Andrew

La sonnerie de mon portable dans la poche avant de mon jean fit dresser l'oreille de Matt.

— Balance-le-moi, ordonna-t-il.

J'ai sorti le téléphone, vu que c'était Jayne qui appelait, puis l'ai jeté à Matt. Il a atterri dans les feuilles. Matt s'est penché pour le prendre, puis il a décrit un cercle autour de moi pour atteindre l'énorme rocher. Tenant l'appareil avec l'écran tourné vers le bas, il l'a frappé à trois reprises sur une protubérance du rocher et, convaincu qu'il était HS, l'a glissé dans sa poche.

— Continue, a-t-il dit.

Je m'étais déplacé vers le nouvel emplacement, à deux pas seulement du premier trou. J'avais suggéré de creuser ailleurs pour gagner du temps, mais Matt envisageait maintenant la possibilité qu'il s'était trompé d'endroit. J'étais prêt à creuser un trou aussi vaste qu'un court de tennis si cela pouvait me donner le temps de trouver un moyen de l'empêcher de me tuer.

J'ai enfoncé la pelle dans le sol et j'ai retourné un peu de terre. Si la lame ne rencontrait aucun ossement dans les trente premiers centimètres – et l'idée de savoir à qui ces os appartiendraient me donnait le vertige –, je proposerais d'essayer ailleurs encore.

— Alors, quelque chose ?

— Non. Vous pouvez me relayer quand vous voulez.

Puis c'est son téléphone portable qui s'est mis à sonner. Il l'a sorti, a jeté un coup d'œil à l'écran, rejeté l'appel. Je me suis arrêté et je l'ai regardé.

— Femme, a-t-il dit.

Si seulement il avait été plus près, je lui aurais jeté de la terre au visage pour l'aveugler temporairement. Assez longtemps pour soit le plaquer et tenter de lui prendre le pistolet, soit le frapper à la tête avec la pelle. Un coup de côté donné avec le tranchant de la lame qui ouvrirait le crâne de ce fils de pute comme un melon.

Mais je n'ai fait qu'enfoncer la pelle dans le sol pour ce qui m'a semblé la millième fois.

— Et si...

J'étais tombé sur quelque chose.

On apercevait dans la terre un fragment grisâtre, et ce qui ressemblait à un lambeau de tissu presque désagrégé.

Matt s'est approché suffisamment pour constater que j'avais peut-être trouvé quelque chose.

— Maintenant, on va fignoler, a-t-il dit. À quatre pattes.

Je me suis accroupi ; le sol de la forêt était frais sous mes genoux, même à travers mon jean. J'ai commencé à retirer la terre, une poignée à la fois, comme si j'étais sur un chantier de fouilles archéologiques. Lentement, ce qui ressemblait à une cage thoracique a pris forme.

— J'ai besoin de souffler une minute, ai-je dit, et je me suis assis sur les fesses.

— Ne commence pas à faire ta pleureuse.

Ça n'allait pas être facile. J'étais bouleversé. J'avais vu un paquet de films où l'on oblige quelqu'un à creuser sa propre tombe, mais je n'avais pas le souvenir d'en avoir vu un seul où on demande à un homme d'exhumer sa propre femme. J'ai posé mes mains pleines de terre sur mes yeux et j'ai pris quelques inspirations.

— Allez, au boulot, a dit Matt. (D'où il se tenait, il a essayé de mieux voir ce que j'avais mis au jour.) C'est bien. Ça veut dire qu'elle n'est pas sortie de là. Maintenant, on doit juste s'assurer qu'il n'y a pas eu erreur sur la personne.

— J'ai laissé mon kit ADN dans le pick-up, j'ai dit. Ne bougez pas, je vais le chercher.

— Très drôle. Continue.

Je me suis remis à creuser, en portant mon attention sur l'endroit où je pensais trouver la tête. Lentement, j'ai commencé à découvrir ce qui semblait être un front, puis des orbites. Des mèches de cheveux. Une tête. J'espérais encore que, contre toute attente, ce crâne et le squelette auquel il était attaché puissent ne pas être ceux de Brie. Que c'était quelqu'un d'autre, aussi improbable que cela puisse paraître. Que la femme qui était mystérieusement apparue pendant le week-end était réellement ma femme.

Mais à ce moment-là, mon doigt a accroché quelque chose.

Une chaîne de cou.

En enlevant plus de terre, j'ai découvert un collier. Un collier ras-de-cou. Il était en argent, constitué de dizaines de petites mailles et parsemé de plusieurs maillons formant la lettre *G*.

Gucci.

Le collier que j'avais acheté à Brie pour son anniversaire. Celui que je l'avais vue porter lors de notre discussion FaceTime ce samedi soir-là, six ans auparavant, la nuit précédant sa disparition.

J'ai lâché le bijou, jeté mes mains devant moi pour amortir ma chute et me suis effondré sur la tombe de ma Brie adorée.

- 47 -

C'est Tyler lui-même qui donna à l'inspectrice Hardy le nom de Cam. Comme ils lui faisaient descendre l'escalier, il avait dit : « Demandez à Cam. Il vous le dira. Je suis seulement allé là-bas pour lui parler. »

L'inspectrice s'était donc mise en quête de l'adolescent. Tyler avait dit qu'il travaillait avec lui et, lorsque Hardy avait appris que tous deux étaient employés au Whistler's Market, elle appela le patron du magasin et demanda où elle pouvait trouver ce Cam.

— Il doit être au lycée, répondit Whistler, qui précisa de quel établissement il s'agissait.

Elle se présenta à l'administration du lycée, trouva le directeur, lequel détermina que Cam était en cours de chimie, au premier étage.

— Allons le chercher, demanda Hardy.

Ils trouvèrent la salle. Le directeur interrompit le professeur au milieu du cours, désigna Cam et lui fit signe d'approcher.

Cam, grand, maigre et ravagé par l'acné, sortit dans le couloir.

— Qu'est-ce qui se passe ? demanda-t-il, puis, voyant l'inspectrice Hardy : Vous êtes qui, vous ?

Elle se présenta.

— Oh, merde, dit-il. Si c'est à cause des pneus crevés, on a rien à voir avec ça.

— Quels pneus crevés ? demanda Hardy.

— Rien, s'empressa de répondre l'adolescent. Alors, il se passe quoi ?

— Tu as parlé à ton copain Tyler cet après-midi. Raconte-moi ça.

— Pourquoi, qu'est-ce qui est arrivé ? Qu'est-ce qui se passe ?

— Pourquoi est-il allé chez Candace DiCarlo ?

— Qui c'est, ça ?

— Parle-moi de votre conversation.

— OK, c'est cette histoire avec le petit ami de la sœur de Tyler. Genre, il y a longtemps, sa femme a disparu et les gens pensent qu'il l'a tuée.

— Continue.

— Mais il y a deux jours, elle est revenue. Tyler l'a vue chez Whistler et l'a suivie jusque chez elle.

— Pourquoi a-t-il fait ça ?

Cam haussa les épaules.

— Il voulait savoir si c'était vraiment elle, parce que personne n'en était sûr et que ça foutait vraiment le bordel chez lui. Il voulait lui demander si elle comptait rester mariée au petit ami de sa sœur. Et, dans ce cas, Tyler se demandait ce qu'ils allaient devenir, lui et sa sœur, si elle voudrait toujours le garder avec elle, parce qu'il ne peut pas retourner chez sa tante.

Hardy avait un peu de mal à suivre.

— Que se passe-t-il avec sa tante ?

— C'est rapport aux emmerdes qu'il a eues à Providence. Elle ne voulait plus s'occuper de lui à cause de son œil.

Suivre le raisonnement de ce gamin, c'était comme essayer d'attraper une luciole.

— Donc Tyler t'a appelé, et il est allé voir cette femme pour lui poser toutes ces questions.

— Pas tout de suite.

— Comment ça, pas tout de suite ?

— Il y est allé une première fois, mais la femme n'a pas voulu lui parler. Elle s'est enfermée chez elle, et Tyler est parti. C'est à ce moment-là qu'il m'a appelé.

— Pourquoi t'appeler, toi ?

— Pour me demander conseil, je suppose. (Il sourit, s'imaginant comme quelqu'un d'une grande sagesse.) Il ne savait pas quoi faire. Il était agité, confus et tout. Je ne l'avais jamais vu dans cet état-là.

— Était-il en colère ?

— Pas en colère. Il essayait de savoir quoi faire. Cette femme ne voulait pas répondre à ses questions.

— Alors, qu'est-ce que tu lui as dit ?

Cam haussa les épaules.

— J'ai dit qu'il devrait y retourner et l'obliger à lui parler.

— Tu as vraiment fait ça ?

— Ouais. Pourquoi ? Il y a un problème ?

Quand l'inspectrice Hardy remonta dans sa voiture, elle s'accorda un moment de réflexion.

Si la résolution du meurtre de DiCarlo semblait être un jeu d'enfant - Tyler avait reconnu être présent dans la maison et un témoin l'avait vu quitter la scène de crime couvert de sang –, beaucoup de questions restaient en suspens. Si DiCarlo était effectivement la femme qu'on voyait sur la vidéo de surveillance, pourquoi voulait-elle qu'on la prenne pour Brie Mason, revenue après six ans d'absence ?

Pourquoi se faire passer pour Brie ?

Était-ce une sorte de farce cruelle destinée à faire croire à la famille de Brie que celle-ci était toujours en vie ? Qu'avait-elle à y gagner ? Pourquoi donner de faux espoirs à une famille de cette façon ?

L'idée lui avait traversé l'esprit qu'Andrew était derrière tout ça, qu'il avait engagé quelqu'un pour se faire passer pour Brie dans l'espoir de persuader tout le monde qu'il ne l'avait pas tuée. Mais il y avait un problème avec cette théorie : pourquoi maintenant ? La disparition de Brie était effectivement une affaire non résolue. Hardy n'avait pas cessé d'y penser, mais cela faisait des années qu'aucune nouvelle piste ne s'était présentée.

Faire semblant d'être Brie.

Qu'avait dit le voisin de DiCarlo ? Candace faisait partie d'une troupe de théâtre amateur. Elle était donc capable de jouer un rôle, endosser une autre identité.

Elle sortit son carnet pour retrouver le nom de la troupe. Les Stamford Players.

Après quoi, elle prit son téléphone, ouvrit le navigateur et entra le nom de la compagnie sur Google.

Le site des Stamford Players s'afficha. La troupe allait donner une nouvelle pièce dans quelques semaines, comme le voisin l'avait dit. Une pièce intitulée *La Bibliothécaire*. Il y avait des informations sur la vente des billets, la distribution – avec un portrait de Candace DiCarlo – et puis des informations sur la pièce elle-même, écrite et mise en scène par la même personne.

Albert McBain.

— Bordel de merde, dit Hardy tout bas.

- 48 -

Andrew

— Alors ? a demandé Matt avec une impatience manifeste. C'est elle ?

Il m'a fallu une minute pour me ressaisir. J'ai essuyé mes yeux avec ma manche. Mes mains étaient noires de terre. Lentement, je me suis levé, et je me suis servi de la pelle pour me soutenir une fois debout.

Six ans sans vraiment savoir. Imaginant le pire, sans certitude. Mais voilà. Je n'avais aucun doute sur le fait que c'était Brie. Je fondais ma conclusion sur le collier et sur quelques lambeaux de tissu desséché qui m'évoquaient une chemise de nuit qu'elle portait souvent. Un jour, peut-être, si l'inspectrice Hardy découvrait les restes et effectuait un test ADN, on serait sûrs à cent pour cent.

Mais je n'avais pas besoin des résultats du test ADN. Je savais au fond de mon cœur et de mes tripes que c'était elle.

Je savais aussi qu'il y avait fort peu de chances que Hardy trouve un jour ces ossements et conduise des analyses médico-légales. Plus probablement, je creuserais une seconde tombe sous la menace et m'y allongerais moi-même.

Éviter cette issue était la priorité du moment. J'allais devoir faire le deuil de Brie, vivre avec le traumatisme d'avoir déterré la femme que j'avais aimée, si cette possibilité m'était offerte. Aussi, en me relevant, j'ai envisagé tous les moyens possibles de gagner du temps.

Matt commençait à s'agacer que je n'aie pas répondu à sa question.

— C'est elle, hein ? Tu ne serais pas aussi dévasté si c'était une inconnue.

— Non, ai-je dit.

— Non ? Comment ça, non ?

Ma voix se brisait. Je n'avais pas besoin de faire semblant.

— Ce n'est pas elle.

Ce mensonge était évidemment une stratégie décidée dans l'instant. Je misais sur le fait que si j'arrivais à persuader Matt que ce n'était pas le corps de Brie, il allait devoir trouver quoi faire ensuite. Et vu que j'étais la personne la plus qualifiée pour identifier ma femme, il aurait encore besoin de moi pour réunir les pièces du puzzle.

Mais il pouvait aussi décider d'en finir en me tuant maintenant.

Son expression dubitative me disait qu'il n'était pas entièrement convaincu par mon affirmation.

— Qu'est-ce que tu me chantes ? Tu débloques. Tu étais effondré à l'instant !

Toujours accroché à la pelle, j'ai secoué la tête.

— Ce n'était pas du chagrin, mais du soulagement.

— Et comment tu sais que ce n'est pas elle ?

— Vous pensiez que je serais capable de l'identifier, et maintenant vous me demandez comment je peux savoir que ce n'est pas elle ?

— Dis-moi comment tu le sais.

— Le collier. Brie n'avait pas ce genre de collier.

Je comptais sur le fait qu'il ne se souvenait pas du bijou que Brie portait cette nuit-là.

— Tu es sûr ?

Je me suis contenté de le regarder. Il a compris le message et a soupiré.

— Alors, c'est qui, putain ?

— J'en ai aucune idée. C'est vous qui avez merdé, pas moi.

En plus d'avoir l'air furax, il semblait à présent déconcerté.

— Je suis allé à la bonne adresse. Je *sais* que je suis allé à la bonne adresse. J'avais fait des repérages. Il n'y avait personne d'autre. Comment tu expliques ça ?

— Je ne l'explique pas.

— Trente-six, Mulberry.

— Oui.

Bizarre qu'il se souvienne de ce détail mais pas du collier.

— Une vieille maison qui avait besoin de travaux. Tu allais la retaper.

— Oui.

Comment savait-il ça ?

Il réfléchissait, essayant de se remémorer d'autres détails vieux de six ans. Il a lentement levé un doigt et l'a pointé sur moi.

— Les souris.

— Quoi ?

— J'ai supposé que vous aviez un problème de souris. Il y avait de la farine par terre dans la cuisine, sans doute pour repérer des traces.

J'ai confirmé d'un hochement de tête.

— Il faisait noir, j'ai marché en plein dedans. J'ai laissé des empreintes de chaussures. C'était bien la première fois que je devais passer l'aspirateur pendant un boulot. (Matt se creusait tellement les méninges que je pouvais presque voir la fumée lui sortir des oreilles.) Tu es sûr, pour le collier ?

— Oui, sûr.

— Elle aurait une sœur, ou une amie qui serait restée dormir chez vous ?

Raconte-lui quelque chose. Embrouille-le.

— Une amie, ai-je dit. Parfois, quand je m'absentais comme cette nuit-là, elle demandait à quelqu'un de rester avec elle. Ça la rendait moins anxieuse. (Puis, réfléchissant vite, j'ai ajouté :) Une amie d'école. Parents morts, pas de mari, pas d'enfants. Le genre de personne dont la disparition passerait inaperçue.

Matt bougeait lentement la tête d'un côté à l'autre : il ne croyait pas à mon histoire.

— Non, a-t-il dit. Non.

Et puis, très progressivement, un grand calme s'est emparé de lui.

— Quoi ? ai-je dit en mettant les deux mains sur le manche de la pelle et en posant mon menton dessus. Si ce n'est pas elle, vous avez encore un problème.

— Non. Je n'en ai pas. Ça ne fait rien. La personne que j'ai enlevée chez toi cette nuit-là est bien dans cette tombe. Ce n'est pas elle qui va me montrer du doigt pendant une séance d'identification. Si ta femme est toujours en vie quelque part, eh bien, ouais, c'est elle que j'aurais dû buter, mais c'est pas comme si elle avait un compte à régler avec moi. Tu comprends ce que je dis ?

Malheureusement, oui.

Je venais peut-être de gagner cinq minutes, mais la situation était sans issue. Peu importe qui était dans cette tombe. Ce qui comptait, c'était que quelqu'un y soit. Matt était rassuré.

Je l'étais beaucoup moins.

— Je suppose qu'on en a fini, a dit Matt en braquant son arme sur moi. Si tout ça m'a appris quelque chose, c'est qu'il faut être sûr. Ne laisser aucune place au doute.

Il a esquissé un sourire qui m'a fait froid dans le dos.

— Attendez, ai-je dit.

— Quoi ?

— Vous avez quand même un problème.

— Je pense que c'est toi qui as un problème. Mais plus pour très longtemps.

— Ma voiture.

Matt a cligné des paupières.

— Hum, a-t-il marmonné une nouvelle fois.

Je ne savais pas à qui appartenait ce terrain, ni pourquoi il avait choisi cette partie des bois pour enterrer Brie, mais s'il abandonnait ma voiture ici, on finirait par la retrouver, la police tomberait sur la dépouille de Brie et, vraisemblablement, sur la mienne. Découverte qui serait susceptible de conduire jusqu'à Matt. Est-ce que ce terrain était à lui ? Est-ce qu'il appartenait à un de ses amis ?

— Laissez-moi partir, ai-je dit.

— Non, a répliqué Matt, catégorique.

— Je suis sérieux. Vous... m'avez donné de l'espoir. (*Continue à jouer la comédie.*) Je sais maintenant que ma femme est en vie, qu'il s'agit bien de la femme qui est apparue ce week-end. Je sais que vous ne l'avez pas tuée. (J'ai montré la tombe.) Je ne sais pas qui est là, et je ne peux pas expliquer comment vous avez pu vous tromper de personne, mais s'il y a une chance pour que ma femme soit là quelque part, je dois la trouver.

— Non, a-t-il répété.

— Pourquoi ?

— Imaginons que tu la trouves. Elle te raconte pourquoi elle a disparu et qui aurait pu vouloir sa mort.

Les flics trouvent cette personne, et la piste remonte jusqu'à moi.

Sa logique était imparable. Subsistait néanmoins la question de mon SUV.

— Je vais m'arranger pour ta voiture, a-t-il dit. Quelqu'un me ramènera ici. (Un autre sourire.) Ne te bile pas pour ça.

Je n'avais plus de flèches dans mon carquois, à part peut-être la supplication.

— S'il vous plaît, ai-je dit.

— Commence à creuser un autre trou.

J'ai fait glisser mes mains le long du manche de la pelle, en regardant le sol, souhaitant que Matt se rapproche de quelques pas pour se mettre à ma portée. J'allais creuser ce trou comme si j'étais payé à l'heure. J'étais sur le point de lui demander où il voulait que je commence quand nous avons entendu quelque chose.

Une voix qui appelait.

J'ai regardé derrière Matt, dans la direction d'où nous étions arrivés, là où nos deux véhicules étaient garés.

Un homme venait vers nous.

— Hé ! a-t-il crié à nouveau. Qu'est-ce qui se passe ?

C'était Norman.

La suite s'est déroulée très, très vite.

- 49 -

Albert McBain était assis dans son petit bureau à l'agence Devon Savings and Loan, sur Broad Street, dont il était le directeur adjoint. Il consultait un dossier d'emprunt immobilier sur son écran d'ordinateur. Deux clients attendaient les documents indispensables pour conclure leurs transactions, et s'il ne respectait pas les délais les ventes risquaient de capoter.

Mais c'était la seule raison pour laquelle il était passé au bureau, et il ne comptait pas y rester plus d'une heure. Sa patronne et directrice d'agence, Mme McGillivray, lui avait donné toute une semaine de congé après le decès de sa mère, survenu la veille. Et il comptait bien la prendre. Isabel et lui avaient beaucoup à faire. Une cérémonie religieuse à organiser, la famille élargie à prévenir, un rendez-vous à prendre avec l'avocat chargé de la succession, et puis il faudrait s'attaquer à la tâche désagréable de vider son appartement.

Le moment ne pouvait pas être plus mal choisi. Les représentations de la dernière production des Stamford Players devaient débuter dans quelques jours. La répétition de la veille avait été interrompue quand Albert avait reçu l'appel l'avertissant que sa mère était proche de la fin. Était-il réaliste de penser qu'avec tout ça il arriverait à monter la pièce dans les temps ? Fallait-il reporter la première ? Des billets avaient déjà été vendus. Pas exactement des milliers, mais au moins une centaine. Les gens demanderaient-ils à être remboursés, ou accepteraient-ils de garder leurs billets pour une date ultérieure ?

Celui qui avait inventé la formule *« The show must go on ! »* n'avait sûrement pas eu à gérer la mort d'un parent moins de deux semaines avant la première.

Tout ce stress lui avait collé une indigestion. Il trouva dans le tiroir de son bureau une boîte d'antiacides Tums à moitié vide. Il en fit tomber trois dans sa paume et commença à les mâcher.

Son téléphone sonna.

Il allait attendre que la messagerie se déclenche – il avait déjà modifié son message pour indiquer qu'il serait absent cette semaine-là en raison d'un impératif familial –, mais d'après le voyant qui clignotait, l'appel venait du comptoir d'accueil et pas de l'extérieur.

Albert soupira et décrocha.

— Oui ?

— Il y a une inspectrice de police qui demande à vous voir, dit une jeune femme.

— Euh... Vous avez un nom ?

Il y eut un échange à l'autre bout du fil, puis la réceptionniste annonça :

— Inspectrice Hardy.

— Envoyez-la-moi.

Albert reposa le téléphone sur son support et pensa, *Oh non.*

Il n'avait vraiment pas envie de parler à Marissa Hardy. Inutile de dire qu'il n'avait plus besoin de feindre de s'intéresser à la mystérieuse femme qui s'était présentée à l'ancienne adresse de Brie. Pas plus qu'il n'avait besoin de l'inspectrice pour retrouver la personne qui leur avait adressé un signe de la main, à lui, sa sœur et Norman depuis le parking de l'hôpital.

Il se leva et accueillit Hardy quand celle-ci arriva devant sa porte.

— Monsieur McBain.

— Inspectrice Hardy. Entrez et asseyez-vous, je vous en prie.

Hardy obtempéra.

— Je voudrais vous présenter mes condoléances. J'apprends à l'instant que votre mère est décédée. Votre réceptionniste m'a dit que j'avais de la chance de tomber sur vous, que vous étiez juste passé à l'agence le temps de clarifier deux ou trois choses.

— En effet, dit Albert avec gravité. Nous savions que ça allait arriver, bien sûr, mais c'est tout de même un choc. Je veux dire, nous lui avions tous parlé samedi, et elle semblait... Enfin, on n'imaginait pas qu'elle partirait le lendemain. Mais les choses peuvent changer en un rien de temps, vous savez.

Hardy hocha la tête d'un air compatissant.

— Bien sûr.

— Si vous venez juste d'apprendre la nouvelle pour ma mère, ça ne peut pas être la raison de votre visite.

— Effectivement.

— Vous enquêtez toujours sur l'étrange apparition dont nous avons été témoins samedi ?

— En partie, dit lentement Hardy.

— Vous savez, je pense que nous avons peut-être réagi de façon disproportionnée et conclu un peu vite. Et nous étions plusieurs étages au-dessus du parking. Je regrette que nous vous ayons mêlée à tout ça pour rien.

— Pas du tout, dit Hardy. J'ai pour habitude de suivre toutes les pistes.

— Eh bien, dans ce cas... Mais franchement, je ne m'inquiéterais pas plus que ça.

— Si je suis venue vous voir, c'est pour vous interroger sur les Stamford Players.

— Oh ? fit-il, sincèrement surpris que Hardy s'intéresse au théâtre amateur.

— Vous êtes bien le metteur en scène, et l'auteur, de la prochaine pièce ?

— C'est exact. Encore que je me demandais à l'instant si on ne devrait pas reporter le spectacle. À moins que je puisse trouver quelqu'un pour prendre en charge la mise en scène. Il y a quelques membres de la troupe que je pourrais solliciter.

Hardy hocha la tête.

— Vous avez une Candace DiCarlo dans le spectacle ?

Oh oh, se dit Albert.

— Oui, oui, effectivement. Une actrice très talentueuse. Pas une professionnelle, bien entendu. Mais, comme la plupart d'entre nous, elle a le théâtre dans le sang. Nous ne sommes peut-être pas mûrs pour Broadway, mais nous aimons nous amuser.

Hardy hocha lentement la tête.

— Y a-t-il une raison particulière pour laquelle vous avez mentionné le nom de Candace ? voulut savoir Albert.

— Quand avez-vous vu ou parlé à Mme DiCarlo pour la dernière fois ?

— Euh, eh bien, laissez-moi réfléchir...

Albert savait exactement quand il avait vu et parlé à Candace pour la dernière fois. C'était la veille au soir, au Motel 6.

— Hier dans la journée, répondit-il. Nous avons eu une répétition dans la matinée, mais j'ai dû l'écourter quand j'ai reçu l'appel concernant ma mère.

— Hum, fit Hardy.

— Pourquoi m'interrogez-vous à son sujet ?

— Je pense qu'il est très possible, monsieur McBain, que votre actrice, Candace DiCarlo, soit la femme que vous avez tous prise pour Brie.

Albert feignit la surprise.

— Ce n'est pas vrai !

— Si, je vous assure.

— Elle vous l'a dit ? Elle l'a avoué ?

— Non.

Albert éprouva un léger soulagement.

— Alors, qu'est-ce qui vous permet de penser ça ?

— Sa voiture, pour commencer. Son break Volvo semble être la même voiture que celle qu'on voit sur la vidéo de surveillance du voisin. Et il y a un témoin.

— Un témoin ?

— Quelqu'un qui l'a reconnue d'après cette image de vidéosurveillance.

Albert ne dit rien.

— Vous n'êtes pas curieux de savoir pourquoi elle ferait une chose pareille ? questionna Hardy après un silence de quelques secondes. Faire croire à tout le monde qu'elle était Brie ?

— Eh bien, si, bien sûr. Si tant est que ce soit vraiment elle. Vous le lui avez demandé directement ?

— Je le ferais si c'était possible.

— Et pourquoi ça ne l'est pas ?

— Parce que Candace DiCarlo est morte, monsieur McBain.

Les lèvres d'Albert semblaient sur le point d'articuler des mots, mais aucun son ne sortit de sa bouche. Il était stupéfait, et ses mains, posées sur son bureau, se mirent à trembler.

— Ça va aller, monsieur McBain ?

— Je... euh... je ne comprends pas. Candace est morte ?

— C'est exact.

— Qu'est-ce… qu'est-ce qui s'est passé ? Un accident ? Elle a eu un accident de voiture ?

— Non, monsieur McBain. Elle a été assassinée.

On aurait dit qu'Albert allait suffoquer. Il mit une main sur sa gorge et toussa.

— Comment… Ce n'est pas possible.

— J'ai bien peur que si. Je suis navrée. Comme elle faisait partie de votre troupe, je suppose que c'était une amie.

— Elle… Oui, c'était une amie.

Il balaya du regard le dessus de son bureau comme s'il cherchait quelque chose.

— Monsieur McBain ?

— J'ai besoin… j'ai besoin de boire un peu d'eau.

Il y avait une bouteille en plastique posée à côté de son écran d'ordinateur.

— Là, dit Hardy en la montrant du doigt.

Albert la trouva, dévissa le bouchon et but une gorgée.

— C'est juste… horrible. C'est incroyable. Qui… Que s'est-il passé ?

— Nous avons quelqu'un en garde à vue. Le fait est que sa mort semble liée à ses petites performances d'actrice de samedi. Je vous redemande donc si vous voyez pour quelle raison elle a pu se faire passer pour Brie.

— Je… je…

Albert était trop affecté pour parler.

— Monsieur McBain, quelle était la nature de votre relation avec Candace DiCarlo ?

— Elle… elle jouait dans notre spectacle.

— Votre relation se limitait à cela ?

Il se détourna de l'inspectrice, regarda son écran, les chiffres de l'emprunt immobilier brouillés par ses larmes.

— Nous... nous étions... On se voyait.

— Vous vous voyiez ? Vous parlez d'une liaison, d'une relation intime ?

Avec une difficulté considérable, comme s'il avait une barre en fer plantée dans le cou, Albert parvint à hocher la tête.

— Oui.

— Si vous aviez une liaison, est-il possible que Mme DiCarlo vous ait expliqué pourquoi elle se faisait passer pour Brie ?

Le nez d'Albert tressaillit, comme si la question avait été mal formulée, et Hardy demanda :

— Ou peut-être que c'était l'inverse. Que c'était votre idée, quelque chose que vous l'aviez persuadée de faire.

— C'est... c'est un peu plus proche de la vérité.

L'inspectrice ne dit rien. Attendit.

— Vous voyez, commença lentement Albert, la première fois que Candace a auditionné pour intégrer la troupe - elle joue avec nous depuis un moment -, je me suis senti très attiré par elle, et nous avons commencé à nous voir. Discrètement, secrètement, parce que je suis encore en cours de séparation avec ma femme, Dierdre.

Hardy restait silencieuse, se contentant de laisser Albert combler les blancs.

— Ça a été une période très difficile. Pour commencer, ne pas savoir ce qui est arrivé à Brie a pesé très lourdement sur la famille, et puis ces derniers mois ma mère a été très malade. Candace a été pour moi comme un port dans la tempête, elle m'a soutenu dans cette épreuve, et j'ai remarqué que, parfois, quelque chose chez elle me faisait penser à Brie. Elle avait à peu près la même taille, se tenait de la même façon et, sous certains angles, la ressemblance était presque parfaite. Sans compter qu'elle se coiffait presque de la même façon.

— Continuez.

— Plus on devenait proches, plus je me confiais à elle. Je lui disais à quel point j'étais inquiet pour ma mère, qu'elle allait mourir sans savoir ce qui était arrivé à ma sœur. Si Brie était vivante ou morte. Si on l'avait tuée ou si elle était partie et avait refait sa vie, quelle qu'en soit la raison. Toutes ces questions qui tourmentaient ma mère nous ont également tourmentés, Isabel et moi. Et peut-être obtiendrons-nous une réponse un jour, mais il y avait très peu de chances que ma mère en ait une avant de mourir.

Hardy acquiesça lentement de la tête, comme si elle savait où cela allait mener.

— Et donc... j'ai eu cette idée. Si ma mère pouvait mourir avec un peu d'espoir...

— Un espoir illusoire, corrigea Hardy.

— Oui, c'est juste. Au début, j'ai hésité à lui envoyer une lettre en lui faisant croire qu'elle venait de Brie, mais ma mère a toujours eu un esprit sceptique. Elle travaillait dans le journalisme, et c'était le genre de personne qui a toujours besoin de preuves pour être convaincue, vous comprenez ? Elle a probablement mené une vie d'enfer à beaucoup de journalistes, en exigeant d'eux qu'ils identifient leurs sources, recoupent leurs infos, ce genre de choses. Je savais par conséquent qu'il faudrait faire preuve de persuasion pour l'amener à croire que Brie était en vie.

— D'accord, dit Hardy.

— J'ai expliqué à Candace qu'il faudrait des témoins. Des gens qui pourraient affirmer avoir vu Brie. Peut-être Isabel, ou son mari. Ou d'autres personnes que Brie connaissait. Peut-être même, si c'était faisable, ma mère elle-même. C'est alors que Candace a eu une idée pour passer à la vitesse supérieure.

— Et quelle était-elle ?

— Eh bien, comme je l'ai dit, je lui avais raconté toute l'histoire, y compris que la police continuait à suspecter Andy de l'avoir tuée. Je n'ai jamais été aussi convaincu que ma sœur qu'il avait quelque chose à voir avec ça, mais Candace disait qu'il y avait peut-être un moyen d'apporter à ma mère une certaine tranquillité d'esprit et, en même temps, de faire réagir Andrew, pour voir s'il était coupable ou non.

— Comment comptait-elle s'y prendre ?

— Elle apparaîtrait en tant que Brie à son domicile... enfin, son ancien domicile. Elle se montrerait là où ils avaient vécu. Se ferait voir par des gens qui le préviendraient.

— Des gens comme... l'ancien voisin de Brie. Max.

— C'est ça. Candace a eu l'idée de se présenter avec sa voiture pleine de courses, puis de piquer une crise en se rendant compte que sa maison avait disparu. Je lui avais dit que la maison avait été vendue, démolie, et qu'on en avait construit une autre à la place. Je trouvais ça trop risqué, mais elle était tellement excitée par le rôle qu'elle pensait vraiment pouvoir y arriver. Se montrer, puis repartir avant que quiconque comprenne ce qui se passe.

— Cette partie a fonctionné, résuma l'inspectrice. Qu'en est-il du plan consistant à déstabiliser Andrew ?

Albert haussa les épaules.

— Je suppose que cette partie devait se dérouler sans nous, qu'à ce moment-là ce serait à vous de jouer.

Hardy hocha la tête pour signifier qu'elle comprenait, à défaut d'approuver.

— Quoi qu'il en soit, reprit Albert, nous avons pensé qu'une ou deux apparitions supplémentaires achèveraient de convaincre ma mère. Candace est donc venue sur le parking de l'hôpital, ce qui a trompé Isabel et Norman. Et puis elle a fini en beauté, en se présentant à l'hôpital au milieu de la nuit. À ce stade, je pensais que même quelqu'un d'aussi méfiant que ma mère ne pouvait que tomber dans le panneau.

— Audacieux, dit Hardy.

— Je ne sais pas comment elle s'est débrouillée pour entrer et sortir de l'hôpital la nuit sans se faire voir. Oh, mon Dieu, je n'arrive pas à y croire.

Il plaqua une main sur sa bouche, étouffant un cri. Après un moment, il poursuivit :

— D'une certaine manière, je pense que si notre mère est morte hier, c'est qu'elle avait trouvé la paix. Elle s'est laissée aller, parce qu'elle croyait que Brie était en vie. Peu importe qu'elle ne sache pas pourquoi elle avait disparu pendant six ans. Cela lui suffisait de savoir qu'elle n'était pas morte.

Albert soupira et baissa la tête.

— Moi, j'ai toujours cru et crois encore qu'elle est morte. Mais si mère pouvait s'en aller en étant persuadée du contraire, c'était une bonne chose.

— Vous disiez que votre sœur n'était pas au courant. Elle le sait maintenant ?

Albert secoua la tête.

— Non. Je ne voulais impliquer personne d'autre qui aurait pu vendre la mèche à mère par mégarde.

— Donc, vous lui avez donné de faux espoirs, à elle aussi.

— Je comptais tout expliquer à Isabel plus tard, en espérant qu'elle comprendrait. J'étais... bien intentionné. Mais je ne comprends pas comment cela a pu conduire à l'assassinat de Candace.

— Vous avez laissé le génie sortir de la lampe, dit Hardy. C'est la loi des conséquences non intentionnelles.

— Je vous demande pardon ?

— On commence avec l'intention de faire une chose, et on finit par provoquer quelque chose d'autre.

Monsieur McBain, faire croire que Brie était toujours parmi nous a peut-être réconforté votre mère, mais cela a manifestement contrarié quelqu'un.

— Hier soir, elle m'a dit qu'elle avait l'impression d'avoir été suivie. Elle devait être paranoïaque, à cran, vous comprenez ? Mais avant d'arriver au Mo...

Hardy haussa les sourcils.

— Avant d'arriver au Motel 6, elle pensait qu'une voiture la suivait.

— Pas un vélo ? demanda Hardy.

— Un vélo ? Non, une voiture. Pourquoi demandez-vous si c'était un vélo ?

— Peu importe.

Et puis, soudainement, Albert s'effondra. Il se prit le visage dans les mains, baissa la tête et se mit à pleurer.

— Je l'aimais, dit-il tout bas.

Hardy ne savait pas s'il faisait référence à sa mère, ou à Candace DiCarlo. Peut-être aux deux.

Pendant quelques instants, il fut secoué de sanglots et puis, prenant sur lui, il leva la tête et regarda Hardy d'un air implorant.

— Nous ne pensions pas à mal, dit-il.

- 50 -

Andrew

Le cerveau est capable de traiter beaucoup d'informations en une demi-seconde. Prenons la première moitié de cette demi-seconde – un simple quart de seconde.

Pendant ce quart de seconde, quand j'ai vu que c'était Norman qui s'approchait de moi et de Matt dans les bois, alors que je me tenais là, pelle en main au-dessus de la tombe de Brie, j'ai pensé : *Espèce de salaud.*

C'était Norman qui avait engagé Matt pour tuer Brie.

Tout se tenait. Non, une minute, je dois apporter quelques nuances à cette affirmation. Il n'était absolument pas logique de vouloir tuer sa belle-sœur parce que vous aviez peur que votre femme découvre que vous aviez eu une aventure d'un soir avec elle. Dans un monde rationnel, cela n'avait aucun sens. Mais le fait est que des choses irrationnelles se produisaient sans arrêt dans notre monde rationnel et que, de ce point de vue, oui, tout se tenait.

Peut-être que Brie avait effectivement décidé de dire à Isabel qu'elle l'avait trahie, alors même qu'elle m'avait fait promettre de ne jamais en parler. Brie allait avouer à sa sœur qu'elle avait couché avec Norman.

Norman le savait et devait l'en empêcher. Il l'avait fait tuer pendant que j'étais parti pêcher avec Greg, et qu'il était lui-même à Boston avec Isabel. L'alibi parfait.

Cela semblait plutôt extravagant, j'en conviens. Mais *quelqu'un* avait engagé Matt et Norman apparaissait comme le suspect le plus probable. Comment expliquer autrement son irruption, à ce moment précis, dans ces bois ? La seule explication que j'ai pu trouver, pendant ce quart de seconde, était que Norman savait ce qu'il y avait ici. Il savait que Matt avait enterré Brie à cet endroit et qu'il allait m'y amener.

Il connaissait Matt, point barre.

La possible réapparition de Brie – et je ne savais toujours pas de quoi il retournait – lui avait fait perdre ses moyens, et il avait manifestement pris contact avec Matt pour lui demander ce qui avait pu mal tourner six ans auparavant.

Toute cette réflexion s'est concentrée pendant ce premier quart de seconde. Le suivant a été occupé par une pensée plus urgente.

C'est peut-être ta seule chance.

Je suppose que c'était plus l'instinct que la réflexion qui parlait, parce que ce que j'ai fait au moment où Matt s'est retourné pour voir qui était là n'exigeait pas beaucoup de planification. J'ai agi, simplement.

J'ai levé la pelle à l'horizontale et j'ai chargé comme avec une lance, l'extrémité pointue pointée droit sur Matt.

Il tenait toujours son pistolet, mais ne le braquait plus sur moi, et quand il m'a entendu arriver, couvrant les deux ou trois mètres qui nous séparaient, il s'est retourné, mais pas assez vite pour viser.

Son blouson était ouvert et, entre ma pelle et son ventre, il n'y avait qu'une chemise de travail en flanelle.

La lame a traversé cette chemise comme du papier de soie.

— Putain ! a crié Matt en trébuchant en arrière tandis que la lame l'éventrait, ouvrant dans sa chair une déchirure irrégulière pareille à un sourire.

Il est tombé sur le côté droit, le bras qui tenait le pistolet heurtant le sol. Mais il a réussi à ne pas lâcher son arme. Il a posé son autre main sur son ventre, du sang s'écoulant entre ses doigts.

Mon attention était fixée sur la main qui tenait le pistolet. Encore une demi-seconde, et Matt pourrait le pointer sur moi. C'est pourquoi il fallait que j'immobilise ce bras et que je lui arrache son arme.

L'adrénaline pulsait dans mes veines, et je n'étais pas prêt à modérer mes réactions. Ce qui explique, je suppose, pourquoi j'ai cogné si fort avec la lame de la pelle.

Franchement, je ne pense pas avoir eu l'intention de lui couper la main.

Mais j'ai abattu la lame avec suffisamment de force et de précision pour qu'elle traverse le poignet droit de Matt et s'enfonce dans le sol de la forêt, comme un fendoir de boucher à travers un filet mignon. Il s'apprêtait à pointer l'arme vers moi, mais il a soulevé un avant-bras amputé d'où jaillissait une fontaine de sang. Sa main, toujours agrippée à l'arme, gisait sur la terre.

Le hurlement qu'il a laissé échapper a fait s'envoler les oiseaux dans les arbres.

— Bon sang ! a crié Norman, qui était encore à une vingtaine de mètres.

J'ai alors fait quelque chose qui, rétrospectivement, n'a absolument aucun sens. J'ai voulu mettre le pistolet hors de sa portée, et je l'ai envoyé d'un coup de pied à deux bons mètres de là, avec sa main serrée autour.

Ses hurlements persistaient. Son ventre et l'extrémité de son bras continuaient à pisser le sang. C'est sa plaie au bras qui semblait la plus sérieuse.

J'ai entendu un autre cri, et j'ai très vite compris qu'il venait de moi. Une sorte de cri primal, une réaction néandertalienne qui jaillissait du plus profond de moi. Un cri de triomphe, ou de libération. Ou peut-être étais-je simplement en train de perdre l'esprit.

Mais je ne pouvais pas me permettre de le perdre longtemps. Je n'avais pas oublié les pensées que j'avais eues quelques secondes plus tôt. Si Norman était dans le coup, je n'étais pas tiré d'affaire.

Je voulais plus qu'une pelle pour m'occuper de lui. Et il y avait cette arme, juste là sur le sol. J'ai jeté la pelle, me suis laissé tomber à genoux et j'ai arraché le pistolet aux doigts de la main coupée, avec les hurlements incessants de Matt en fond sonore. Cet homme allait mourir si je ne faisais pas le nécessaire. Un garrot sur son bras.

Mais ça allait devoir attendre. Je me suis relevé et j'ai pointé l'arme sur Norman.

Il s'est arrêté net et a crié :

— Bon sang, Andrew, c'est moi !

Je devais avoir l'air d'un dément. Les yeux écarquillés, couvert de terre et maintenant éclaboussé par le sang de Matt, et agitant un pistolet dans tous les sens.

— Je sais très bien qui tu es, putain ! ai-je crié à mon ancien beau-frère. Ne bouge plus !

— Mais qu'est-ce qui se passe à la fin ? Qui est-ce...

— Tais-toi ! Ferme-la, bordel !

Matt avait cessé de crier assez longtemps pour tendre le cou dans ma direction et supplier :

— Je vais crever. Aide-moi.

— Comment tu as su ? ai-je demandé à Norman.

— Comment j'ai su quoi ?

— Comment tu nous as trouvés ? Comment tu connais cet endroit ? Tu savais qu'il m'avait amené ici, n'est-ce pas ?

— Je ne sais rien de cet endroit, a-t-il protesté en faisant quelques pas dans ma direction.

— Ne t'approche pas plus, Norman, l'ai-je prévenu.

— Andrew, qu'est-ce que tu t'imagines ? (Il a encore fait cinq pas vers moi.) Cet homme, qui est-ce ?

— Comme si tu ne le savais pas ! Pourquoi ? Pourquoi as-tu fait ça ?

— Pourquoi j'ai fait quoi ?

— Pourquoi tu l'as engagé ? Pourquoi tu l'as engagé pour tuer Brie ?

L'expression choquée de Norman aurait mérité un oscar.

— Mais de quoi est-ce que tu parles ? Brie est peut-être de retour ! Isabel te l'a dit. Je le sais. Nous l'avons vue, à l'hôpital.

— Non. Elle est juste là, dans cette tombe. Ne me dis pas que tu ne sais pas de quoi je parle.

Un Matt gémissant et agonisant s'était retourné pour voir à qui je parlais.

— C'est qui, celui-là ? a-t-il marmonné.

Ça m'a désarçonné. Soit ils étaient tous les deux très bons dans leurs rôles respectifs, soit Norman et cet homme ne se connaissaient ni d'Ève ni d'Adam.

— Réponds-moi, ai-je repris. Comment tu savais pour cet endroit ?

— Je te l'ai dit, je ne savais rien du tout. Je voulais te parler. J'ai essayé de t'appeler l'autre soir, mais tu ne répondais pas. J'arrivais chez toi quand je t'ai vu partir, alors je t'ai suivi. Puis tu as tourné ici et je me suis arrêté au bord de la route pour t'attendre. Comme ça s'éternisait, j'ai suivi le chemin et j'ai vu les deux voitures. Il y avait quelque chose qui ne semblait pas normal. J'ai entendu des voix dans les bois, et j'ai commencé à marcher dans cette direction.

J'ai cligné plusieurs fois pour enlever la terre et la sueur que j'avais dans les yeux. Le récit de Norman me semblait presque crédible.

— Tu as un téléphone, ai-je dit.

Norman a confirmé d'un hochement de tête.

— Appelle le 911. Autant j'aimerais laisser ce type crever, autant il pourrait être utile de le garder en vie.

Norman avait sorti son téléphone et tapait le numéro.

— Retourne sur la route pour leur indiquer le chemin, ai-je dit.

Norman a hoché la tête, s'est retourné et a commencé à rebrousser chemin au pas de course, le téléphone à l'oreille.

Je me suis agenouillé à côté de Matt.

— Vous perdez beaucoup de sang, ai-je dit. Je ne sais pas si les ambulanciers vont arriver à temps. La chose qui pourrait être utile, qui permettrait de gagner un peu temps, ce serait un garrot.

— Ouais, ça pourrait, a sifflé Matt à travers ses dents serrées.

— Je pourrais prendre un lacet de chaussure et vous le donner, mais avec une seule main, vous auriez quelques difficultés à le serrer vous-même. Je pourrais le faire pour vous, cela dit.

Le sol de la forêt était imbibé de sang.

— Qu'est-ce que tu veux ? a-t-il demandé.

— Un nom. Et une explication.

Matt a fermé les yeux.

J'ai commencé à délacer ma chaussure.

— Qu'est-ce que vous en dites ? J'ai pensé pendant une minute que c'était Norman, mais maintenant je n'en suis plus si sûr. Vous vous voulez bien éclairer ma lanterne ?

La gorge serrée, Matt a murmuré :

— Pas Norman.

Le lacet était à moitié sorti des œillets.

— C'est bon à savoir, je suppose. Si ce n'était pas Norman, qui, alors ?

Matt soupesait ses options. Il n'avait pas grand-chose à perdre en donnant un nom. C'est bien simple, il était foutu. Mais foutu pour foutu, il pouvait mourir ou vivre.

J'avais pratiquement retiré le lacet. Matt perdait du sang comme l'*Exxon Valdez* son pétrole. Je ne lui donnais pas longtemps à vivre sans garrot.

— Alors, qu'est-ce qu'on fait, Matt ?

Il a hoché la tête.

— D'accord, a-t-il dit.

Et il m'a donné un nom.

J'ai frissonné.

— Maintenant, quelques détails. Il faut me convaincre.

Matt a parlé. J'étais convaincu, quoiqu'un peu secoué.

J'ai commencé à remettre mon lacet en place.

— Qu'est-ce que tu fais ? a-t-il demandé. Tu dois le défaire.

J'ai continué à passer le lacet dans les œillets, puis j'ai tiré sur les deux extrémités d'un coup sec et les ai nouées.

— Je ne voudrais pas trébucher en retournant à ma voiture, ai-je dit.

- 51 -

Audition de Tyler Keeling, le 4 avril 2022, à 16 h 30. Par l'inspectrice Marissa Hardy.

INSPECTRICE HARDY : Comment ça va maintenant, Tyler ?

TYLER : Je n'ai rien fait. Je sais que les apparences sont contre moi, mais je n'ai rien fait.

INSPECTRICE HARDY : Nous allons y venir.

TYLER : Et je veux que ma sœur soit là.

INSPECTRICE HARDY : Elle est probablement en train de t'attendre, mais pour le moment, il n'y a que nous deux. Je crois savoir que tu es venu vivre avec ta sœur récemment, mais elle n'a pas demandé la tutelle légale.

TYLER : Oui, mais c'est ma sœur.

INSPECTRICE HARDY : Il y a une procédure pour ces choses, Tyler. On t'a expliqué tes droits, n'est-ce pas ?

TYLER : Ouais, mais je n'ai rien fait.

INSPECTRICE HARDY : Alors je pense qu'on peut y aller. Pourquoi ne pas commencer par me dire ce que tu faisais au domicile de Candace DiCarlo ?

TYLER : Je ne sais même pas qui c'est.

INSPECTRICE HARDY : C'est la femme qui a été assassinée.

TYLER : Je n'ai tué personne. Et je pensais que c'était quelqu'un d'autre.

INSPECTRICE HARDY : Qui donc ?

TYLER : Vous le savez déjà.

INSPECTRICE HARDY : Dis-le-moi quand même.

TYLER : Je croyais que c'était Brie Mason, la femme sur laquelle vous posiez des questions quand vous êtes venue à la maison samedi. Comme je l'ai dit, je l'ai vue dans le magasin, je l'ai reconnue et j'ai voulu lui poser quelques questions.

INSPECTRICE HARDY : Quel genre de questions ?

TYLER : Genre, qu'est-ce qui se passe, en gros. Est-ce qu'elle allait revenir et se remettre en couple avec Andy, le petit ami de ma sœur ? Parce que, alors, tout partirait en couille.

INSPECTRICE HARDY : Tu l'as donc suivie chez elle. Comment as-tu fait ça ?

TYLER : Sur mon vélo.

INSPECTRICE HARDY : Tu dois pédaler très vite.

TYLER : Elle a eu beaucoup de feux rouges, c'est un peu grâce à ça que j'ai pu la suivre.

INSPECTRICE HARDY : Et tu es arrivé jusqu'à chez elle. Que s'est-il passé, Tyler ? Est-ce qu'elle a pris peur quand tu lui as demandé des explications ? Est-ce qu'elle s'est défendue ? C'est ça ?

TYLER : Je ne suis pas entré dans la maison. Elle m'a dit de partir. Elle est entrée et a verrouillé la porte. Et je suis parti.

INSPECTRICE HARDY : D'accord. Mais tu es revenu, n'est-ce pas ?

TYLER : *(inintelligible)*

INSPECTRICE HARDY : Je n'ai pas entendu.

TYLER : Genre, peut-être après une demi-heure ou plus. Ouais.

INSPECTRICE HARDY : Pour quelle raison ?

TYLER : C'était l'idée de Cam.

INSPECTRICE HARDY : Ton ami. Donc, Cam t'a dit de retourner là-bas et de tuer Mme DiCarlo ?

TYLER : Putain, non. Il a juste dit que je devrais pas la lâcher avant qu'elle ait répondu à mes questions. C'est à ce moment-là que j'y suis retourné.

INSPECTRICE HARDY : Et alors, que s'est-il passé ?

TYLER : J'ai frappé à la porte et elle n'a pas répondu. Mais comme sa voiture était là, j'ai supposé qu'elle était chez elle et qu'elle m'ignorait.

INSPECTRICE HARDY : Comment es-tu entré dans la maison, Tyler ?

TYLER : J'ai... j'ai voulu voir si la porte était toujours verrouillée, et elle ne l'était pas. Alors je l'ai ouverte.

INSPECTRICE HARDY : Continue.

TYLER : Et, genre, dès que je suis entré, j'ai eu une impression bizarre.

INSPECTRICE HARDY : Bizarre comment ?

TYLER : Je ne sais pas. C'était vraiment calme. Le seul bruit, c'était le frigo qui ronronnait. J'ai fait un pas vers la cuisine, et c'est là que je l'ai vue.

INSPECTRICE HARDY : Qu'est-ce que tu as vu ?

TYLER : Elle était par terre, sur le dos, et au début j'ai pensé, merde, peut-être qu'elle a eu une crise cardiaque ou une sorte d'attaque ou quoi, alors je me suis penché très vite pour voir ce qu'elle avait et je n'ai même pas vu tout le sang. Je m'en suis mis sur les mains, les genoux et...

INSPECTRICE HARDY : Et ?

TYLER : J'ai besoin d'une seconde.

INSPECTRICE HARDY : Prends ton temps.

TYLER : J'ai flippé. Tout ce sang venait de l'arrière de sa tête.

INSPECTRICE HARDY : Tu as dit quelque chose ?

TYLER : Comme quoi ?

INSPECTRICE HARDY : Tu t'es mis à crier ?

TYLER : C'est possible. J'étais en état de choc, je suppose. En panique totale. Je n'avais vu qu'un seul autre mort.

INSPECTRICE HARDY : Qui ça ?

TYLER : Mon père. Il a fait une crise cardiaque en pelletant de la neige.

INSPECTRICE HARDY : C'est à ce moment-là que tu as appelé la police ?

TYLER : Quoi ? Je n'ai pas appelé la police.

INSPECTRICE HARDY : Je sais. Et pourquoi ça ?

TYLER : Eh bien, je veux dire, elle était... On ne pouvait rien faire pour elle. Elle était morte, ça se voyait.

INSPECTRICE HARDY : Pourtant, n'importe qui aurait appelé le 911. Pour faire venir une ambulance, juste au cas où.

TYLER : Je n'y ai pas pensé.

INSPECTRICE HARDY : Pour quelle raison, à ton avis ?

TYLER : Je ne sais pas. Je suppose que j'aurais dû le faire. Mais sur le moment, je n'avais pas les idées très claires.

INSPECTRICE HARDY : Je vois. Tu imagines bien que ça fait mauvais effet de fuir une scène de crime comme ça.

TYLER : Peut-être que c'était pas une scène de crime. Peut-être qu'elle a juste fait une chute.

INSPECTRICE HARDY : C'est l'impression que tu as eue quand tu as vu tout ce sang ?

TYLER : Je voulais rentrer chez moi. J'avais besoin de réfléchir à ce que je devais faire. Je voulais parler à ma sœur.

INSPECTRICE HARDY : Je vois.

TYLER : Je ne ferais jamais une chose pareille. Je ne lui ai fait aucun mal. Je ne l'ai pas touchée ni rien. Vous devez me croire.

INSPECTRICE HARDY : Tu ne pourrais pas perdre ton sang-froid, faire quelque chose sans en avoir vraiment l'intention ?

TYLER : Jamais.

INSPECTRICE HARDY : Comment va ta tante ? Clara, c'est ça ?

TYLER : Quoi ?

INSPECTRICE HARDY : Comment va son œil ?

TYLER : Ça n'a rien à voir... Qui vous a parlé de ça ?

INSPECTRICE HARDY : Avant de venir ici, j'ai eu au téléphone des collègues de Providence. Il semblerait que tu aies eu quelques petits soucis là-bas.

TYLER : C'était un accident.

INSPECTRICE HARDY : J'ai le rapport sous les yeux... Voilà. Tu as cassé un verre et elle a reçu des éclats dans l'œil. C'est bien ce qui s'est passé ?

TYLER : Je ne l'ai pas jeté sur elle. Je ne la visais pas. Je ne savais pas que ça arriverait. J'ai essayé de retirer le morceau de verre. Je l'ai emmenée à l'hôpital.

INSPECTRICE HARDY : Qu'est-ce qui a pu te mettre en colère au point de faire une chose pareille, Tyler ? Elle t'avait provoqué ? Elle avait jeté quelque chose sur toi ? Elle était violente ?

TYLER : Ce n'était pas ça.

INSPECTRICE HARDY : Aide-moi à comprendre. Tu es allé vivre avec elle après la mort de ton père, n'est-ce pas ? Elle était méchante avec toi ? Exigeante ? Elle ne comprenait pas tout ce que tu avais vécu ?

TYLER : Elle essayait toujours d'être tellement... gentille.

INSPECTRICE HARDY : Je te demande pardon ?

TYLER : Elle s'inquiétait de mes sentiments, genre, comment je gérais la mort de mon père et tout. C'était comme si elle voulait que je craque ou quoi, parce que, genre, ça me ferait du bien, et moi je voulais juste qu'elle me laisse tranquille.

INSPECTRICE HARDY : Donc, ta tante a failli perdre un œil parce qu'elle avait trop d'affection pour toi. C'est ce que tu es en train de dire ?

TYLER : Présenté comme ça, évidemment...

INSPECTRICE HARDY : Tyler, si tu as pu te mettre autant en colère contre quelqu'un qui voulait ton bien, alors je me demande bien de quoi tu serais capable avec quelqu'un qui menacerait la stabilité de ta situation familiale.

TYLER : Je ne sais pas... Ce n'était pas...

INSPECTRICE HARDY : À ton avis, qu'est-ce qui aurait pu se passer si cette femme avait été Brie Mason ? Et si Andrew avait décidé de quitter ta sœur pour reprendre sa vie de couple avec elle ?

TYLER : Je ne sais pas.

INSPECTRICE HARDY : J'imagine que ta sœur aurait été dévastée. Je me demande si elle n'aurait pas trouvé que s'occuper de toi était au-dessus de ses forces. Tu pensais qu'elle t'enverrait vivre loin d'elle, c'est ça ?

TYLER : Je ne sais pas ce que je pensais. Mais ça n'a rien à voir. J'ai paniqué. C'est pour ça que je me suis enfui. Peut-être que je me suis dit que des flics comme vous allaient trouver le moyen de me mettre ça sur le dos et qu'il fallait que je me tire de là.

INSPECTRICE HARDY : Les choses ne se présentent pas très bien pour toi, Tyler. Tu étais sur les lieux. Tu avais le sang de Mme DiCarlo sur toi. Un témoin t'a vu fuir la scène de crime. On a même un enregistrement vidéo. Et tu avais un mobile. Tu sais ce qui pourrait faciliter les choses ?

Ce serait que tu vides ton sac. Que tu te libères de ton fardeau. Que tu avoues ce que tu as fait. Tu étais bouleversé. Tu t'en es pris à cette femme, elle est tombée et s'est cogné la tête dans sa chute, et elle est morte. Je ne pense pas que tu l'aies fait exprès, mais c'est ce qui s'est passé.

TYLER : Je jure, je…

On frappe à la porte de la salle d'interrogatoire. L'interrogatoire est suspendu.

Hardy sortit de la pièce. Un agent en tenue se tenait là.

— Elle demande à vous voir, dit-il.

— La sœur ?

— C'est ça.

Hardy hocha la tête.

— Avec un avocat dans son sillage, sans doute. Allez-le voir de temps en temps. Apportez-lui un verre d'eau ou quelque chose.

Hardy rejoignit l'entrée du poste de police, où Jayne Keeling était assise seule sur un banc, le nez sur son téléphone. Quand elle vit l'inspectrice, elle rangea son portable dans son sac à main et se leva.

— Madame Keeling, dit Hardy en s'approchant d'elle.

— Comment va Tyler ?

— Il va bien.

— Je veux que vous le libériez.

— Quand on m'a dit que vous souhaitiez me parler, j'ai pensé que vous étiez venue avec un avocat.

— Vous ne pouvez pas le garder en détention. C'est un gamin.

— J'ai bien peur que nous ayons ce pouvoir, madame Keeling. C'est le principal suspect dans une affaire d'homicide.

— Ce n'est pas lui.

— Madame Keeling, si vous aimez votre frère, et il me paraît évident que vous l'aimez, la meilleure chose que vous puissiez faire serait de lui trouver un avocat. Comme je vous l'ai déjà conseillé.

— Vous ne comprenez pas. Ce n'est pas pour ça que je suis ici.

— Pourquoi êtes-vous ici, madame Keeling ?

— Je suis venue avouer. Tyler n'a pas tué cette femme. C'est moi.

- 52 -

Andrew

Je suis resté assis là, dans les bois, pour m'assurer que Matt était bien mort, puis je suis retourné à ma voiture. Les clés étaient sur le contact. En me mettant au volant, j'ai glissé l'arme de Matt dans un rangement de la portière côté conducteur, j'ai fait demi-tour et rejoint la route principale, où j'ai trouvé Norman, adossé à sa Nissan gris métallisé. J'ai baissé ma vitre.

— L'ambulance devrait arriver d'une seconde à l'autre, a-t-il dit.

J'ai hoché la tête, comme s'il était encore temps.

— Ils ont intérêt à se dépêcher, ai-je dit.

— Tu ne vas pas t'en aller ?

— Si.

— Tu ne peux pas partir. Tu dois expliquer à la police ce qui s'est passé là-bas.

— Ils ont toujours su où me trouver.

— Andrew, a-t-il dit en s'approchant de ma fenêtre, c'était quoi tout ça ?

— Cet homme a tué Brie. Et c'est là qu'il l'a enterrée. Après les événements de samedi, il voulait s'assurer qu'elle était toujours là où il l'avait laissée. Il voulait que je l'accompagne pour l'identifier... C'est elle.

— Mais alors qui...

— Je ne sais pas qui Isabel, Albert, toi et mon ancien voisin avez vu samedi. Je n'arrive toujours pas à répondre à cette question.

— Mais pourquoi... pourquoi cet homme a tué Brie ?

— On l'a engagé pour le faire.

— Bon sang. Qui ça ? Est-ce qu'il l'a dit ?

— Non, ai-je menti.

Ai-je surpris quelque chose dans son regard à ce moment-là ? Un soulagement ? Non, je ne le pensais pas. À moins que Matt ne m'ait menti dans ses derniers instants, Norman était hors de cause.

On arrive parfois à un stade où on ne croit plus personne.

— Alors pourquoi m'as-tu suivi jusqu'ici ? ai-je demandé. Pourquoi m'as-tu appelé l'autre soir ?

Norman a pris une inspiration.

— En partie à cause d'Elizabeth.

J'ai attendu.

— J'ai passé un peu de temps seul à seul avec elle, et elle voulait savoir si je t'avais témoigné de la gratitude pour ce que tu avais fait. Ou plutôt, pour ce que tu n'avais pas fait.

— Je n'en attendais aucune, ai-je dit. Ta femme vous avait convaincus, toi et toute la famille, que j'avais tué Brie.

Il a secoué la tête.

— Je n'ai jamais été convaincu de ça. Je veux dire, oui, je me suis posé des questions, mais j'ai senti que tu étais aussi anéanti que nous par sa disparition. Tu as servi de bouc émissaire à Isabel. Quelqu'un à accuser pour soulager sa propre conscience. Bref, Elizabeth a dit que je te devais une fière chandelle, pour n'avoir rien dit.

Norman a laissé ces dernières paroles flotter dans l'air un moment.

— Je l'ai dit. Je l'ai dit à l'inspectrice Hardy. Pour toi et Brie.

— Je sais. Et je ne te le reproche pas. Ça n'a causé de tort à personne pour la bonne raison que Hardy m'a tout de suite mis hors de cause. Isabel et moi étions absents.

Je me suis alors avisé qu'être absent ne disculpait personne, étant donné que le meurtre de Brie avait été sous-traité.

Norman continuait à parler.

— L'important, c'est que tu ne l'as jamais dit à Isabel. Ça l'aurait anéantie. Vu toute l'énergie qu'elle a mise à ruiner ta vie, c'est un miracle que tu n'aies pas voulu ruiner la sienne. Et, par extension, la mienne.

— Je ne l'ai pas fait pour toi. Je l'ai fait pour Brie.

— Enfin, bref, ça semble un peu tardif, mais mieux vaut tard que jamais. Il fallait que je te remercie.

Je ne savais pas quoi dire.

— Ce n'est pas tout, il y a autre chose qui me ronge depuis qu'elle a disparu, a-t-il ajouté. Je l'ai vue ce jour-là.

— Quoi ?

— Ce samedi-là, le week-end de sa disparition, je suis allé chez vous.

J'ai cligné des yeux. Je n'étais pas au courant.

— Quand ?

— Dans l'après-midi. Il y avait une camionnette. Un dératiseur. Quand il est parti, je suis allé frapper à la porte. Je voulais parler à Brie, lui redire à quel point je regrettais ce qu'on avait laissé se produire. C'était tellement stupide...

— Tu lui as parlé ?

— Pendant trente secondes. Elle a dit qu'elle n'avait pas besoin d'excuses supplémentaires, qu'il n'y avait rien à ajouter, et elle m'a renvoyé. Ça s'est arrêté là.

(À ce moment-là, il s'est brièvement mordu la lèvre inférieure.) Mais je ne peux pas m'empêcher de penser que, si j'étais resté, peut-être que j'aurais vu... peut-être que j'aurais pu faire quelque chose. Mais Isabel et moi devions partir à Boston plus tard dans la journée et je... je me suis toujours demandé si j'aurais pu faire plus...

Je pouvais comprendre qu'il veuille se flageller, mais ce qui était arrivé à Brie s'était passé plusieurs heures après sa visite. Je lui avais parlé ce soir-là. Matt, avant de mourir, avait même dit qu'il était venu au milieu de la nuit.

— Tu m'as sauvé la vie, Norman, en arrivant au moment où tu l'as fait. J'estime donc que tu as payé ta dette, si tant est qu'il y ait eu une dette à payer.

— Ouais.

— Il y a bien quelque chose que tu peux faire pour moi maintenant.

— Quoi donc ?

— J'ai besoin d'un téléphone. Ce type a fracassé le mien. J'ai quelques coups de fil à passer.

Norman a sorti son portable de sa poche, mais il semblait réticent à s'en séparer.

— Juste une seconde, a-t-il dit, et il a tapoté plusieurs fois l'écran avec son pouce.

J'avais l'impression qu'il effaçait quelque chose qu'il ne voulait pas que je voie.

Il a fini par me le remettre.

— Tu me le rendras dès que tu pourras ?

— Promis. Il y a un code ?

— Vingt dix-neuf, a-t-il dit. Ça marche aussi avec l'empreinte de mon pouce, mais j'aimerais garder mes doigts tant qu'à faire.

Sa plaisanterie m'a fait penser à cette main coupée dans les bois.

Le téléphone était déjà en fonctionnement quand il me l'a remis, si bien que je n'ai pas eu besoin de saisir le code de sécurité.

— Merci pour ça, ai-je dit avant de remonter ma vitre et d'appuyer sur l'accélérateur.

Comme mes contacts n'étaient pas enregistrés dans le téléphone de Norman, j'ai dû me souvenir du numéro de portable de Jayne et le composer chiffre par chiffre. J'ai mis le téléphone à mon oreille en même temps que je prenais la direction de la maison.

Le téléphone a sonné deux fois.

— Allô ?

J'imagine qu'elle a dû être perplexe en voyant le nom ou le numéro de Norman s'afficher sur son écran.

— C'est moi, Andrew.

— Oh, mon Dieu, ça fait des heures que j'essaie de te joindre !

Je ne me souvenais pas d'avoir jamais entendu un tel niveau de panique dans la voix de Jayne.

— Je suis désolé, je...

— Où étais-tu passé ? Pourquoi est-ce que tu te sers du téléphone de Norman ? Tout va bien ?

J'aurais largement le temps, plus tard, de mettre Jayne au courant de ce qui m'était arrivé ces dernières heures. Dans l'immédiat, j'avais besoin de savoir pourquoi elle avait été si pressée de me joindre.

— Qu'est-ce qui se passe ?

— Où es-tu ?

— Je rentre en ville.

— Viens directement au poste de police. Je suis en train de parler à l'inspectrice Hardy.

Ce n'était pas là que je voulais me rendre. J'avais d'autres projets en tête.

— Qu'est-ce que tu fais là-bas ?

— Ils ont arrêté Tyler pour meurtre.

— Ils ont *quoi* ?

— Ils pensent qu'il a tué la femme qui est venue à ton ancienne adresse.

— *Quoi ?* ai-je répété.

Cette journée ressemblait à une suite ininterrompue de péripéties choquantes. Avec ce commentaire, et peut-être sans en avoir conscience, Jayne me donnait un certain nombre de nouvelles informations. Apparemment, on savait maintenant qui était sur la photo. Elle était morte. Et Tyler l'avait tuée.

J'ai supposé que ce dont j'avais prévu de m'occuper ensuite pouvait attendre.

— J'arrive, ai-je dit.

- 53 -

— C'était Andrew, dit Jayne à l'inspectrice Hardy.

— Trouvons un endroit pour parler, proposa l'inspectrice avant de conduire Jayne le long d'un couloir, jusqu'à une autre salle d'interrogatoire.

Elle lui désigna une chaise et, avant de s'asseoir à son tour, lui demanda si elle pouvait lui apporter quelque chose. De l'eau, un café ?

— Rien, répondit Jayne.

L'inspectrice s'assit en face d'elle, approcha sa chaise, puis soupira d'un air compatissant.

— Est-ce que je dois signer quelque chose ? demanda Jayne. Vous voulez que je mette tout ça par écrit ?

— Madame Keeling, vous…

— C'est moi qui l'ai fait. Il est impossible que ce soit Tyler.

— Madame Keeling, les preuves contre votre frère sont accablantes. Nous avons un mobile. Nous avons l'opportunité. Nous avons un témoin qui l'a vu quitter la scène de crime.

— Vous ne comprenez pas, il ne ferait jamais ça.

Hardy lui offrit un sourire compréhensif.

— Je pense que nous savons toutes les deux que ce n'est pas vrai.

— Je vous assure, il ne ferait...

— Sa tante dirait-elle la même chose ?

Jayne fut prise de court pendant une seconde. Ses pupilles s'agitèrent dans tous les sens.

— Vous êtes au courant pour Clara.

— Je suis au courant pour Clara. J'ai passé quelques coups de fil à Providence. Je connais des gens là-bas. Ils ont sorti le dossier. (Son expression se fit plus dure.) Il a failli rendre aveugle cette pauvre femme.

Jayne secoua la tête.

— Ce n'était pas aussi grave que ça en a l'air, et c'est sans importance de toute façon. Parce que c'est moi qui l'ai fait.

Jayne tendit ses poignets, invitant Hardy à les menotter.

Hardy ignora le geste.

— Donc, vous voulez avouer.

— C'est ça.

— Vous ne voulez pas être assistée par un avocat ?

— Non, je n'en ai pas besoin. Ça ne m'intéresse pas. Je veux que justice soit rendue. Et surtout qu'aucune *injustice* ne soit commise. Dites-moi ce que je dois signer pour que vous puissiez libérer Tyler.

— Pourquoi avez-vous tué cette femme ?

— Parce que... je ne voulais pas qu'elle revienne et me prenne Andrew.

— Je vois. Sauf que cette femme n'était pas Brie Mason.

— Sur le moment, j'ai cru que c'était elle. Qu'elle utilisait un autre nom.

— Son nom était Candace DiCarlo. Les voisins la connaissaient depuis des années. C'était une idée qu'elle avait concoctée avec Albert, le frère de Brie.

— Que voulez-vous dire ? Concocté quoi ?

— Ces apparitions étaient destinées à persuader la mère mourante d'Albert que Brie était toujours en vie.

Jayne n'en revenait pas.

— Oh, mon Dieu ! C'est... c'est de la folie.

— Je ne vais pas vous contredire. Mais revenons à vos aveux. Je peux vous trouver un bloc de papier et un stylo pour que vous racontiez tout par écrit. Mais il y a une petite question à éclaircir au préalable. Une fois que nous vous aurons inculpée, à qui allons-nous remettre Tyler ?

— À...

— Pas à vous, évidemment. Vous serez en prison, du moins jusqu'à ce qu'un avocat arrive à obtenir une libération sous caution, si on vous l'accorde. Et, si vous avez l'intention de plaider coupable, vous pourriez commencer à purger votre peine tout de suite. Que devient Tyler dans tout ça ?

— Eh bien, il y a Andrew... dit lentement Jane.

— Oui, M. Carville. Il a eu la générosité d'accueillir Tyler sous son toit parce qu'il vit avec vous. Mais une fois que vous serez sur la touche, voudra-t-il toujours assumer cette responsabilité ? Et, en admettant qu'il le veuille, il a toujours une épée de Damoclès au-dessus de la tête, votre Andrew. Brie est toujours portée disparue. Il y a de fortes chances qu'elle ait été assassinée, et Andrew reste en haut de la liste des suspects. Un jour, sa chance pourrait tourner. S'il est inculpé, condamné et envoyé en prison, et vous aussi, que va devenir Tyler ?

— Arrêtez.

— Je veux simplement que vous considériez les conséquences des aveux impulsifs, quoique sans doute bien intentionnés, que vous êtes résolue à faire.

Jayne marmonna quelque chose.

— Je vous demande pardon ? demanda Hardy.

— Je vais avoir un bébé.

Hardy soupira.

— Je vois.

— Je l'ai appris la semaine dernière, dit-elle tout bas.

— Vous tenez à accoucher en prison, madame Keeling ? Est-ce qu'avouer un crime que vous n'avez pas commis pour épargner votre frère vaut le coup d'accoucher derrière les barreaux ? Il existe des établissements qui vous permettront d'élever un bébé, dans les premiers mois, pendant votre incarcération. Mais est-ce que c'est ce que vous souhaitez ?

Une larme roula sur la joue de Jayne.

— À votre place, je penserais peut-être de la même manière, poursuivit Hardy. Vous êtes terrifiée pour Tyler. Mais la chose la plus intelligente que vous puissiez faire, c'est de lui trouver un bon avocat. Quelqu'un qui saura négocier.

Jayne chercha un mouchoir dans son sac.

Hardy repoussa sa chaise et se leva.

— N'hésitez pas à rester ici un moment, le temps de vous ressaisir.

Hardy quitta la pièce.

Pendant que Jayne finissait de sécher ses larmes, elle entendit le signal sonore d'un SMS sur son téléphone. Elle le sortit de son sac, vit que le message était de Norman, c'est-à-dire d'Andrew. Il disait :

JE SUIS LÀ.

- 54 -

Andrew

Jayne est apparue dans la minute qui a suivi l'envoi de mon message, lorsque je suis entré dans le hall du poste de police depuis un couloir adjacent. Je me suis rendu compte qu'elle avait pleuré, et en me voyant elle s'est jetée à mon cou, non sans avoir remarqué mon apparence. Elle s'est ensuite détachée de moi et m'a examiné pendant une seconde.

— Qu'est-ce qui t'est arrivé ?

J'ai baissé les yeux, ayant presque oublié dans quel état je me trouvais. Mes vêtements étaient couverts de poussière, mon visage et mes mains étaient maculés de terre et j'avais les ongles noirs. Il y avait probablement du sang mélangé à tout ça si on regardait bien. Je venais, après tout, de tuer un homme.

— Raconte d'abord, ai-je dit. Mais pas ici.

C'était plus qu'un désir d'intimité qui m'incitait à trouver un autre endroit pour parler. Je ne voulais pas courir le risque que Hardy me voie dans cet état, et de devoir m'expliquer. Elle n'allait pas tarder à être informée de ce qui s'était passé dans ces bois.

J'ai conduit Jayne à l'extérieur du poste de police, un vaste et terne bâtiment de plain-pied, en briques rouges, avec un hall d'entrée immense, sombre et sinistre. Comme il n'y avait pas de bancs publics à proximité, je l'ai conduite jusqu'à mon Explorer et elle est montée sur le siège passager. J'ai fait le tour de la voiture et me suis assis au volant, tournant la clé de contact uniquement pour pouvoir baisser les deux vitres avant et laisser entrer un peu d'air.

— Parle-moi, lui ai-je dit.

Elle m'a raconté l'arrestation de Tyler pour le meurtre d'une femme nommée Candace DiCarlo, ainsi que la supercherie orchestrée par Albert et la victime. Cela m'a laissé sans voix. Cette stupide mise en scène avait conduit un tueur à gages à douter de lui, et j'avais failli y laisser la peau. J'avais envie d'aller trouver Albert et de lui fracasser le crâne contre un arbre.

Et voilà que Tyler avait été pris au piège dans cet imbroglio.

— Je suis morte de peur pour lui, a dit Jayne.

— Ils ont un témoin, ils savent qu'il était sur les lieux et il y a du sang, ai-je dit. Et *toi*, tu crois qu'il l'a fait ?

Jayne a secoué la tête.

— Non, a-t-elle dit avec assurance. Il ne ferait jamais ça. À moins que...

— À moins que quoi ?

— Il y a quelque chose que je ne t'ai jamais dit. À propos de la tante de Tyler et de la raison pour laquelle elle n'a plus voulu s'occuper de lui. (Elle m'a raconté l'histoire. L'explosion de colère de Tyler dirigée contre Clara, le fait que l'inspectrice Hardy était au courant.) Je regrette de ne pas te l'avoir raconté. J'aurais dû. Tu avais le droit de savoir.

J'étais mal placé pour me plaindre, vu ce que j'avais moi-même caché à Jayne.

— Ça ne fait rien. Mais merde, ça ne plaide pas en sa faveur. Et il a fui la scène de crime ?

— Oui.

— Il n'a pas appelé la police ?

— Non.

— Bon sang, Jayne, pardonne-moi, mais tout semble l'accuser.

— On dirait, oui, mais... (Elle s'est interrompue, a reniflé.) J'ai essayé d'avouer.

— Quoi ?

— J'ai dit à l'inspectrice Hardy que c'était moi. Que je l'avais fait. Elle n'a pas voulu me croire. Je peux peut-être encore la convaincre, a-t-elle dit sur un ton presque rêveur.

— Nom d'un chien, Jayne, il doit y avoir un meilleur moyen de l'aider que de faire ce genre de folie.

— Je l'aime. C'est mon frère. Je n'ai jamais été là pour lui. Il est temps que je le sois.

— Écoute, il faut que je te raconte ce qui m'est arrivé aujourd'hui. Pourquoi je suis dans cet état.

— Je t'écoute.

— Je sais ce qui est arrivé à Brie.

Son attention s'est aiguisée.

J'ai raconté les événements de l'après-midi. Que Brie avait été assassinée par un tueur à gages prénommé Matt, puis enterrée dans les bois au nord de la ville. Que Norman avait débarqué *in extremis* et que le tueur était mort. J'ai laissé de côté l'épisode du lacet, et le fait que j'avais soutiré des informations importantes à Matt avant qu'il meure.

— Mon Dieu, il t'a obligé à ouvrir sa tombe, a dit Jayne, qui semblait sur le point de s'évanouir après tout ce qui nous était arrivé ces dernières heures. Andrew, je n'arrive même pas à comprendre que tu puisses encore mettre un pied devant l'autre. Qu'est-ce que tu fais assis dans la voiture à me parler ? Il faut que tu y retournes pour tout raconter à Hardy.

— Le moment venu.

— Maintenant que tu sais qui a tué Brie, peut-être qu'elle arrivera à trouver la personne qui l'a engagé.

Comme je n'ai pas réagi tout de suite, Jayne a murmuré :

— Tu le sais.

— Je le sais.

— Dis-le-lui. Dis-le-moi.

J'ai secoué la tête.

— Je veux être sûr. Il y a une conversation que je dois avoir. (Il était temps de changer de sujet.) Il faut qu'on trouve un avocat pour Tyler.

— Je ne... je ne vois personne.

— J'ai fait appel à une femme qui s'appelle Nan Sokolow, il y a quelques années, quand Hardy me harcelait. Essaye de la contacter.

— Et toi, tu vas faire quoi ? (Elle connaissait la réponse.) Ne t'inflige pas ça.

— Il le faut.

— Je ne pense pas... Je ne suis pas sûre d'être capable de conduire. Je suis une vraie loque.

— Je vais te déposer.

Elle a commencé à chercher quelque chose dans son sac. Quelques secondes plus tard, j'ai entendu un cliquetis de clés.

— Je ne sais plus si j'ai verrouillé ma voiture.

Jayne tendait la main vers la poignée de la portière quand j'ai dit :

— Je vais aller vérifier. Tu es garée où ? (Elle a montré du doigt le fond du parking.) Je reviens tout de suite.

J'ai sauté de l'Explorer et me suis dirigé à grands pas vers sa voiture. En m'approchant, j'ai vu que non seulement elle ne l'avait probablement pas verrouillée, mais que la vitre du conducteur était baissée.

— Qu'est-ce qui t'a pris aussi longtemps ? a demandé Jayne quand je suis revenu.

Elle n'avait pas tort de penser que je m'étais absenté plus longtemps que nécessaire.

— Les vitres étaient baissées, ai-je répondu. J'ai dû mettre le contact pour les remonter, mais le démarreur a fait des siennes.

— Ah bon.

J'ai démarré l'Explorer. Nous n'avons presque pas échangé un mot sur le trajet. Une fois arrivés, et alors que nous étions dans l'allée, elle a dit :

— Il faut vraiment que tu te débarbouilles.

Je ne voulais pas perdre de temps avec ça, mais elle avait raison. J'étais sûr d'arriver à prendre une douche et à me changer en dix minutes.

Je l'ai fait en neuf minutes.

Alors que je m'apprêtais à ressortir, Jayne m'a rejoint à la porte.

— Je vais déposer le téléphone de Norman chez lui, ai-je dit. Je peux te prendre ton portable ?

Étant donné que nous étions parmi les dernières personnes sur la planète à posséder une ligne fixe, je me disais qu'elle pourrait s'en servir pour essayer de joindre Nan Sokolow. Jayne a pris son téléphone et me l'a donné. Pas besoin de lui demander son code d'accès. Nous utilisions le même pour nos portables respectifs.

— Ça va aller, ai-je dit. On va s'en sortir.

Elle m'a enlacé de nouveau.

— Appelle-moi s'il y a du nouveau.

— Toi aussi.

Je suis allé à la voiture et me suis mis au volant. J'ai posé les deux téléphones portables dans la console centrale. Il était facile de les distinguer. Celui de Norman avait un étui en cuir vert olive, et celui de Jayne une coque de couleur vive avec un motif floral. Je l'ai pris pour m'assurer que je pouvais y accéder.

J'ai dû rester assis là pendant plusieurs minutes, sans voir le temps passer, parce qu'on a fini par frapper à ma vitre : Jayne était là, qui me regardait fixement.

— Qu'est-ce qu'il y a ? a-t-elle demandé à travers la vitre.

Après avoir posé son téléphone, mis le contact et baissé la vitre, j'ai répondu :

— Je pense que je suis sonné. En état de choc, peut-être.

— Entre. Je vais nous faire du café. Ou te préparer quelque chose de plus fort.

— Non, je dois y aller.

Elle s'est écartée tandis que je reculais dans la rue, puis elle est restée là à me regarder partir. Dans mon rétroviseur, je l'ai vue faire un signe de la main. J'étais à la moitié du pâté de maisons quand le téléphone de Jayne a sonné. L'identification de l'appelant était bloquée.

J'ai décroché.

— Allô ?

— Monsieur Carville.

Je connaissais cette voix.

— Inspectrice Hardy. Désolé, vous vouliez probablement parler à Jayne.

— Non, en fait je cherchais à vous joindre. J'ai essayé votre numéro et je suis tombée directement sur la messagerie.

— Mon téléphone est cassé.

— Il faut que je vous voie tout de suite.

— Je regrette, j'ai beaucoup de choses à faire, tout de suite. De quoi s'agit-il ?

— Je pense que vous le savez. Votre nom vient de faire surface dans une autre affaire. Quelque chose qui s'est passé sur Wheelers Farm Road.

— Je me doutais bien que j'allais avoir de vos nouvelles.

— Il y a un homme mort dans les bois et une tombe ouverte. Je vais me rendre sur place sous peu. Rejoignez-moi là-bas.

— Il n'était pas mort quand je l'ai quitté, mais il m'a dit s'appeler Matt. Il a tué Brie, dont la dépouille est dans cette tombe. Je pense que vous en aurez la confirmation avec un test ADN. Il m'a attiré là-bas, m'a obligé à la déterrer pour que je puisse identifier ces ossements, après quoi il avait l'intention de me tuer.

— Mais il ne l'a pas fait.

— Non. J'ai eu de la chance. Norman, le frère de Brie, s'est trouvé par hasard au bon endroit et au bon moment et il a créé une diversion suffisante pour que je m'en sorte vivant.

— Vous avez tué ce Matt.

— Comme je l'ai dit, il était vivant quand je suis parti. (J'étais surpris de constater combien il était facile de mentir à ce sujet.) J'avais envoyé Norman appeler les secours et il est allé les attendre au bord de la route pour les guider. Je suis resté quelques minutes de plus avec ce type, je lui ai parlé un peu, puis je suis retourné à ma voiture et j'ai laissé Norman sur place.

— Qu'est-ce que votre beau-frère faisait là ?

— Il voulait me remercier.

— Vous remercier ?

— De n'avoir jamais révélé à Isabel ce que je vous ai dit. De ne pas avoir ruiné leurs vies alors que j'avais toutes les raisons de le faire. Vous n'avez qu'à lui demander. Il m'a vu quitter la ville en voiture et m'a suivi.

— Retrouvez-moi là-bas. C'est la dernière fois que je vous le demande.

— Tant mieux, ça m'aurait fatigué de vous redire non. Je sais qui a fait ça, inspectrice Hardy. Je sais qui a engagé un tueur pour éliminer ma femme.

— C'est ce Matt qui vous l'a dit ?

— Oui.

— Pourquoi aurait-il fait ça ?

— Il a dû ressentir le besoin de soulager sa conscience.

— Dites-moi. Je veux le nom.

— Bientôt. J'ai d'abord quelques questions à poser.

— Monsieur Carville... Andrew. S'il vous plaît, retrouvez-moi à...

Voilà qu'elle insistait quelques secondes après avoir dit qu'elle ne le ferait plus. J'ai raccroché. Et puis j'ai éteint le portable de Jayne au cas où elle voudrait s'en servir pour me pister.

J'imaginais qu'elle allait diffuser le signalement de ma voiture. J'espérais pouvoir faire tout ce que j'avais prévu avant d'être repéré.

Le premier arrêt était destiné à déposer le téléphone de Norman.

Je voulais aussi parler à Isabel. Qui était à Boston avec son mari, loin, très loin, quand Brie avait été enlevée et assassinée.

- 55 -

L'inspectrice Hardy était presque arrivée sur place quand Andrew Carville avait abrégé leur conversation.

— Eh merde !

À Wheelers Farm Road, elle aperçut un groupe de véhicules arrêtés sur le bas-côté. Des véhicules de patrouille, une ambulance. Elle gara sa voiture et s'approcha du premier agent en tenue qu'elle croisa, un jeune qui semblait à peine sorti du lycée. Pourquoi, se demanda Hardy, tout le monde paraissait plus jeune d'année en année ?

— Où est le type qui a appelé ? demanda Hardy.

L'agent lui désigna un homme appuyé contre une Nissan gris métallisé. Hardy reconnut Norman, qu'elle avait rencontré plusieurs fois au fil des ans, et alla à sa rencontre.

— Norman, c'est bien ça ?

Celui-ci s'écarta de la voiture et tendit la main.

— Oui. Les ambulanciers et l'agent là-bas m'ont dit de vous attendre. Celui qui aurait vraiment dû attendre, c'est Andrew. Mais il est parti.

— Je sais, alors pour l'instant je n'ai que vous. Racontez-moi ce qui s'est passé.

Norman n'était pas allé très loin dans son récit quand Hardy lui demanda de lui montrer l'endroit. Il la conduisit sur le chemin où il avait trouvé la voiture d'Andrew et le SUV appartenant à l'autre homme. Hardy se livra à une rapide inspection du véhicule, ouvrit la boîte à gants à la recherche de la carte grise.

— Matthew Beekman, dit-elle tout bas avant de passer un rapide coup de fil sur son portable, puis Norman reprit ses explications.

— J'ai entendu des voix qui venaient de par là, dit-il avant de la guider jusqu'à ce qu'ils aperçoivent un gros rocher au loin.

— C'est là-bas que ça s'est passé.

— Dites-moi ce que vous avez vu.

Norman raconta qu'Andrew, une pelle à la main, se tenait au-dessus d'un tas de terre et de deux trous creusés dans le sol, quelques mètres devant le rocher. L'autre homme pointait une arme sur lui. Norman avait appelé Andrew, et ça avait été le chaos. L'homme au pistolet avait regardé autour de lui, et Andrew lui avait foncé dessus avec la pelle.

— Il m'a demandé d'appeler les secours, et c'est à peu près tout ce que je sais, conclut Norman.

— M. Carville dit que vous l'avez suivi jusqu'ici.

Norman baissa les yeux et hocha la tête.

— Oui. J'avais des choses à lui dire.

Hardy attendit. Norman expliqua qu'il avait voulu remercier Andrew, et lui dire qu'il était passé chez lui le samedi du week-end où Brie avait disparu.

— Vous ne m'avez jamais donné cette information, nota Hardy.

Norman haussa les épaules.

— Je sais.

Hardy le renvoya vers sa voiture avec pour consigne d'attendre, au cas où elle aurait besoin de lui parler de nouveau, puis elle se rapprocha de la scène.

Le corps de Matt n'avait pas été déplacé. La zone avait déjà été sécurisée avec du ruban de balisage attaché à quelques arbres. Hardy se glissa sous le ruban et parcourut la scène avec précaution. Elle examina la blessure au ventre de Matt, la main coupée, les litres de sang qui s'étaient écoulés de ses blessures et imprégnaient le sol de la forêt. Puis elle jeta un coup d'œil au trou où l'on devinait un squelette, avec un collier qui pendait encore lâchement à son cou.

Son portable sonna.

— Oui ?

— J'ai interrogé le fichier, dit un homme à l'autre bout du fil. Matthew Beekman, quarante et un ans, domicilié à New Haven. Soupçonné de l'exécution d'au moins cinq contrats depuis 2011, dont trois liés à des enquêtes en cours visant des gangs de bikers, mais jamais inculpé. Vous avez entendu parler d'un certain Glenn Ford, qui a cassé sa pipe il y a deux ou trois jours ?

— Glenn Ford, l'acteur ? Il est mort il y a longtemps.

— Un écrivain. Le témoin d'un règlement de comptes entre bikers, qui se planquait à Hartford. Ils pensent que Beekman est dans le coup. Le jour, il tient une laverie automatique. Marié, deux enfants. Un père de famille normal qui met du beurre dans les épinards en tuant des gens et en les faisant disparaître.

— Rassemblez tout ce que vous pouvez sur lui et envoyez-moi ça, dit-elle avant de raccrocher.

Hardy regarda la tombe en partie découverte, puis la forêt tout autour. Elle se demanda si d'autres victimes de Beekman étaient enterrées là. Elle s'attarda de nouveau sur le cadavre du tueur à gages, et sur la main qui reposait parmi les feuilles à deux pas du corps.

— Où est l'arme ? demanda-t-elle tout haut.

- 56 -

Andrew

Alors que j'avais prévu de faire de la maison d'Isabel et de Norman ma prochaine destination, quelque chose de nouveau me turlupinait qui m'a poussé à faire un détour sur le trajet.

Je voulais passer par le domicile de Candace DiCarlo. Voir où ça s'était passé. En moins de deux minutes sur Internet, j'avais trouvé l'adresse. Il y avait deux véhicules de police à l'extrémité de Rosemont, plus un fourgon et un camion à plateau. Comme je ne pouvais pas me garer à proximité à cause des flics qui barraient l'accès à la maison, j'ai laissé ma voiture quelques centaines de mètres plus loin.

J'étais en pleine réflexion quand je suis descendu de l'Explorer. À propos du commanditaire de l'assassinat de Brie, et de la personne susceptible d'avoir tué Candace DiCarlo.

Tout se mettait en place dans mon esprit. J'étais presque certain de savoir ce qui s'était passé, et je croyais Jayne quand elle disait que Tyler ne pouvait pas avoir fait ça.

Une idée m'est venue. Une idée qui avait peu de chances de marcher. Qui ne donnerait peut-être rien.

Mais si je me décidais à tenter le coup, c'était maintenant ou jamais. Soit ça réussissait, soit non. Le temps et la minutie de l'inspectrice Hardy allaient en décider.

J'ai enfilé la paire de gants en latex qui ne quittait jamais la console centrale depuis la pandémie. Ils étaient rangés là avec deux masques et un flacon de désinfectant pour les mains que j'aurais dû jeter depuis longtemps. J'ai ajusté les gants en les faisant claquer sur mes poignets.

Les mains dans les poches, j'ai marché jusqu'à la maison, vu la Volvo dans l'allée, la même que sur les images de surveillance fournies par l'homme qui avait fait construire sa maison sur mon ancien terrain. Cela expliquait le camion plateau. Ils allaient probablement emporter la voiture pour qu'elle soit examinée par la police scientifique.

Cependant, je ne pouvais pas aller plus loin que le bout de l'allée, la propriété elle-même étant entourée par du ruban de signalisation. La voiture était peut-être à trois mètres de moi. Un agent en tenue se tenait à l'extrémité de l'allée pour s'assurer que personne ne franchirait le périmètre du ruban jaune.

Sur le côté de la maison, il y avait quelqu'un portant une de ces tenues que l'on voit dans les séries policières. Une combinaison de protection. En train de discuter avec quelqu'un d'autre à l'intérieur de la maison. Ça expliquait le fourgon garé dans la rue. C'étaient des techniciens de scène de crime, comme on les appelait. Même quand une affaire semblait pliée – Tyler était déjà en garde à vue –, la police voulait border l'enquête. Ne négliger aucun détail et tout ça.

Certain que Tyler n'avait pas tué DiCarlo, j'étais prêt à tenter quelque chose qui pourrait aiguiller l'enquête dans une autre direction. Brouiller les cartes, en quelque sorte.

— Hou là, qu'est-ce qui s'est passé ici ? ai-je demandé innocemment à la jeune femme en faction.

Elle m'a adressé un sourire amical.

— Désolée, monsieur. Je ne suis pas autorisée à fournir le moindre détail.

J'ai regardé vers le bout de la rue.

— Vous savez s'ils ferment Rosemont complètement ?

Elle a suivi mon regard pendant que je sortais les mains de mes poches.

— Je ne sais pas, monsieur. (Elle a tourné la tête pour me regarder. À ce moment-là, mes mains étaient de nouveau cachées.) Je vais devoir vous demander de retourner à votre véhicule.

— Bien sûr ! ai-je dit en hochant respectueusement la tête.

J'étais prêt à partir, de toute façon. J'avais fait ce pour quoi j'étais venu. Je suis retourné à ma voiture et j'ai retiré mes gants en latex.

Je me suis garé devant chez Isabel et Norman, une maison d'un étage sans charme construite dans les années 1970. Comme la Nissan de Norman n'était pas là, j'en ai déduit qu'il se trouvait toujours où je l'avais laissé, subissant sans doute un déluge de questions de la part de l'inspectrice Hardy. En revanche, la voiture d'Isabel était là.

Avec le téléphone de Norman dans ma poche, je suis allé sonner à la porte. Isabel a ouvert de grands yeux quand elle a vu qui se tenait là. Ce n'était pas comme si j'étais passé dire bonjour très souvent ces six dernières années.

— Qu'est-ce que tu veux ?

Je lui ai tendu le téléphone de Norman.

— Tout d'abord, rendre ça. C'est celui de Norman.

Elle a pris le portable et, l'air inquiet, a demandé :

— Pourquoi tu as son téléphone ? Est-ce qu'il va bien ? Que s'est-il passé ?

— Il va bien. Je sais que je tombe mal, que tu es probablement en train d'organiser les obsèques de ta mère, mais je ne serais pas venu si ce n'était pas important. Je peux entrer ?

Je lui aurais demandé d'être ma meilleure amie qu'elle n'aurait pas eu l'air plus stupéfaite.

— D'accord, a-t-elle dit lentement.

Elle m'a conduit au salon. Je me suis assis sur un fauteuil relax, résistant à la tentation de le mettre en position inclinée, et j'ai attendu qu'Isabel prenne place sur le canapé en face de moi.

— Où est Norman ? a-t-elle demandé.

Je lui ai répondu.

— Qu'est-ce qu'il fait là-bas ?

— Il m'a repéré par hasard, peut-être qu'il a pensé que ma voiture était en panne ou quelque chose comme ça, et il s'est arrêté pour voir si tout allait bien. (J'ai marqué une pause.) Le fait est qu'il m'a sauvé la vie.

— Je ne comprends pas.

— Avant d'en venir à ça, laisse-moi t'expliquer pourquoi je suis ici. Tu as fait de ma vie une sorte d'enfer ces dernières années et...

— J'avais toutes les raisons de...

J'ai levé une main pour l'interrompre.

— Laisse-moi finir. À ta place, j'aurais peut-être fait la même chose. J'aurais voulu que justice soit rendue à ma sœur. Crois-moi quand je dis que c'est aussi ce que je voulais pour Brie, mais je n'avais pas de suspect sous la main sur qui concentrer mon attention. J'étais... perdu, à plus d'un titre. Je voulais savoir ce qui était arrivé à ma femme, mais je ne savais absolument pas où chercher. Je savais que j'étais innocent, mais il n'y avait aucun moyen de t'en convaincre. Alors tu t'en es prise à moi. Je ne peux pas dire que je t'en ai voulu.

J'ai pris une inspiration et j'ai dit :

— Je suis un peu déshydraté.

Isabel n'a pas réagi tout de suite, puis, réalisant que je demandais un verre d'eau, elle est allée à la cuisine et m'en a rapporté un.

— Merci. Enfin, bref, je ne sais pas si la nouvelle est parvenue jusqu'à toi, mais la femme que vous avez aperçue depuis la fenêtre de l'hôpital, la femme qui s'est présentée à mon ancienne adresse n'était pas Brie.

— Qui était-ce ?

— Une certaine Candace DiCarlo. Une actrice. Enfin, une actrice amateure serait plus exact. Si tu veux en savoir plus sur les raisons qui l'ont poussée à faire ce qu'elle a fait, tu vas devoir parler à ton frère.

— Albert ?

J'ai hoché la tête et lui ai rapporté les quelques faits dont j'avais eu connaissance.

— Oh, mon Dieu ! a-t-elle dit, stupéfaite. Quel imbécile. Il n'a pas compris qu'en donnant de faux espoirs à notre mère il en donnerait à tout le monde ?

— On va dire qu'il n'a pas pensé à tout. Mais sa petite comédie a fini par se retourner contre lui de manière assez spectaculaire. Quelqu'un a été tué dans l'histoire.

Je lui ai dit que Candace était morte, mais j'ai omis, pour le moment, de préciser qui avait été arrêté pour ce crime.

— Et ce n'est pas tout. La personne ou, plutôt, les personnes responsables de la mort de Brie sont aussi devenues un peu nerveuses à l'idée qu'elle puisse être encore en vie.

J'ai laissé cette information produire son effet.

— Je vois, a-t-elle dit.

— Parce que Brie n'est pas en vie. J'en ai eu la confirmation aujourd'hui. Quelqu'un a été engagé pour la tuer.

— Mon Dieu...

— Cela signifie que Brie a pu être tuée pendant que la personne qui a engagé ce tueur était absente.

J'ai guetté la réaction d'Isabel.

— Pourquoi tu me regardes comme ça ? Qu'est-ce que tu sous-entends ? Norman et moi étions à Boston. Andrew, qu'est-ce que tu insinues ?

— Je n'insinue rien du tout. Je vais te dire ce que je sais. Parce que tu mérites d'être au courant avant tout le monde.

- 57 -

On avait ramené Tyler dans la salle où il avait été interrogé plus tôt par l'inspectrice Hardy. Il était assis à la table, seul. On avait laissé un petit sachet de chips et une bouteille d'eau à son intention. Il dévora les chips. Il n'avait pas fait de vrai repas depuis le petit déjeuner et son estomac grondait.

Le jeune homme n'avait aucune idée de la suite des événements. Il était terrorisé.

La porte s'ouvrit.

Une femme portant une petite mallette est entrée. Elle avait l'air d'avoir à peu près le même âge que sa sœur. Cheveux bruns et lunettes. Elle était vêtue d'un pantalon noir et d'un chemisier blanc sous une veste noire, et elle le regarda en souriant.

— Bonjour, Tyler, dit-elle. Je m'appelle Nan Sokolow. Je vais être ton avocate.

— Bonjour, dit Tyler nerveusement.

— Ta sœur, Jayne, a fait appel à mes services pour que je te représente légalement, expliqua Nan en s'asseyant en face de lui, puis elle remarqua son expression perplexe et ajouta : Je suis ici pour t'aider.

La première chose que je veux savoir, c'est si tu as été bien traité.

— Ils m'ont donné ces chips, dit Tyler avec un haussement d'épaules.

— Je veux juste m'assurer que tu n'as pas été maltraité de quelque manière que ce soit.

— On m'enferme ici alors que je n'ai rien fait. Ce n'est pas de la maltraitance, ça ?

— C'est ce dont je suis venue te parler. À partir de maintenant, je ne veux plus que tu dises quoi que ce soit à la police ni que tu répondes à la moindre question si je ne suis pas juste à côté de toi.

— J'ai déjà répondu à une tonne de questions, mais je ne leur ai rien dit de mal.

— Tu as admis que tu étais sur les lieux. Que tu es entré dans la maison.

— Ouais, ça, d'accord.

Elle esquissa un sourire en coin.

— On va faire ce qu'on peut à ce sujet, mais plus un mot, c'est bien compris ?

— OK.

— Je veux que tu me dises tout ce que tu leur as raconté. Et tout ce que tu aurais pu oublier.

Tyler lui donna sa version des faits.

— Donc, quand tu as quitté la maison de Mme DiCarlo, la première fois, elle était toujours en vie.

— Ouais.

— Et quand tu es revenu, elle était morte.

— Ouais.

— Entre-temps, tu as parlé à ton ami Cam. (Tyler confirma d'un signe de tête.) Combien de temps s'est écoulé entre ta première et deuxième visite au domicile de Mme DiCarlo ?

— Je ne sais pas exactement.

— Une demi-heure ?

— Un peu plus, je crois.
— Quarante minutes ?
Tyler réfléchit.
— Peut-être bien. Ils ont pris mon téléphone, mais mes SMS avec Cam sont dessus. Avec ça, on saura à quel moment on s'est parlé.
— Très bien. (Nan nota quelque chose sur son bloc.) Quand tu t'es rendu sur les lieux la seconde fois et que tu as découvert Mme DiCarlo, est-ce que tu as eu l'impression qu'il aurait pu y avoir quelqu'un d'autre dans la maison ?
— Genre, quelqu'un qui se cachait ?
— C'est ça.
— Je n'ai entendu personne. Mais je n'ai pas exactement fait le tour. Après l'avoir trouvée, je voulais sortir de là le plus vite possible.
— Tu étais en état de choc.
— Eh bien, je ne sais pas si j'étais...
— Tu étais en état de choc, répéta Nan.
— Ouais, OK, c'est bien possible.
Nan sourit.
— C'est bien, tu commences à comprendre. Ce que j'essaie de trouver ici, Tyler, c'est une stratégie de défense, et une partie de cette défense consiste à prouver que tu n'étais pas le seul à avoir la possibilité de faire du mal à Mme DiCarlo. Il me semble que pendant au moins trois quarts d'heure quelqu'un d'autre aurait pu entrer dans cette maison et tuer cette femme.
— Vous croyez ?
— Eh bien, Tyler, si ce n'est pas toi qui l'as fait...
— Non, ce n'est pas moi.
Elle sourit.
— Bien sûr. Ce que je vais soutenir, c'est que quelqu'un d'autre a eu largement le temps d'entrer dans cette maison et de tuer Mme DiCarlo. Et tout

ce que tu peux te rappeler, tout ce que tu aurais pu remarquer qui indiquerait que quelqu'un d'autre était dans la maison nous sera très utile.

Tyler hocha lentement la tête.

— Peut-être... le bruit de quelqu'un qui respire, caché dans un placard. Ou un grincement dans l'escalier. Un raclement de gorge très discret. Tu vois où je veux en venir ?

Tyler hocha de nouveau la tête.

— J'ai... j'ai peut-être entendu quelque chose.

— Et quand tu as entendu ce bruit, tu as réalisé, instinctivement, que le tueur était peut-être encore dans la maison. C'est pour ça que tu n'as pas appelé la police et que tu as préféré t'enfuir pour sauver ta peau.

— Je... j'imagine que ça pourrait être ce à quoi je pensais.

Nan sourit.

— Eh bien, tu vois, quand tu veux. Laisse-moi encore prendre quelques notes.

- 58 -

Andrew

J'ai dit à Isabel que je voulais l'emmener faire un tour.

— Je ne veux pas voir la tombe de ma sœur, a-t-elle dit. (Je lui avais raconté presque tout ce qui m'était arrivé dans l'après-midi.) Je ne me sens pas prête. Je ne suis pas sûre de pouvoir le supporter.

— Ce n'est pas là que je veux t'emmener, ai-je dit.

Avant de partir, elle m'a jeté un regard méfiant.

— Et si c'était un piège ? Si je finissais par disparaître comme Brie ?

— Appelle ou envoie un SMS à qui tu veux, ai-je suggéré, et dis que tu es avec moi. Cela devrait te garantir un certain niveau de protection.

Elle a accepté de m'accompagner. Une fois dans la voiture, elle avait des questions à me poser.

— Si tu sais qui a engagé ce tueur, pourquoi n'es-tu pas allé directement voir l'inspectrice Hardy ?

Les deux mains sur le volant, je lui ai jeté un coup d'œil et j'ai souri.

— Elle et moi avons une relation un peu tendue, ce que tu devrais savoir mieux que personne. Quoi qu'il en soit, avant qu'elle passe les menottes à cette personne, je vais réclamer un petit face-à-face. Et quand tu auras entendu la vérité, peut-être que tu seras enfin convaincue que je n'avais rien à voir avec la disparition de Brie.

Isabel semblait de plus en plus mal à l'aise. Elle est restée silencieuse pendant un moment, puis a dit :

— Je vais tuer Albert. (Son frère avait essayé de l'appeler deux fois au cours des vingt dernières minutes, et elle avait refusé l'appel.) Quel crétin.

— Je suppose qu'il pensait bien faire, ai-je dit pour essayer de laisser à son frère le bénéfice du doute.

— Tu sais de quoi l'enfer est pavé.

— Oui, je sais.

— Même si j'ai fait tout ce que j'ai pu pour que Hardy s'acharne sur toi, j'ai toujours gardé un mince espoir, tu sais ? Si bien que, quand j'ai vu cette femme depuis la fenêtre de l'hôpital, j'ai voulu y croire. Pas toi ?

J'ai dû réfléchir.

— Si Brie avait eu la possibilité d'entrer en contact, de me faire savoir qu'elle était saine et sauve, elle l'aurait fait directement. Donc j'étais sceptique. Mais la mise en scène d'Albert a eu plus de conséquences qu'il aurait pu l'imaginer. Elle a pu donner de faux espoirs, mais elle a aussi déclenché une panique.

— Tu sais, j'ai toujours été jalouse d'elle. De Brie.

Je l'ai regardée, puis je me suis concentré de nouveau sur la route.

— C'était toujours la plus jolie, la plus populaire. Je voulais être aussi jolie, aussi populaire. Et puis elle a fini avec toi, et je suppose que je suis devenue encore plus envieuse.

Je ne m'attendais pas à ça.

— Beau, doué, honnête. Tu étais tout ça à la fois. Et moi, j'ai fini avec Norman.

— Norman est quelqu'un de bien.

— Je l'ai affreusement mal traité, a-t-elle dit d'un air pensif.

Je n'allais pas la contredire.

— Je l'ai rabaissé, je l'ai tourné en ridicule. Tout ce que je voulais, c'est qu'il riposte, qu'il me tienne tête, qu'il me remette à ma place. J'avais l'impression de le pousser à se comporter en homme, et qu'il n'en était simplement pas capable. Je ne comprends pas qu'il ait supporté ça.

— Il croit peut-être qu'il le mérite, ai-je dit.

Isabel a regardé par la fenêtre.

— Je ne sais pas où on va, mais c'est encore loin ? a-t-elle demandé.

— On est presque arrivés.

J'avais roulé vers le nord sur la Milford Parkway et, au niveau de la Merritt Parkway, j'ai suivi la longue bretelle en courbe pour m'engager sur les voies allant vers l'ouest. J'ai continué jusqu'à Trumbull, où j'ai pris la sortie de White Plains Road. Après quelques virages à droite et à gauche, nous sommes arrivés à destination.

— Je me souviens d'avoir fait du shopping ici une ou deux fois, a dit Isabel alors que nous entrions sur le parking du Trumbull Gate Mall. Je ne savais pas qu'ils avaient coulé.

Je lui ai fait un exposé de deux minutes pour lui expliquer que Trumbull Gate avait subi le même sort que des centaines de centres commerciaux à travers le pays. Victimes des achats en ligne, de l'effondrement des grandes enseignes et, plus récemment, de la pandémie, qui avait forcé des millions de consommateurs à modifier leurs habitudes.

— Les propriétaires ont essayé de résister, mais ils ont fini par jeter l'éponge. Maintenant ils laissent divers entrepreneurs se partager les restes. Les commerçants ont retiré toute leur marchandise il y a des années, mais il y a plein d'autres trucs à récupérer : rayonnages, garde-corps, luminaires, toutes sortes de choses.

L'immense parking était vide, à l'exception de cette partie de l'extrémité nord qui avait été sécurisée pour y stocker des Hyundai.

— C'est sa voiture, ai-je dit en désignant un pick-up garé devant une façade factice qui dissimulait les quais de chargement.

Je me suis garé, j'ai pris l'arme de Matt que j'avais rangée dans un compartiment de la portière, et je suis descendu. D'un geste maladroit, j'ai glissé l'arme entre mon dos et ma ceinture, puis, comme un vrai gentleman, j'ai fait le tour de la voiture pour ouvrir la portière à Isabel.

— C'est quoi, cette arme ? a-t-elle demandé en haussant un sourcil inquiet.

— On ne sait jamais sur quoi on va tomber dans un centre commercial à l'abandon, ai-je répondu en lui offrant un sourire rassurant, qui n'a pas vraiment eu l'effet escompté. Ne t'en fais pas. C'est juste que je ne veux pas laisser ça dans la voiture.

Puis je me suis approché du pick-up de Greg. J'ai ouvert la portière du conducteur qui n'était pas fermée. Je me suis penché pour regarder sous le siège.

— Qu'est-ce que tu cherches ? a demandé Isabel.

— Rien, ai-je répondu avant de claquer la portière.

J'ai regardé autour de moi pour voir si la voiture de Julie, la petite amie de Greg, était là, mais je ne l'ai pas vue. Ce qui m'a soulagé.

J'ai montré du doigt les quais de chargement à proximité.

— Par ici, ai-je dit.

Je l'ai guidée en haut de l'escalier d'accès à la zone de chargement, puis j'ai trouvé une porte déverrouillée qui nous a conduits dans un couloir en parpaing.

Un peu plus loin, nous avons ouvert une autre porte et nous nous sommes retrouvés dans la zone principale du centre commercial.

— Je crois que je n'ai jamais rencontré Greg, a-t-elle dit.

— Oh, il est tout à fait charmant, ai-je répondu. C'est mon meilleur ami.

- 59 -

Andrew

— Cet endroit me donne la chair de poule, a dit Isabel.

Le centre commercial abandonné lui faisait le même effet qu'à moi deux jours plus tôt.

Elle a poussé un petit cri quand un écureuil a couru devant elle. Un pigeon est passé au-dessus de nous, mais je n'ai pas vu de faucon cette fois. Et j'ai repéré deux sacs de couchage de plus que lors de ma première visite, mais aucun sans-abri. J'ai supposé qu'ils étaient en vadrouille pendant la journée.

Nous sommes tombés sur d'autres vestiges laissés par des visiteurs non autorisés. Des préservatifs usagés, des emballages de McDo. J'avais lu des articles en ligne expliquant que l'exploration de sites abandonnés était devenue un passe-temps pour certaines personnes. Mais pour l'instant, il semblait que nous avions l'endroit pour nous seuls.

Si l'on exceptait Greg. Il était quelque part ici.

— Montons à l'étage, ai-je dit. C'est là que je l'ai vu la dernière fois.

Nous sommes allés jusqu'au pied de l'escalator. Je suis passé le premier pour m'assurer que les marches, quoique immobiles, étaient sans danger. Elles semblaient solides et j'ai fait signe à Isabel de me suivre, en pointant du doigt celles qui manquaient. Comme il n'y avait pas de rampe en caoutchouc, je lui ai tendu la main, qu'elle a prise avec une certaine réticence.

Lorsque nous sommes arrivés au niveau supérieur, j'ai guetté d'éventuels bruits de chantier. Outils électriques, coups de marteau. Mais tout était à peu près silencieux.

Une chose avait changé depuis la dernière fois. D'autres sections du garde-corps censé empêcher les clients de tomber au rez-de-chaussée avaient disparu.

— L'autre jour, il travaillait de ce côté-là, ai-je dit en pointant le doigt.

Nos pas, et les paroles que nous échangions de temps en temps, résonnaient dans l'espace vide. Nous n'avions fait que quelques mètres quand j'ai entendu un bruit de meulage ou de coupe. Des coups brefs et répétitifs. Trop bruyants pour une perceuse sans fil. Probablement cette scie sabre dont j'avais vu Greg se servir.

Nous avons commencé à marcher en direction du son.

Nous avions parcouru une trentaine de mètres, zigzaguant entre des ordures, un vélo rouillé pourvu d'une seule roue, deux chariots de supermarché et une statue penchée et constellée de fientes de P. T. Barnum, le fondateur des cirques Barnum & Bailey, mort depuis longtemps. Il était, selon la plaque suspendue au socle par une seule vis, originaire du Connecticut. À cet instant, on aurait dit la statue renversée de Saddam Hussein.

Nous nous sommes arrêtés devant ce qui était autrefois un magasin « tout à un dollar » où des bannières décolorées annonçant 50 CENTS DE RÉDUCTION ! et NI ÉCHANGÉ NI REMBOURSÉ ! pendaient au plafond. À l'intérieur, mon vieux copain Greg Raymus était en train de découper des étagères en bois.

Il portait une paire de lunettes en plastique, mais pas de casque. Greg avait toujours évité les équipements de protection. Il avait une minuscule cigarette aux lèvres. Il aimait les fumer jusqu'au bout.

Il avait dû sentir que nous étions là, dans la galerie, en train de l'observer, parce qu'il a retiré son doigt de la gâchette de la scie, et a enlevé ses lunettes de protection pour regarder dans notre direction.

— Hé ! a-t-il dit, puis il a ri nerveusement. Je ne m'attendais pas à te voir. Du moins, pas de sitôt.

Il a balancé les lunettes et est sorti dans la galerie, tenant toujours la scie pointée vers le sol. Elle prolongeait son bras comme une arme bizarre conçue pour tuer des extraterrestres. Il a pris son mégot et l'a jeté.

— Greg, ai-je dit d'une voix égale. Je me suis dit que j'allais passer.

Il a regardé Isabel et a demandé :

— On se connaît ?

Elle a secoué la tête.

— Non.

— Je te présente Isabel, ai-je dit. La sœur de Brie.

Greg a pris un air compatissant.

— C'est un plaisir de vous rencontrer, a-t-il dit avec gravité. J'aimais beaucoup Brie.

J'ai senti Isabel se raidir. Elle avait compris la raison pour laquelle je l'avais amenée ici et pourquoi nous parlions à Greg. Elle méritait bien ça. Sa campagne pour obtenir justice pour Brie avait été sincère. Le seul problème était qu'elle avait été mal orientée.

La véritable cible se tenait juste là, devant elle.

— Où est Julie ? ai-je demandé, conscient de l'arme dans mon dos, sous ma veste.

— Elle était là il y a peu. Elle avait à faire dehors aujourd'hui, mais elle est passée déposer des donuts. Vous en voulez un ?

— Non, merci, ai-je répondu et, avec désinvolture, j'ai ajouté : Matt est mort.

Greg a cligné trois fois des yeux.

— Pardon, quoi ?

— Il est mort il y a quelques heures. Dans les bois, à l'endroit où il avait enterré Brie.

Greg a rigolé nerveusement.

— Je ne comprends pas de quoi tu parles. Quel Matt ? Quels bois ?

— Tu l'as appelé, ai-je continué. Quand tu pensais que Brie était peut-être revenue. Tu te demandais s'il avait vraiment fait ce pour quoi tu l'avais engagé. Ça l'a fait flipper, lui aussi. Alors il m'a emmené là-bas pour que je la déterre, histoire d'en avoir le cœur net.

— Franchement, Andy, je ne comprends rien à ce que tu racontes.

— Mais rassure-toi. Il avait bien rempli sa part du contrat. La Brie qui est apparue cette semaine était une contrefaçon. Mais je suppose que ça aussi, tu le sais déjà.

— Quoi ?

— Est-ce que tu es tombé sur elle par hasard, comme Tyler ? Tu l'as suivie jusque chez elle et tu l'as tuée avant de te rendre compte que tu t'étais trompé de personne ?

— OK, maintenant je suis vraiment paumé.

Je n'en doutais pas. Au moins concernant cette dernière accusation.

— J'ai découvert tout récemment que c'était toi qui voulais te débarrasser de Brie, si bien que je n'ai pas eu beaucoup de temps pour essayer de comprendre pourquoi, mais j'ai quelques idées. Je suppose que ça a un rapport avec la boîte. Quelque chose que Brie a dû découvrir.

Greg n'a rien dit, mais son silence était éloquent.

— Espèce de salopard, a dit Isabel.

Greg s'est humecté les lèvres.

— Écoute, Andy...

— Ce qui m'a toujours semblé bizarre, mais je n'y avais jamais vraiment réfléchi jusqu'à aujourd'hui, c'est la façon dont Brie m'avait encouragé à partir pour ce week-end de pêche avec toi. Elle *voulait* que je passe du temps avec toi. C'était surprenant venant d'elle, parce qu'elle ne t'a jamais beaucoup apprécié. Je me souviens qu'elle m'a demandé de quoi on avait parlé quand je l'ai eue au téléphone, le samedi soir. Comme si elle attendait qu'un sujet de conversation spécifique soit abordé.

Greg lançait des regards nerveux autour de lui, comme s'il cherchait une issue de secours.

— Tu te souviens de la fois où tu lui as plus ou moins fait des avances ? Tu avais un verre dans le nez et tu t'étais comporté stupidement. Brie m'en a parlé, et j'ai pris ta défense. (J'ai secoué la tête avec regret.) Je lui ai donné le sentiment que c'était sa faute. Qu'elle avait sûrement exagéré la chose. Je crois que ça l'a échaudée, et qu'après ça elle a dû se dire que ça ne servait à rien de dénoncer tes torts. Que je ne le prendrais pas au sérieux.

J'ai pris une inspiration.

— Ce que je pense, c'est que tu as peut-être fait autre chose, quelque chose de mal, certainement plus grave que de mettre la main aux fesses de Brie. Mais au lieu de me le dire, elle a préféré te forcer la main et te demander d'avouer. Et si tu ne le faisais pas, elle n'aurait pas eu d'autre choix que de s'en charger elle-même.

Greg a semblé se ratatiner sous mes yeux. Sa tête est rentrée dans ses épaules, qui se sont affaissées. Il a donné un coup de pied dans un débris.

— Ils allaient me tuer, a-t-il dit, à peine assez fort pour que je l'entende.

Et, à sa grande surprise, j'ai ajouté :

— Les bikers.

— Quoi ?

— Matt m'a expliqué quelques trucs, à la fin. Tu as arnaqué des bikers.

Greg semblait désemparé. Je ne savais pas tout, mais j'en savais clairement plus qu'il ne l'aurait imaginé.

— Tu sais que je n'ai jamais été du genre à dire non à un truc tombé du camion, a-t-il dit. Tu te souviens du magnétoscope que j'avais chouré ?

— Ouais.

— C'est une habitude à laquelle j'aurais dû renoncer. Tu sais, quand je me suis cassé la jambe... je t'ai raconté que j'avais sauté d'un échafaudage.

J'ai hoché la tête.

— Ce n'est pas exactement ce qui s'est passé. Tu connais la route de Beaver Meadow ?

— Vaguement.

— C'est au sud de Middletown, une belle portion de route à travers la forêt domaniale de Cockaponset, à l'est de la route 9 en direction du fleuve Connecticut. Tu te rappelles ma vieille MG ? La décapotable que j'avais eue pour une bouchée de pain parce qu'elle n'était pas en super état ? Je ne l'ai pas gardée longtemps parce que je n'avais pas les moyens de la faire réparer.

— Ouais.

— Je l'avais prise pour aller faire un tour dans ce coin. J'étais tout seul et je roulais derrière ce motard. Une Harley, avec un guidon hyper haut. Un putain de chevreuil s'est jeté sur la route, le biker a fait un écart et s'est vautré. Je me suis arrêté sur le côté, pour voir si ça allait, mais il était inconscient. Alors j'ai appelé le 911. Je n'ai pas donné mon nom, je leur ai juste dit où envoyer une ambulance.

Je voulais qu'il abrège, mais j'avais attendu six ans pour entendre ça. Je pouvais bien patienter encore un peu.

— Bref, quand j'ai eu passé l'appel, j'ai remarqué la sacoche que le type transportait. Elle s'était entrouverte, et des billets en étaient tombés. Un gros paquet de billets. Je parle de cent mille dollars en cash, même si c'est seulement en les comptant plus tard que je me suis rendu compte qu'il y en avait autant.

— Bon sang.

— Le type était toujours dans les choux, l'ambulance n'était pas encore arrivée. Et aucune autre voiture n'était passée depuis un moment, mais il pouvait en arriver une n'importe quand. Il fallait donc que je prenne une décision… et j'ai pris la mauvaise.

— Le type a survécu ? ai-je demandé.

— Oui, il s'en est tiré. Je suppose qu'il venait de faire une livraison de drogue et qu'il revenait avec le cash quand il s'est gamellé. Il s'était fait carotter, mais il n'allait évidemment pas le dire aux flics pour savoir par qui. Lui et ses copains ont compris que ça devait être celui qui avait appelé le 911.

— Tu n'as pas laissé ton nom, mais ton numéro a été enregistré.

Nouveau hochement de tête.

— Je ne sais pas comment ils ont fait, mais ils l'ont eu. Et ils ont pu me retrouver. Me rendre une petite visite. Je n'avais pas dépensé beaucoup d'argent, juste quelques centaines de dollars. Je l'ai rendu, mais mes excuses n'ont pas suffi.

— C'est là qu'ils t'ont cassé la jambe.

— Oui. Ils m'ont maintenu au sol et ils y sont allés à la masse.

Isabel a grimacé, mais il n'y avait aucune compassion dans son regard.

— Ils ne se sont pas arrêtés là. Ils ont dit, « Tu nous arnaques, tu nous rembourses le double. Ou la prochaine fois, on te défonce le crâne au marteau ». Ils voulaient cent mille dollars de plus.

— Tu aurais pu aller voir la police.

Greg roula des yeux.

— C'est ça, pour leur dire, « J'ai arnaqué des motards, vous pouvez pas m'aider ? » Et si ces types avaient une taupe capable de tracer mon appel au 911, ils avaient peut-être aussi quelqu'un chez les flics qui leur dirait que je les avais balancés.

— Les cent mille dollars... ai-je dit lentement. Laisse-moi deviner. C'est à peu près à ce moment qu'on a commencé à perdre tous ces appels d'offres.

Greg a fait la grimace.

— C'est difficile d'en parler.

J'ai attendu, sentant le pistolet dans mon dos comme si c'était un énorme caillou dans ma chaussure.

Greg a pris la scie sabre dans son autre main. Elle devait commencer à peser.

— Crois-moi quand je te dis que je n'ai jamais voulu faire ça. J'en étais malade, et encore aujourd'hui. C'était une saloperie. Mais à l'époque, je ne voyais pas d'issue, tu comprends ? (Il a fait une pause avant d'ajouter :) Je nous ai vendus.

— Comment ?

— J'allais voir nos concurrents. Je divulguais nos offres, ce qui leur permettait de proposer moins cher, et même d'être mieux-disants.

— Et ils te payaient.

Il a hoché la tête.

— C'était de gros projets. C'était rentable pour eux de me refiler vingt ou trente mille pour décrocher ces contrats. Ils se remboursaient en fin de chantier. J'ai saboté suffisamment d'appels d'offres pour rassembler presque toute la somme, et j'ai vendu la MG pour avoir le reste. J'ai réuni les cent mille dollars qu'il me fallait pour empêcher les bikers de me défoncer le crâne.

— Tu as coulé la boîte. Tout ce pour quoi on avait travaillé.

Il a détourné le regard, et j'en ai profité pour ajuster le pistolet dans mon dos de façon à ce qu'il me gêne moins. Cela avait peut-être échappé à Greg, mais pas à Isabel.

Je n'arrivais pas à croire qu'il nous avait fait ça, qu'il avait saboté toute notre entreprise, et pourtant je savais qu'il avait une trahison plus grande encore à confesser.

— Tu aurais pu venir me voir, ai-je dit. Me parler de tes soucis. On aurait trouvé une solution. Tu n'étais pas obligé de nous vendre.

— Et tu aurais fait quoi ? Les cent mille dollars, tu les aurais sortis de ton cul ? Hein ?

J'ai secoué la tête tristement et j'ai dit :

— Pourquoi ne pas en venir au moment où Brie a tout découvert ?

- 60 -

Jayne était dans la cuisine quand le téléphone sonna. Elle avait gardé dans sa main le combiné sans fil connecté à la ligne fixe de la maison, étant donné qu'Andrew lui avait emprunté son portable. Elle espérait qu'il appellerait, qu'il lui en dirait davantage sur ce qu'il projetait de faire. Il était resté vague sur ses intentions. Il avait dit qu'il comptait passer chez Isabel et Norman pour rendre le téléphone. Mais elle savait qu'il avait bien autre chose en tête.

Elle craignait qu'il ne soit parti affronter celui qui avait engagé cet homme pour tuer Brie.

Elle avait voulu croire qu'Andrew n'oserait pas se faire justice lui-même. Elle avait voulu croire qu'il irait directement voir l'inspectrice Hardy avec les informations dont il disposait. Mais ce qu'elle voulait qu'il fasse et ce qu'elle croyait qu'il ferait étaient deux choses totalement différentes. Et elle comprenait qu'il ne veuille pas s'en remettre à Hardy, qui l'avait harcelé pendant six ans.

Si bien que, lorsque le téléphone sonna dans sa main, elle pensa que c'était peut-être lui. Elle appuya sur la touche et mit aussitôt le téléphone à son oreille.

— Oui ?

— Nan Sokolow à l'appareil.

— Oh ! mon Dieu, merci d'appeler. Est-ce qu'ils vont vous laisser voir Tyler ?

— J'en viens.

— Comment va-t-il ? Il doit être terrifié.

— Il va bien. Écoutez, ils ont de solides présomptions contre lui, mais je suis en train d'élaborer une stratégie. Une version alternative des faits tels qu'ils auraient pu se dérouler. À savoir que Tyler s'est enfui parce qu'il était en état de choc, et qu'il pensait que le tueur était toujours dans la maison.

— Mais vous le croyez, n'est-ce pas ? Vous savez qu'il n'a pas pu tuer cette femme.

— Madame Keeling, qu'il soit coupable ou non n'a pas d'importance. Ce qui compte, c'est de construire une défense crédible. Et cela va demander un peu de travail.

Rien dans la voix de l'avocate n'indiquait qu'elle croyait en l'innocence de Tyler, au contraire.

— Mais si...

Avant que Jayne ait pu terminer, on sonna à la porte.

— Je dois vous laisser, dit-elle.

Sans lâcher le téléphone, elle courut ouvrir la porte d'entrée et se retrouva nez à nez avec l'inspectrice Hardy qui lui demanda aussitôt :

— Où est Andrew ?

— Je ne sais pas.

— Il a pris votre téléphone.

— Oui.

— Et il l'a éteint. Je ne peux pas le joindre, ni le localiser. Vous devez bien avoir une idée de l'endroit où il comptait se rendre.

— Non, mais j'aimerais le savoir.

— Vous a-t-il dit qu'il pensait connaître le responsable de la mort de Brie ?

Jayne hésita avant de répondre.

— Oui.

— Vous a-t-il dit qui c'était ?

— Non.

— Avez-vous une idée ?

— Non.

— Il était dans quelles dispositions la dernière fois que vous l'avez vu ?

— Vous êtes sérieuse ? Un homme l'a emmené dans les bois et l'a obligé à déterrer sa propre femme. Vous seriez dans quel état d'esprit, vous ?

Hardy soupira de frustration et se tourna vers la rue, puis reporta son attention sur Jayne.

— Nous devons le trouver. S'il vous appelle, il faut que vous me disiez où il est.

— Ne me dites pas que vous en êtes encore à penser qu'il l'a tuée ? Vous n'êtes pas quand même encore après lui pour ça ?!

— Non, je ne pense pas qu'il ait tué qui que ce soit. Pas encore. Mais je veux l'arrêter avant qu'il le fasse. Je pense qu'il a pris l'arme de l'homme qui lui a fait ouvrir la tombe de Brie. Nous devons l'arrêter avant qu'il fasse une bêtise.

- 61 -

Andrew

— Il y a eu une période où Brie nous aidait au bureau, tu te rappelles ? a demandé Greg.

Je me rappelais. Ce n'était pas le siège social le plus luxueux qui soit. Un bureau aménagé dans un mobil-home en métal blanc, avec quelques fenêtres, des toilettes rudimentaires, et tout le charme architectural d'une cabane pour enfant fabriquée dans un carton de réfrigérateur. Nous l'avions loué et installé sur un terrain inoccupé à l'ouest de Milford, dans l'espoir de pouvoir un jour construire quelque chose de plus durable. Nous étions très occupés à répondre à tous ces appels d'offres – ceux-là mêmes que nous avions perdus à cause de Greg – et Brie, qui était douée pour les chiffres et pour monter les dossiers, était venue nous aider à nous organiser pendant une semaine ou deux.

— Continue, ai-je dit.

— On était tous les deux sur un chantier quand un de nos concurrents a appelé au bureau. Ce crétin s'est planté, il aurait dû téléphoner sur mon portable. Brie a pris l'appel et reconnu le nom de la boîte. C'était celle qu'on voulait – que tu voulais absolument – battre pour le projet Wilkins, cet atelier de réparation automobile qu'on allait construire. Brie a demandé si elle pouvait prendre un message et le type, nerveux, a raccroché, mais pas avant d'avoir dit que le rendez-vous était fixé.

— Elle savait qu'il se tramait quelque chose. On avait déjà perdu le chantier de Frampton.

Greg a acquiescé :

— Ouais, le projet de copropriété. Brie a eu des soupçons, elle m'a suivi. Elle m'a vu rencontrer le gars, l'a vu me refiler une enveloppe. Plus tard, elle m'a demandé des explications. Elle a voulu me laisser te le dire moi-même, pour que je me comporte en homme. Faute de quoi, elle s'en chargerait.

— La partie de pêche.

— Ouais.

— Mais tu n'avais pas l'intention d'avouer.

— Je... je ne pouvais pas. Écoute-moi jusqu'au bout, d'accord ? Je... je pensais à toi.

— Vraiment ?

— Si j'avais avoué, avec ton côté boy-scout, tu aurais absolument voulu aller voir la police. Tout se serait écroulé. Ils t'auraient tué, toi aussi. Je ne pouvais pas laisser faire ça. C'est pour ça que je te raconte tout, pour que tu comprennes que j'ai fait quelque chose d'horrible, mais qu'au moins ils ne t'ont pas tué.

J'avais les joues en feu. L'impression que mes yeux se remplissaient de sang, que je regardais Greg à travers un filtre rouge.

Vas-y, bute cet enfoiré maintenant.

Non, je ne pouvais pas faire ça. Pas tout de suite, en tout cas.

— Je leur ai expliqué la situation. Ils m'ont recommandé quelqu'un, ce Matt.

— Il l'a fait pendant qu'on était aux chalets, ai-je dit. Tu savais que ça allait arriver. Tu l'as fait tuer, et ensuite tu as laissé le monde entier penser que j'étais coupable.

— Ouais, mais tu étais *vivant*.

— Et quand cette fausse Brie est apparue cette semaine, ça t'a fait flipper.

Greg a hoché la tête.

— J'ai appelé Matt, je lui ai demandé s'il avait pu merder d'une manière ou d'une autre. (Il m'a regardé d'un air suppliant.) Tu ne voudrais pas au moins me laisser une longueur d'avance ?

— Non.

— Je sais que tu vas me dénoncer. Je te comprends. Laisse-moi juste une heure. Pour remplir un sac et dire au revoir à Julie. Je sais que tu ne vas pas le croire, mais ça me ronge depuis des années. (Il a marqué une pause.) Tu es le meilleur ami que j'ai jamais eu.

Je n'avais rien à répondre à ça. Mais j'avais une dernière question :

— Parle-moi de Candace Di...

Avant que je puisse formuler ma question, Isabel a poussé un cri. Le sans-abri qui avait fait une apparition lors de ma dernière visite se dirigeait vers nous, et son entrée inopinée nous avait surpris tous les trois.

— Salut, a-t-il dit en s'adressant à Greg.

Greg lui a lancé un regard nerveux.

— Pas maintenant, Neil.

Mais Neil a continué à s'approcher.

— J'ai vu ta copine arriver avec une boîte de donuts. (Neil a focalisé son attention sur Isabel et moi.) Y a une sorte de réunion en cours ?

Greg a brandi la scie comme s'il s'agissait d'une arme, la stabilisant de l'autre main. Il a rapidement pressé la gâchette. Le son que produisait l'outil était aussi intimidant que le va-et-vient ultrarapide de la lame.

— Bon, ça va ! a dit Neil, battant en retraite.

Greg a de nouveau pressé la gâchette, en la maintenant appuyée cette fois, et il a foncé sur moi. Cette lame ultrarapide, conçue pour trancher à peu près n'importe quoi, causerait de sérieux dégâts si elle m'atteignait. J'ai rapidement esquivé en voulant prendre le pistolet dans mon dos en même temps.

Mais il m'a échappé.

Il est tombé par terre avec fracas.

— Merde ! a fait Neil.

Greg ne savait pas trop s'il devait récupérer le pistolet ou continuer à m'attaquer avec la scie. Il a opté pour la seconde solution, pressant la gâchette par à-coups menaçants.

Une détonation a retenti, pareille à un coup de canon tiré dans la galerie caverneuse du centre commercial, l'écho rebondissant sur les murs et le plafond de verre brisé.

Isabel s'était emparée de l'arme et avait tiré au petit bonheur, obtenant l'attention de Greg, mais le manquant de beaucoup.

— Arrêtez ! a-t-elle crié. Posez ça par terre !

Elle a pressé la détente une fois encore, le recul projetant ses bras vers le haut. Greg a jeté la scie et s'est mis à courir en direction de l'escalator le plus proche.

Il n'était pas le seul à prendre ses jambes à son cou. Neil, n'ayant manifestement aucune idée de qui étaient les gentils et qui les méchants, s'était dit que la seule chose à faire était de se tirer de là.

Isabel avait l'air décidée à tirer une nouvelle fois, mais Greg et Neil suivaient des trajectoires presque parallèles, et elle ne voulait manifestement pas descendre le sans-abri, encore qu'elle visait tellement mal que j'avais l'impression que personne ne risquait grand-chose, à part peut-être les quelques pigeons qui nichaient près des fenêtres de toit.

Greg continuait à courir vers l'escalator à l'arrêt, mais Neil avait une autre destination en tête, et il a fini par heurter Greg sur le côté, lequel, perdant l'équilibre, a commencé à tituber vers le garde-corps. Il a tendu le bras pour s'y agripper et arrêter sa chute, mais a instantanément compris son erreur.

Les boulons qui maintenaient le garde-corps au sol étaient soit bousillés, soit inexistants, et la rambarde a cédé sous son poids comme si elle était faite d'allumettes.

Greg est tombé dans le vide, ses poumons crachant un tonitruant « Putain ! » pendant sa chute.

Isabel a crié.

J'ai couru vers l'escalator et dévalé les marches deux à deux, en évitant les trous, et je suis parvenu au niveau inférieur, mon cœur cognant dans ma poitrine. Il m'a fallu revenir en arrière en passant devant quelques devantures vides pour rejoindre Greg. Il était sur le dos, une jambe tordue de manière tellement improbable qu'elle touchait presque son oreille.

— Greg, ai-je dit en me mettant à genoux.

Il a tourné la tête de quelques centimètres pour me regarder, a essayé de remuer les lèvres.

Isabel est descendue jusqu'au milieu de l'escalator, puis s'est arrêtée et a regardé.

— Greg, ai-je répété. Accroche-toi. Encore juste une minute. On n'en a pas fini. J'ai encore une chose à te demander, et c'est vraiment, vraiment très important.

Je lui ai posé ma question et j'ai approché mon oreille de ses lèvres pour entendre ce qu'il avait à dire.

MARDI

- 62 -

Audition d'Isabel McBain, le 5 avril 2022, 13 h 10. Par l'inspectrice Marissa Hardy.

ISABEL : Est-ce que je vais être inculpée de meurtre ? Parce que je ne l'ai pas tué. J'admets avoir tiré sur lui, ça, oui. Mais je ne l'ai pas touché. La balle ne l'a même pas frôlé. Je tire très mal, de toute évidence. C'est le sans-abri. Il lui est rentré dedans.

INSPECTRICE HARDY : C'est exact, vous n'avez pas tué M. Raymus.

ISABEL : J'aurais été contente de le faire, cela dit. C'était lui, vous savez. Enfin, pas de ses propres mains. Mais c'était lui. Il a fait tuer Brie.

INSPECTRICE HARDY : Nous sommes au courant.

ISABEL : Je me suis trompée à propos d'Andrew. Je m'en veux terriblement de ce que je lui ai fait subir. C'est juste que j'ai été si sûre de moi pendant si longtemps...

INSPECTRICE HARDY : Je sais. Je l'ai aussi été. Mais nous avons plus ou moins reconstitué ce qui s'est passé et pourquoi. Vos précédentes déclarations, lors de notre premier entretien, corroborent les propos de M. Carville. La façon dont M. Raymus sabotait sa propre entreprise, les bikers, toute l'affaire. Et nous avons relié le tueur qu'il avait engagé à d'autres homicides, dont un commis pas plus tard que la semaine dernière. Tout se recoupe.

ISABEL : C'est fini, n'est-ce pas ?

INSPECTRICE HARDY : Quasiment. Mais il y a une partie de ce qui s'est passé à Trumbull Gate que je veux revoir avec vous.

ISABEL : D'accord.

INSPECTRICE HARDY : À commencer par votre tir manqué et le moment où M. Raymus s'est mis à courir.

ISABEL : Il s'attaquait à Andrew avec son espèce de scie électrique. Andrew a essayé de sortir l'arme qu'il avait, mais elle est tombée et je l'ai ramassée. Je crois que j'ai tiré deux fois, après quoi M. Raymus a lâché la scie et s'est enfui. Il a bousculé ce sans-abri, a voulu se rattraper à la rampe, qui a cédé, et il est tombé dans le vide.

INSPECTRICE HARDY : Et M. Carville l'a poursuivi ?

ISABEL : C'est ça. Il a dévalé l'escalier mécanique. Il ne fonctionnait pas parce que le centre commercial est en cours de démolition. Quand il est arrivé en bas, il a couru vers l'endroit où M. Raymus était tombé.

INSPECTRICE HARDY : Vous avez été témoin de ça ?

ISABEL : Oui. Je suis descendue jusqu'au milieu de l'escalator pour mieux voir.

INSPECTRICE HARDY : Qu'avez-vous vu ?

ISABEL : Andrew était à genoux à côté de M. Raymus et lui parlait.

INSPECTRICE HARDY : Avez-vous pu entendre cette conversation ?

ISABEL : En partie.

INSPECTRICE HARDY : Qu'avez-vous entendu ?

ISABEL : J'ai entendu Andrew l'interroger sur Candace DiCarlo. Il a dit, « Et Candace ? tu l'as tuée, elle aussi ? Tu la suivais ? »

INSPECTRICE HARDY : Et qu'a répondu M. Raymus ?

ISABEL : Il marmonnait. Il était gravement blessé. Andrew devait se pencher pour l'entendre.

INSPECTRICE HARDY : Continuez.

ISABEL : D'abord, j'ai entendu Andrew lui demander s'il l'avait fait. Et quand il a eu la réponse, il a demandé pourquoi. Il a dit quelque chose comme, « Tu es tombé sur elle par hasard ? Tu pensais que c'était Brie quand tu l'as tuée ? »

INSPECTRICE HARDY : Et ensuite ?

ISABEL : Andrew l'a traité de salaud. Je n'ai rien entendu d'autre parce que j'ai descendu l'escalator pour rejoindre Andrew, et le temps que j'arrive M. Raymus était mort.

INSPECTRICE HARDY : Qu'a dit Andrew ?

ISABEL : Il n'a rien dit du tout. Quand il s'est rendu compte que M. Raymus était mort, il s'est assis par terre, s'est pris la tête à deux mains et s'est mis à pleurer. Il tremblait, comme s'il faisait une crise de panique. Je me suis baissée, j'ai passé mon bras autour de lui et j'ai essayé de le calmer. Il était dévasté, vous comprenez ?

INSPECTRICE HARDY : Il avait traversé beaucoup de choses. Ça a été une journée cauchemardesque pour lui.

ISABEL : C'était vraiment elle, n'est-ce pas ?

INSPECTRICE HARDY : Pardon ?

ISABEL : Je ne parle pas de Candace. Brie, je veux dire. Dans cette tombe.

INSPECTRICE HARDY : Nous avons exhumé sa dépouille et, oui, nous avons fait une analyse ADN en urgence. Nous l'avons comparée aux prélèvements que nous avions effectués chez elle il y a six ans. Ça matchait.

ISABEL : On va pouvoir l'enterrer dignement à présent. Faire à ma sœur les adieux qu'elle mérite.

INSPECTRICE HARDY : Pensez-vous que cela va vous consoler ?

ISABEL : J'en doute.

Audition d'Andrew Carville, le 5 avril, 17 heures. Par l'inspectrice Marissa Hardy.

INSPECTRICE HARDY : Merci d'être venu encore une fois, monsieur Carville.

ANDREW : Pas de problème.

INSPECTRICE HARDY : J'ai parlé à Isabel tout à l'heure et j'ai pensé que je devais vous mettre au courant de certaines choses. Comment va Tyler ?

ANDREW : Il est content d'être rentré à la maison. Il va lui falloir un certain temps pour se remettre de ce qui s'est passé, mais je pense que ça va aller. Il est plutôt rassuré d'avoir toujours son travail chez Whistler.

INSPECTRICE HARDY : Et Jayne ?

ANDREW : Cela a été assez éprouvant pour nous tous, mais elle se remet doucement. Elle est enceinte, vous savez.

INSPECTRICE HARDY : Je sais. S'il vous plaît, transmettez-lui mes meilleurs vœux.

ANDREW : Je le ferai.

INSPECTRICE HARDY : J'ai reparlé à Isabel de ce qui s'est passé à l'intérieur du centre commercial abandonné.

ANDREW : Elle n'est pour rien dans ce qui est arrivé à Greg.

INSPECTRICE HARDY : Je suis d'accord.

ANDREW : C'est bien.

INSPECTRICE HARDY : Si je devais désigner un responsable, je dirais que c'est vous. Vous n'auriez jamais dû affronter M. Raymus seul. Si vous n'aviez pas fait ça, il serait peut-être encore là pour répondre de ses actes devant un tribunal.

ANDREW : Je... je ne vais pas débattre de cette question.

INSPECTRICE HARDY : Je voulais avoir la version d'Isabel sur les dernières paroles que vous avez échangées avec lui. Voir si son témoignage correspondait à ce que vous m'avez dit lors de notre précédent entretien. Qu'il avait pour ainsi dire avoué le meurtre de Candace DiCarlo.

ANDREW : Et ?

INSPECTRICE HARDY : Vos versions se recoupent.

ANDREW : J'avais encore beaucoup de questions à lui poser. Mais il est mort avant que je puisse le faire. Comment il était entré en contact avec cette femme, par exemple. Je suppose que c'était par hasard, de la même manière que Tyler l'avait vue quand elle faisait ses courses. Par certains côtés, Milford n'est pas si grand que ça. On tombe sans arrêt sur quelqu'un qu'on connaît ou qu'on reconnaît.

INSPECTRICE HARDY : Albert dit qu'elle pensait avoir été suivie la veille au soir. Si c'était le cas, c'était peut-être M. Raymus. Bien que sa petite amie, Julie, affirme qu'il ne l'a pas quittée de toute la soirée. Mais revenons à ce qui s'est passé au centre commercial. On peut se demander par quel miracle la chute ne l'a pas tué sur le coup.

ANDREW : Il n'a pas survécu longtemps. Il n'a pas eu le temps de me dire s'il avait tué Candace parce qu'il pensait que c'était Brie, mais...

INSPECTRICE HARDY : Il y a certaines choses que nous ne saurons jamais. Nous en savons toutefois suffisamment pour refermer le dossier. Même s'il n'y a aucun témoin de son arrivée au domicile de Mme DiCarlo – presque tous les résidents de cette rue étaient au travail, à l'exception de son voisin retraité –, nous avons pu le relier à la scène de crime.

ANDREW : Ah oui ?

INSPECTRICE HARDY : Je ne peux vraiment pas vous en dire plus pour le moment, mais nous avons ce que nous voulons. Restons-en là.

ANDREW : Très bien.

INSPECTRICE HARDY : Alors je vous souhaite plein de bonnes choses. Si nos chemins devaient se croiser à nouveau, j'espère que ce sera dans des circonstances très différentes.

ANDREW : Je l'espère moi aussi.

UNE SEMAINE PLUS TARD

- 63 -

Andrew

On a fait de notre mieux pour retrouver une vie normale.

Jayne a repris son travail, Tyler avait toujours le sien, et j'ai honoré mon rendez-vous chez les gens que je devais voir le jour où Matt m'avait emmené dans les bois pour me faire exhumer le corps de Brie.

Chacun de nous avait quelque chose à surmonter. Son arrestation injustifiée et le souvenir de la découverte de cette pauvre femme morte semblaient n'avoir eu aucun effet traumatique à long terme sur Tyler, mais Jayne et moi étions tous les deux inquiets de ce qui pourrait couver sous la surface. À bien des égards, on a eu l'impression d'avoir affaire à un gamin différent. Il s'est tenu à carreau, a mis fin à son amitié avec Cam. Il a aussi pris un second petit boulot. Enfin, il s'agit d'un travail non rémunéré. Il est allé voir les gens qui entretiennent le cimetière voisin pour proposer ses services, bénévolement. Tondre la pelouse, désherber, ce genre de choses.

Jayne ne voulait pas l'étouffer comme sa tante l'avait fait après la mort de leur père, mais elle lui a conseillé d'aller parler à un thérapeute de ce qu'il a vécu, et il a semblé ouvert à cette idée.

Et la grossesse de Jayne se passait bien. Son ventre a commencé à s'arrondir très légèrement. Pas de saignements, et plus de nausées matinales. Elle est allée voir le médecin, qui s'est déclaré satisfait du déroulement de sa grossesse. On lui a fait une échographie, et j'étais dans la pièce quand le médecin a passé l'appareil sur son abdomen couvert de gel. Sur l'écran, nous avons regardé l'image floue du bébé qui allait un jour rejoindre notre foyer. Le médecin n'était pas tout à fait sûr du sexe, et cela nous allait. Nous serions heureux d'avoir la surprise quand le grand jour arriverait.

Et j'ai commencé à accepter la mort de Brie. Six ans après, j'ai su ce qui s'est passé. J'ai pu enfin, officiellement, faire mon deuil.

Voilà donc pour les bonnes nouvelles.

Jayne ne dormait pas bien. J'ai d'abord pensé que c'était la grossesse, mais il y avait clairement plus que ça. C'était le stress, et le traumatisme. Elle a bien sûr été soulagée que Tyler ait été libéré et qu'aucune charge n'ait été retenue contre lui. Nous avons même fait une petite fête, un soir. Commandé une pizza, acheté un gâteau. Mais son humeur s'est assombrie au fil des jours. Elle se tournait et se retournait pendant la nuit. J'ai essayé d'engager la conversation, mais elle est restée mutique, comme si elle ne m'entendait même pas.

En vérité, je savais ce qui la tracassait, mais je ne voulais pas la presser. Quand elle restait debout à la fenêtre de devant, comme si elle attendait quelqu'un, j'avais une assez bonne idée de ce qui lui passait par la tête.

Elle attendait l'inspectrice Hardy.

Tyler aussi avait remarqué que quelque chose n'allait pas. Une fois, alors qu'elle surveillait la rue, il s'est approché et a passé son bras autour d'elle.

— Ça n'arrivera pas, lui a-t-il. Ils ne reviendront pas pour m'arrêter.

Une nuit, nous étions couchés dans le noir et j'ai senti qu'elle était réveillée. Je me suis retourné, l'ai vue allongée sur le dos, les yeux ouverts, fixant le plafond. J'ai eu le sentiment qu'elle était enfin prête à parler.

— Je sais que tu mens, a-t-elle dit.

— Chut. Ne t'inquiète pas pour ça.

— Je sais que tout ce que tu as raconté à l'inspectrice Hardy, c'était des conneries.

— Pas tout.

— Je sais que Greg ne t'a fait aucune confidence avant de mourir.

— Tout ce qu'il a dit à Isabel et à moi s'est révélé vrai.

— Pas ça. Je parle de sa prétendue confession concernant Candace DiCarlo.

Bien sûr qu'elle savait que c'était des conneries. Elle le savait parce que c'est elle qui avait tué Candace DiCarlo. Son empressement à passer aux aveux, pour épargner son frère, était sincère. Mais Hardy, persuadée que Tyler était le tueur, n'avait pas voulu l'écouter.

J'ai pourtant su, très vite, que les aveux de Jayne étaient authentiques.

Je l'ai su, ou du moins je l'ai très fortement soupçonné, quand je suis arrivé au poste de police et que je suis allé fermer sa voiture avant de la ramener à la maison. Lorsque j'ai ouvert la portière, j'ai vu le sang sur la pédale de frein et sur l'accélérateur. Il y en avait même un peu sur le volant. J'ai trouvé un chiffon coincé entre les sièges, j'ai fait de mon mieux pour tout essuyer et j'ai pris le chiffon avec moi.

Plus tard, j'ai emprunté le téléphone de Jayne pour pouvoir rendre celui de Norman. En fait, je voulais vérifier quelque chose.

L'application dont Jayne se servait pour suivre Tyler dans ses déplacements fonctionnait dans les deux sens. Elle enregistrait aussi son historique de localisation, et un rapide examen a révélé que Jayne s'était rendue au domicile de DiCarlo entre les deux passages de Tyler. Elle s'était probablement inquiétée pour lui, avait vérifié qu'il était bien chez Whistler et pas en train de sécher les cours pour faire des bêtises.

Quand elle avait constaté qu'il avait traversé la ville à vélo, elle avait dû se demander où il était allé.

Elle avait alors décidé de le découvrir elle-même.

Et elle était tombée sur Candace DiCarlo.

Je m'étais dit qu'il y avait peut-être un moyen de la sauver. À ce moment-là, je savais déjà que Greg avait engagé un tueur pour éliminer Brie. Y avait-il un moyen de lui mettre aussi le meurtre de DiCarlo sur le dos ? Ou au moins de faire peser suffisamment de soupçons sur lui pour faire libérer Tyler ?

Ce jour-là, je me suis rendu sur la scène de crime.

Avant de descendre de ma voiture, j'ai enfilé mes gants et ramassé le mégot de cigarette que Greg avait laissé tomber à mes pieds quand il était passé me voir le matin et m'avait parlé à la portière.

J'ai détourné l'attention de la femme flic qui surveillait les lieux assez longtemps pour catapulter le mégot – imprégné de l'ADN de Greg – avec mon pouce et mon majeur, jusque dans l'allée, près du break Volvo. Mon tic nerveux trouvait enfin une application pratique. J'ai prié pour que les types en combinaison de protection le trouvent.

Apparemment, ils l'ont découvert.

Quand Isabel et moi sommes arrivés au centre commercial désert, j'ai planqué le chiffon couvert de sang – vraisemblablement couvert de l'ADN de DiCarlo – sous le siège du pick-up de Greg.

Je savais à quoi Hardy faisait référence en disant qu'ils avaient été en mesure de relier mon ancien meilleur ami à la scène de crime.

Parfois, les tentatives hasardeuses sont payantes. Les choses auraient pu mal tourner de cent façons différentes, mais nous avions gagné à la loterie. Le fait est qu'au moment de sortir de ces bois avec l'arme de Matt je m'étais mis dans la tête que j'allais tuer Greg. Alors que l'après-midi avançait, et que ce qui s'était passé chez Candace DiCarlo devenait évident, un plan a commencé à prendre forme qui rendait la mort de Greg encore plus nécessaire. J'allais inventer des aveux sur lesquels il ne serait jamais en mesure de revenir. Si on finissait par m'inculper et m'envoyer en prison, eh bien, tant pis. J'aurais au moins réussi à préserver Jayne et Tyler.

Greg était bien mort. Simplement, ça ne s'était pas passé comme je l'avais prévu.

Jayne devait savoir que la version que j'avais servie à Hardy était totalement inventée, et j'avais eu la naïveté de croire qu'elle se dirait que les choses s'étaient terminées pour le mieux. Qu'elle se détendrait, passerait à autre chose.

Mais elle était là, debout à la fenêtre tous les jours, attendant que l'inspectrice Hardy vienne et l'emmène.

Dans le lit, les yeux au plafond, elle a dit tout bas :

— Tu as tout inventé. Tout ce que tu as dit à Hardy sur ce que Greg t'aurait avoué, tu l'as inventé.

— Hardy est satisfaite, ai-je répondu en chuchotant. Isabel a confirmé ma version. Ça a marché. C'est terminé. Affaire classée.

— Pas pour moi. Je dois vivre avec ça. J'ai voulu bien faire. Je lui ai dit que c'était moi. Elle ne m'a pas crue, mais elle me croirait maintenant.

— Tu ne peux pas faire ça. Pas maintenant. Tu pourrais aller en prison. Et pour avoir inventé cette confession, je pourrais y aller aussi. De même que pour avoir fabriqué des preuves. (Je lui ai expliqué ce que j'avais fait avec le mégot de cigarette et le chiffon taché de sang.) Et Tyler dans tout ça ? Et notre enfant ?

Jayne a réfléchi, prenant tout en considération.

D'une voix qui se brisait, elle a dit :

— Je ne l'ai pas fait exprès. Elle a ouvert la porte, elle ne savait pas qui j'étais, et j'ai... Je l'ai bousculée pour entrer. C'était... Je voudrais pouvoir dire que c'était un accident, mais je l'ai poussée. J'ai vraiment cru que c'était Brie, je lui ai dit qu'elle n'allait pas gâcher nos vies, qu'elle devait nous laisser tranquilles et...

— Arrête, ai-je dit en l'enlaçant. Je n'ai pas besoin de savoir.

— Elle a commencé à me hurler de sortir de chez elle, que je ne savais pas de quoi je parlais. Elle m'a agressée et je l'ai repoussée, encore plus fort. Elle s'est cogné la tête sur le plan de travail et ensuite...

J'ai continué à la serrer contre moi, en me disant que si j'y mettais assez de force elle s'arrêterait de trembler.

— Je n'arrivais pas à croire qu'elle était morte. J'ai essayé de la réanimer, et puis... J'ai dû paniquer et je suis partie. Je ne savais absolument pas que Tyler allait revenir, que quelqu'un le verrait, *lui*. Moi, personne ne m'a vue et...

— Chuut, ai-je dit et, peu à peu, ses tremblements se sont calmés et elle s'est retournée pour m'enlacer.

Je n'allais pas la juger. J'avais tué un homme et je l'avais regardé mourir. J'avais été prêt à en tuer un autre.

Mais tout comme Tyler quand il était venu vivre avec nous, notre seconde chance était là.

Nous devions accepter ce que nous avions fait, accepter qu'il n'y avait aucun moyen de revenir en arrière, et accepter que toute tentative pour réparer nos erreurs n'apporterait que davantage de douleur.

On ne pouvait pas faire plus.

— On va s'en sortir, lui ai-je chuchoté à l'oreille. Tout va bien se passer. On va avoir un bébé.

Jayne m'a regardé et, même dans l'obscurité de la nuit, j'ai vu une larme rouler sur sa joue. Je l'ai effacée avec mon pouce.

Remerciements

J'ai été aidé. Par beaucoup de gens.

L'équipe de chez HarperCollins, au Royaume-Uni, aux États-Unis et au Canada a été là pour me soutenir à chaque étape.

Une fois encore, les éditrices de chez HarperCollins : Jennifer Brehl (New York) et Kate Mills (Londres) ont accompli des miracles pour mettre ce livre en forme. Comme toujours, je leur suis redevable.

Au Royaume-Uni, Charlie Redmayne, Lisa Milton, Claire Brett, Joe Thomas, Alvar Jover, Georgina Green, Rebecca Fortuin, Anna Derkacz, Rebecca Jamieson, Angie Dobbs, et Halema Begum m'ont également apporté un soutien immensc.

Aux États-Unis, ma reconnaissance va à Liate Stehlik, Nate Lanman, Pam Barricklow, Ryan Shepherd, Bianca Flores, Jennifer Hart, David Palmer et Dave Cole.

Au Canada, un grand merci à Leo McDonald, Lauren Morocco, Cory Beatty et Sandra Leef.

Et je ne serais rien sans mon formidable agent, Helen Heller.

Pour finir, ma plus grande reconnaissance va aux libraires et aux lecteurs. Merci, merci, merci.

(Merci également à John Aitchison, dont l'aide inestimable pour *D'origine inconnue* avait curieusement été passée sous silence.)

À la prochaine fois.

P.-S. : ce livre se déroule en 2022, et l'intrigue suggère que la pandémie de Covid-19 est désormais plus ou moins derrière nous. Mais pendant que j'écrivais le roman, nous étions encore en plein dedans. Espérons que j'aie vu juste. Il m'arrive parfois d'être anormalement optimiste.